समय-अश्व बेलगाम

[उपन्यास]

समय-अश्व बेलगाम

चन्द्रकान्ता

राजकमल प्रकाशन

ISBN : 978-93-93768-29-2

मूल्य : ₹695

पहला संस्करण : 2022

प्रकाशक : राजकमल प्रकाशन प्रा. लि.
1-बी, नेताजी सुभाष मार्ग, दरियागंज
नई दिल्ली-110 002

शाखाएँ : अशोक राजपथ, साइंस कॉलेज के सामने, पटना-800 006
पहली मंजिल, दरबारी बिल्डिंग, महात्मा गांधी मार्ग, प्रयागराज-211 001
36 ए, शेक्सपियर सरणी, कोलकाता-700 017

वेबसाइट : www.rajkamalprakashan.com
ई-मेल : info@rajkamalprakashan.com

मुद्रक : बी.के. ऑफसेट
नवीन शाहदरा, दिल्ली-110 032

SAMAY-ASHVA BELAGAM
Novel by Chandrakanta

Ring the bell that still can ring
Forgate the perfect offering
there is crack in everything
that his how the light come in
leonard cohen anthem.

कोई दुख मनुष्य साहस से बड़ा नहीं
वही हारा जो लड़ा नहीं

—कुँवर नारायण

क्रम

सुख की नगरी

बाहर रात गहरा गई है। क़तार में खड़े ओक वृक्षों के बीच झाँकती बेआहट चाँदनी हवा के नन्हे झोंकों के साथ पत्तों से मीठी छेड़छाड़ कर रही है। दूर तक पसरी तारकोली सड़क अलसाकर लेटी काली नागिन का भ्रम दे रही है। इधर-उधर कटे-छँटे लॉनों बीच बैठे ढलवाँ छतों वाले घर, खिड़कियाँ-दरवाज़े मूँद, नींद में ऊँघ रहे हैं।

लगता है, दिन की दौड़-भाग से थका शहर ही नहीं सोया, पूरी कायनात सो रही है।

सोना तो आयुष को भी चाहिए। कम्प्यूटर स्क्रीन पर आँखें गड़ाए बैठे उसकी पलकों में सूइयाँ-सी चुभ रही हैं और नींद के बोझ से झपकने लगी हैं।

कैम्ब्रिज के थकानेवाले टूर से लौटे बारह घंटे भी नहीं हुए कि बॉस का फ़रमान आया : 'डेढ़ बजे रात वीडियो कॉन्फ्रेंस हो रही है, नई कम्पनी एक्वायर करनी है।' ज़ाहिर है, कम्पनी एक्वायर करनी है, तो सलाह-मशविरे होंगे। अपने-अपने फ़ायदों पर काकदृष्टि जमाए कम्पनियों के मालिक अपनी-अपनी शर्तें रखेंगे। ब्रिटिश कम्पनी के सीईओ को नई टेक्नोलॉजी चाहिए, चीनी भाइयों का चौकस दिमाग़ सबसे पहले अपने लाभ का गणित जोड़ेगा, जर्मनी की कम्पनी की ख़रीद पर बहस होगी, उसके नुमाइन्दे अपनी शर्तें रखेंगे...।

दिन और रात का फ़र्क़ यहाँ भूलने लगा है आयुष। मल्टीनेशनल कम्पनियों की शर्त ही है : पहले काम, फिर आराम।

रतजगा अब उसके लिए नई बात नहीं।

जर्मनी, चीन, भारत, इंगलैंड, कैलिफ़ोर्निया—कहीं से भी कॉन्फ्रेंस कॉल आ जाती है। दिक़्क़त यही कि वक़्त की सूई अलग-अलग देशों में अपने अलग-अलग

अन्दाज़ से ही घूमती है। आप भले ग्लोबल हो गए हों, समय तो अपना स्वभाव नहीं बदलेगा।

बर्लिन में समय की सूई : 11:15 (दिन)

बीजिंग में : 5:15 (दिन)

दिल्ली में : 2:45 (दोपहर)

लन्दन में : 10:15 (सुबह)

और सन्नीवेल में : 2:15 (सुबह)

अब समय की भागती हुई सूई देखने से ज़रूरी है—बॉस का आदेश सिर-माथे धरना।

नींद का क्या है, सुबह दो घंटे देर से उठेंगे, तो कोटा पूरा हो जाएगा।

कम्पनी का सीईओ ही नहीं कहता, उसकी प्रेमिल पत्नी भी अपने ढंग से इस बात को स्वीकृति देती है।

तन्वी कहती है, "मैं आयुष को सुबह देर तक सोने देती हूँ। पीयू को प्रैम में बिठा लम्बी सैर को निकल पड़ती हूँ। वी डोंट डिस्टर्ब हिम।"

कम्पनी का सीईओ आयुष को खोना नहीं चाहता। जानता है, काम का आदमी है—धैर्य धन गदहा!

मालिकों को ऐसे ही जीनियसों की दरकार होती है।

कभी-कभी बॉस की शाबाशी का हक़दार होने के बावजूद आयुष जानता है, मल्टीनेशनल कम्पनियाँ लाभ की नैतिकता से बँधी हैं।

आयुष वॉशरूम जाता है। आँखों पर पानी के छपाके मार पलकों पर बैठी नींद को बुहार देता है।

काँच के पारदर्शी पर्दे के पीछे चुप्पी अपने साम्राज्य में अलमस्त लेटी है। ओक का पत्ता भी गिरे तो 'टप्प' की आवाज़ आए।

लगता है, जॉन ने हेजिज़ पर पानी का फुहारा छोड़ दिया है। भीगी पत्तियों पर चाँदनी रक़्स कर रही है।

कम्प्यूटर रूम का एक कोना पीयू ने अपने लिए रिज़र्व कर रखा है। वहाँ खिलौनों के स्तूप के बीच बैठी पीयू गुड़ियों को लाल-नीली पोशाकों से सजाती है। रंग-बिरंगी मालाएँ, टिकुली, बिन्दी और ख़ूब सारी चूड़ियाँ—क्या नहीं है वहाँ?

बार्बी डॉल के भूरे सुनहरे बालों को लाल-पीले रिबनों से सजाना उसे अच्छा

लगता है। ग्रैंड माँ ने इंडिया से कितनी तो साड़ी, सलवार, घाघरों वाली गहनों से लदी-फदी डॉल्ज़ भेजी हैं। इट्ज़ अमेज़िंग!

उनके घाघरे, फिरन, लाल पाट वाली छोटी-छोटी साड़ियाँ पहनाने-बाँधने में पीयू की तन्मयता देख आयुष के मन में कैसी तो हिलोर-सी उठती है।

अब गुड़िया गहनों से सजी-धजी ससुराल जा रही है। गुड्डे राजा को भी दो-चार मालाएँ नसीब हो रही हैं। ओ गॉड, गुड़िया की बारात है कि जंगल की सेना? भालू, बन्दर, जिराफ़, हाथी और जंगल का राजा शेर महोदय—सभी क़तार में खड़े हैं, और वह रहा किट्टियों का हुजूम! पीयू की ख़ास पसन्द!

डैडी को देर रात काम करते देख वह खिलौनों का पिटारा लिये बिल्ली के पाँव कमरे में दाख़िल होती है। डैडी अपने कमरे में सो जाने का इशारा करते हैं, तो मासूम चेहरा उठाए इल्तजा-सी करती है, "मैं चुपचाप खेलूँगी उधर उस कॉर्नर में, प्रॉमिस!" यानी कि पीयू डैडी को डिस्टर्ब नहीं करेगी।

मासूमियत भरी अर्ज़ है, 'प्रॉमिस'! डैडी भले उससे न खेलें न बोलें, पर नज़रों के सामने रहें, यही ख़्वाहिश है पीयू की।

डैडी की जान है पीयू।

तन्वी नन्ही बेटी के रतजगे से कभी-कभी बौखला उठती है, "मैं क्या करूँ इस ज़िद्दी बच्ची का? दो फेरी टेल्ज़ बुक्स पढ़कर सुना चुकी हूँ, पर यह आँखों में अँगुली डाले बैठी है। तुम जब तक इसे कहानी न सुनाओगे, यह न ख़ुद सोएगी, न मुझे सोने देगी।"

सुबह उसे भी जल्दी उठकर पुरु को तैयार कर स्कूल छोड़ना होता है। पीयू को डे केयर सेंटर पहुँचा ऑफ़िस दौड़ना पड़ता है। देर रात तक जगने से सुबह सभी काम गड़बड़ा जाते हैं, जो तन्वी को बिलकुल पसन्द नहीं।

पीयू डैडी की उँगली पकड़ लेती है। आवाज़ में अरदास-सी है, "प्लीज़, डैडू, मैं डिस्टर्ब नहीं करूँगी, प्रॉमिस!"

नासमझ उम्र की समझदारी आयुष को बचपन में ले जाती है, जहाँ वह पापा की पीठ पर सवार सवाल-दर-सवाल कर उनके कान के कीड़े मार देता है—आसमान में उड़ते पंछी कहाँ जाते हैं? मैना के बाल कौन सँवारता है? बन्दर शेर को पिंजरे में कैसे बन्द कर सकता है पापा?

पापा के पास हर सवाल का जवाब था। नई-पुरानी कहानियों का भंडार था। बच्चों को पास बिठाकर उन्हें सुनाने का समय भी।

कहानियों में कोई-न-कोई सीख ज़रूर होती, जो अनायास ही कच्ची सोच को तपाने में आँवे का काम करती—चाहे वह शिकारी के जाल में फँसी चिड़ियों का मिलकर जाल समेत उड़ना ही क्यों न हो या दोस्त चूहे का तीखे दाँतों से जाल काटकर उन्हें मुक्त करने में मदद करना।

आज आयुष पीयू को फेरी टेल्ज़ की किताबें और ढेर सारी कार्टून फ़िल्मों के कैसेट मुहय्या करता है, पर साथ बैठकर उसकी ख़ुशी, उसकी उत्सुकता में साझा नहीं कर पाता। उसके पास समय नहीं है।

क्या बच्चों का भविष्य सँवारने में दिन-रात एक करते मध्यवर्गीय पिता के पास सचमुच फ़ालतू वक़्त था?

कॉलेज में पढ़ाने के बाद भी दो ट्यूशन तो वे करते ही रहे हैं। क्या अपने लिए उन्हें वक़्त की ज़रूरत महसूस नहीं होती थी?

तन्वी नाराज़ हो जाती है, “यह कैसी सोच है तुम्हारी? इक्कीसवीं सदी में बीसवीं सदी की सोच! तब से कितना कुछ बदल गया है। ग्लोबल हुए आज के कम्पीटीटिव समय में जीना ही एक चुनौती है...”

फ़िलहाल पीयू कम्प्यूटर रूम के प्ले कॉर्नर में खिलौनों का पसारा फैलाए डैडी के साथ रतजगा करती है।

एक बजकर तीस मिनट।

आयुष के सामने कम्प्यूटर स्क्रीन खुला है।

बीजिंग, म्यूनिख, कैम्ब्रिज की कम्पनियों के नुमाइन्दे स्क्रीन पर नमूदार हो रहे हैं। आयुष की कम्पनी का सीईओ टेक्नोलॉजी देने को राज़ी है। कुछ शर्तें हैं ज़रूर, जिन्हें बहस-मुबाहिसों, तर्कों से आपसी लाभ के दायरे में मनवाया जा रहा है और स्क्रीन पर आगामी योजनाओं के प्रारूप बनाए जा रहे हैं।

सबके फ़ायदे के साथ अपना मुनाफ़ा।

नई कम्पनी एक्वायर की जाएगी। उनके तकनीशियन आपके लिए काम करेंगे। कइयों को महीने भर का नोटिस, तनख़्वाह देकर बर्ख़ास्त कर दिया जाएगा।

कितने कम लफ़्ज़ों में, चन्द एक मिनटों में ही, लोगों की तवील ज़िन्दगियों का फ़ैसला किया जाता है! फ़ैसला सुनानेवालों की आवाज़ कारोबारी, चेहरा सपाट, साँचे में ढला।

पुराने बॉस ने घाटे की कम्पनी बेच दी, तो नये मालिक ने कई तकनीशियनों की 'सरप्लस' कहकर छँटनी कर दी। कइयों की रोज़ी-रोटी पर क़हर। कम्पनी अपना फ़ायदा सोचेगी या कर्मचारियों की परेशानियों में उलझी रहेगी?

आयुष परेशान क्यों हो जाता है?

कम्प्यूटर ऑफ कर कुर्सी की पीठ से सिर टिका लेता है। दिमाग़ में झालदार भँवर उठ रहे हैं।

प्रेज़िडेंट ओबामा के तमाम वादों-दावों के बावजूद नौकरियाँ कम हो रही हैं। क्या करेंगे बेकार युवाओं के परिवार?

कैसे होगा उनके बाल-बच्चों का गुज़ारा?

यहीं सुख की नगरी में दुःख की कातर उपस्थिति दाख़िल हो जाती है।

"कम ऑन आयुष!"

बॉस दिमाग़ से सोचता है, दिल से नहीं।

"जो लायक़ हैं, उन्हें तो काम मिल ही जाएगा; जो नहीं, वे भी कोई-न-कोई जुगाड़ कर ही लेंगे। डोंट वरी, इस देश में कोई भूखा नहीं रहता।"

अभिमान की हदें छूता गर्व!

बॉस भले आदमी हैं। अपनी कम्पनी में छँटाई करते हैं, तो महीने भर का वेतन नोटिस के साथ कर्मचारियों के हाथ में थमा देते हैं। साथ में छोटा-सा ख़ंजरनुमा मारक वाक्य :

"यू शुड नो, प्राइवेट कम्पनियों में परमानेन्सी की कोई गारंटी नहीं होती।"

आयुष सोचता है—कहे, परमानेन्सी की गारंटी तो लाइफ़ की भी नहीं होती, पर कहता कुछ नहीं।

सुपर पॉवर अमेरिका!

सोवियत यूनियन के पतन के बाद कोई टक्कर देनेवाला भी न रहा। इसका सिंहासन डाँवाँडोल कौन कर सकता है?

आम आदमी की बिसात ही क्या?

लेकिन आवाज़ों का गला भला घोंटा जा सकता है?

वॉशिंगटन में सरकार के ख़िलाफ़ प्रदर्शन हो रहा है।

रोम जल रहा है।

इंग्लैंड में मल्टीनेशनल्ज़ के विरुद्ध आवाज़ें उठ रही हैं।

कम्पनियाँ अपने स्वार्थ के लिए आम लोगों को बलि चढ़ा रही हैं।

अमेरिकी आन्दोलनकारी हाथों में झंडे और बैनर लिये वॉलस्ट्रीट पर क़ब्ज़ा करने की कोशिश कर रहे हैं। आवाज़ों का शोर उफन रहा है :

'वी वांट जॉब्स एंड इन्कम फ़ॉर द् वर्कर्स। नो मोर मनी फ़ॉर वॉलस्ट्रीट।'

अमेरिका का आर्थिक संकट गहरा रहा है। कैसा विद्रूप है समय का! दुनिया को अंगूठे के नीचे दबाकर रखनेवाला सुपर पॉवर हैरान है, परेशान भी।

लोगों का आक्रोश बढ़ रहा है : हमें नौकरियाँ चाहिए। जनता शेयर मार्केटों पर क़ब्ज़ा करने की मुहिम चला रही है।

'रोरिंग नाइनटीज़' के लेखक जोसेफ़ ए. स्टिग्लिट्स ने अपनी नई किताब 'द् प्राइस ऑफ इन्इक्युएलिटी' में ग़ैर-बराबरी के प्रश्न पर चेतावनी दी है कि दुनिया को इसकी क़ीमत चुकानी पड़ेगी। भूमंडलीकरण में कुछ लोगों के हित सध जाते हैं, आम जन के बारे में कोई नहीं सोचता। इतिहास साक्षी है, कहीं कुछ ग़लत होता है तो विरोध के स्वर उठते हैं और वक़्त का नया दौर शुरू हो जाता है। 1848 ई. में क्या हुआ था? और 1968 ई. के उथल-पुथल भरे दौर में भी तो यही हुआ था। आज 2011 में भी यही हो रहा है।

आयुष बॉस बिल को अच्छे मूड में पाकर भीतर धुमड़ता प्रश्न 'बाइ द् वे' अन्दाज़ में पूछता है :

"बिल, जो लोग जॉबलेस हो गए, क्या हम उनके लिए कुछ कर सकते हैं?"

"आयुष, माइ बॉय, डोंट बी सेंटिमेंटल। सोचो ज़रा, जर्मन कम्पनी के टेक्नोक्रैट्स हमारे लिए काम करेंगे। काट-छाँट तो हमें करनी होगी। वी विल चूज़ द् बेस्ट। आख़िर हमें भी तो कम्पनी चलानी है।"

यानी आप फ़ायदे में हैं तो दूसरों के लिए माथापच्ची क्यों?

बिल इतना संवेदनहीन क्यों है?

क्या वही अमेरिकन दर्शन, टु ईच हिज़ ओन? सबके अपने-अपने सुख-दुःख, उनसे निपटना-जूझना उन्हीं के ज़िम्मे?

अमेरिका में पन्द्रह साल से रहते हुए भी इस 'टु ईच हिज़ ओन' वाली फ़िलॉसफ़ी का क़ायल नहीं हो पाया आयुष।

तन्वी को शिकायत है, आयुष कुछ ज़्यादा ही सेंटी है। उसे हार्डवेयर इंजीनियर नहीं, कवि-फ़िलॉसफ़र होना चाहिए था।

वीडियो कॉन्फ्रेंस ख़त्म हो चुकी है, पर दिमाग़ी स्क्रीन पर चेहरों की आवाजाही नहीं रुक रही।

सैन फ्रांसिस्को एयरपोर्ट पर खड़े, अवसाद की मूर्ति बने बाला का जिस्म दबी-दबी सिसकियों से बुरी तरह हिल रहा है।

आयुष कोई भी तसल्लीबख़्श शब्द ढूँढ़ नहीं पाता। जानता है, उसके भीतर उठ रहे तूफ़ान को शब्दों की आड़ से रोक पाना मुमकिन नहीं।

उफन रही बाढ़ को सूप से ढकने की कोशिश कितनी बेहूदा लगती है!

हिचकियों के बीच उसके शब्द टूट-टूटकर आयुष तक पहुँचते हैं, "क्या कहूँगा पापा से? माँ-पापा ने तो अपनी उम्र भर की जमा-पूँजी दाँव पर लगा दी मेरे लिए, इस उम्मीद में कि बेटा कुछ बनेगा। उनके स्वप्न, उनके भोले भरोसे मैंने तोड़ दिये आयुष।"

"मर्द होकर आँसू बहाते हो बाला! यह तो इम्तिहान का वक़्त है। हम सब किसी-न-किसी स्टेज पर ऐसे कठिन दौर से गुज़रे हैं।"

बाला के आँसू थम नहीं रहे। आयुष को अपने शब्द बेअसर लग रहे हैं। गले लगाकर वह बाला को शान्त करने की कोशिश करता है।

"तुम्हारी कम्पनी तो लॉस में नहीं जा रही थी बाला?"

टिशू से मुँह-माथा पोंछने के बहाने बाला स्थिर होने की कोशिश करते भी ख़ुद को सँभाल नहीं पाता।

"ठीक-ठीक ही चल रहा था सब भैया," उसकी आवाज़ में बरसात का भीगापन है, "मैं तो प्रमोशन की उम्मीद में कुछ शॉर्ट टर्म कोर्सेज़ करने की भी सोच रहा था, लेकिन इधर के मालिक हमारी परेशानियाँ क्यों समझें? घाटा दिखाकर कम्पनी बेच दी और नोटिस देकर हमें फ़ायर कर दिया। नये मालिकों ने अपने लोगों की नियुक्ति की। मेरा यहाँ कौन था?"

उसकी आँखों में भूरा रेगिस्तान फैलने लगा था। परदेस में वह अकेला हो गया था। महत्त्वाकांक्षाओं के समर में निहत्था और निरुपाय!

सुख की नगरी में क़दम रखने के बावजूद बाला अपने गाँव-घर, विजयवाड़ा की गलियों-दोस्तों को न भूल पाया। मम्मी-डैडी की अकेली उम्मीद बाला पर भारतीय संस्कार कुछ ज़्यादा ही हावी रहे।

दोस्त कभी-कभी टाँग खिंचाई करते, "यार, तेरा पूजा-अर्चना करना तो समझ में आता है, गला भी तेरा पंकज उधास जैसा है। तुम्हें सुनना अच्छा भी

लगता है। इधर की हवा ने हमें थोड़ा-बहुत बिगाड़ भले दिया हो, पर नास्तिक तो हम भी नहीं। लेकिन भाई, तुम जो यह फ़ोन स्पीकर पर रखकर 'ओम् जय जगदीश हरे' की सात्विक गूँज सात समन्दर पार बैठे माँ-पापा तक पहुँचाते हो, यह तो एब्सर्ड लगता है।"

बाला थोड़ा शरमा-सकुचाकर दोस्तों को समझाने की कोशिश करता, "यार!, माँ-पापा मुझे भजन गाते सुनते हैं तो ख़ुश हो जाते हैं। इतना कुछ तो दूर रहकर मैं उनके लिए कर ही सकता हूँ न?"

ऐसे संस्कारवान, दोस्तों के कहे, एब्सर्ड बाला की आन्तरिकता में उठे तूफ़ान को शान्त करना आयुष के लिए आसान नहीं था। बस, कुछ शब्द, जो ख़ुद को ही औपचारिक लगें, कहकर तसल्ली दी, "हिम्मत रखो बाला। अभी तो कई देसियों के सिर पर भी तलवारें लटकी हैं, हम तो परदेसी हैं।"

आयुष ने भी कम सदमे नहीं झेले हैं।

कैसे भूल सकता है आयुष 2002 के आसपास का परेशानहाल वक़्त, जब अचानक ही हुआ था बबल बर्स्ट?

चोटें आयुष पर ही नहीं, दिवाकर, श्रीनिवास, रजत और कई अमेरिकियों पर भी पड़ी थीं।

बबल बर्स्ट के तूफ़ान में आयुष की नई जमाई कम्पनी की चूलें ही नहीं हिली थीं, उसके सपने भी ढह गए थे।

कुछ दोस्तों को साथ लेकर ख़ुद को आज़माने और नामुमकिन-सी लगती मंज़िल तक पहुँचने की कोशिश की थी उसने।

हाथों में हुनर और आँखों में सपने लिये एक बीहड़ यात्रा पर चल पड़ा था वह।

कौन जानता था तब कि सपनों के शहर पर अचानक गाज गिर जाएगी? घुमावदार रास्तों पर मंज़िल की तलाश में, तमाम एहतियात से क़दम रखते, ऐसी खंदक-खाई में गिरेंगे कि ज़ख़्मों को सहलाते-पूरते साल-दर-साल निकल जाएँगे?

आयुष ने निजी कम्पनी पूरे जोश, जज़्बे और कुछ नया करने के इरादे से खोली थी। पूर्व बॉस ने भी उसकी योग्यता पर भरोसा कर लोन दिलाने में मदद की थी।

नये एंटरप्रोन्योर ने शुरुआत तो ज़ोर-शोर से की थी, लेकिन पहला चिप बना ही था कि बबल बर्स्ट का धमाका बाज़ार को दहला गया। जिन वेंचर कैपिटलिस्टों

ने पैसा लगाया था, बीस मिलियन डॉलर, आगे पैसा देने से साफ़ इनकार कर फ़ंडिंग बन्द कर दी।

आयुष ने साठ एम्प्लाइज़ के साथ काम शुरू किया था। उसके साथ वे भी बेरोज़गार हो गए।

अब्रहीन आसमान से बिजली गिरना था कि आयुष ग्रुप की तमाम महत्त्वाकांक्षी योजनाएँ ध्वस्त हो गईं।

बाज़ार ऐसे गिरा कि कई दिग्गजों के हौसले पस्त हो गए।

आयुष ग्रुप को कई महीने तंगदस्ती में गुज़ारने पड़े। मदद के लिए गुहार की तो कुछ को थोड़ी राहत मिली, लेकिन कितनों को?

सहकर्मी, प्यारे दोस्त कब तक आयुष का साथ देते? सभी अपनी बिगड़ी सम्हालने अलग-अलग रास्तों पर छितर गए।

दिवाकर कई-कई दिन-मास बीन बरीटो और सस्ते बर्गर खाकर काम तलाशता रहा, फिर किसी रिश्तेदार के सुझाव पर कैनेडा चला गया। वहाँ किसी स्कूल में पार्ट टाइम टीचरी करने लगा।

श्रीनिवास वॉशिंगटन चला गया। दो महीने किसी कज़िन के स्टोर में सेल्समैन बना, बाद में वहीं कोई छोटी-मोटी नौकरी मिल गई।

रजत को ऑस्ट्रेलिया में किसी दोस्त की फ़र्म में काम मिला।

इंजीनियर्स, टेक्नोक्रैट्स, एम.एस. डिग्री होल्डर्स फ़िलहाल अपनी डिग्रियाँ बक्सों में बन्द कर छोटे-मोटे काम करने लगे और बेहतर नौकरियों के लिए तलाश जारी रखी।

ऊँची पढ़ाई और डिग्रियों का गर्व अपनी आन्तरिकताओं में घोंटते भी उन्होंने न उम्मीद छोड़ी और न निराश मनःस्थिति में हारे हुए घर लौटे। घरवालों की अपेक्षाओं पर लीर फेरना और ख़ुद को निकम्मा साबित करना उन्होंने मंज़ूर नहीं किया।

लेकिन बाला लड़ते-लड़ते हार गया था। अमेरिका अब उसके स्वप्नों का देश नहीं रहा था।

अपनों से दूर, पराये देश का लीलता हुआ बेगानापन छोटी-मोटी नौकरी के भुलावे में झेला तो जा सकता था, पर बेरोज़गारी ने उसे बुरी तरह से तोड़ दिया था।

आयुष चाहकर भी उसके लिए कुछ नहीं कर सका। वह ख़ुद सदमे में था और उबरने की कोशिश कर रहा था। लेकिन कुछ था उसमें भीतर की कोई आग, जो उसे हालात की ठिठुराती ठंड में अकड़कर जम जाने से बचा रही थी।

मैकडोनॉल्ड के बेस्वाद बर्गर और मैक्सिकन राजमा-चावल से सस्ते में पेट की आग बुझाते उसने अपनी जद्दोजहद जारी रखी। हालाँकि हालात जल्दी बदल जाएँगे, इसकी कोई सूरत नज़र नहीं आ रही थी।

वक़्त सोलेमन की तलवार-सा सिर पर लटकता रहा—अनिश्चित आगत की सम्भावित मार से ख़ौफ़ज़दा करता हुआ।

कितना भी भूलने की कोशिश करे आयुष, खदेड़कर दिल-दिमाग़ से बाहर नहीं कर पाता उन दिनों की त्रासद स्मृतियाँ।

चौतरफ़ लीलता अँधेरा। बीच पर घंटों बैठ, समुद्र की विशालकाय लहरों को पछाड़ खाते देखना। हाई और लो टाइड के लीलते-सहलाते आवर्तन। झागीले उफान में लहरें तटों को मिसाइलों की तरह दाग़तीं। ढेर सारे शंख, सीपियाँ, लिजलिजे केंकड़े, जल-जीव रेत पर छितराकर लौट जाते अपने आयतन में समो जाने को—निस्पृह और निःसंग!

सागर का यह मनमौजी खेल तट पर कुशल हाथों से बनाए गए रेत-महल, कलश-कंगूरे, बाग़-बग़ीचे पल भर में ढहाकर निश्शेष कर देता, जैसे वे वहाँ कभी थे ही नहीं!

क्या काल उसकी उम्मीदों, उसके मंसूबों को भी रेत-घरों की तरह ढहा देगा?

समुद्र के बीच बैठा अलकटराज़ द्वीप आयुष को एक अनाम भय से सिहरा देता। क्या वह भी कभी वहाँ रहते क़ैदियों की तरह उम्रक़ैद झेलता रहेगा, इस अपराध के लिए कि उसने कुछ महत्त्वाकांक्षी सपने देखे हैं?

आयुष भीतर सिर उठाती आशंकाओं को परे ठेलने की भरसक कोशिश करता। 'नहीं, अब वहाँ कोई क़ैदी नहीं रहता।' मन में प्रश्न उठते और मन ही उनका समाधान करता।

कभी नामालूम-सी उम्मीद अँधेरे में दीये जलाती कि एक दिन वह ज़रूर बेरोज़गारी की इस त्रासद क़ैद से मुक्त होगा।

अजीब-सा हाल था आयुष का उन दिनों। आज और आनेवाले कल के बीच कुहासे-भरा ऐसा सन्नाटा कि कोई तसवीर साफ़ नज़र नहीं आ रही थी।

शाम को जब सैन फ्रांसिस्को शहर पर तारामंडल-सी टिमटिमाती रोशनियाँ झिलमिलातीं, पानी में उनका अक्स थरथराता, तो लगता, बेशुमार उदास आँखें आँसुओं से डबडबा रही हैं। ओक देवदार की घनेरी शाखों के बीच हवा सरसराकर गुज़रती, नीले आसमान में पर तौलता कोई पक्षी कुरलाता तो आयुष को विषाद राग घेर लेता।

क्यों आया वह अपनों से दूर, सात समन्दर पार इस बेगाने देश में, जहाँ से लौटने की चाह या विवशता होने के बावजूद लौटना अक्सर मुमकिन नहीं हो पाता? वजहें भीतरी हों या बाहरी!

क्यों देखे उसने ऐसे सपने, जो सच में नहीं बदल पाते?

परदेस में अपनों से दूर, अकेला बेरोज़गार युवा, दिल-दिमाग़ दुरुस्त रखे भी तो कैसे?

कितना भयावह होता है अनिश्चय और आशंकाओं के बीच वक़्त का एक-एक पल गुज़ारना, जब अपना साया भी साथ छोड़ता नज़र आए?

उन्हीं मुश्किल दिनों आयुष की गर्ल फ्रेंड टेसी भी उसका साथ छोड़ गई। अकेलापन बाँटने की युवा चाह आयुष को टेसी के क़रीब लाई थी। मन-ही-मन वह उस वक़्ती साथ को प्यार जैसा कुछ अन्तरंग समझ बैठा था। शायद यही वजह थी कि टेसी को ईरानी-अफ़ग़ानी-ग्रीक रेस्तराओं में बढ़िया डिनर कराना उसे कभी महँगा नहीं लगा, लेकिन प्रैक्टिकल और मैटर ऑफ़ फ़ैक्ट एटिट्यूड वाली टेसी ज़्यादा खेली-खाई थी। उसके काम छूटते ही जान गई कि अब आयुष उसके लिए ग्रीक चिकन राइस, लेमन सूप और स्पेशल सलाद अफोर्ड नहीं कर पाएगा, न ही अफगानी रेस्तराँ पैराडाइज का स्पेशल डिल्ली राइस, जो उसे बेहद पसन्द था।

ज़ाहिर है, बीन बरीटो शेयर करने के लिए उसने दोस्ती का वादा नहीं किया था।

टेसी चली गई, बिना कोई सफ़ाई दिये। चन्द शामें साथ गुज़ारते प्रेमरोग पालनेवाले भावुक हिन्दुस्तानी का भ्रम टूट गया।

शुक्र है, इस दिल-तोड़ हादसे से टूटते-टूटते भी वह साबुत बच गया। कुछ खरोंचें ज़रूर लगीं, कुछ आँसू भी बहे, पर धक्का खाकर सँभलना भी सीख गया।

उसे आगे बढ़ना था। जान गया कि इस सफ़र में उसे कुछ तो खोना ही पड़ेगा और शायद अकेला होना भी। उन दिनों दोस्त भंडारी की निष्प्राण देह और खुली आँखें उसे अक्सर हांट करतीं। कई महीनों की बेरोज़गारी से डिप्रेशन का शिकार हुए भंडारी ने एक रात अचानक आत्महत्या कर ली थी।

कई कोशिशों के बाद भी ढंग का काम न मिला तो आयुष को चिन्ता हुई, कहीं वह भी डिप्रेशन का शिकार होकर ग़लत क़दम न उठा बैठे!

रिज़ल्ट्स, माय बॉय, रिज़ल्ट्स

बड़ी ऊहापोह के बाद वह पुराने बॉस मैक से मिला। मैक ने उसे कम्पनी बनाने में मदद की थी, उसके जज़्बे को सराहा था।

अब उसी के पास याचक बनकर जाना और अपनी हार की दास्तान सुनाना आयुष को गवारा नहीं हो रहा था, लेकिन उसके पास दूसरा विकल्प भी नहीं था।

मैक उसकी हिचक समझ गया। बातचीत की शुरुआत उसी ने की। इस बीच उसने आयुष की बन्द कम्पनी ख़रीद ली थी और उसे अपनी कम्पनी में मिला दिया था।

हालात से वह वाक़िफ़ था ही। बिना सवाल किए उसने आयुष को अपनी कम्पनी में वापस बुला लिया। कुशल टेक्नोक्रैट्स की ज़रूरत उसे भी थी।

आयुष ने कृतज्ञ होकर माना कि व्यापारियों की नगरी में कुछ संवेदनशील लोग भी रहते हैं।

बॉस के लिए भी यह घाटे का सौदा न था। वह आयुष को जानता था, उसकी कार्यकुशलता और खटने की हदों को भी।

कभी-कभी सराहता भी, "तुम काम से प्यार करते हो, यह बात मुझे अच्छी लगती है। तुममें सम्भावनाएँ हैं। मेहनत से काम करोगे तो दूर तक जाओगे।"

अक्सर मैक स्टीव जॉब्स का हवाला देता, "यू नो आयुष, स्टीव यों ही एप्पल इंक का सह-सम्पादक और सीईओ नहीं बना। उसने यह सब अपनी मेहनत से ही कमाया। यू नो..."

आयुष जानता था, स्टीव जॉब्स ने तंगदस्ती में बचपन गुज़ारा। उसकी सफलता, पाँच अरब डॉलर की सम्पत्ति के मालिक बनने के पीछे उसकी प्रतिभा के साथ लगन और संघर्ष-क्षमता भी रही है। वह स्टीव जॉब्स नहीं बन सकता, अरबों कमाने का ख़्वाब भी वह नहीं देखता। हाँ, कुछ नया करके दिखाने की आकांक्षा उसे ज़रूर थी, और मेहनत करने से वह घबराता नहीं था।

आयुष को मैक की कम्पनी में अपने भविष्य की सम्भावनाएँ नज़र आईं, तभी वह उसका हिदायत देता तकिया कलाम 'रिज़ल्ट्स माय बॉय, रिज़ल्ट्स' मुस्कराकर अदब से ही स्वीकारता।

इस 'रिज़ल्ट्स' वाले तकिया कलाम के लिए आयुष ने अपने कई वीकएंड्स क़ुर्बान कर दिये, जो कोई गोरी चमड़ी वाला शायद ही करता।

इस क़ुर्बानी पर उसके गोरे दोस्त तंज़ भी करते, "नो हॉलीडे फ़ॉर यू आयुष? वॉट अबाउट यूअर गर्ल फ्रेंड?" अपनी स्पोर्ट्स कार में केयाकिंग-बोटिंग का तामझाम, रबर बोट, वॉटर जैकेट्स, खाने-पीने का सामान वग़ैरह पैक कर वे विजयी अन्दाज़ में उसे उपहास-भरा 'गुड लक' थमाते।

आयुष न नाराज़गी दिखाता, न ग़ुस्सा। मुस्कराकर, 'हैव ए गुड टाइम' कहकर पल्ला छुड़ाता। वक़्त की ठोकरों ने इतना तो सिखाया था कि मंज़िल पानी है तो कुछ समझौते करने ही होंगे।

स्टे हंगरी, स्टे फूलिश

परदेस में गला-काट प्रतियोगिता थी, उस जैसे बाहरी जन के लिए ख़ासकर। छोटी से छोटी ग़लती भी सुरसा का मुँह बन सकती थी। उसे हर क़दम पर ख़ुद को प्रूव करना था। नतीजन, आयुष के कमरों में नई-नई टेक्नोलॉजी की पुस्तकों के ढेर लग गए—बेडरूम से लेकर बाथरूम तक।

बॉस बार-बार याद दिलाता, "कल का नया आज यहाँ पुराना पड़ता है आयुष! हमें वक़्त से आगे चलना है..."

'यू नो' के तकिया कलाम के साथ वह कभी-कभार कोचने से भी परहेज़ न करता, "यू नो, दिस इज़ सिलिकॉन वैली। 1980 में कम्प्यूटर बना था, तब से हमने कितना कुछ नया इन्वेंट किया है! वी नीड इन्नोवेटिव ब्रेन्स, ऊँची डिग्रियाँ काफ़ी नहीं हैं।"

अपनी डबल एम.एस. की डिग्रियों पर गर्व करनेवाला आयुष मुँह बन्द किए सुनता रहता। चारा भी क्या था? आयुष जानता है, कई बड़े नामों के साथ ऊँची डिग्रियाँ नत्थी नहीं हैं।

बिल गेट्स ने माइक्रोसॉफ़्ट शुरू किया। सुना है, वह हार्वर्ड यूनिवर्सिटी का ड्रॉप आउट रहा है। स्टीव जॉब्स ने यहीं कूपरटीनो में एप्पल कम्पनी बनाई, आई पैड बनाया। हाईस्कूल पास रहा है वह। रीड कॉलेज में एक सेमेस्टर के बाद पढ़ाई छोड़ कम्प्यूटर क्लब में काम किया। आगे चलकर वह मोबाइल फ़ोन बनानेवाली कम्पनी का सीईओ बना। इंटरनेट को हमारी जेब तक पहुँचाया।

मैक ठीक कहता है, 'नया कुछ ईजाद होता है तो पुराना बासी पड़ने लगता है।'

आई पॉड बना तो वॉकमन लगभग ख़त्म हो गया। आगे आई पैड, आई फ़ोन एक, आई फ़ोन दो, तीन, चार, पाँच!

सोशल नेट वर्किंग बढ़ती जा रही है—स्मार्ट फ़ोन, फ़ेस बुक, फ़ेस टॉक, चैट सिस्टम! दुनिया को क़रीब लानेवाली तकनीकी का आख़िरी छोर कहाँ है?

माउंटेन विव में गूगल के हैडक्वार्टर्स के पास से गुज़रते आयुष अक्सर सोचता है, टेक्नोलॉजी में रोज़ नयेपन का आग्रह है, कट थ्रोट कम्पीटिशन है। जाने-अनजाने क्या वह भी इस दौड़ में शामिल हो गया है?

चिप डिज़ाइनर आयुष दौड़ में शामिल हो न हो, इस कम्पीटिशन को उसने चुनौती की तरह लिया है। कुछ नया कर दिखाने का इरादा ही तो उसे अमेरिका की धरती पर ले आया है। स्टीव जॉब्स को उसने अपना गुरु मान लिया है। 2005 में स्टैनफोर्ड में दिये व्याख्यान में उसने अपनी सफलता का इतिहास बयाँ करते चार शब्द कहे थे, जो आयुष भूलता नहीं : 'स्टे हंगरी, स्टे फूलिश, लेकिन करो वही जो तुम्हारा दिल कहता है। करो वही काम, जिससे तुम प्यार करते हो।'

आयुष मैक के पास भी ज़्यादा देर नहीं रुका। इस बीच कई चिप बनाए, कई कम्पनियाँ बदलीं। स्थितियों में सुधार हुआ तो कहीं भी ज़्यादा देर अपना इस्तेमाल नहीं होने दिया। इधर अमेरिका भी कई बदलावों के दौर से गुज़रा। आर्थिक मन्दी का पारा भी ऊपर-नीचे होता रहा। आयुष की निजी ज़िन्दगी में भी उतार-चढ़ाव आते गए। संघर्ष के दौरान सफलता मिलने लगी तो आत्मविश्वास भी बढ़ता गया।

न्यूयॉर्क टूर से लौटते एक दिन अचानक दोस्त सान्याल मिला, जो अपनी छोटी बहन तन्वी को सैन होज़े छोड़ने आ रहा था।

तन्वी लॉ की पढ़ाई कर चुकी थी। सैन होज़े में उसे जॉब ऑफर आया था, ज्वाइन करने जा रही थी। आयुष को तन्वी से मिलना अच्छा लगा। तन्वी को भी भाई के दोस्त में अपना दोस्त नज़र आया।

न्यूयॉर्क से लौटते सान्याल ने बहन से कहा, "कभी कोई परेशानी की बात हो, आयुष को बताना। अपने को अकेली मत समझना। मेरा भाई जैसा दोस्त है आयुष।"

"ओके दादा, मेरी चिन्ता न करो। इतनी बच्ची भी नहीं हूँ।"

आयुष को तन्वी का आत्मविश्वास अच्छा लगा, गालों पर उभर आई हल्की-सी लाली भी। लगा, अमेरिका आए ज़्यादा वक़्त नहीं हुआ है उसे।

वीकएंड्स पर कभी-कभी आयुष तन्वी को किसी रेस्तराँ में लंच पर बुलाता, कभी डिनर पर। मुलाक़ातें बढ़ने लगीं तो बातें मौसम, ऑफ़िस, नये दोस्तों व ज़माने की

दास्तानों से आगे बढ़कर भीतर के ख़ाली कोनों को टटोलने लगीं। टेसी के दुखद एपिसोड के बाद आयुष ने उस ख़ाली कोने को काम की व्यस्तताओं से भरने की कोशिश की, पर वह भरा कहाँ था? तन्वी से बढ़ती अन्तरंगता ने उस ख़ालीपन के अहसास को अनजाने ही गहरा दिया। तन्वी के स्पर्श भर से उसके भीतर चाहत का ज्वार फिर से उमड़ने लगा। उसने भी आयुष के लिए ऐसा ही कुछ महसूस किया हो शायद! लेकिन शादी करने का फ़ैसला उन्होंने जल्दबाज़ी में न कर, सोच-समझकर ही किया।

उधर आयुष के मम्मी-पापा बेटे के अकेलेपन से त्रस्त थे।

परदेस में कोई साथी तो हो, सुख-दुःख का कोई संगी। ग़लत लड़कियों के चक्कर में न पड़े, मन में शायद यह डर भी रहा हो!

आयुष की उम्र भी तीस पार कर गई थी। अब शादी न करेगा तो कब? कैलिफ़ोर्निया कुछ ज़्यादा ही फ़्री कंट्री है, किसी लड़की के साथ तो नहीं रहने लगा हो! पापा की चिन्ता इस तरफ़ भी थी, गोकि मम्मा इसे वहम भर ही समझती थी।

आयुष के पास भी शादी न करने की कोई वजह न थी। काम उसका ठीक-ठाक चल रहा था। एक अच्छी दोस्त भी उसे मिल गई थी जिसने शादी करने से इनकार नहीं किया था।

माँ-पापा ने भी बेटे के ना-नुकर रवैये के दूरगामी अर्थ बूझकर ख़ानदानी सुशील कन्या की ढूँढ़ कब की छोड़ दी थी और आयुष को अपना साथी चुनने की हरी झंडी पहले ही मिल गई थी।

तन्वी-आयुष ने भी शादी करने का फ़ैसला लगभग कर ही लिया था। अब सिर्फ़ घरवालों से इजाज़त लेने की औपचारिकता भर निभानी थी, सो भी पूरी कर दी गई, गोकि इसकी भी ख़ास ज़रूरत न थी।

प्रभा-सुरेन्द्रनाथ ने एक ही शर्त रखी, "शादी भारत में ही होगी।"

आयुष-तन्वी ने सहर्ष सहमति दी।

जल्दी ही शादी सम्पन्न हो गई—हल्दी, मेहँदी, लग्न, फेरे, मंत्रोच्चारों, विवाह गीतों के साथ। सान्याल परिवार कलकत्ता से नाते-रिश्तेदारों के साथ आकर विवाह में शामिल हुआ। सुरेन्द्रनाथ-प्रभा ने सुख की साँस ली, बेटा अब परदेस में अकेला नहीं है।

तन्वी के आने से आयुष का मकान घर बन गया।

समय अपनी गति से आगे बढ़ रहा है। तकनीकी में नित-नये अन्वेषण हो रहे हैं। आई फ़ोन एक के बाद आई फ़ोन दो, तीन, चार, पाँच तक बाज़ार में आ गए हैं लेकिन इस बीच एप्पल इंक का सीईओ, ए ग्रेट एंटरप्रोन्योर स्टीव जॉब्स नहीं रहा। 5 अक्टूबर, 2011 को पैनक्रियाटिक कैंसर से उसकी मृत्यु हो गई। एप्पल कम्पनी के लिए ही नहीं, पूरे अमेरिका के लिए यह एक न भूलनेवाली दुखद घटना थी, आयुष के लिए भी।

फ़िलहाल ग्लोबलाइज़ेशन का बुख़ार चरम पर है। एक-दूसरे को पछाड़ आगे बढ़ने की होड़ है। सम्भावनाओं और ऑपरचुनिटीज़ के देश अमेरिका में भी स्थितियाँ कलाबाज़ियाँ खा रही हैं।

आयुष-तन्वी ने अपने दिल की बात सुन ली है और यहीं रहकर जीना स्वीकार लिया है।

अन्तिम पहर रात

रात अन्तिम पहर की करवट ले चुकी है।

नन्ही पीयू खिलौनों के ढेर बीच ब्राउन भालू का तकिया लगाकर सो गई है—बाँहों में दो-चार शर्मीली गुड्डियों को भींचे।

दाएँ-बाएँ हाथी-घोड़े, डायनासोर की प्रजातियाँ और चार-छह किट्टियाँ सुरक्षा घेरा बनाए पीयू के मासूम चेहरे पर टकटकी लगाए पहरा दे रहे हैं। पीयू का बेफ़िक्र बचपन अपने दोस्तों के साथ परी देश पहुँच गया है। वहाँ न बबल बर्स्ट की परेशानियाँ हैं, न 9/11/2001 में वर्ल्ड ट्रेड सेंटर पर आतंकियों द्वारा किए गए विस्फोट की विनाशकारी परिणतियाँ। वहाँ रेड राइडिंग हुड नानी के लिए बेर लेकर जा रही है और खुशदिल बौने नाच रहे हैं। वहाँ ख़ुशहाली की चिड़ियाँ चहचहाती हैं।

आयुष बिटिया को बाँहों में भर सीने से लगाता है। बच्ची के स्पर्श भर से वहाँ एक तरल सोता उमग आता है। इस नन्ही परी के लिए कौन-सा दरिया पार नहीं किया जा सकता! माँ पास होती तो पूछ लेता, पर पूछता क्या?

उसका तो ऐसे प्रश्नों का एक ही उत्तर रहा है, 'पिता बनोगे तो सभी सवालों के जवाब बिना पूछे मिल जाएँगे।'

यह जो भीतर उत्ताल-सी हिलोर उठी है, यही कहीं तो नहीं है वह उत्तर?

पीयू को क्रिब में सुलाकर आयुष हल्के-से उसका माथा चूम लेता है, जैसे वह गुलाब की पंखुड़ी हो! "सॉरी माई प्रिंसेस! तुम्हारी छोटी-छोटी इच्छाओं को पूरा करने में भी डैडी तुम्हें इन्तज़ार कराता है।"

इधर ऑफ़िशियल टूर कुछ ज़्यादा ही हो गए हैं। पीयू कब से डैडी के साथ ज़ू जाने की ज़िद करती रही है। डैडी 'नेक्स्ट टाइम' का वादा कर टालते रहे हैं। पुरु ने तो घूमने-फिरने के लिए लम्बी सूची भी बना ली है, जिसमें अमेरिकन पार्क, ज़ू और वॉटर पार्क ही नहीं हैं, डिज़्नीलैंड और सी वर्ल्ड भी शामिल हैं।

पुरु को समझा-बुझाकर मनाया जा सकता है, मम्मी के अनुशासन में पला है। मान भी जाता है। दो-चार मनपसन्द कॉमिक्स उसे रिझाने के लिए काफ़ी हैं। बुक स्टोर से लाकर दो, तो उन्हीं में मस्त रहेगा।

पीयू डैडी की बेटी है। उसकी माँगें बड़ी नहीं हैं। उसे तो बस डैडी के साथ घूमना-फिरना अच्छा लगता है। वहाँ उसे समझौता मंज़ूर नहीं।

कल रविवार है, आयुष फ़ैमिली पिकनिक का प्रोग्राम बनाएगा। ज़ू जाना पुरु को भी पसन्द है। वॉटर पार्क में पानी की राइड्स भी। तन्वी भी बच्चों के साथ स्विमिंग एंज्वाय करती है।

तकिए पर सिर रख आयुष आँखें बन्द कर सोने की कोशिश करता है।

अचानक सामने की खिड़की के काँच से सटा कोई चेहरा भीतर झाँकता नज़र आता है। चेहरे पर उदास मुस्कराहट का धूप-छाँही रंग। आँखों में कैसा तो इन्तज़ार ठहरा हुआ!

क्या वह नींद में था या जाग रहा था? इधर देर रात तक जगने से वह थोड़ा परेशान-सा भी रहने लगा है।

'कौन है?' वह पूछना चाहता है, पर मुँह से आवाज़ ही नहीं निकलती।

'तुमने कहा था, मैं लौट आऊँगा। मेरा वहाँ कौन है?'

यह पापा की आवाज़ कहाँ से आई?

आयुष चौंककर आँखें खोल देता है। खिड़की के लूवर्स के पीछे मेपल का पेड़ निस्तब्ध खड़ा है। शाखों में कोई थिरकन भी नहीं। अभी उसने एक चेहरा देखा था। क्या वह पापा का चेहरा था?

नहीं, पापा यहाँ कहाँ?

क्या वह भ्रम था या हेल्यूसनेशन?

यह आवाज़ क्या उसके अन्दर से आई थी, कई सालों पीछे की आवाज़, अचानक? वह तो पापा के नहीं, बच्चों के बारे में सोच रहा था। तो क्या यह पिता-पुत्र सम्बन्धों से जुड़ा, अवचेतन में धँसा कोई अपराध-बोध था या सुदूर भविष्य का कोई सम्भावित संकेत?

नहीं, ज़्यादा नहीं सोचना। पीछा करती ये आवाज़ें इस सच को झुठला नहीं सकतीं कि उसकी एक दुनिया है यहाँ भी।

आयुष उठकर एक स्लीपिंग पिल पानी के साथ गटक लेता है। अभी नींद बहुत ज़रूरी है।

हम जानते हैं, सुबह नींद से जगकर सबसे पहले वह फ़ोन पर पापा-मम्मी से लम्बी बात करेगा।

क्यों न हम आयुष को सोने दें और उसके जागने तक ज़रा पीछे मुड़कर गए वक़्त में थोड़ी दख़लअन्दाज़ी करें? देखें, कैसे और क्योंकर पहुँचा आयुष मम्मी के कहे सात समन्दर पार? उसके पीछे छूटे घर-परिवार की भी थोड़ी जानकारी लें।

ठीक?

उस रात कोहसारों से रक्त झरा

कौन-सी ज़िद कब, कैसे, किन कारणों से मन-ज़ेहन में ऐसी जड़ पकड़ती है कि तमाम दानिशमन्दी से लिये गए फ़ैसलों पर चाहे-अनचाहे हावी होने लगती है, यह जानना कभी किसी के लिए आसान नहीं रहा है।

भला उस दिल-दिमाग़ से दुरुस्त आदमी की आन्तरिकता में कैसे सेंध लगाई जा सकती है, जो मंज़िल की तरफ़ क़दम बढ़ाते, सीधा रास्ता छोड़ अचीन्ही पगडंडियों पर ख़ुद को धकेल देता है, बिना यह सोचे कि रास्ता कंटियल नागफनियों से अटा, भूल-भुलैया में भटका देनेवाला भी हो सकता है?

आयुष की ही बात लें। कब उसके भीतर कहीं गहरे अदृश्य में दृश्य से दूर जाने की ज़िद ने सिर उठाया, उसे ख़ुद को भी तो नहीं मालूम!

वादी के हौलनाक क़िस्से उसने अपने मम्मी-डैडी से सुने थे।

उन आतंक भरे दिनों वह घर से दूर पिलानी, राजस्थान में इंजीनियरिंग की पढ़ाई कर रहा था। नाते-रिश्तेदारों ने भी उस दहशतभरी रात की दहलानेवाली दास्तानें सुनाई थीं, जब लाउडस्पीकरों पर आतंकियों ने धमकी भरे ऐलान किए थे। उन्हें कुत्तों और जासूसों की प्रजातियों से जोड़कर वादी से दफ़ा होने का हुकुम दिया था। साथ में अन्तिम चेतावनी भी कि घर-बार छोड़कर नहीं गए तो कुत्तों की मौत मारे जाओगे।

बीच रास्ते आँखें उघाड़े पड़ी गली के अँधेरे मोड़ों पर बँधे घुटनों सोई और पेड़ों से लटकी प्रेम-राग गानेवालों की क्षत-विक्षत लाशें उन हुकुमनामों के सुबूत बनकर वहाँ पहले से ही नमूनों के तौर पर मौजूद थीं।

कहानियाँ थीं कि विदाख?

जय रैना अंकल को जानते हो न, महाराजगंज में जिनकी बजाजी की दुकान थी? आतंकियों के डर के मारे धान के मटके में छिपकर बैठ गया था। वहीं गोदाम में घुसकर बदमाशों ने उसे गोलियों से भून दिया।

सुनीता क़ौल को भरी दोपहर उठाकर ले गए, और अगले दिन आरी-कटी लाश दरवाज़े पर छोड़ गए—वक्ष पर डेजहोर लटकाकर कि समझदार हो तो इशारा समझ लो।

जो घर छोड़कर नहीं गया, उसका वैसा ही हश्र हुआ।

आयुष सुनकर दहल उठा था।

घर-आँगन, दोस्तों-अहबाबों की तमाम खट्टी-मीठी यादें कलेजा कोरने लगी थीं।

उस रात आयुष जवाहर टनल से गुज़रती बसों, ट्रकों को भागते देखता रहा—उन लुटे-पिटे ख़ौफ़ज़दा बच्चों-बूढ़ों और बदहवास औरतों को गोद में लिये, जो हड़बड़ी में हाथ आई गठरी-मुठरी, चद्दर-बुगचों को सीने से चिपकाए मौत से भाग रहे थे साँस रोके, कहीं मौत उनकी आहट न सुन ले!

टनल की दरारों से यहाँ-वहाँ फूटती बर्फ़ीले पानी की ये बौछारें निर्वासितों की घुटी-घुटी मौन चीख़ों पर भीगे कम्बल डाल उदास माहौल को गझिन बोझ तले बराबर दबोचती जा रही थीं। भीतरी रसायन में आँधियों की हू-हू लिये, आँखों से गरम सोते बहाते, सिर उठाकर जीनेवाले सिर झुकाए पीछे छूटती वादी को अलविदा कह रहे थे।

यहीं तो उन्होंने जीने और होने के अर्थ जाने थे।

यहीं तो गांधी जी ने गर्व से भरकर कहा था कि मुझे यहाँ उम्मीद की किरण नज़र आ रही है।

देश-विभाजन की अफ़रा-तफ़री में जब साम्प्रदायिक दंगों की ज्वालामुखी में पूरा देश जल रहा था, वादी में धर्म के नाम पर एक भी हादसा नहीं हुआ था।

'उम्मीद' शब्द आयुष के ज़ेहन में खलबली मचाता रहा।

उम्मीदों के भरोसे कब तक जिया जा सकता है कि कोई करिश्मा हो जाए और उम्मीद बर आए?

आज गांधी जी होते तो क्या कहते इन बेक़ुसूर लोगों की रक्त झरी उम्मीदों का हश्र देखकर? क्या करते वहाँ, जहाँ सदियों की विरासतें लहूलुहान हो रही थीं? जहाँ वापस लौटने के सभी रास्ते आतंक का बादल फटने से ध्वस्त हो गए थे? उत्तरकाशी में बादल फटने से हुए भयंकर ध्वंस की तरह जो ढहे-अधढहे घर, उम्मीदों का मलबा और कीचड़ भरा गंधाता माहौल पीछे छोड़ गया था?

आयुष के मम्मी-डैडी उस दहशतभरी रात से कुछ ही दिन पहले जवाहर नगर के अपने घर में ताला लगाकर बेटी अस्मी के साथ दिल्ली आ गए थे। मम्मी की

लाडली भानजी की शादी तो एक बहाना भर था। इधर दहशतगर्द लड़कियों के पीछे हाथ धोकर पड़े थे। उन्हें रात-बेरात घरों से उठाकर 'मुताह' करने को मजबूर किया जाता था।

तमाम वारदातों से घबराकर लड़कियाँ घरों में क़ैद हो गई थीं और उनके माता-पिता दहशतगर्दों की बन्दूक़ की नली के आगे बेबस और परेशान!

कुछ दिनों के लिए घर से निकले थे आयुष के मम्मी-डैडी, हाथ में एक अटैची और हालात ठीक होने की उम्मीद लेकर। चाबी पड़ोसी दोस्त रघुनाथ को थमा, 'भैया, घर का ध्यान रखना, शिव शंकर तुम्हारी रक्षा करें' की याचना के साथ जल्दी लौट आने का आश्वासन दिया था।

दोस्ती का मान रखते रघुनाथ ने चाबी लेते हालात के दिन-ब-दिन बदतर होने का रोना रोते दुहरी याचना के साथ कहा था, 'जैसे हालात हैं, उस हिसाब से तो शिव शंकर पर ही भरोसा है भैया। बस, तुम शादी निपटते ही लौट आना। क्या पता, कल क्या हो...?'

भानजी की शादी हुई, पर प्रभा-सुरेन्द्रनाथ अस्मी समेत दिल्ली में ही रहे। सोचा, कुछ दिनों की ही बात है, सरकार जल्दी ही हालात पर क़ाबू पा लेगी तो लौट जाएँगे अपने घर।

लेकिन हालात दिन-ब-दिन बिगड़ते ही गए।

इस बीच बसों-ट्रकों में लदकर लोग वादी छोड़, जम्मू-दिल्ली के शिविरों, अधबनी सरायों, कम्यूनिटी सेंटरों में पनाह लेने को अभिशप्त हो गए।

घर का क्या हुआ, रघुनाथ कहाँ चला गया, इसकी कोई ख़बर कहीं से न मिली।

अचानक सब कुछ बदल गया।

पीढ़ियों से सजे-सजाए घरों में रहनेवाले बेघर-बेज़मीन हो गए।

अस्थायी ठिकानों में भेड़-बकरियों, रेवड़ों के झुंड जैसे विस्थापित परिवार जीने की मुहिम से जूझने लगे।

दाता, दीन-हीन भिखारियों-से लम्बी पाँतों में खड़े राशन-पानी का इन्तज़ार करते थकने लगे।

दिल्ली में विस्थापितों के जुलूस थे। मंत्रियों, प्रधानमंत्री से न्याय की अनसुनी गुहार थी। दरख़्वास्तों की बेहुरमती और संवेदनहीन आश्वासन थे। सुरेन्द्रनाथ असमंजस में थे। दो कमरों के फ़्लैट में जवान बच्चों के साथ जैसे-तैसे रहने का जुगाड़ करते साली जी के साथ ज़्यादा दिन रहना उन्हें कई मायनों में ग़लत लग

रहा था। एक कमरा मेहमानों को देने के लिए सुरेन्द्रनाथ उनकी दरियादिली का अहसान तो मान गए थे, पर कब तक साले साहब को रात में पत्नी का संग-साथ पाने के लिए, किसी एकान्त कोने की ढूँढ़ के लिए मेहमानों की नींद का बेसब्र इन्तज़ार करते देखते?

दिल्ली में किराए पर कमरा लेना फ़िलहाल मुमकिन नहीं था। पेंशन भी कई महीनों से बन्द थी। शुक्र है, आयुष पढ़ाई पूरी कर चुका था और कैम्पस सेलेक्शन में उसे कलकत्ता में नौकरी मिल गई थी।

नौकरी ज्वाइन करने से पहले आयुष घर जाना चाहता था। दोस्तों के साथ दौड़ लगाकर शंकराचार्य पर्वत का शिखर छू लेना चाहता था। झील डल में ख़ूब छींटें उछाल-उछाल लहरों से खिलवाड़ करना चाहता था। जाने फिर कब संगरमाल की छातियों से फूटकर बह आते दूधिया झरनों का छलकता संगीत सुनने को मिले!

और हर्षा भी तो वहीं थी—आयुष का पहला प्यार, जिसका एक-एक पल आयुष ने स्मृतियों के तहख़ाने में सँजोकर रखा था।

वह नये प्यार का बेक़ाबू पागलपन हर्षा की झलक भर पाने के लिए उसके घर से गुज़रती सड़क पर आवाजाही करते घंटों का इन्तज़ार, जिससे मिलने की लालसा सीने में पागल धुकधुकी-सी बज उठती थी।

वह झील में नन्ही लहरें उठाती हवा से छितराते हर्षा के कमर तक फैले बालों को पहली बार छूना और उँगलियों की हल्की छुवन से तन-मन में अचीन्हे संगीत की धुनों का थिरकना कैसे भूल पाता आयुष पहले प्यार में प्रिया के साथ देखे सपने, साथ किए वादे?

लेकिन इधर अचानक आई सुनामी सपनों-वादों के साथ उम्मीदें और आकांक्षाएँ भी लील चुकी थी। इस सुनामी में पता नहीं, हर्षा किस जंगल, किस तूफ़ान में फँसकर गुम हो गई थी! आयुष भारी मन से कलकत्ता के लिए रवाना हो गया।

सुरेन्द्रनाथ प्रभा और अस्मी को लेकर कुछ वक़्त के लिए बड़े बेटे आदर्श के इसरार पर जालन्धर चले गए। घर लौटने की झीनी-सी उम्मीद अभी उन्होंने छोड़ी नहीं थी, या कहिए, छोड़ नहीं पाए थे। लेकिन न हालात बेहतर हुए, न घर लौटना हुआ। सुरेन्द्रनाथ की चिन्ताएँ बढ़ने लगीं। आख़िर कब तक बेटे के भरोसे निठल्ले बैठे रहेंगे? अस्मी की एम.एस-सी. की पढ़ाई बीच में ही छूट गई

थी। आगे कुछ न कुछ उसके लिए भी सोचना था। अपना भी कहीं तो ठिकाना करना ही होगा।

प्रभा सदमे में थी। उसके विदाख ख़त्म ही नहीं हो रहे थे। 'मेरा यह, मेरा वह' छूटने का मातम उसके मन-ज़ेहन को मुट्ठी में कसे बैठा था—पुरखों की निशानियों, साझी विरासतों और उम्र भर सँजोये-बटोरे का मर्सिया! घर-आँगन, वितस्ता, हारी पर्वत, खीर भवानी और नुन्द ऋषि का अस्तान चरारे शरीफ़, जिनके आग़ोश में जिया गया समय अचानक ध्वस्त होकर स्मृतियों की कन्दराओं में दफ़न हो गया था। किसी से उसके पैरों तले की ज़मीन, आसमान और हवाएँ कैसे छीनी जा सकती थीं?

प्रभा ब्रह्म शिखर पर बैठे शिव-शक्ति से भीतर उफनते सवालों के जवाब माँगती : "हमारा क्या क़ुसूर था? हमने तो ललध्यद और नुन्द ऋषि के वाख और श्रुख सुनाकर बच्चों को जीना सिखाया, हारी-बीमारी में माँ शारिका से अरदास करते शाह-हमदान के अस्तान पर मन्नतें माँगी हैं। हम बेवजह साम्प्रदायिक और जासूस क्यों घोषित किए गए?"

सुरेन्द्रनाथ देश-प्रदेश की राजनीति से वाक़िफ़ थे। पाकिस्तान की कारगुज़ारियों के चश्मदीद गवाह भी, जो तीन-तीन लड़ाइयों में मुँह की खाने के बाद भी अपनी बदनीयतों और ख़ुराफ़ातों से बाज़ न आया। वे भावुक उच्छ्वासों में वास्तविकताओं को ख़ारिज नहीं कर पा रहे थे। सिर्फ़ एक हताश जुमले में, दिल में कील-सा गड़ा दुःख ज़ाहिर करते :

"अपने ही देश में बिना किसी विभाजन के हम शरणार्थी कैसे हो गए?"

अनुत्तरित प्रश्न। उत्तर जिनके पास थे, वे मुँह बन्द किए बैठे थे। शेष जनता हताश और ग़मगीन।

उनकी हताशा में भौंहें उठाता आश्चर्य था। अपमान की बदहवास कलौंछ और हारा हुआ ग़ुस्सा, जो उनकी सूरतों से लेकर अन्तरात्मा तक को मथ रहा था। सुरेन्द्रनाथ ने हार नहीं मानी। बेटे के पास रहना अन्तिम विकल्प हो सकता था। फ़िलहाल उन्होंने ख़ुद पर भरोसा नहीं खोया था।

सुरेन्द्रनाथ प्रभा और अस्मी के साथ दिल्ली लौट आए और एन.सी.आर. में कमरा लेकर रहने लगे। करिश्मों के इन्तज़ार में हाथ पर हाथ धरे बैठे रहना उन्हें यों भी रास नहीं आता था।

नई जगह काम की तलाश में वक़्त बरबाद न कर उन्होंने ट्यूशन पढ़ाने का काम शुरू कर दिया। दरवाज़े के माथे पर सुघढ़ अक्षरों से अंकित 'ट्यूशन' की पटिया लटका ली। आजू-बाज़ू दो-चार पड़ोसियों को अपने अध्यापकीय जीवनकाल का परिचय देकर लड़के-लड़कियों को अंग्रेज़ी, मैथ्स, साइंस पढ़ाने की मंशा ज़ाहिर की।

पहले अभिभावक दो-तीन बालकों को लेकर पधारे, फिर धीरे-धीरे मास्टर जी की योग्यता को निरख-परखकर हाईस्कूल के छात्र-छात्राएँ भी आने लगे। कम फ़ीस में बेहतर कोचिंग। रीज़नल यूनिवर्सिटी में प्रोफ़ेसर रहे सुरेन्द्रनाथ मास्टर जी कहलाए। हालात जो न कराएँ!

धीरे-धीरे सुरेन्द्रनाथ का काम जम गया। हाथ में थोड़ी रक़म आ गई तो प्रॉविडेंट फ़ंड में जमा रुपये निकाल, सुरेन्द्रनाथ ने एन.सी.आर. में ही डेढ़ सौ गज़ का प्लाट ख़रीदकर ढाई कमरे डलवा दिये। बेटों ने भी थोड़ी मदद की तो सिर पर छत हो गई। दरअसल क़रीब दो साल किराए के मकान बदलते, मकान मालिकों के रेट बढ़ाने की धमकियों से वे परेशान हो गए थे। न बढ़ते किरायों से समझौता कर पा रहे थे, न बीवी-बच्ची को घर वापसी का भरोसा ही दिला सकते थे। कब तक छूटे का मातम मनाते? सो, पिछला भूलने की कोशिश और नये सिरे से शुरुआत करने की टूटी-फूटी हिम्मत बटोरी।

विस्थापन में तमाम परेशानियों और स्मृतियों में शौक़ से बनाई कलात्मक कॉटेज-बाड़ी और पुरखों की धरोहरें छूटने की कचोट के बावजूद सुरेन्द्रनाथ ने नये सिरे से जीना स्वीकार लिया। ढाई कमरे बन तो गए, अब कम्प्लीशन सर्टिफ़िकेट के चक्कर में दफ़्तरों के चक्कर लग रहे थे।

क्या गर्व से अपनी जन्मभूमि में जीने और कुछ बनने का स्वप्न देखनेवाले आयुष ने इस अपमान-अनादर की ज़िन्दगी से समझौता करने के बजाय, पराए देश में अनाम होकर जीना बेहतर समझा?

आतंकी माहौल में अपना पहला प्यार छूटने का दुःख भी तो कहीं अवचेतन को मथ गया होगा।

आगे अच्छी-भली नौकरी से इस्तीफ़ा देना और देश छोड़ विदेश में भाग्य आज़माने की ज़िद क्या पापा के इस गुट्ठिल वाक्य के आसपास ही कहीं जन्मी थी कि 'अपने ही देश में हम बिना किसी विभाजन के शरणार्थी कैसे हो गए?'

यहाँ रहकर वह अस्तित्वहीनता के कुहरीले भविष्य की आशंका से भयभीत तो नहीं हो गया था और नई शुरुआत की मंशा से अपने वजूद के साथ जीने का ख़्वाब देखने लगा था?

वह मन बनाकर विदेश में बसने के इरादे से तो घर से नहीं निकला था। वह तो एम.एस. की डिग्री लेने अमेरिका गया था, कुछ नये अनुभव लेकर लौटने की बात कहकर। फिर उसका लौटना क्यों नहीं हुआ? कोई और वजह थी क्या, जिसे प्रभा या ख़ुद आयुष जान नहीं पाता?

हो सकता है, नहीं भी!

इच्छाओं-आकांक्षाओं, कारणों का कोई ओर-छोर होता है क्या?

यह भी तो हो सकता है कि वजह बड़ी न हो! रोज-रोज़ घटनेवाली आदत बनी स्थितियाँ हों! दहलानेवाली या नाउम्मीद करनेवाली घटनाएँ हों जिन्हें आयुष के युवा स्वाभिमान ने ज़रूरत से ज़्यादा तूल दिया हो!

नई उम्र—आसमान को परों से तौलनेवाली इच्छाओं की उम्र—इतनी दाग़दार तो नहीं हुई थी कि थमकर इन्तज़ार करती वक़्त बदलने का!

आयुष की ज़िद का ताल्लुक़ उस दिन की घटनाओं से तो नहीं था, जब ओल्ड दिल्ली-गुड़गाँव रोड पर वह मम्मी-प्रभा के साथ रिक्शे पर बैठा हुड्डा ऑफ़िस जा रहा था?

ओह, धूप थी कि आग की झुलसाती लपटें! सड़क पर धूल के बगूले और घुमेर खाती लू थी। धूल की किरकिराहट से आँखें मलता, नाक में रेतीली सुरसुरी से आजिज़, बार-बार छींकता, नाक छिनकता आयुष बेहाल हुआ जा रहा था और बेटे की नाक-आँख से बहते पानी और अन्धाधुन्ध 'आह छू, आह छी' से बुरी तरह हिलते सींकिया जिस्म को सहारा देने की कोशिश में प्रभा कभी उसकी पीठ पर हाथ फिराती, कभी झोले से रूमाल-तौलिया निकाल उसे नाक-आँख ढकने की हिदायतें देती।

आह, यह एलर्जी!

मौसम से लड़ने का कोई हथियार प्रभा के पास नहीं था। कुछ था, तो चिन्ता में डूबे कुछ असहाय-से आधे-अधूरे वाक्य, जो तमाम एहतियात बरतने के बावजूद बेटे की परेशानी कम करने में नाकामयाब हो रहे थे।

प्रभा भीतर ही भीतर कुढ़ रही थी। काश, सुरेन्द्रनाथ का शूगर लेवल अचानक डाउन न हुआ होता!

इंजीनियर गुप्ता ने कम्प्लीशन सर्टिफ़िकेट देने का छह महीनों से 'आजकल' पर टलता वादा आज निभाने का पक्का आश्वासन न दिया होता तो माँ-बेटे इस कड़ी दुपहरी में सड़क पर लू के थपेड़े खाने के बजाय, घर में कूलर की ठंडी हवा में आराम कर रहे होते।

ऊपर से सुरेन्द्रनाथ की हताश चिन्ता, "आज ऑफिस न पहुँचा, तो फिर जाने कब तक टरकाते-दौड़ाते रहेंगे! उन्हें एक और बहाना मिलेगा...क्या करूँ?"

पति के फ़िक्रमन्द जुमले और हालात की गम्भीरता ने प्रभा के पास कोई विकल्प न छोड़ा। यह जानने के बावजूद कि आयुष को गर्दो-ग़ुबार से सख़्त एलर्जी है, वह उसे साथ लेकर धूल-धूप के क़हर से युद्ध लड़ने निकल पड़ी।

जाने को प्रभा अकेली भी जा सकती थी, पर दानिशमन्द सुरेन्द्रनाथ औरतों की कार्य-कुशलता की तारीफ़ भले करते हों, दफ़्तरी मामलात में उन पर भरोसा करने का ख़तरा उठाते नहीं थे।

सो आयुष को, जो कलकत्ता से कुछ दिनों के लिए माँ-पापा से मिलने आया था, साथ लेना ज़रूरी हो गया।

गोकि, पहले हॉस्टल में रहकर पढ़ाई करने और बाद में कलकत्ता में नौकरी लगने के कारण, वह घर बनाने की अड़चनों, नक़्शा पास करवाने, डी.पी.सी. लेवल चेक करवाने आदि-इत्यादि तवालतों से पूरी तरह नावाक़िफ़ था। बड़ा बेटा आदर्श जालन्धर में नौकरी कर रहा था। प्रभा ही पति के साथ हुड्डा ऑफिस जाकर ज़रूरी आदेशों-निर्देशों और औपचारिकताओं की पूर्ति के लिए हाज़िरी देती आई है।

दिये गए तमाम आश्वासनों के बाद भी कम्प्लीशन सर्टिफ़िकेट मिल ही जाता, इसकी कहीं कोई गारंटी नहीं थी, लेकिन दफ़्तर के लम्बे, नीम अँधेरे गलियारों से गुज़र जब इंजीनियर साहब के कमरे के बाहर 'गुप्ता जी' की तख़्ती नज़र आई, जिसकी एक-दो मात्राएँ यहाँ-वहाँ ग़ायब थीं, तो प्रभा ने तसल्ली की साँस ली—चलो, आज यह आए-दिन की चप्पल घिसाई वाला मुआ झंझट छूट जाएगा। सिर पर छत का जुगाड़ क्या कर दिया, किसी का ख़ज़ाना लूट लिया। अच्छे-भले रह रहे थे अपने घर में, वहाँ से...।

प्रभा ने कुछ बुड़बुड़ सस्वर की, कुछ नि:शब्द कि दालान के कोने से चिपके, खड़-खड़ करते, ज़ंग खाए कूलर के पास खैनी मलते चपरासी ने टोका, "किधर?"

"इंजीनियर गुप्ता जी से मिलना है।"

चपरासी ने बाईं ओर जाने का इशारा किया, जहाँ वक़्त की मार खाई लँगड़ी बेंच पर एक बूढ़ी हड़ियल काया न-न की मुद्रा में सिर हिलाती, उकड़ूँ बैठी हाँफ रही थी।

आगे कुछ रंग उड़ी मेज़ों पर सिर जोड़े बैठें कर्मचारियों से गुप्ता जी के गुप्त कक्ष का पता पूछते वे फ़ाइलों के अम्बार बीच धड़ तक फँसी दो लड़कियों तक पहुँचे।

सवाल एक ही था, गुप्ता जी का कमरा, जो अचानक कहीं गुम हो गया था और वे भूलभुलैया में फँसे रहस्य भरे कमरों-गलियारों में उसकी विकल खोज में भटक रहे थे।

इस बीच खड़-खड़ कूलर के पास दूसरा वर्दीधारी विराजमान हो गया था।

प्रभा ने निराश लौटते एक बार फिर गुप्ता जी का पता पूछा। वर्दीधारी ने उल्टे उन्हीं से पूछताछ करनी शुरू कर दी :

"अपॉइंटमेंट है? क्या काम है? मुआइना हो गया?"

सभी सवालों के 'जी हाँ' में उत्तर पाने के बाद वर्दीधारी ने खिसक रही पैंट पर बेल्ट कसते मासूम-सा जवाब थमाया, "साहब तो आज आए ही नहीं हैं।"

प्रभा-आयुष दोनों धँस गए।

"हमसे तो आज ही आने को कह गए हैं!" ख़ुश्क होते गले से प्रभा बोल गई।

"ज़रूरी मीटिंग थी एडमिनिस्ट्रेटर साहब के साथ। फिर आइए कभी फ़ोन करके। साहब के तो हज़ारों काम होते हैं।" वर्दीधारी साहब की व्यस्तताएँ गिनाने लगा।

आयुष की नसें तन गईं—पहले नहीं बताया, अब बता रहे हैं। इतनी तहक़ीक़ात की क्या ज़रूरत थी?

वर्दीधारी को घूरते देख प्रभा ने बेटे की बाँह छूकर चलने का इशारा किया। गर्म ख़ून है। जानता नहीं, यहाँ बहस नहीं चलती।

वर्दीधारी की आवाज़ में हिक़ारत-सी थी, "पता नहीं, कहाँ से चले आते हैं! इधर के तो लगते नहीं फोकटिए!"

आयुष की आवाज़ ग़ुस्से से काँपने लगी थी, "क्या कहा आपने?"

प्रभा ने कन्धे पर हाथ रखकर बरज दिया, "चलो!"

बेंच पर बैठा हड़ियल बूढ़ा तौलिए से खल्वाट खोपड़ी और गर्दन का धारोधार पसीना पोंछते ज़ोर-ज़ोर से साँस खींच रहा था। शायद अस्थमा का मरीज़ हो!

आयुष के पाँव रुक गए," आपकी तबीयत तो ठीक है? पानी लेंगे?"

"है बेटा, पानी की बोतल साथ रखी है। यह गर्मी, उफ़्फ़!"

लरजते हाथों से बूढ़े ने झोले से बोतल निकाल पानी का घूँट भरा।

रंग उड़ी मेज़ पर सिर जोड़े बैठे चार जनों की तरफ़ से आवाज़ आई, "ऐ भैया, जाओ, अपने घर जाओ। इसका तो घर में कुछ काम-धाम नहीं, फ़ुरसत ही फ़ुरसत है। भेज देते हैं घरवाले, जाकर उधर ही बैठो। अब रोज़-रोज़ इधर आकर बैठने से ही काम हुआ करते हैं क्या?"

मेज़ से दबा-दबा ठहाका उछल आया, "हँ-हँ-हँ!"

"बिना जूते का केस है," प्रभा के आगे अहमद अपनी काइयाँ मुस्कराहट के साथ खड़ा हो गया।

पास बुक में कुछ गड़बड़ी थी, ठीक कराने के लिए वह बैंक के चक्कर-दर-चक्कर लगा रही थी। कैल्कुलेशंस में ग़लती की वजह से पचासेक हज़ार का घाटा हो रहा था। तब अहमद ने कहा था, "बिना जूते का केस है सुरेन्द्रनाथ का। आगे कैसे चलेगा?"

सुरेन्द्रनाथ उसूलों के मारे थे। गीता उनकी गुरु थी। गांधी के तीन बन्दर उनके कमरे में विराजमान थे। अहमद को 'रीबॉक' क्या, सस्ता फ्लीट तक न पहनाया। नतीजन आज तक उनका हाड़तोड़ कमाया पैसा उन तक नहीं पहुँचा।

बूढ़े के पैरों में टायर की घिसी हुई चप्पल थी। शायद नाइलोन चप्पल ख़रीदने के लिए भी उसके पास पैसे नहीं थे।

निंदाघ दोपहरी। रिक्शे पर घर लौटते प्रभा-आयुष चुप थे। आयुष के चेहरे पर तनाव की ऐंठन थी, उबलने को बेताब ग़ुस्से की निःशब्द बौखलाहट।

प्रभा बेटे को उबारना चाहती थी, "तुम्हारे पापा ख़ुद ही सब ठीक कर देंगे। बिल्डर भी तो मदद कर सकता है। उसने तो पड़ोसी मेहता को दो दिन में ऑक्युपेशन सर्टिफ़िकेट दिलाया था।"

"पैसा खिलाया होगा या किसी पहुँचवाले अफ़सर की सिफ़ारिश लेकर काम कराया होगा। हमारा तो यहाँ कोई माई-बाप नहीं, बाहरी जन हैं। पापा की तो चप्पलें ही घिसवाएँगे।"

आगे आयुष चुप हो गया। पापा के उसूलों पर दोनों ने मौन धारण कर लिया। यह जानते हुए कि उन उसूलों की अब कोई अहमियत नहीं है, प्रभा ने हमेशा पति का साथ ही दिया है।

चुपचाप सड़क पर आकर उन्होंने रिक्शा पकड़ लिया।

दाएँ-बाएँ ठसाठस भरी छोटी-बड़ी कतारबद्ध दुकानों, फलों-सब्ज़ियों के गीले टाट ढके ठेलों और टायर-ट्यूबों के स्तूपों के बीच पंक्चर लगाते छोकरों को विराग भाव से देखते वे आग बरसाती दोपहरी के क़हर से निजात पाना चाहते थे, जो अपने अधबने घर के नीम अँधेरे कमरे में पहुँचकर ही मुमकिन हो सकता था।

लो, एक और मुसीबत! बीच चौरास्ते रिक्शा अड़ियल टट्टू-सा खड़ा गया।

"चेन उतर गई?"

"लगता है, टायर पंक्चर हो गया।"

नसें चढ़ी, सूखी टाँगों वाला रिक्शाचालक ग़ज़ब की फुर्ती दिखा रिक्शे से उतर गया, "दो मिनट! आप फ़िक्र न करें। अभी ठीक करवाता हूँ। पास में ही टायर-ट्यूबों की दुकान है।"

धूल-पसीने से लिथड़े रिक्शाचालक को आशावाद विरासत में मिला था, या बीहड़ दिनचर्या ने हर हाल में जीने का मंत्र दिया था? लड़ते रहो, इस समर से भागने का कोई रास्ता नहीं।

पत्रविहीन पेड़ के नीचे खड़े माँ-बेटे रिक्शा ठीक होने का इन्तज़ार करते रहे। 'कोई है...?' की पुकार के जवाब में चौदह-पन्द्रह साल की तेल-ग्रीज़ सनी पोटली रंग उड़ी 'होंडा सिटी' के नीचे से सिर निकाल नमूदार हुई।

तुरत-फुरत हाथ चला लड़के ने पंक्चर ठीक कर दिया। आयुष कुछ हैरत से उसके हाथों की जादुई हरकतें देखता रहा।

"हो गया साहब!" लड़का मुस्कराया—अपने हाथों के करिश्मे पर या बख़्शीश पाने की उम्मीद में?

आयुष ने लड़के की 'कर दिया न आपका काम फटाफट' वाली अदा देखी, और देखीं उसके मुँह-गर्दन पर ग्रीज़ की चिपचिपी कालिख बीच नागमणि-सी चमकती आँखें!

पूछा, "क्या नाम है तुम्हारा?"

"मुझे राजा कहते हैं साहब!"

आयुष ने दस का नोट लड़के के हाथ पर रखा, "उधर गन्ने का रस बिकता है, पी लो, गर्मी बहुत है।"

लड़का नोट पाकर ख़ुश-ख़ुश मुड़ा ही था कि मालिक-से लगते मुस्टंडे

आदमी की आरी-सी काटती आवाज़ उन तक फट पड़ी, "ऐ राजे के बच्चे, जल्दी आ, टाइम खोटी मत कर। ये इत्ता काम पड़ा है करने को, तेरा बाप करेगा क्या? कामचोर!"

दो क़दम आगे बढ़े मुस्टंडे ने खौखियाए बन्दर की अप्रत्याशित झपट से लड़के के हाथ में भींचा नोट अपनी जेब के हवाले कर दिया।

राजा बिना कुछ बोले, सिर झुकाए ट्यूब-टायर के स्तूप की ओर दौड़ पड़ा। दस का नोट उसके हाथ से छिन चुका था।

आयुष ने देखा, लड़का आगे-पीछे देखे बिना एक और चिप्पी लगी कार के नीचे जैक लगाने में जुट गया।

कहीं कोई काँटा गड़ा तो था

आज जब प्रभा बेटे के विदेश में बसने के कारण ढूँढ़ती है तो 'इकोनॉमिक रीज़न', 'बेटर ऑपरचुनिटीज़', 'लेटेस्ट टेकनीक्स' आदि चालू मुहावरों के बीच कुछ पुराने दृश्य उसकी आँखों के आगे फ्रीज़ हो जाते हैं :

वही बरसों पहले की निंदाघ दोपहरी। हुड्डा ऑफ़िस की तरफ़ जाता रिक्शा, ट्रकों के ज़हरीले धुएँ, धूल अटे रास्ते, करकती आँखें मलता छींकों से बेहाल आयुष और हज़ार सवाल पूछते मुच्छड़ चपरासी का हिक़ारत सना वाक्य : 'जाने कहाँ-कहाँ से चले आते हैं फोकटिए! इधर के तो नहीं लगते!'

आयुष का तमतमाता सवाल : 'क्या यह हमारा देश नहीं, मम्मा? हमारा आज़ाद गणतंत्र? घर छूटने से क्या हम अपने देश में ही विदेशी हो गए?'

प्रभा के दिमाग़ी स्लेट पर कोई बटन होता, तो वह कई धूसर दृश्य वहाँ से मिटा देती। लकड़ी की अर्राती बेंच पर बैठा अस्थमा का मरीज़ बूढ़ा और मसखरी करते, बदसूरत मसूढ़े दिखाते क्लर्क तो वहाँ से हट जाते। हटा देती वह तेल-ग्रीज़ सनी चिथड़ा पोटली, 'राजा' की रौशन आँखों में बुझती उम्मीद की लौ, जिसने आयुष को बेचैन कर दिया था।

राजा! किसने दिया होगा यह नाम उसे?

माँ-बाप ने, और किसने?

तब क्या उन्हें मालूम रहा होगा कि उनका राजा किसी ऊबड़-खाबड़ सड़क किनारे अंगड़-खंगड़ सामान से घिरा, टायर-ट्यूबों के सिंहासन पर बैठा राज करेगा?

अधनंगे बदन पर धूप-घाम की चिलक सहते, सुबह से शाम तक ज़ंग लगी कारों और फटे टायरों से जूझता रहेगा?

उसके हाथों में खिलौने, किताबें नहीं—रेंच, मारतोड़, पाना-वाना रहेंगे? बख़्शीश में मिले चन्द पैसे भी उसका मालिक उससे छीन लेगा...?

प्रभा ने अँधेरे में दूर के जुगनुओं की तरफ़ ध्यान खींचा : 'यह भी तो हो सकता है बेटे, काम सीखकर आगे वह मोटर-मैकेनिक बन जाए, अपना गैराज खोले और बड़ा आदमी बन जाए एक दिन...?'

आयुष वर्तमान देखता है। भविष्य के सुनहरे सपने अक्सर भ्रमित करते हैं। राजा का रौंदा गया बचपन उसे सालता है।

'उसका बचपन उसे कौन लौटाएगा, मम्मा? भविष्य सँवारने का वादा करते वे नेतागण, जिन्हें चुनावों के वक़्त ही इनकी याद आती है?'

और चुभ गया था एक ज़हर-बुझा जुमला आयुष के मर्म में।

क्या कहा था उस घूसखोर चपरासी ने? 'कहाँ-कहाँ से चले आते हैं! इधर के तो नहीं लगते...'

'अगर यह हमारा देश नहीं, तो हम यहाँ क्यों रह रहे हैं?'

प्रभा को तर्कहीन विश्वास-सा होने लगा है कि उन्हीं संवेदनहीन दृश्यों-संवादों बीच एक ख़ामोश ज़िद आयुष के अवचेतन में घुमेर लगाकर बैठ गई होगी कि उसे इस देश में नहीं रहना है, जहाँ प्रान्तों, प्रदेशों और जातियों से आदमियों की पहचान होती है। जहाँ दूसरे प्रदेश का जन बाहरी जन है। वह अपना प्रदेश खो चुका है, शायद अपनी पहचान भी। फिर कहीं भी बसो, क्या फ़र्क़ पड़ता है?

प्रभा ग़लत भी हो सकती है। सही होने का मुग़ालता भी नहीं है उसे। जानती है, अब सही-ग़लत का फ़ैसला बीरबलीय नुस्ख़े से नहीं होता कि आँख और कान के बीच वाले फ़ासले के माप से तय किया जाए। आयुष तो उसका बेटा है, अच्छा रैपो है माँ-बेटे के बीच, लेकिन अपने जायों की आन्तरिकता में क्या कुछ उमड़-घुमड़ रहा है, कौन-से दंश उन्हें सालते हैं, कैसे सपने, कौन-सी ख़्वाहिशें वहाँ परवान चढ़ने को उतावली हैं, यह जानने के लिए तो ऐसी कोई एक्सरे मशीन भी अभी ईजाद नहीं हुई कि दिल-दिमाग़ में फूटते ग्लेशियरों से निकले ठंडे-गरम सोतों के तापमान को आँक सके?

लेकिन न जानने की ज़िद छूटती है, न ही सवालों का अन्त होता है। और समय की गति में कोई फ़र्क़ नहीं पड़ता।

आकांक्षाएँ और सपने या कोई ख़ामोश ज़िद?

कलकत्ता में नौकरी करते आयुष को पाँचेक वर्ष हो गए। प्रभा-सुरेन्द्रनाथ को लगा, बेटा हिल्ले से लग गया। थोड़ा दूर है हमसे, पर अच्छा जॉब है। हमसे मिलने आता है, जब भी मौक़ा मिलता है। मन को थोड़ी तसल्ली हुई। ख़ुश रहे।

तभी इस ख़ुशी या ख़ुशफ़हमी के आगे विरामचिन्ह-सा लग गया। अचानक ही एक दिन आयुष ने बिना भूमिका बाँधे, माँ-पापा से कहा, "पापा, सोच रहा हूँ, एम.एस. करने अमेरिका चला जाऊँ। इधर नये पोस्ट खुलने लगे हैं, जिनके लिए एम.एस. की पढ़ाई फ़ायदा करेगी। आप जानते हैं, दिन-ब-दिन कम्पीटिशन कितना बढ़ रहा है...?"

सुरेन्द्रनाथ ने बेटे की आँखों में झाँका। वहाँ आकांक्षाएँ थीं, नये सपने थे, शायद उन तक पहुँचने की ख़ामोश ज़िद भी।

सुरेन्द्रनाथ पापा के भीतर नामालूम-सी कोई मरोड़ उठी। क्या थी वह?

क्या उम्र की साँझ में अकेले पड़ने की आशंका, या अचानक उन्हें दूर के आसमान पर उड़ान भरते किसी तन्हा परिन्दे की आकुल पुकार सुनाई दी?

उस पुकार में कहीं कुलभूषण दादा की अनकही यातना की गूँज तो नहीं सुनी उन्होंने? लक्ष्मी दादी की आँसू भरी विदाखों की गूँज, जो परदेसी हो गए लाड़ले बेटे को देखने के लिए चार-चार सालों का इन्तज़ार करते बौरा गई थी, और अन्त समय बेटे के हाथ से दो बूँद जल भी न पा सकी—जीवन भर की अकेली आकांक्षा!

यों बापू अक्सर लक्ष्मी दादी की बौराई मनःस्थिति का ज़िक्र करते भी, विनय का बचाव करते, "विनय तो माँ-बाबा को परदेस जाकर भूला नहीं। बाबा को बराबर रुपया-पैसा भेजता रहा। उसी से घर की मरम्मत वग़ैरह भी मुमकिन हो पाई। मोती बेचारा तो मुश्किल से घर का ख़र्चा चला पाता था। चारेक सालों में एक बार दस-बारह दिन के लिए विनय घर आता तो माँ को अलग से भी नोटों की गड्डी थमाता।"

माँ नोटों की गड्डी पर अपनी टिप्पणी देना न भूलती :

"हाँ, वे नोट लक्ष्मी दादी सिरहाने रखकर सोती। उन पैसों को न ख़ुद ख़र्च करती, न किसी को हाथ लगाने देती। कहती, ये विनू ने भेजे हैं न! इन्हें पास रखती हूँ तो लगता है, मेरा विनू मेरे पास है।"

बेटे से सालों-साल की दूरियाँ वह सह नहीं पाई। एक बार घर आकर विनय दोबारा अमेरिका लौट गया तो अगले दिन ही बिस्तरा पकड़ लिया। विनय ने लड़की पसन्द की तो कुलभूषण जी से कहा, "अब तो बोलो, जल्दी घर आ जाए। शादी तो यहीं करेगा न?—मैं भी तो अपने विनू बेटे की सेहराबन्दी देखूँगी, बहू की मुँह-दिखाई की रस्म करूँगी। ख़ूब धूमधाम से शादी होगी...।"

वही, माँओं की सनातन हसरतें!

कुलभूषण जी से बार-बार पूछती, "अब कितने दिन रह गए विनू को लौटने में?" अँगुलियों पर दिन गिनती रहती, पर बेटे की शादी से पहले ही एक रात जो आँखें बन्द कर लीं, दोबारा खोलीं नहीं।

लक्ष्मी के मरने के बाद वे रुपए कुलभूषण जी ने उसके अन्तिम कारज में ही ख़र्च कर दिये। बेटा जब घर पहुँचा, तब तक तो उसकी राख भी ठंडी हो गई थी।

पापा को सोच में गुम होते देख आयुष ने अपने फ़ैसले के लिए तर्क पेश किया, "पापा, यों भी आप से दूर ही रहता हूँ। पास नौकरी होती, तो दूसरी बात थी।"

क्या पापा के चेहरे पर कोई बेबस परछाईं दिखी, कि अगला जुमला बोलना पड़ा?

"कुछ एक्सपीरियंस 'गेन' करके तो आपके पास ही लौट आऊँगा।"

"ठीक है, ठीक है, तुमने सही सोचा है।"

सुरेन्द्रनाथ ने बहस नहीं की, न बेटे के कच्चे-पक्के तर्क सुने। दानिशमन्द थे, जान गए, बेटे ने मन बना लिया है।

प्रभा ने लम्बी साँस भरी, "आयुष हमसे बहुत दूर हो रहा है।"

फिर जो होना था, जिसकी तैयारियाँ पहले ही शुरू हो चुकी थीं, होता रहा।

पाँचेक साल की नौकरी में कब आयुष ने विदेश में पढ़ाई करने का मन बनाया, कब ज़रूरी परीक्षाएँ दीं, पेपर तैयार किए, कब न्यूयॉर्क यूनिवर्सिटी में दाख़िला मिला, इसकी सुरेन्द्रनाथ को सूचना ही मिली। कोई सलाह-मशविरा जैसी चीज़ें अब तक बीती बातें हो गई थीं।

सुरेन्द्रनाथ-प्रभा मन-ही-मन उदास हुए। बच्चों के आत्मनिर्भर होते ही क्या जितना फ़र्क़ बच्चों की सोच में आता है, उतना क्या माँ-बाप की उनके हिस्से की ममता में भी? क्या सभी सम्बन्ध ज़रूरतों के हिसाब से ही बनते-बिगड़ते हैं?

शुक्र है, दोनों जल्दी सँभल गए।

प्रभा ने बेटे के उज्ज्वल भविष्य की कामना की। सुरेन्द्रनाथ पासपोर्ट से लेकर वीज़ा मिलने तक की दौड़-धूप में बेटे के साथ रहे।

आख़िर उस सुर्ख़ द्रव का रिश्ता, जो बाप-बेटे की शाहरगों में बहता है, उसका ज़ोर तो रहना ही था।

पाँचेक साल की नौकरी में आयुष ने जितना कमाया-बचाया, यात्रा के अलावा एक-दो महीने के लिए ही काफ़ी था।

आगे?

सुरेन्द्रनाथ को चिन्ता हुई। उनकी माँ कहा करती थी : 'माँ-बाप तो ग़मों के ठेकेदार होते हैं।'

सुरेन्द्रनाथ के पास जो भी बचा-खुचा रुपया-पैसा था, पहले ही घर की भेंट चढ़ गया था। अब क्या कर सकते थे वे बेटे की मुश्किलात हल करने के लिए? सिर्फ़ चिन्ता?

बेटे ने उबारा, "छोटे-मोटे पार्ट टाइम काम करूँगा वहाँ, ज़रूरत पड़ी तो। इंजीनियर हूँ। पापा, सभी करते हैं वहाँ पढ़ाई के साथ-साथ। मेहनत से पढ़ाई करूँगा। हो सकता है, आगे फ़्री वेवर भी मिल जाए!"

प्रभा के गले में बाँहें डाल आयुष ने जोड़ दिया, "मम्मा, मेरा दोस्त सान्याल भी है वहाँ। उसने मेरी मदद करने का वादा भी किया है। तुम बिलकुल फ़िक्र मत करो।"

"वह सब तो ठीक है बेटा, लेकिन परदेस बड़ा बेमुरव्वत होता है। उम्मीदों-अन्दाज़ों के भरोसे ही ज़िन्दगी नहीं जी जाती। तुम निपट अकेले, बिना किसी सहारे..."

पापा के गले में लोथ-सी क्यों जम गई?

"पापा, प्लीज़, आप चिन्ता न करें। कहा न, मेरा दोस्त..."

"ठीक है, ठीक है। अच्छा है दोस्त होना, पर उसके भरोसे का रिस्क लेना समझदारी नहीं। सोचते हैं, क्या कर सकते हैं।"

पापा सँभलना जानते हैं, कमज़ोर पड़ना नहीं चाहते।

फिर भी चिन्ता के मारे सुरेन्द्रनाथ की नींद उड़ गई। देर रात तक किसी सायेदार दरख़्त की तलाश में एक बेअन्त रेगिस्तान में भटकते रहे। सुबह के सुरमई उजास में दूर के एक हरियल गाछ पर नज़र पड़ी।

विनय बहादुर—बचपन का लंगोटिया दोस्त विनय।

यादों की खिड़की से उसका चेहरा झाँक आया—'यार, फ़िक्र कैसी? मैं हूँ न!'

सुबह होते ही सुरेन्द्रनाथ तन-मन से सक्रिय हो गए। विनय बहादुर ने जो चाहा, वह पाया। सुख ही नहीं था उसकी झोली में, ग़रीबी का दुःख भी भरपूर झेला। लगन

थी, सो असम्भव को सम्भव कर दिखाया। सबसे बड़ी बात कि वक़्त बदलते दिमाग़ दुरुस्त रखा। विदेश में बस गया, पर अपने हमवतनों को नहीं भूला।

सुरेन्द्रनाथ ने विनय बहादुर का फ़ोन नम्बर ढूँढ़ निकाला, सम्पर्क साधा, जो कुछ वक़्त से छूट गया था। ज़रूरतमन्दों की मदद करता है विनय बहादुर। देखें, क्या कहता है!

विनय बहादुर ने मीठी-सी डाँट पिलाई 'मदद' शब्द के लिए।

"क्या मेरा बेटा नहीं है आयुष? दोस्त होकर भी तुमने मुझे पराया कर दिया।"

उन्नीस सौ नब्बे के उस सर्क्युलर की याद दिलाई, जो उसने कुछ विस्थापित मित्रों की मदद के लिए भेजा था।

सुरेन्द्रनाथ को याद था, लेकिन मुश्किलात से हार माननेवाले तो वे कभी न रहे। विनय बहादुर से उन्होंने मदद नहीं ली थी, एक धन्यवाद का पत्र ज़रूर लिखा था।

महाराष्ट्र सरकार ने भी तब, वादी से विस्थापित बच्चों के लिए, अपने संस्थानों में कुछ सीटें रिज़र्व की थीं। कई लोगों ने अपने बच्चों के दाख़िले के लिए वहाँ आवेदन किया था, पर उस सुविधा का लाभ सुरेन्द्रनाथ ने बेटी अस्मिता के लिए भी नहीं उठाया।

लेकिन अब? अब ज़रूरी हो गया था विनय बहादुर। सुरेन्द्रनाथ कैसे अपने लख़्ते जिगर को परदेस में अकेला बेसहारा छोड़ देते?

आयुष चला गया। एयरपोर्ट पर प्रभा ने बाँध तोड़ बहते आँसुओं को रोकने की फ़िज़ूल-सी कोशिश की। जिगर चीरते कुछ जुमले अटक-अटककर, टुकड़ों में बाहर आ गए, "तुमसे दूर रहकर कैसे जी पाएँगे हम? सालों-साल मिलना नहीं हो पाएगा। बड़का भी तो नहीं है हमारे पास...!"

"मैं लौट आऊँगा मम्मा! वहाँ मेरा कौन है, जिसके लिए रुक जाऊँगा?"

आयुष की आवाज़ भीग गई थी।

उस वक़्त जाने क्यों, सुरेन्द्रनाथ के भीतर से नाख़ुश-सी आवाज़ आई, "जो अमेरिका जाता है, वह कब वापस घर लौटता है?"

थोड़े आश्वस्त वे ज़रूर थे कि विनय बहादुर वहाँ है। उसने आयुष को 'बेटा' कहा है। बचपन के इस दोस्त ने मुफ़लिसी के दिन देखे हैं, ज़रूरत के वक़्त आयुष की मदद करने में कोताही नहीं करेगा।

सुरेन्द्रनाथ ने तमाम मज़बूती से ख़ुद को थामे रखा। आशीर्वाद दिया, "ईश्वर तुम्हारी रक्षा करे! ख़ूब मन लगाकर पढ़ाई करना। धुर परदेस है, मगर विनय अंकल हैं वहाँ। उन्हें मेरी जगह समझना। कभी भी ज़रूरत पड़े..."

भीगा मन बहने न लगे, सो अधबीच ही रुक गए। प्रभा और आयुष को भी तो सम्हालना था।

आयुष ने जब तक न्यूयॉर्क पहुँचने की सूचना न दी, सुरेन्द्रनाथ-प्रभा परेशान रहे। ईश्वर से बेटे की सलामती के लिए प्रार्थना करने के साथ-साथ विनय बहादुर को दुआ देते रहे। एक बार उसे फ़ोन किया कि आयुष यहाँ से चल पड़ा है। बस, और कुछ नहीं कहा। जानते थे, अब विनय बहादुर पहले वाला विनू नहीं रहा, वेल सेटेल्ड अमेरिकी एंटरप्रोन्योर हो गया है। बार-बार उसे फ़ोन कर उस पर अविश्वास करना ही नहीं, अपने को ख़ुद की नज़रों में भी छोटा करना होता।

इस बीच समय का चक्का घूमता रहा और उम्र गुज़रती गई।

कालो न यातो वयमेव याता

बड़का बेटा आदर्श बैंक में काम करता था। उसका तबादला एक शहर से दूसरे शहर होता रहा। कभी जालन्धर, कभी बेंगलुरू और अब हैदराबाद!

बेटी अस्मि ने पत्राचार से बी.एड. कर लिया और स्थानीय स्कूल में पढ़ाने लगी। पापा को भी थोड़ी तसल्ली-सी हो गई कि बेटी आत्मनिर्भर होना सीख रही है।

प्रभा की चिन्ता दूसरी थी। महानगर में आए-दिन घटती वारदातों से वह भयभीत थी। नौकरी के सिलसिले में अस्मी को एन.सी.आर. में बसों में यात्रा करनी पड़ती थी। स्कूल तक तो ठीक था, स्कूल बस में सुरक्षा थी, लेकिन सिटी बसों, स्कूटर-टैक्सियों में आए-दिन लड़कियों के साथ हादसे हो रहे थे। वादी के आतंकियों से तो वे अस्मी को बचाकर ले आए थे, पर एन.सी.आर. के गुंडों-बलात्कारियों और बिगड़े नवधनिकों से बेटी को बचाने का कोई उपाय उसके पास नहीं था।

शादी?

शायद!

उसके दिमाग़ में स्वर्गवासी सास जी ने दस्तक दी।

लेकिन इस उपाय को अस्मी ने बेहिचक ख़ारिज कर दिया। उदाहरण के तौर पर हाल में ही घटित चार-छह घटनाओं की तरफ़ ध्यान दिलाया, जहाँ बलात्कार की शिकार तीन साल की बच्ची से लेकर सत्तर साल की बुजुर्ग महिलाएँ भी थीं। शादी से इन वारदातों का कोई लेना-देना नहीं था।

अस्मी ने माँ का भय दूर करने की कोशिश की, भरोसा दिलाया कि वह अपना ख़याल रख सकती है, माँ चिन्ता न करे।

"मेरी कुलीग मिस सूद तो कराटे एक्सपर्ट हो गई है। वक़्त मिला तो मैं भी उससे बचाव के कुछ टिप्स ले लूँगी और वह 'पेपर स्प्रे' तो मैं अपने बैग में रखती ही हूँ।"

प्रभा आश्वस्त नहीं हुई, "तुम्हें मज़ाक सूझ रहा है, मेरी तो चिन्ता के मारे जान सूखी जा रही है..."

अस्मी संजीदा हो गई, "मज़ाक़ नहीं कर रही माँ। आजकल आए-दिन लड़कियों के साथ जो बदसलूकियाँ और बलात्कार की घटनाएँ देखने-सुनने में आती हैं, उनसे बचने और मवालियों का सामना करने के लिए हमें आत्मरक्षा के लिए तैयार तो रहना ही होगा। सुरक्षा क़ानून बनने से ही तो हम सुरक्षित नहीं हो पा रहे हैं न?"

अस्मी ने भी राह चलते शोहदों, बसों में जिस्म छुआते मवालियों के फ़िक़रों-स्पर्शों से बचते-बचाते जीना सीख लिया।

इधर ग्लोबलाइज़ेशन की हवा महानगरों में तेज़ी से चलने लगी थी। तकनीकी का प्रवेश दफ्तरों-स्कूलों में भी धड़ल्ले से होने लगा था। अध्यापकों के लिए कम्प्यूटर ट्रेनिंग ज़रूरी हो गई, तो अस्मी ने भी कम्प्यूटर क्लास ज्वाइन कर ली। तकनीकी का करिश्मा मोबाइल उसके साथ काम करती महिलाओं के हाथ में आ गया था। वक़्त की दौड़ में अस्मि क्यों पिछड़ती? वेतन में से पैसे बचाकर उसने नोकिया का एक छोटा-सा फ़ोन भी ख़रीद लिया। माँ-पापा ख़ुश हुए। स्कूल में कभी देर-सवेर हो जाए तो घर पर मोबाइल से इत्तला दी जा सकती है।

एन.सी.आर. में रहने तो लगा सुरेन्द्रनाथ का परिवार, पर मन छूटे हुए घर में ही रहा।

सालों-साल बीतते गए, घर वापसी की उम्मीद बर नहीं पाई। विस्थापितों ने आवाजें उठाईं, धरने दिये, थोड़े आश्वासन पाए, ज़्यादा लाठियाँ खाईं।

प्रदेश में तालिबानियों की धमकियाँ थीं, प्रशासन में ऐतिहासिक ढुलमुल नीतियाँ। विस्थापित त्रिशंकु की स्थिति में।

सुरेन्द्रनाथ को विश्वास-सा होने लगा कि वे और उनके तमाम विस्थापित बन्धु सत्ताधारियों की राजनीति का शिकार हो गए हैं। उनकी आवाज़ अब किसी भी न्यायालय तक नहीं पहुँचेगी।

एन.सी.आर. में इधर-उधर बनती-फैलती छोटी-छोटी कॉलोनियों में रहने का जुगाड़ करते विस्थापितों ने थके-टूटे मन को समझाया—स्वाधीनता का हनन करनेवाला निष्कासन हमारे हौसलों को पस्त नहीं करेगा।

हालात के भँवर में फँसने के बावजूद जीवन का तिरस्कार नहीं किया जा सकता। उन्होंने छूटे हुए देवी-देवताओं और आस्था स्थलों को अपने पास बुलाया। अनन्तपुर की पहाड़ी पर माँ शारिका को ले आए। यज्ञ धूम और मंत्रोच्चारों के साथ चक्रेश्वर की स्थापना की और हारी पर्वत का नाम दिया। सतीसर तो उनसे छूट गया, पर माँ शारिका को कैसे भूल जाते, जिससे उनका इतिहास, पुराण ही नहीं उनकी आस्था जुड़ी थी, उनका होना जुड़ा था?

अपनी प्रिय भाषा कश्मीरी की आदि कवयित्री शैव योगिनी लल्लेश्वरी की भव्य प्रतिमा बनवाकर मन्दिर के परिसर में स्थापित की गई। जन-जन के अन्तर में सँजोए, उनके वाक् काले ग्रेनाइट की विशाल पट्टिकाओं पर खुदवाए। अपने-आप से वादा किया, 'जहाँ रहेंगे, तुम हमारे साथ रहोगी।'

तीज-त्योहार, शिवरात्रि, नवरेह मनते रहे। वसन्त कुंज वाली बहन के इसरार पर प्रभा-सुरेन्द्रनाथ भी नवरेह के दिन अनन्तपुर में निर्मित हारी पर्वत पर पिकनिक मनाने गए। एन.सी.आर. में रहते कश्मीरी पंडित परिवारों ने इस दिन वादी में मनाए जाते उत्सवों और पिकनिकों को याद किया। मन्दिर परिसर में हवन के मंत्र गूँजे। ललध्यद के वाक् सस्वर गाए गए। पहाड़ी पर यत्न से उगाए गए पेड़ों और कंक्रीट पर उगाई हरियाली पर बैठकर पिकनिक मनाई गई। जे.एन. कौल साहब ने बड़ी-बड़ी देगचियों-पतीलों में कश्मीरी मसालों से बनी सब्ज़ियाँ, दमालू, कमलककड़ी, पनीर, दाल-चावल बनवाकर पर्व में शामिल लोगों को भोज में शामिल होने का न्योता दिया। हलवाइयों के कड़ाहों में तलती लुच्चियों और नदुरमोंजियों की ख़ुशबू ने वादी में मनते नवरेह पर्व पर मिलन की याद दिला दी और याद दिला दी पीछे छूटी वादी के बादाम-आड़ू के ख़ुशरंग बौरों की महक, जो हवा के खिलन्दड़े झोंकों से बतियाती धरती पर गुलाबी क़ालीन बिछाकर पर्व मनानेवालों का स्वागत करती थी। खोने के अहसास से जुड़ी यादें दंश देने से बाज़ नहीं आतीं, लेकिन न समय पीछे लौटता है, न जीवन।

सुरेन्द्रनाथ-प्रभा भी रहते-रहते नये माहौल के आदी होते गए। प्रभा को ज़रूर बेटी की बढ़ती उम्र का ग़म खाए जा रहा था। बेटी माँ को अपनी बिरादरी में वर-ढुँढ़ाई में परेशान होते देख नाराज़ हो गई।

"माँ, मुझे शादी की जल्दी नहीं है। दोनों भाई हमसे दूर रहते हैं। पापा कितने अकेले हो गए हैं! मैं कुछ दिन और अगर आपके साथ रहूँ, तो क्या कोई मुझसे शादी नहीं करेगा?"

"ऐसा नहीं है अस्मि, कई अच्छे लड़के देखे हैं हमने। वे कुँवारे तो नहीं बैठे रहेंगे हमारे लिए! शादी की भी तो कोई उम्र..."

"माँ, प्लीज़, मेरे लिए लड़के देखना बन्द करो। मुझे जब शादी करनी होगी तो बता दूँगी। ऐसी कोई लूली-लँगड़ी नहीं है तुम्हारी बेटी कि उम्र भर अनब्याही रह जाए। तसल्ली रखो, तुम गंगा ज़रूर नहाओगी।"

सुरेन्द्रनाथ ने पत्नी को समझाया, "बेटी पर भरोसा रखो, वह नादान नहीं है। जो करेगी, ठीक ही करेगी।"

प्रभा के पास कोई विकल्प नहीं था, वक़्त का इन्तज़ार करने के सिवा। और वह वक़्त एक दिन आ ही आ गया।

प्रभा ने बेटी की दिनचर्या में अचानक आई कुछ तब्दीलियाँ देखीं। काम में उतावल, मोबाइल की वक़्त-बेवक़्त की पुकार, घर लौटने में अक्सर देरी। दिल्ली में दूरियाँ थीं। एन.सी.आर. गुड़गाँव, फ़रीदाबाद, ग़ाज़ियाबाद में नौकरियाँ। बसों में कन्धे छीलती भीड़। देरी होने का और क्या कारण हो सकता था?

एक दिन शाम ढलने के बाद भी अस्मि घर नहीं लौटी। प्रभा-सुरेन्द्रनाथ बेचैनी से सड़क पर नज़रें जमाए बैठे रहे।

"इधर क्राइम रेट कितना बढ़ा है शहर में! क्या पता, अस्मि...?"

प्रभा के सामने बलात्कार की शिकार लड़कियों की कटी-फटी निर्वस्त्र देहें उभर आईं, बुरी तरह ज़ख़्मी! उनके दोस्तों, परिजनों की टीवी पर विकल अरदास, हताश जुमले, इंसाफ़ की आकुल पुकारें उसे थर्रा गईं। काश, कोई उनकी कटी-छिली देहों पर टाट का टुकड़ा भर डालकर उनकी निष्प्राण ही सही, स्त्री देह को ढक देता, तमाशा न बनने देता!

"आजकल, लगता है, लोगों में दया-करुणा नहीं रही। उन मृतकों के परिजनों की आँखों में कैसा तो निराश बियाबान उतर आया था! सच तो यह है प्रभा, ऐसे क्रूर हादसों में भी मदद करनेवाले विरले ही हैं। ज़्यादा तो तमाशबीन ही होते हैं।"

प्रभा घबराई हुई थी। सुरेन्द्रनाथ पत्नी के साथ शायद ख़ुद को भी तसल्ली देना चाहते थे, पर तसल्ली जैसी स्थिति उन्हें कहीं दिख नहीं रही थी।

"इधर हमारी न्याय-व्यवस्था में भी जाने क्यों झोल आने लगा है! आए-दिन हत्या-हिंसा के वहशी कांड देश भर में होते रहते हैं। विरोध की आवाज़ें उठती हैं, सड़कों पर उतरकर लोग न्याय की गुहार भी लगाते हैं, पर..."

" पर क्या? सरकार न्याय दिलाने का भरोसा देती है, आश्वासन सुनते-सुनते कान पक गए हैं। किसी बलात्कारी को फाँसी पर चढ़ाया गया?"

"ऐसा नहीं है, प्रभा, अदालत सबूत माँगती है। तुम जानती हो, कई बातें देखनी होती हैं। किसी की उम्र कम निकलती है..."

"बस करो, सबूत-सबूत! अभी जो बस में निर्भया के साथ हुआ, उसमें सबसे ज़्यादा वहशी तो वह रॉड वाला कम उम्र का बदज़ात ही निकला, और सबसे कम सज़ा उसी को मिली।"

प्रभा के कान निर्भया की चीखों से दर्द करने लगे। आँखों के आगे रक्त-नदी में डूबी देह में नहाते नरपिशाच अट्टहास करने लगे। उसे चक्कर आने लगा। सुरेन्द्रनाथ ने कन्धों से घेरकर तसल्ली दी।

"कुछ नहीं होगा हमारी बहादुर बेटी को। शुभ-शुभ सोचो।"

घर के सामने सड़क पर कोई कार रुकी देख प्रभा चौकन्नी हो गई। अस्मि ब्ल्यू डेनम की जीन्स पहने किसी अनजान युवक के साथ कार से उतरी है। प्रभा ने पहचाना नहीं।

बेटी ने घर में क़दम रखा कि माँ ने सवालों की बौछार से स्वागत किया, जिनमें 'कहाँ रही? क्या ख़ास काम आ पड़ा? स्कूल बस मिस हो गई क्या? रास्ते में कोई हादसा तो नहीं हुआ? यह लँगड़ाकर क्यों चलती हो?' आदि-इत्यादि प्रश्न शामिल थे।

अस्मि ने दो क़दम पीछे खड़े व्यक्ति से परिचय कराया, "माँ, यह आस्तिक जी हैं। पहले इनसे मिलो, फिर तुम्हारे सभी सवालों के जवाब दूँगी।"

अस्मि ने माँ की आशंकाओं का समाधान किया :

"माँ, ऑटो-रिक्शा से उतरते वक़्त मैं सड़क पर गिर गई। तारकोल-सी किसी चिपचिपी चीज़ पर मेरा पैर फिसल गया। चल नहीं पा रही थी। मेरे आस-पास कुछ लोग इकट्ठा होने लगे थे। ये वहाँ से गुज़र रहे थे। भीड़ जुटती देख इन्होंने गाड़ी रोककर मुझे सहारा दिया।"

प्रभा घबरा गई, "हे भगवान, कहीं हड्डी-वड्डी तो...?"

"नहीं-नहीं, माँ जी, हड्डी-वड्डी नहीं टूटी। ज़रा-सी चोट है। दाईं टाँग में थोड़ी खरोंचें आई हैं।" आस्तिक ने प्रभा की चिन्ता दूर करनी चाही।

"पापा, मेरे मना करने के बाद भी इन्होंने मुझे पास की डिसपेंसरी में टिटनेस का इंजेक्शन लगवाया। फर्स्ट एड दिलाकर पट्‌टी-वट्‌टी भी करवा दी। इसी से थोड़ी देर हो गई।"

"थैंक यू बेटा, सो नाइस ऑफ यू! आजकल किसी अनजान के लिए कौन इतनी ज़हमत उठाता है!"

"थोड़ी-सी मदद के लिए थैंक्स की क्या बात है, अंकल? इतना तो कोई भी कर लेता।" आस्तिक ने हलीमी दिखाई।

सुरेन्द्रनाथ-प्रभा, दोनों आस्तिक के व्यवहार और विनम्रता से बेहद प्रभावित हुए। बाद में अस्मि ने बताया कि आस्तिक को उसने एक-दो बार पहले भी देखा है। कभी-कभी बस मिस करने पर वह अपनी छोटी बहन को स्कूल छोड़ने आता है।

प्रभा ने कोई प्रश्न नहीं पूछा, न ही सुरेन्द्रनाथ ने। बेटी बिना किसी वारदात के घर पहुँच गई, इससे बड़ी राहत और क्या हो सकती थी? हाँ, दोनों देर रात तक आस्तिक की तारीफ़ करते रहे। प्रभा तो मन-ही-मन अकारण या सकारण अस्मि के लिए ख़ुश होती रही।

अस्मि-आस्तिक की सड़क से शुरू होकर घर तक पहुँची इस आकस्मिक मुलाक़ात के कुछ दिन बाद माँ ने बेटी से आस्तिक से जुड़े कुछ उत्सुक प्रश्न किए। यही कि 'क्या करता है, कहाँ का है, कितना जानती हो इसे, क्या तुम्हें पसन्द है?' आदि-इत्यादि।

अस्मि जानती थी, प्रश्न पूछे जाएँगे। यों भी इश्क़-मुश्क छिपाने से कहाँ छिपता है? सो, जितनी जानकारी थी, माँ को मुहैया कर दी। पसन्द के प्रश्न का उत्तर दिये बिना, कुछ शरमाकर, ख़ुद ही प्रश्नकर्ता की जगह पर बैठ गई, "तुम्हें कैसा लगा आस्तिक?"

"मैंने तो एक बार देखकर ही पसन्द कर लिया। तुम कब से जानती हो?"

अस्मि ने हँसकर जवाब टाल दिया। आगे माँ-बेटी के बीच जो भी संवाद हुआ, उसकी जानकारी माँ ने अस्मि के पापा तक पहुँचा दी, "लड़का अपनी बिरादरी का नहीं, यू. पी. का है। मल्टीनेशनल कम्पनी में काम कर रहा है। अस्मि को पसन्द है। मुझे लगता है, अब लड़के वालों से मिलकर शादी की बात पक्की करनी चाहिए।"

"ठीक है, अस्मि ने सोच-समझकर ही फ़ैसला लिया होगा। सुलझी हुई लड़की है। बाक़ी बिरादरी-ग़ैर बिरादरी की बात अब पुरानी हो गई है। हम भी तो अब ग्लोबल हो रहे हैं।"

पता नहीं, सुरेन्द्रनाथ ने स्वीकृति वाक्यों के साथ 'ग्लोबल' का पुछल्ला क्यों जोड़ दिया?

प्रभा ने आँख उठाकर पति का चेहरा पढ़ना चाहा, क्या कहना चाहते हैं? बिरादरी से बाहर शादी पर माँ-बाबू के पारम्परिक विश्वासों ने ज़ेहन को टहोका तो नहीं? 'बेटा, शादी-ब्याह तो अपनी बिरादरी में ही फलता है।'

लेकिन सुरेन्द्रनाथ ने तो कई परम्पराओं में बदलाव का स्वागत किया है। बच्चों की इच्छाओं का भी हमेशा मान रखा है। सुरेन्द्रनाथ जी चौखट भर खिड़की से ऊदी बदलियों के बनते-बिगड़ते आकार देखने लगे थे। कहीं शेर, कहीं बकरियों के झुंड, कहीं आदमियों की अजीबोग़रीब सूरतें।

प्रभा ने कुछ नहीं पूछा।

जल्दी ही अस्मी-आस्तिक की शादी हो गई। आस्तिक ने पहले ही गोवा में हनीमून के लिए कॉटेज बुक करा ली थी। उसके मम्मी-डैडी ने शादी की तारीख़ का फ़ैसला बेटे पर छोड़ दिया था। लेन-देन वाले रीति-रिवाजों पर दोनों पक्षों को एतराज़ था। सो, सादगी से विवाह की रस्में निभाई गईं। कोई बैंड-बाजा, शोर-शराबा नहीं।

आयुष को छुट्टी नहीं मिली। उसने पापा से पूछा भी, शादी की तारीख़ थोड़ी आगे क्यों नहीं बढ़ाई जा सकती? बहन को दुलहन के वेश में देखने की हौस उसे भी थी, पर निर्णय का अधिकार उसके हाथ में नहीं था। बच्चों के स्कूल और पत्नी की नौकरी के कारण आदर्श भी अकेले ही बहन की शादी में शामिल हुआ। प्रीति-भोज के अगले ही दिन वापस हैदराबाद लौट गया।

विदाई के वक़्त अस्मि माँ-पापा को आँख ओझल होने तक देखती रही। उनकी डबडब आँसुओं से भरी आँखों के पीछे का उदास अकेलापन भीतर तक कचोट गया।

सुरेन्द्रनाथ ने एक ख़ामोश स्वीकार के साथ बेटी को आशीर्वाद दिया।

प्रभा ने आदिदेव का आभार माना कि बेटी को उसका मनपसन्द साथी मिल गया।

किसके भीतर ख़ुशी के बुलबुले फूटे, किसके भीतर आशंकाएँ, इस पर कोई संवाद-विवाद नहीं हुआ। प्रभा-सुरेन्द्रनाथ जी वक़्त की नब्ज़ पहचान गए थे। आर्थिक रूप से स्वतंत्र हुए बच्चों को अब माँ-बाप से न जेब-ख़र्च माँगने की

ज़रूरत पड़ती है, और न अहम मामलों में उनसे सलाह-मशविरे की। शादी तो उनका निजी मामला था ही।

अच्छा यह लगा कि एन.सी.आर. में ही दोनों की नौकरियाँ थीं। मिलना-जुलना होता रहेगा।

आयुष अमेरिका में लगभग बस ही गया था और आदर्श का तबादला हैदराबाद हो गया था।

"हारी-बीमारी में कोई अपना तो पास रहेगा!" प्रभा ने मन का सन्तोष सुरेन्द्रनाथ तक पहुँचाया।

सुरेन्द्रनाथ कुछ बोले तो नहीं, पर पत्नी से असहमत भी न हो पाए। बस, एक छोटा-सा हुंकारा भरा, "हूँ..."

अपनी क्षमताओं पर भरोसा रखनेवाले सुरेन्द्रनाथ भी बच्चों के आसपास रहने की उम्मीद भला कैसे छोड़ सकते थे? इतने वीतरागी भी तो नहीं थे।

अस्मि की शादी के बाद घर अचानक बूढ़ा लगने लगा : युवा चहक-महक विहीन। ख़ाली और उदास। प्रभा कई दिनों तक रोती रही। मन में कई तुके-बेतुके प्रश्न उठे, ख़ामख़्वाह की चिन्ताएँ। हिलक-हिलककर सुरेन्द्रनाथ जी को सुनाईं।

सुरेन्द्रनाथ जी ने पत्नी को धैर्य से सुना, फिर गला साफ़ करते, एक वाक्य कहा, "आँसू पोंछो प्रभा। ममता को कर्म पर हावी न होने दो।" और भगवद्गीता हाथ में थमा दी।

हम जानते हैं, कितने भी कर्मवीर हों सुरेन्द्रनाथ जी, दिन-भर ख़ुद को काम में मसरूफ़ रखने के बाद जब रात को बिस्तर पर लेट सोने की कोशिश करते होंगे, जब साँय-साँय करती रात में बग़ल में लेटी प्रभा की गहरी साँसें उन्हें विचलित करती होंगी, तब वे नींद को मुल्तवी कर, बच्चों के बचपन की सुखद यादों में लौट प्रभा से आत्मीय संवाद करते होंगे। वहाँ आदर्श, आयुष और अस्मि तो होंगे ही, साथ में जाने-अनजाने प्रवेश पा चुके होंगे बचपन के दोस्त विनू। याद करते होंगे उसे, जिसने ज़रूरत के वक़्त आयुष की मदद कर उनके दोस्ती के भरोसे पर पक्की मुहर लगा दी थी—उसकी विनू से वेल सेटेल्ड अमेरिकी सिटिज़न विनय बहादुर बनने तक की दास्तान!

परी महल की उदास यादें

आज वेल सेटेल्ड विनय बहादुर शिखर पर बैठा है। अपनी छोटी-बड़ी अर्जित की हुई सत्ता के शिखर पर। कैसा महसूस करता है आदमी शिखर की ऊँचाई पर बैठकर! भरा-पूरा, गर्व से तना, ग्रेनाइट के आकाश छूते योसिमिटी के 'हाई डोम' वाले विशाल पहाड़ जैसा, जिसे छूने की हिम्मत कोई नहीं करता या नितान्त अकेला, अपनी ऊँचाइयों से ख़ुद ही बेज़ार, सबसे दूर, सबसे कटा हुआ? समुद्र में खोया हुआ आदमी?

इसका जवाब तो शायद विनय कुमार के पास भी नहीं। पाया तो उसने वह सब, जो चाहा। वह भी, जो उसकी चाहना के दायरे में अट भी नहीं सकता था। फिर क्या है जो वक़्त-बेवक़्त टीस बनकर उभरता है—चाहे-अनचाहे? यों बहुत के बीच कुछ को ख़ारिज करने का गुर भी सीख गया है विनय बहादुर। फिर भी?

सात समन्दर पार कर जब पहली बार एक सींकिया-से लगते लहीम-शहीम नौजवान ने इस अजानी स्वप्ननगरी में क़दम रखा, तब उसकी आँखों में सपने, मन-ज़ेहन में जज़्बा और कुछ कर पाने की ज़िद भले रही हो, एक अबोध अनाड़ीपन भी साथ चला आया था। लगता था, गिलास मशीन की टोंटी के नीचे रखने भर से ही उसमें कोक का झरना बह आएगा। आख़िर अमेरिका उसकी स्वप्ननगरी थी—एक जादुई देश, जिसमें सब कुछ सहज, सुलभ और अनूठा जो होता है।

तब वह एक पिछड़े देश के निहायत मामूली घर से आया एक अजूबा था, जो अपनी अनाड़ी हरकतों से अनजाने ही हँसी का पात्र बन जाता था। आज का सफल बिज़नेसमैन, विख्यात एंटरप्रोन्योर नहीं, जिससे कई अमेरिकी भी रश्क करते हैं।

उस अनाड़ी, महत्त्वाकांक्षी लड़के ने यहाँ तक पहुँचने के ऊँचे-नीचे झाड़-झंखाड़ और खड्डों भरे दुरूह रास्ते कैसे पार किए, इसकी दास्तानें वह किसी को नहीं सुनाता।

वह याद भी नहीं करना चाहता वे बर्फ़ ढकी यख़ रातें, जो चन्द एक डॉलरों के लिए उसने हिन्दुस्तानी भाई के स्टोर में ठंड से काँपते गुज़ारी थीं। वह भूल जाना चाहता है वे दिन, जब छोटी-छोटी ग़लतियों पर बॉस की दी गई चेतावनियों से वह अपराध-बोध से भर जाता था।

वह एक नई दुनिया में आ गया था। राख-मिट्टी से बर्तन घिसती, गीली-धुआँती लकड़ियों से खाना पकाती दुनिया से डिश वॉशर, माइक्रोवेव अवन, वॉशिंग मशीन की दुनिया में एक अचीन्हा डर रीढ़ की हड्डी में साँप-सा सरसराता—कहीं उससे अनजाने में ऐसी भूल न हो जाए कि बेरंग चिट्ठी-सा वापस घर लौटना पड़े।

तकलीफ़ें थीं, पैसों की कमी की वजह से कभी-कभी पेट भर खाना भी नसीब नहीं होता। तब भी उसकी ज़िद बरक़रार रही कि उसे हर हाल में पढ़ाई पूरी करनी है। वह यहाँ कुछ सपने पूरा करने आया है। करो या मरो वाली स्थिति थी।

रिया से ज़रूर उसने कुछ तकलीफ़देह यादें शेयर कीं, पर बच्चों से नहीं, जिन्हें अपनी जद्दोजहद से बेख़बर रखकर उसने धूप-घाम, बर्फ़-ओलों की छतरी बनकर सुरक्षित रखा। ज़रूरतों के अलावा भी उनकी हर मौज-मस्ती की माँगें अपनी सामर्थ्य भर पूरी कर दीं।

नहीं, बच्चों पर वह अपने जिए-भोगे कष्टों का साया भी नहीं डालना चाहेगा, मानकर कि अपनी ग़लतियों से ही जो सीखना होगा, सीख लेंगे। बच्चे जो बनना चाहेंगे, वही बनेंगे। बाप-दादा के किए-धरे से कितना कुछ निचोड़ लेंगे, जबकि अपनी बेअन्त ख़्वाहिशों को पूरा करने और बहुत जल्द बहुत कुछ हासिल करने की फ़िराक़ में ही मसरूफ़ रहते हैं इधर के बच्चे।

विनय बहादुर को चाय की तलब उठी है। अनुपात में पानी, दूध मग में डाल वह माइक्रोवेव अवन में रखकर टाइम सेट कर देता है। टी बैग और स्पलैंडा डाल चाय का मग हाथ में लिये विनय डेक पर बैठा है, लगभग रोज़ की तरह। सड़क से घर के पिछवाड़े तक पसरे ढलवाँ लॉन को तराशकर जॉन ने हरा मख़मल बिछा दिया है। विनय दूर तक खड़े पहरेदार डॉगवुड और ओक-पाइन के आसमान छूते पेड़ों की फुनगियों पर अंगड़ाइयाँ लेती सुबह की मुलायम किरणों को देखता है—कैसे गुस्ताख़ हवा के थपेड़ों संग झूम-झूम लोट-पोट हुई जा रही हैं!

पूर्व दिशा में पहाड़ियों के पीछे बाल सूर्य धीरे-धीरे सिर निकाल धरती को नई नज़र से देखने लगा है। रिया यहाँ होती तो चहक उठती, "देखो तो, रात की चादर

सरका नन्हा सूरज कैसे पहाड़ों के बीच से झाँकने लगा है? तुम्हें कुछ याद आता है इसे देखकर?"

विनय सरसरी नज़र से आसमान की तरफ़ देखकर कहता, "सुबह हो गई है, और क्या!"

"धत्त! ज़रा-सी कल्पना नहीं कर सकते? मुझे तो आसमान के उस गुलाबी कोने के बीच गर्भ से बाहर निकलते एक नन्हे बच्चे का सिर दिख रहा है।"

"ओ, वॉट एन इमैजिनेशन! मगर हाँ," विनय थोड़े नटखटपने के साथ जोड़ देता, "मैंने देखा था लेबर रूम में, सिद्ध को जन्म लेते। इट वॉज़ ए हॉरिबुल साइट!"

"हॉरिबुल साइट? वही याद रहा? वह सुकून नहीं, जो सिद्ध को जन्म देकर मुझे, और बेटे को गोद में लेकर तुम्हें हुआ था?" रिया नाराज़ हो जाती, "अच्छी बातें याद रखो डियर, थिंक पॉज़िटिव, सुखी रहोगे।"

सही थी रिया, सुख के साये में छिपा दुःख विनय को अक्सर अपनी ज़द में ले लेता है। चौतरफ़ उफनते झालदार सागर के बीच एक तन्हा द्वीप पर खड़ा है आज विनय बहादुर। अपने किए-धरे, पाए-खोए के साथ नितान्त अकेला। रिटायरमेंट के बाद से एक आदत-सी बन गई है सुबह-सुबह यहाँ बैठना और लॉन के छोर पर बहते क्रीक की कल-कल करती सुनगुन सुनना।

पॉज़िटिव सोच के लिए?

पता नहीं!

नन्हे वटों को सहलाता-दुलराता क्रीक हर नई सुबह को 'आदाब अर्ज़' कह स्वागत करता आगे बढ़ता रहता है।

जॉन की तरह।

"हाय, हाउ डू यू डू?"

"गुड, फ़ाइन, एंड यू बड्डी?"

"गुड, गुड!"

"हाय, हैलो, नाइस वेदर..." इससे आगे कोई नहीं रुकता। इठलाकर बहता यह छुटका झरना भी तो रुकना नहीं जानता।

विनय बहादुर भी कब रुका था? लगता था, वक़्त भागा जा रहा है। उसे पकड़ने की होड़ में हर शख़्स दौड़ता जा रहा है। लेकिन आज विनय बहादुर रुक गया है, या भागते-दौड़ते थककर हाँफ गया है, और सुस्ताना चाहता है।

"थिंक पॉज़िटिव, सुखी रहोगे," रिया कहती थी। आज होती तो क्या कहती, "स्मेल द रोज़िज़?" उसका दोस्त माइकल भी तो कहता है, "विने बड्डी! यू डन यूअर जॉब। स्मेल द् रोज़िज़ नाउ।" क्या सच ही वह अपना काम पूरा कर चुका है? उसके बाबू जी कहा करते थे, "काम ताउम्र पूरे नहीं होते," तो उसके काम पूरे कैसे हो गए? सत्तर पार की उम्र! अब तक तो मुसलसल दौड़ ही रही ज़िन्दगी। कभी ख़ुद को स्थापित करने की जद्दोजहद, कभी घर, बच्चे, उनकी उलटी-सीधी फ़रमाइशें पूरी करने और उनका भविष्य सँवारने की कोशिशें! इस गोल दायरे से बाहर भी कुछ और है, जिसे जिया जा सकता है, इस बारे में कभी सोचने का मौक़ा ही नहीं मिला।

सामने इन्द्रधनुषी रंगों से अटे पड़े हैं क्रिसेंथिमम, डहेलिया, मेरीगोल्ड, रोज़िज़ और पिटोन्या के गमले। कभी इन्हें नज़र भर देखने-सहलाने का वक़्त ही नहीं मिला। अपना एक साम्राज्य खड़ा करना चाहता था न! उस साम्राज्य का भविष्य क्या होगा, कहाँ जानता था?

जेनी अरसे से इस घर में रह रही है। रिया का प्यार पाया है इसने। रिया के जाने के बाद भी घर नहीं छोड़ा। विनय का ख़याल रखती है। फूलों को बच्चों का दुलार देती है। कहती है, "हेवन में बैठी रिया देख रही है इन फूलों को। कहीं मुर्झा गए तो दुखी होगी!"

रिया

हरी कचहरी गन्ध से महक रहा है उसका परीमहल-सा घर। उसका बनाया साम्राज्य। उसका एकान्त द्वीप। कभी चहकता था चिड़ी-चिरोंटों की बोलियों से, साँची के ठुमकते क़दमों से, सिद्ध की धमाचौकड़ियों से। बन्दर-भालू बनकर शामिल होता था विनय पापा, बच्चों के खेल में, ठीक अपने बाबू जी की तरह। आसपास चुस्त क़दमों से आवाजाही करती रिया की महक थी।

कभी बच्चों की फ़रमाइशें, कभी घर के कोने-अंतरे उसे अपनी माँगें मनवाने के लिए दौड़ाते रहते थे।

चक्करघिन्नी? नहीं, बिज़ी बी। यही नाम दिया था विनय ने उसे।

आज घर में कोई आवाज़ नहीं। पहले रिया ने साथ छोड़ा, बाद में बच्चे दूर हो गए। कभी जो रिया-विनय का स्वप्न-घर था, आज विनय बहादुर का

गूँगा साम्राज्य है—उदास और परित्यक्त। सड़क के डेड एंड पर बने इस घर के तीन तरफ़ लम्बे ऊँचे पाइन और सफेदों की आसमान छूती क़तारों को चीरकर गुज़रती हवा की सीत्कार विनय के सीने में ख़ंजर-सी चुभती है। अकेलापन सालने लगता है।

रिया ने उसकी बेतरतीब ज़िन्दगी को तरतीब दी थी। वह तब मिली जब लड़कियाँ उसके लिए महज़ मन बहलाव की चीज़ थीं। विनय एक संस्कारी समाज, जिसे वह 'दमघोंटू समाज' कहता था, से निकलकर एक खुले स्वच्छन्द समाज में रहने लगा था जहाँ लड़कियों से दोस्ती गुनाह नहीं थी। अपने घर-परिवार की तरह प्रेमिका से मिलने के लिए यहाँ न तो घर-बाहर के अँधेरे कोने-अंतरे ढूँढ़ने की दरकार थी, न छिप्पम-छिपाई खेलने की ज़रूरत। यहाँ प्रेम कोई निषिद्ध कक्ष नहीं था।

विनय के लिए यह नया अनुभव था—पिंजरे की क़ैद से छूटे पंछी की उन्मुक्त उड़ान का अनुभव। दोस्तों के साथ गेट टुगेदर पार्टियों, पिकनिकों में, डिस्को में चहकती-महकती बिन्दास लड़कियों का संग-साथ। ख़ूब मस्तियाँ होतीं। वह भी लड़कियों की कम्पनी पसन्द करने लगा था। अक्सर वीक एंड्स पर किसी-न-किसी लड़की को रेस्तराँ में डिनर नहीं तो लंच ज़रूर कराता।

रिया से भी उसकी पहली मुलाक़ात एक रेस्तराँ में ही हुई, थोड़े अलग ढंग से एक इंडियन रेस्तराँ में। वह अपने मम्मी-डैडी और छोटे भाई के साथ डिनर ले रही थी। परदेस में अपने हमवतनों को देख विनय हाय-हैलो ज़रूर करता पर हिन्दुस्तानी ज़ायक़े की शौक़ीन अमेरिकी लड़की स्टेला उसके साथ थी। सो, क़तराकर निकलना बेहतर लगा। क्या पता, कौन-कौन-से सवाल पूछें अपने हिन्दोस्तानी बन्धु, जो अगले की ज़िन्दगी में दख़लअन्दाज़ी करना अपना नैतिक अधिकार मान लेते हैं! लेकिन कार तक पहुँचते सामने से साड़ी पहने एक शालीन प्रौढ़ महिला ने मुस्कराकर विश किया, "इंडिया से हो न? मैं तो पहली नज़र में ही समझ गई। अपनी तरफ़ के लोगों को देखकर बहुत अच्छा लगता है...।"

"जी, मुझे भी," कहकर विनय ने नमस्ते की।

बात कुछ आगे बढ़ती कि पीछे से नाराज़-सी पुकार आई, "मॉम, वी आर गेटिंग लेट।"

विनय ने आवाज़ की तरफ़ मुड़कर देखा, जीन्स-टॉप में एक स्लिम-ट्रिम लड़की लापरवाह-सी नज़र उसकी तरफ़ फेंककर कार में बैठ गई। नमस्ते, हाय-हलो कुछ भी नहीं। पीछे छोड़ गई भीनी-भीनी सुगन्ध, संगीत की धीमी धुन-सी हवाओं में सोज़

भरती। क्या वह राल्फ लॉरेन रोमांस की मोहक महक थी या उसकी देह-गन्ध? विनय को उसे नज़रअन्दाज़ करती उसकी अदा पसन्द नहीं आई, पर उसकी वह ग़रूर-भरी नज़र, वह भीनी सुगन्ध मन-ज़ेहन पर छाई रही।

उस शाम स्टेला को कमरे पर न ले जाकर वह उसे सीधे उसके घर छोड़ आया। उसके परफ़्यूम की गन्ध पहली बार तीखी और नाक़ाबिले बर्दाश्त लगी। अचानक ऐसा क्या हुआ था जो पहले किसी के लिए महसूस नहीं किया? कोई जन्नत की हूर भी तो नहीं थी वह। फिर क्यों, जहाँ एक बार भी वह दिखाई पड़ती, बार-बार वहाँ जाकर विनय की बेचैन नज़रें उसी को खोजने लगतीं? क्या इसलिए कि वह लड़की दूसरी लड़कियों से अलग थी, सहज प्राप्य नहीं? स्मार्ट आकर्षक और ग़रूर को छूते आत्मविश्वास से भरपूर? विनय को उस तक पहुँचने में काफ़ी कोशिश करनी पड़ी। सुबह-सवेरे वह कम्यूनिटी पार्क में मॉर्निंग वॉक के लिए आती। विनय ने भी मॉर्निंग वॉक के लिए वही जगह चुनी। वहीं गुड मॉर्निंग, हाय-हलो से बातचीत शुरू हुई।

"फ्रेंड्स?" एक दिन विनय ने दोस्ती का हाथ बढ़ाया।

रिया ने पल-भर उसकी तरफ़ देखा, आँखों-आँखों में ही तौला और विनय की दोस्ती के लिए आगे बढ़े हाथ से अपना हाथ छुआ भर दिया, "फ्रेंड्स!"

लेकिन उसकी दोस्ती की भी कुछ हदें थीं। विनय के साथ वह कभी-कभार लंच पर चली जाती, पर डिनर का आमंत्रण शालीनता से अस्वीकार कर लेती :

"मैं परिवार में रहती हूँ। मम्मा-पापा के साथ ही डिनर करना पसन्द करती हूँ। होप यू डोंट मांइड।"

विनय के आग्रह पर उसे अपना फ़ोन नम्बर दिया तो साथ में एक अबोली चेतावनी भी थमा दी :

"मैं आजकल एग्ज़ाम की तैयारी में बहुत बिज़ी रहती हूँ। डिस्टर्बेंस अफ़ोर्ड नहीं कर सकती। बहुत ज़रूरी हो, तभी कॉल करती हूँ।"

टॉल, डार्क एंड हैंडसम विनय से लड़कियाँ दोस्ती करने के लिए मौक़े ढूँढ़ती थीं, पर रिया ने दोस्ती का इक़रार करने के बावजूद दूरियाँ बनाए रखीं। विनय के लिए वह जैसे चुनौती-सी बन गई थी। वह समझ नहीं पा रहा था कि इसका कारण उसका रिया के लिए कहीं भीतर उमग आता चाहत का ज्वार है या उसका आहत ईगो? रिया दोस्त होने के बावजूद शारीरिक समर्पण से बचती है, वह उससे प्रेम नहीं करती। क्या कोई है उसके जीवन में, जिसने उसके ख़ाली

कोनों को भर दिया है? हिन्दुस्तानी होने के बावजूद वह 'बहनजी टाइप' लड़की तो नहीं लगती, फिर दूरी की वजह क्या हो सकती है?

एक दिन लॉन्ग ड्राइव पर जाते विनय ने रिया से भीतर उमग आता बेचैन करता प्रश्न पूछ ही लिया, "डू यू लव मी रिया?"

रिया इस अचानक पूछे गए प्रश्न से थोड़ी अचकचा-सी गई। अमेरिका में दसेक वर्षों से रहने के बावजूद वह अपनी शर्तों पर ही अपना जीवन जीने की क़ायल रही है। विनय का साथ उसे पसन्द था। एक अच्छे दोस्त की तरह वह विनय से किसी भी विषय पर खुलकर बहस करती थी, पर विनय के लिए उसने अब तक चाहत का आवेग महसूस नहीं किया था।

विनय ने रिया से प्रश्न किया था या विकल अनुरोध कि रिया ने दोस्त को बेलाग अन्दाज़ में जवाब दिया :

"प्रेम के बारे में मेरे विचार थोड़े अलग हैं, विनय! हो सकता है, इस फ्री कंट्री में तुम्हें वे आउट डेटिड लगें, पर माइंड मत करना विनय, विदेशियों की तरह 'आई लव यू' दिन में दस बार बोलना ही मेरे लिए प्रेम नहीं है। वह महज़ कुछ शब्दों से ज़्यादा गहरा है। वह आपसी समझ और गहरी संवेदना से पनपता है। विनय, अभी हम एक-दूसरे को जानते ही कितना हैं? जान गए होते तो तुम्हें यह सवाल पूछने की ज़रूरत ही नहीं पड़ती। विनय, जो अन्तरंग भावना जीवन को भराव दे, वही मेरे जाने प्यार हो सकता है। वक़्ती ज़रूरत को प्रेम का नाम नहीं दिया जा सकता।"

रिया ने बेहिचक जता दिया कि वह दोस्ती के नाम पर किसी के भी हाथों अपने को सौंप नहीं सकती। विनय रिया के इस शालीन इनकार से अपमानित महसूस कर सकता था। उसे अभिमानी, नकचढ़ी मानकर उससे अलग हो सकता था, लेकिन ऐसा कुछ कहाँ हो पाया? कुछ दिन वह ज़रूर रिया से नहीं मिला। शायद इसलिए कि भीतर कहीं अपनी जल्दबाज़ी पर शर्मिन्दगी-सी भी महसूस हुई थी कि रिया को समझे बिना ही उसने अपने प्यार का इज़हार कर कहीं अपने को छोटा कर दिया है। यों उसकी साफ़गोई ने विनय के ईगो को कहीं चोट तो पहुँचाई ही थी।

हफ़्ते-भर बाद रिया ने ही फ़ोन करके यह चुप्पी तोड़ी, "कई दिनों से मॉर्निंग वॉक पर नहीं आए, तबीयत तो ठीक है न?"

यह क्या सिर्फ़ दोस्त के नाते हाल-चाल पूछने की औपचारिकता मात्र थी? विनय को उसकी आवाज़ में अपनेपन का आभास-सा हुआ। तो रिया भी उसके

बारे में सोचती है? उसे अच्छा लगा। ऊलजलूल सोच से दिमाग़ पर जो जाले पड़े थे, रिया के एक फ़ोन से साफ़ हो गए। जल्दी ही मनों के संशय दूर कर दिये गए। दुराव-छिपाव की उम्र कितनी लम्बी होती है!

रिया ने बातों-बातों में विनय को उसकी गर्ल फ्रेंड रह चुकी दो-चार लड़कियों के हुलिए भी बता दिये, जिन्हें वह शायद अपनी प्रेमिकाएँ समझ बैठा था। विनय को थोड़ा आश्चर्य हुआ तो यह लड़की उसकी जासूसी भी करती रही है?

दिमाग़ की घंटी बजी, तो मैडम प्रेम के टॉपिक पर जो सॉलिड भाषण पिला गई, इसकी वजह इसी जासूसी से बनी उसकी इमेज से ताल्लुक़ रखती है। पकड़े जाने पर थोड़ी उलझन तो हुई, पर बात को हँसकर वह टाल गया, "ओ, नो! दे वेयर जस्ट फ्रेंड्स।"

रिया उसकी व्यक्तिगत ज़िन्दगी में दख़लअन्दाज़ी न करना चाहकर भी क्यों और कब उसमें रुचि लेने लगी, कब उसके अन्तरमन को टटोलते उसे अपने भीतर के किसी ख़ाली कोने का अहसास गहराने लगा, इसे वह ख़ुद भी समझ न पाई। विनय भी अब बेहिचक उसके साथ निजी बातें शेयर करने लगा था।

रिया अब तक समझ गई थी कि लड़कियाँ उसके लिए अकेलेपन को भरने का एक ज़रिया भर रही हैं। एक बार मज़ाक-मज़ाक़ में पूछ भी लिया, "डोंट मांइड, यह तो बताओ, लड़कियाँ दो-चार मुलाक़ातों के बाद तुम्हें छोड़कर क्यों चली जाती थीं?"

"शायद इसलिए कि मैं उन्हें बोर करने लगा था।"

"कैसे?"

"पॉलिटिक्स डिस्कस करके।"

रिया हँस पड़ी।

विनय ने देखा, हँसी में उसके होंठ ही नहीं, आँखें भी हँसती हैं।

"पहली-दूसरी डेटिंग में ही पॉलिटिक्स? फ़िल्में, म्यूज़िक, डिस्को, डांस, रोमांस—कोई दूसरा टॉपिक नहीं?"

"सच कहूँ तो आज भी कभी-कभी फ़िल्में देखता हूँ तो उनमें ज़्यादा हिन्दी फ़िल्में ही होती हैं। उन पर तो बात करना मुमकिन ही नहीं था। यों भी, 'मिल्ज़ एंड बून्ज़' पढ़नेवालियाँ 'कम सेपटेंबर' जैसी रोमांटिक कॉमेडी टाइप फिल्में पसन्द करती हैं। मेरी गर्ल फ्रेंड तो रॉक हडसन और जीना लोलोब्रिजिदा की दीवानी थी। और मैं रोमांटिक कॉमेडियों से बहुत जल्दी ऊब जाता हूँ।"

"तो तुम अपनी पसन्द के किसी टॉपिक पर बातचीत कर लेते।"

"एक बार कोशिश तो की थी।"

"तो? जमा संवाद?"

रिया की आवाज़ में दबा-ढका तंज़ नज़रअन्दाज़ कर विनू हँसकर बोला, "संवाद क्या जमता! अपनी तारीफ़ सुनने के अलावा जिन्हें और किसी चीज़ में इंटेरेस्ट नहीं, उनसे क्या संवाद हो सकता है? यों भी, कब तक कोई किसी की फ़िगर और ब्रा के स्टाइल की तारीफ़ करता रहे? सच कहूँ तो, आई वॉज़ टोटली डिसअपॉइंटेड (मैं बिलकुल निराश हो गया था)।"

रिया की आँखों में उत्सुकता की मज़ाक़िया कौंध थी।

इतना ज़रूर जान लिया कि ख़ुद को आज़ाद ख़यालों की समझनेवाली ये लड़कियाँ अपनी आज़ादी के लिए दुनिया-भर से विद्रोह करने की डींग तो हाँकती हैं, पर अपने अलावा किसी दूसरे की आज़ादी के बारे में सोचने की ज़हमत नहीं उठातीं।

"यहाँ तो टु ईच हिज़ ओन वाली आइडियोलॉजी चलती है विनय, तुम्हें अब तक यह बात तो समझनी चाहिए थी।"

"वह तो ठीक है, पर बात करने के और भी तो मुद्दे होते हैं—आर्ट और कल्चर से जुड़े, सामाजिक, राजनीतिक..."

"समाज की तो यहाँ कोई परवा नहीं करता विनय। रही आर्ट, कल्चर या राजनीति से जुड़े मुद्दों की बात, उसके लिए तो थोड़ी मैच्यूरिटी चाहिए। अपनी टीनएजर गर्ल फ्रेंड्स से तुम ऐसे गम्भीर विषयों पर बातें करने की तो उम्मीद नहीं कर सकते।"

विनय को बात थोड़ी चुभ गई, क्या कहना चाहती है रिया?

"टीनएजर्स के बारे में क्या कहूँ? लड़कियों की उम्र पूछना मेरे एटिकेट में नहीं। अगर पूछ भी लेता तो यह बेवक़ूफ़ी ही होती क्योंकि कोई भी लड़की अपनी सही उम्र किसी को नहीं बताती। मैं जिसकी बात कर रहा हूँ, वह कॉलेज की स्टूडेंट तो थी ही।"

"ओ!"

"वियतनाम वॉर तो हॉट टॉपिक है आजकल। तुमने ख़ुद कहा कि तुम्हारी यूनिवर्सिटी में कई छात्र वियतनाम में अमेरिकी दख़ल का विरोध कर रहे हैं, रैलियाँ निकाल रहे हैं। साउथ वियतनामियों को टोटैलिटेरियन सरकार से बचाने

के नाम पर वॉर को जायज़ ठहराया जा रहा है और हज़ारों सैनिकों को इस युद्ध में झोंका जा रहा है। युवा पीढ़ी इस बारे में क्या राय रखती है, इसी उत्सुकता से पूछा था।"

"क्या पूछा था?"

"यही कि क्या अमेरिका का वियतनाम के मामले में दख़ल देना ठीक था, जबकि इस युद्ध में साठ हज़ार अमेरिकी सैनिक मारे गए, लाखों वियतनामी शहीद हो गए?"

"क्या कहा उसने?"

"उसके तेवर देखकर तो लगा कि मेरा सवाल ही उसे पसन्द नहीं आया। पहले तो बग़लें झाँकने लगी, फिर बड़बोले अन्दाज़ में बोली, 'वेल, आवर प्रेज़िडेंट नोज़, व्हाट ही इज़ डूइंग! वी हैव नॉट टु वरी अबाउट इट।' उसके बाद..."

"दुबारा नहीं आई?"

"न! दैट् वॉज़ द एंड।"

"आई डोंट ब्लेम हर। तुमने भी तो बेचारी की शाम बरबाद कर दी पॉलिटिक्स डिस्कस कर। डेट पर जाती लड़कियाँ ऐसे अनरोमांटिक डायलॉग सुनने तो नहीं जातीं।"

"वेल, आई वॉज़ अ नोविस देन (मैं तब अनाड़ी था)।"

"अब तो जान गए न?"

"अब तुम सिखा देना।"

रिया ने विनय की आँखों में आमंत्रण के तरल रंग देखे, और चुप हो गई।

कभी-कभी ख़ामोशी भी बहुत कुछ कह जाती है।

मुलाक़ातें बढ़ने लगीं, तो विनय ने मन की बात साफ़ लफ़्ज़ों में कह ही दी, "रिया, मैं तुमसे शादी करना चाहता हूँ।"

"क्यों? कोई ख़ास वजह?"

"हाँ। क्योंकि तुम दूसरी लड़कियों से अलग हो।"

"बस?"

"मैं तुमसे प्यार करने लगा हूँ।"

रिया ने उसकी आँखों की कशिश महसूस की और शब्दों में ईमानदार इकरार।

क्या वक़्त ने मनों की दूरियाँ पाट लीं कि रिया के मुँह से बेसाख़्ता निकल पड़ा, "मैं भी, विनय, मैं भी!"

कुलभूषण का अवश भरोसा : 'होय सोई जो राम रचि राखा'

जल्दी ही दोनों ने रजिस्टर्ड मैरेज कर ली। रिया के पापा ने ख़ुद कुलभूषण जी से सम्पर्क किया। उन्हें विनय पसन्द आ गया था। अमेरिका में दसेक सालों से बसने के बावजूद वे भारतीय संस्कारों का सम्मान करते थे। पहले अस्वीकार, बाद में बेटे की ज़िद के आगे हार मानकर कुलभूषण जी ने भी आशीर्वाद और माँ लक्ष्मी ने विवाह-शगुन भेजकर इस विवाह को अपनी स्वीकृति दी, सोचकर कि विनू ने बचपन से अपनी ज़िद पूरी कर ली है, अब तो वह बड़ा हो गया है। विदेश में रहता है। अब कुछ भी करे तो कैसा आश्चर्य? सो, 'होय सोई जो राम रचि राखा' कहकर रामजी से अरदास की कि दोनों सुखी रहें, अपने निर्णय पर आगे पछताने की नौबत न आए। थोड़ी तसल्ली ज़रूर हुई कि विश्वनाथ की तरह मेम से नहीं, अपनी बिरादरी की लड़की से शादी कर रहा है। आगे घर आने पर विधिवत् विवाह-मंडप सजा, अग्नि के फेरे लगाकर सभी रस्में पूरी कर दी जाएँगी।

कुलभूषण जी ने रिया की जन्मपत्री मँगवाई। विनय की तो उनके पास थी ही। दोनों पत्रियों को ठाकुर जी के चरणों में रखकर कुलभूषण जी और लक्ष्मी ने विधि के लेख के आगे एक बार फिर सिर झुकाए।

घर आने पर रिया-विनय की शादी हो गई। कमोबेश रस्में भी निभाई गईं, लेकिन लक्ष्मी लाड़ले बेटे की न सेहराबन्दी देख पाई, न रिया बहू की मुँह-दिखाई की रस्म की हौस ही पूरी कर पाई। उससे पहले ही वह अपना सफ़र पूरा कर चली गई—बेटे के हाथ से जाते समय दो बूँद जल की अधूरी कामना साथ लेकर। सभी कामनाएँ पूरी हों, तो जीवन कैसा?

उस दिन विनय ने पहली बार ख़ुद को माँ का अपराधी महसूस किया। जिस माँ की झोली वह सुख से भरना चाहता था, उसकी अन्तिम अरदास पूरी न कर पाने का अपराधी, जिसकी कहीं कोई क्षमा नहीं थी, न ही कोई भरपाई।

क्या कुछ पाने के लिए खोना अखंड सच है?

रिया ने विनय को अपराध-बोध से उबारा। कुलभूषण जी को अपने साथ लाकर साल भर ससुर जी की ख़ूब सेवा की। जगह-जगह उन्हें घुमाया—न्यूयॉर्क, फ़्लोरिडा, डिज़्नीलैंड...। न्यूयॉर्क में क्रूज़ शिप की सैर, ग्रेट अमेरिकन पार्क में रोलरकोस्टर के रोमांचक खेल, न्याग्रा फॉल्स...।

कुलभूषण जी ने पहली बार देश से बाहर की बड़ी दुनिया देखी। चकित-मुदित

हुए। बेटे का बसा घर देखा, पोते सिद्ध को गोद में लिया, दुलराया। बेटे-बहू को 'जीवे त्वम शरद: शतम' का आशीर्वाद दिया और कुछ-कुछ सन्तुष्ट होकर अपने घर लौटने की इच्छा ज़ाहिर की। विनय के कुछ समय और रुकने के आग्रह पर उसे आशीर्वाद देते, लक्ष्मी को कोट किया : 'घर, वन्दहय घर सासाह। (मेरे घर, तुझ पर सौ घर क़ुर्बान)।'

"तुम्हारी माँ घर से बहुत प्रेम करती थी। कहती थी, हज़ार कोस काटकर भी मैं वापस अपने घर ही लौटना चाहूँगी, क्योंकि अपने घर जैसा ख़ास कोई दूसरा घर नहीं होता।"

विनय को जवाब मिल गया।

कुलभूषण जी ने अंग्रेज़ों का राज देखा था। राजा के राज में ईमानदारी से नौकरी की थी। जनहित कार्यों के लिए उनकी तारीफ़ भी की और ज़रूरत के वक़्त उनके वादी छोड़कर जाने पर दुखी भी हुए थे। हालाँकि बाद में सियासी और निजी विवशताओं के कारण जो करुण विस्थापन राजा ने भोगा, उससे भी वे कम आहत नहीं हुए। उन्होंने देश-समाज की बदलती तसवीरें देखीं। अपने देश-धरती की आज़ादी के लिए गांधी, तिलक, नेहरू, सुभाष, भगतसिंह जैसे दीवानों की दीवानगी को सराहा था। उनके त्याग और बलिदान के क़िस्से अपने बच्चों को सुनाए थे। दुनिया कितनी भी बड़ी हो, कितनी भी सुन्दर हो, वह परायी थी, अपनी नहीं हो सकती थी।

कुलभूषण जी के लिए उनका देश उनका स्वर्ग था और उनका घर उनका मन्दिर। वहाँ पुरखों की आत्मीय सौंध, आशीर्वाद और स्मृतियाँ थीं। अपनी वितस्ता और अपने आस्था-स्थल थे। पौ फटने से पहले लक्ष्मी के साथ 'हारी पर्वत' की परिक्रमा कर माँ शारिका के दर्शन करने की सुखद आदत थी। अपने लोग, अपनी बोली-बानी और अपनी पहचान थी। उस घर से दूर कितनी देर तक रहा जा सकता था?

अब घर में लक्ष्मी भले न हो, पर उसकी यादें थीं। अन्त समय उसकी महक से दूर रहना उन्होंने मंज़ूर नहीं किया—उस स्त्री से, जिसने तमाम धूप-शीत में उनका साथ दिया था। घर-आँगन के कोने-अंतरों में जिसकी आवाज़ें थम गई थीं। यह कुलभूषण जी का पत्नी-विरह से जुड़ा भावोच्छ्वास था, घर-प्रेम या भीतर का कोई टीस बना अनकहा मलाल कि 'तुमने विदेश में अपनी अलग दुनिया बसाकर ख़ुद को अपनों से ही नहीं, अपने वतन से भी दूर कर दिया।' लेकिन कुलभूषण जी बिना शिकवा-शिकायत किए घर लौट गए।

विनय को क्यों लगा कि बिना कहे भी वे बेटे से काफ़ी कुछ कह गए? कोई अनकहा आरोप? क्या रिया ने भी वैसा कुछ महसूस किया था?

बाबू जी के अनकहे ने विनय को विचलित-सा कर दिया था। वह रिया से संवाद कर उस विचलन से मुक्त होना चाहता था, पर हर समस्या पर विचार कर हल ढूँढ़ने की कोशिश करने की आदी रिया उस बार ख़ामोश थी। वह कहा करती थी, 'जो उलझनें हमसे नहीं सुलझें, उन्हें समय पर छोड़ देना चाहिए।'

तीस साल—रिया के साथ बिताए गए तीस साल कैसे गुज़र गए, मालूम ही न पड़ा। चली गई तो पीछे एक साथ संवादहीन उदास बियाबान छोड़ गई।

कुछ अच्छा याद करना चाहता है विनय, तो हँसती-चहकती शोख़ प्रेमिका की जगह बिस्तर से बँधी दिन-ब-दिन बर्फ़ के ढेले-सी गलती देह पर गड्ढों में धँसी दो करुण आँखें दिखती हैं।

बहुत बहादुर थी रिया। एक सौ दो बुख़ार में तपते भी बेड पर लेटना उसे अच्छा नहीं लगता। विनय आराम करने का अनुरोध करता, पर रिया ने आगामी मौत देख ली थी। बचे हुए समय को वह बिस्तर पर लेटकर गँवाना नहीं चाहती थी।

"विनी, दवाई तो लेती हूँ, ज़रूरी परहेज़ भी करती हूँ! ठीक हो रही हूँ, फ़िक्र क्यों करते हो?" उसका अन्दाज़ हमेशा की तरह बिन्दास रहता, लेकिन छाती में एक छोटी-सी गाँठ ने उसे भीतर से हिला दिया था।

मालूम ही तब पड़ा जब वह गाँठ ब्रेस्ट कैंसर बनकर लाइलाज स्टेज पर पहुँच गई थी। कोई थैरेपी कारगर नहीं हुई। ऑपरेशन से पहले विनय का हाथ छाती पर रखे-रखे रिया पहली बार हिचकियाँ भरकर रोई। विनय भूल नहीं पाता वह करुण इल्तज़ा, "विनी, आज इन्हें आख़िरी बार महसूस करो, जी भरकर इन्हें प्यार करो। कल ये नहीं रहेंगे..."

ऑपरेशन की दैहिक-मानसिक यंत्रणा सहने के बाद भी रिया जी नहीं पाई। विनय उसे बता नहीं पाया कि वह उसके लिए, उसके वजूद का हिस्सा है, मात्र देह नहीं। विनय भूल नहीं पाता रिया की अबोली यंत्रणा। बहुत मुश्किल हो जाता है जब-तब भीतर भँवर उठाते झंझावातों से मुक्ति पाना। ऐसे में गुलाबों की महक और मेरीगोल्ड का हँसता चेहरा भी नहीं बाँध पाता। तब भीतर धँसी गूँगी पीड़ा से बाहर आने की कोशिश में वह वक़्त के कुहरे-ढकी स्मृतियों में लौट जाता है—बहुत दूर, रिया से, बच्चों से दूर। कभी बचपन की गलियों में, कभी यौवन की भूलभुलैयों में।

बार-बार मुड़ता है पीछे मन

यादों, कल्पनाओं और फंतासियों की दुनिया में बिना पासपोर्ट, बिना टिकट कभी भी, कहीं भी आवाजाही की जा सकती है। न हवाई उड़ानों के झंझट, न बसों, ट्रेनों के धक्के, न उबाऊ सफ़र की तवालत। मन-ज़ेहन के अदेखे पंख उड़ा ले जाते हैं ज़रा-से इशारे पर—कभी सात आसमानों के ऊपर, कभी नौ तालों के नीचे। विनय यादों के भँवर में कहाँ-कहाँ नहीं भटकता?

कभी-कभी वहाँ भी, जहाँ उधार ली गई फेयरी टेल्ज़ की किताबों में वह परियों के महल देख पेंसिल से उन पर निशान लगा रहा होता है। क्या कभी वह ऐसे घर में रह सकेगा? आसपास कूबड़ निकले, बारिश-बर्फ़ से सीझे, वक़्त और मौसम की मार खाए दाग़दार मकानों की क़तारें हैं—थकी, बीमार मरणासन्न बूढ़ों-सी। बेरौनक़, बेआब। वह उदास हो जाता है।

आई. जी. ऑफ़िस में क्लर्क उसके बाबू जी चिट्ठियों के पते पढ़कर मज़मून जाँचने में माहिर थे। बच्चों के दिलोदिमाग़ में सेंध लगा, उनके अनकहे को पढ़ने में भी ख़ासे कुशल। विनय के चिकने काग़ज़ पर छपे लाल ढलवाँ छतों, ऊँचे बुर्जों-कंगूरों, चिमनियों वाले इंग्लिश 'कॉटेजिज़' को हसरत भरी नज़रों से देखकर मन्द-मन्द मुस्कराते।

"क्यों बेटा, तेरा भी मन करता है ऐसे सुन्दर बंगले में रहने का?"

विनय झेंप जाता कि 'बाबू जी कैसे मेरे दिल-दिमाग़ में घुसपैठ कर लेते हैं?'

"बाबू जी, वह सिंड्रेला कासल देख रहा था। उसकी कहानी पढ़ रहा था न।"

मोती भैया ढोक पर बैठे बन्दर-सा संवाद के बीच कूद पड़ता, "सपने में बाबू जी, विनय दिन में भी सपने देखता है।"

बाबू भैया को अनसुना कर देते।

"अच्छा है, पढ़ो-पढ़ो। तुम्हारी अंग्रेज़ी सुधर जाएगी। भाषा-ज्ञान ज़रूरी है। मैं तो मुश्किल से मैट्रिक कर पाया। तुम मेरे बच्चो, ख़ूब पढ़ोगे। सुरेन्द्रनाथ के पास कई अच्छी किताबें हैं, ले आऊँगा तुम्हारे पढ़ने के लिए। उसका पिता मेरा दोस्त है, वह मना नहीं करता।"

विनय के बाबू जी बेटे के लिए दोस्त चाचा से सुन्दर तसवीरों वाली किताबें तो ला सकते थे, पर चौतरफ़ ईंटों के जोड़ दिखाते, पलस्तर उतरे दुमंज़िले मकानों

के बीच उस दो कमरेवाले सीलन-भरे घर का क्या करते जहाँ धमककर चलने की मनाही थी? जहाँ हवा भी ज़ोर से चलती तो खिड़की-दरवाज़ों की चूलें हिलने लगती थीं, जहाँ धूप क़दम रखने से घबराती थी।

बारिश में बच्चे छप-छप छींटे उछालते पानी के खेल का मज़ा ज़रूर लेते, पर बाबू कीचड़ के परनालों से गुज़र जब गलियाँ पार कर घर में घुसते, तो कमर तक कपड़े गँधाती कीचड़ से सन गए होते।

कपड़ों से कीचड़ के दाग़ रगड़-रगड़कर साफ़ करते माँ के हाथ घिस जाते। तब वह बाज़ार से घर तक पहुँचाती खुली नालियों वाली नीम अँधेरी गलियों को ही नहीं कोसती, अपनी क़िस्मत को भी दो-चार सुनाती, जिसने उसे एक ढंग की जगह पर साफ़-सुथरे घर में जीने के लायक भी न समझा। कुल, गोत्र, ग्रह, नक्षत्र बाँचकर ही तो उसके माँ-बाबा ने इस घर में ब्याहा था। परिजन ख़ुश थे कि लड़की ससुराल में राज करेगी। सो कर रही है राज लक्ष्मी!

विनू माँ की ऊपर वाले से शिकायती बुड़बुड़ सुनता तो सोचता, यहाँ परी महलों के सपने देखना भी गुनाह है, लेकिन बाबू जी? परम सन्तोषी—'जाहि विधि राखे राम, ताहि विधि रहिए'। कभी कोई शिकन माथे पर आने नहीं देते।

"अरे, इसमें इतना घबराने की क्या बात है? आज बारिश-ओले हैं, तो थोड़ा कीचड़-कांदो है। कल बहार की सुहानी धूप भी तो हमीं सेंकेंगे। तुम तो बड़ी जल्दी हिम्मत हारने लगती हो।"

माँ बाबू की तरफ़ सवालिया नज़र डाल काम में व्यस्त हो जाती। क्या कहे? कहे भी तो क्या कर पाते बाबू? उनकी हदें तो वह जानती थी। बड़ा परिवार, सीमित आमदनी, हाथ की जगह पाँव और पाँव की जगह हाथ की उक्ति का इस्तेमाल करके ही तो उनकी गृहस्थी खिंच रही थी।

लेकिन बाबू हार माननेवाले नहीं थे। बच्चों को भी कथा-क़िस्सों के बहाने हिम्मत बँधानेवाले। यादों की खिड़की से बाबू के क़िस्से सुनाई पड़ते हैं, इतिहास-पुराणों के तुके-बेतुके।

माँ चिढ़ जाती, "लो, सुनो! अभी खनाबल पहुँचेंगे, अभी खादनयार! बन्दा एक बात समझ में भर ले, उसकी मुहलत दिये बिना ही दूसरा क़िस्सा शुरू करेंगे। इन्हें तो मास्टर होना चाहिए था।"

बाबू कान खुजा कर अपनी ही रौ में बहते जाते।

"तुंजिन की कहानी सुनी है? सुय्या का करामाती क़िस्सा मालूम है?"

बच्चे मुग्ध होकर सुनते। बाबू की कहानी के साथ-साथ माँ अपनी तरफ़ से क़िस्से को आगे बढ़ाती। बीच-बीच में उनकी टिप्पणियाँ भी चलती रहतीं :

"सुनो बच्चो, बहुत दिनों पहले कश्मीर में राजा तुंजिन राज करता था। उसके समय एक बार बेमौसम ख़ूब आँधी-पानी बरसा। कई-कई दिनों तक बर्फ़ पड़ती रही। फ़सलें तबाह हो गईं, तो देश में अकाल पड़ा। प्रजा भूखों मरने लगी। राजा तुंजिन प्रजा का कष्ट दूर न कर सका, तो दुखी होकर आत्महत्या करने की सोची।"

माँ कहानी आगे बढ़ाती, साथ में अपनी टिप्पणी भी जड़ देती, "चलो, यह बात मान भी लें कि उस समय रानी ने संकट टलने के लिए ध्यान किया, पर उस कारण अगले दिन घरों में कबूतरों का मांस पाया गया, यह बात तो मुझे हज़म नहीं होती।"

"अपनी पाचन-शक्ति दुरुस्त करो, विनू की माँ। समझ का थोड़ा इलाज भी। बात ध्यान के करिश्मे की नहीं है। रानी ने पति का ध्यान बँटाया, उसे जल्दबाज़ी में फ़ैसला लेने से रोका। एक तरह से उसकी जान भी बचाई।"

"भला वह कैसे?"

"हुआ यों कि इस बीच बर्फ़बारी बन्द हुई, तो हालात भी बदलने लगे। यही बात समझने की है विनू की माँ। हालात से घबराना नहीं, धैर्य रखना ज़रूरी है।"

"और सुय्या? उसने नदी का रुख़ बदला, सो क्या किसी जादू से? सुना है, वह किसी झाड़ू लगानेवाली का बेटा था?"

"ठीक सुना है, भागवान, पर जादू से नहीं, अपनी सूझ-बूझ से उसने झेहलम का रुख़ बदल दिया। राजा अवन्ति वर्मन के वक़्त का सच्चा क़िस्सा है यह। हुआ यों (बाबू का तकिया कलाम) कि एक बार झेहलम नदी में भयंकर बाढ़ आई। राजा परेशान, क्या करे? कैसे बचाए अपनी प्रजा को? पूरा शहर डूब जाने का अन्देशा। सभी कोशिशें नाकामयाब हुईं। ऐसे में सुय्या को एक तरक़ीब सूझी। उसने हिम्मत करके अपनी बात राजा तक पहुँचाई कि 'मैं कोशिश कर हल निकाल सकता हूँ।'

"राजा चिन्ता में डूबा था। लड़के को बुलाया, उसकी तरकीब सुनी। बात कुछ-कुछ जँची तो सोचा, लड़के को एक मौक़ा दिया जाए। राजा ने लड़के से मदद करने का वादा किया और काम शुरू करने के लिए कुछ सोने की मुहरें दीं। मालूम है बच्चो, सुय्या ने क्या किया?"

"उसने ख़ूब सारी अच्छी-अच्छी चीज़ें ख़रीदी होंगी—जलेबी, रसगुल्ला, नन्दुरमोंजी..."

"नहीं बच्चो, उसने सारी मुहरें दरिया में डाल दीं और लोगों को इकट्ठा कर कहा, 'दरिया में ख़ूब सारी सोने की मुहरें हैं। तुम सब पानी को खंगालकर नदी तल की मिट्टी, काई-कछार बाहर निकाल लोगे, तो कीचड़-कछार में फँसी मुहरें तुम्हें मिल जाएँगी। जिसके हाथ जितनी मुहरें लगेंगी, वह सब उसकी होंगी।'

"मुहरों के लालच में हुजूम के हुजूम लोग पानी में उतरे। सुय्या ने खादनयार के पास नदी को बाँध दिया। लोगों ने सोने की मुहरें पाने के लिए ख़ूब मशक्कत कर नदी तल में जमा दलदल, झाड़-झंखाड़ बाहर निकाल दिया, तो बाढ़ का पानी दूसरी दिशा में बह निकला, जो पहले ही खोल दी गई थी। इस तरह मेहनत करनेवालों को मुहरें भी मिल गईं और वादी बाढ़ के प्रकोप से भी बच गई। सुय्या ने नदी का रुख़ बदलकर वादी को डूबने से बचाया।"

"और इतिहास में उसका नाम दर्ज हो गया है न, बाबू?"

"शाबाश विनू, तुम काफी समझदार हो गए हो। यह जो तुम्हारा ननिहाल सोपोर है, जानते हो, सुय्या के नाम पर ही सोपोर कहलाया।"

"अच्छा?"

"क्या नहीं कर सकता आदमी अगर सूझ-बूझ, धैर्य और हौसले से काम ले!"

निष्कर्ष? यानी बाबू का कथा सुनाने का मक़सद।

माँ की सूझबूझ जैसी भी थी, धैर्य और हौसला तो अपरम्पार था।

धुएँ भरे घर में विनय का दम घुटता था।

"ओ गॉड, कितना धुआँ करती हो माँ?"

नीम अँधेरे घर में गीली-सीली लकड़ियों पर खाना बनाती माँ अक्सर कड़वे धुएँ से गुड़हल हुई आँखें मलती रहती। अपनी आँखों की जलन से ज़्यादा बाल-बच्चों के लिए परेशान कि कोशिश करने के बावजूद वह उन्हें धुएँ की कड़वाहट से बचा नहीं पा रही।

"तुम लोग ज़रा आँगन की टेकरी तक टहल आओ। बस, यह लकड़ी ज़रा आग पकड़ ले, तो सारा धुआँ निकल जाएगा...।"

आजकल गाहे-बगाहे विनय की आँखों में वही पुराना धुआँ भर जाता है। बार-बार मुड़ता है मन पीछे। क्या इसलिए कि वह फुरसती हो गया है?

क्यों जुड़ता है उस वक़्त से, जिससे भागकर वह इस अजनबी दुनिया में आ गया था? कोई मीठी यादें तो थीं नहीं वहाँ!

नदी की तरफ़ देखती आँगन की टेकरी थी, जहाँ एक तरफ़ पनियल गंध लिये हवा के झोंके थे; दूसरी तरफ़ दीवार की आड़ में खुले पाख़ाने से आती उबकाई लाती दुर्गन्ध। वह बहिश्त था या नरक कुंड?

दिख जाता है बार-बार माँ का बेबस चेहरा, बिना अपराध के अपराध-बोध।

बच्चों का आँगन में विकेट की जगह लकड़ियाँ गाड़ क्रिकेट खेलना, दोस्तों के साथ हुड़दंग पर डाँट-डपट, बाबू की चिन्ताएँ।

खेल में वक़्त गँवाने से पढ़ाई में फिसड्डी रह जाएगा, क्या मात्र यही उनकी चिन्ता की वजह थी? ज़्यादा भाग-दौड़ करने से ज़्यादा भूख लगेगी, यह नहीं?

माँ मना करने पर बाबू को इशारे से बरज देती। पास बिठाकर कभी मीठा कुल्चा, कभी मुट्ठी भर मूँगफली, चना ज़ोर गरम जेब में डाल देती। ज़्यादा भूख लगती तो पुदीने की चटनी के साथ दही-भात खिलाती।

"मत रोका करो बच्चे को खेलने से, पढ़ता तो है लड़का।" कुछ थकन-भरी आवाज़ में जोड़ देती, "कौन-सा बादाम-किशमिश खिला पाते हैं हम बच्चों को!"

माँ के शब्दों की अर्थ-ध्वनियों को नज़रअन्दाज़ कर बाबू कुछ उतरे स्वर से समझाते, "पढ़ाई में मन नहीं लगाते बच्चे। अर्चू-विनू का हाल देखो, और मोती? वह भी तो कम मस्ती नहीं करता। विनू थोड़ा ध्यान ज़रूर देता है, लेकिन..."

चार बच्चों के पिता कुलभूषण जी ने भी बच्चों के लिए सपने देखे—बहुत बड़े नहीं, अपनी औक़ात की हद में ही। अच्छी पढ़ाई करें बच्चे, मिल-जुलकर रहें, पद-प्रतिष्ठा पाएँ, संघछंद्मम...।

माँ का पेट पोंछना बेटा विनू। माँ कहती, "जन्मा तो इत्ती नन्ही-सी जान। मुश्किल से पाँच पौंड। गर्भ से बाहर आया तो न चीख़, न पुकार। डॉ. ने उल्टा कर थोड़ा हिला-डुला दिया, तो ज़रा-सी किंकियाहट निकाली।"

"थम्बलीना!" मोती भैया चिढ़ाता, "मेरे अंगूठे जितना?"

"हाँ-हाँ, मगर बचपन से ही ज़हीन और ज़िद्दी! उसे हाथी चाहिए, घोड़ा चाहिए, क्रिकेट सेट चाहिए। नहीं देंगे तो मचलकर आसमान सिर पर उठा लेगा।"

"ठीक है, ला देंगे, हाथी-घोड़ा भी। पीतल का न सही, प्लास्टिक के चले हैं आजकल। वे ला देंगे। क्रिकेट बैट भी। लकड़ियों से तो चोट लग सकती है, प्लास्टिक बेहतर रहेगा।"

बाबू जी के पास हर समस्या का समाधान!

"वो तो ठीक है, पर बच्चों की हर ज़िद पूरी करना क्या मुमकिन है?"

माँ अपनी हदें जानती थी। तब उसकी नज़रों में राख-मिट्टी से पीतल के भगौने-देगचियाँ घिसती, बर्फ़बारी में खुले नल के नीचे कपड़े फींचती वीणा के खुरदुरे हाथ रहते होंगे।

"वो तो ठीक है," उदारमना बाबू मायूस नहीं होते अपनी तंगदस्ती पर। "पर लक्ष्मी, बच्चों का मन रखना ज़रूरी है। हम उनकी ज़िद पूरी न करेंगे तो कौन करेगा? आख़िर हम उनके माता-पिता हैं।"

विनय भी यही कहता है, "मैं दुनिया की हर चीज़ बच्चों को मयस्सर करना चाहता हूँ।"

रिया टोकती, "बच्चों की हर ज़िद पूरी करना ठीक नहीं।" वह 'मुमकिन' शब्द का इस्तेमाल नहीं करती, हालाँकि मुमकिन की हदें भी वह जानती है।

पीढ़ियाँ बदलीं, हालात बदले, जीने के तौर-तरीके बदले, पर माँ-बाप की बच्चों के लिए चिन्ताओं की हदें नहीं बदलीं।

स्थूल में तब्दीलियाँ आईं, पर सूक्ष्म तो भीतर धँसा ही रहा।

बेअन्त ख़्वाहिशें

आए-दिन सिद्ध की माँगें छोटी से बड़ी होती दिन-ब-दिन बेलगाम होने लगीं।

रिया ने चेताया, "विनी डियर, वी हैव टु स्टॉप समवेयर।"

"हॉलिडे आउटिंग से मुझे एतराज़ नहीं, पर यह आए-दिन देर रातें दोस्तों के साथ बिताना—कभी यह पार्टी, कभी वह पार्टी! अभी उम्र ही कितनी हुई, पढ़ाई की तरफ़ भी ध्यान देना ज़रूरी है न?"

"करेगा पढ़ाई भी, तुम फ़िक्र मत करो।"

"पता नहीं, विनी, कौन दोस्त हैं उसके? कैसी आदतें हैं उनकी? और यह पचास-सौ डॉलर पॉकेट मनी देना बन्द करो, विनी, प्लीज़! मैं तो बच्चों की ज़रूरतें पूरी कर ही लेती हूँ। मुझे सचमुच सिद्ध की फ़िक्र हो रही है, कहीं भटक न जाए, गॉड फ़ॉरबिड!"

"रिया, तुम ख़्वाहमख़्वाह वहम पालने लगी हो। सिद्ध-साँची दोस्तों के साथ ज्वाइंट स्टडी करते हैं। सिद्ध सॉकर खेलना पसन्द करता है। आजकल शाम को

स्कूल के बाद गिटार के लेसन्स भी लेने लगा है। साँची पियानो सीख रही है। यू शुड बी प्राउड ऑफ़ युअर चिल्ड्रेन!"

"वह तो ठीक है विनी, पर बच्चे उम्र के नाज़ुक दौर से गुज़र रहे हैं। एज़ पैरेंट्स, हमें चेताना तो पड़ेगा, ख़बर रखनी होगी, कैसी पार्टियों में जाते हैं, कौन दोस्त हैं? पॉकेट मनी पर भी थोड़ी लगाम कसनी होगी।"

"रिया, मैं बच्चों को पैसों के लिए तरसते नहीं देखना चाहता। बड़े कॉम्प्लैक्सेज पनपने लगते हैं छोटी उम्र से ही।"

विनय अभावों से बोझिल अपने बचपन का ज़िक्र नहीं करता, पर उसे भूलता भी कहाँ था अतीत? क्रिकेट सेट के नाम पर प्लास्टिक के बैट, उन्हें देखकर दोस्तों के मज़ाक़ और हताश आक्रोश से कई-कई दिन दोस्तों से आँखें चुराना। सेकेंड हैंड ख़रीदी गई किताबें, दूसरों से माँगकर लाए गए कॉमिक्स, फेयरी टेल्ज़ की किताबें! बाबू जी तो अपनी तरफ़ से उसे किसी चीज़ की कमी नहीं होने देते थे, लेकिन उसके बाल मन की ख़्वाहिशें तो उतरन के अहसास से अक्सर घुटकर ही रह जाती थीं।

रिया से कहता, "अपने बच्चों पर भरोसा रखो, रिया, लेट देम ग्रो देयर ओन वे।"

"ठीक है विनी, मैं भी उनकी दुश्मन नहीं हूँ, लेकिन क्या करते हैं, कहाँ जाते हैं, इतना तो पूछ ही सकती हूँ न? सही-ग़लत का फ़र्क़ तो उन्हें सिखाना होगा।"

"जो ठीक समझो, करो। इतना तो तुम जानती ही हो कि यह इंडिया नहीं है। हम एक फ्री कंट्री में रह रहे हैं। बच्चों पर दबाव डालोगी, ज़्यादा रोक-टोक करोगी, तो स्कूल अथॉरिटीज़ से शिकायत कर हमें ही कठघरे में खड़ा कर देंगे। मिसेज़ आहूजा की बेटी ने क्या किया था? स्कूल की प्रिंसिपल से शिकायत की, मेरे पेरेंट्स मुझ पर प्रेशर डाल रहे हैं। प्रिंसिपल ने हिदायत दी, बेटी पर ज़बरदस्ती न करें। शुक्र है, जेल नहीं भेज दिया।"

विनय रिया को आश्वस्त करना चाहता, बच्चे समझदार हैं। कुछ ग़लत नहीं करेंगे।

रिया जानती थी, विनय ने बच्चों के लिए बड़े सपने देखे हैं, वह कोई हद नहीं मानेगा।

सपने, जो माँ-बाप बच्चों के लिए देखते हैं; सपने, जो बच्चे अपने लिए देखते है—कितना बड़ा फ़ासला है दोनों के सपनों और सोच के बीच!

सिद्ध के सपनों ने जाने-अनजाने विनय को अपने सपनों से दूर कर दिया। विनय चाहता था, उसके बच्चे कामयाबी की मिसालें क़ायम करें। लोग विनय बहादुर को

भूल सिद्धार्थ बहादुर की सफलता की चर्चा करें, लेकिन ऐसा कहाँ हो पाया? सिद्ध के सपने कुछ और थे। वहाँ बेरोक हसरतें थीं, आकाश छूने की तमन्नाएँ थीं, पर वे खुले दिल-दिमाग़ वाले उसके डैडी की समझ से परे थीं। उन्हें पूरा करने के लिए सिद्ध को अपने डैडी से दूर जाना ज़रूरी था। विनय जानता है, वह भी तो कुछ पाने के लिए घर से दूर निकल गया था। फ़र्क़ इतना ही रहा कि सिद्ध ने मुड़कर नहीं देखा। रिया को इसी बात का डर था।

विनय के बाबू जी ने भी बच्चों के लिए सपने देखे और विनय ने अपने लिए। दो के बीच के इस फ़ासले को विनय से ज़्यादा कौन समझ सकता है?

विनय ने बच्चों की ख़्वाहिशें की इन्तहा समझने की कोशिश ही नहीं की। यहीं कहीं कुछ ग़लत हुआ था। बाबू जी बेटे को समझते थे, उसके सपनों को भी।

बाबू जी की याद आती है, तो विनय के मन में हौल-सा उठता है। उसके सपने पूरा करने में छीजता जाता बाबू का शरीर! माँ के पहरावे से लेकर शरीर पर पड़ी तंगदस्ती की सलवटें! क्या उसने भी अनचाहे ही सही, बाबू जी को कहीं निराश नहीं किया? विनय माँ-बाबू को अभावों की ज़िल्लत से मुक्ति दिलाना चाहता था, जो घर से दूर रहकर ही मुमकिन हो पाया था। पर अन्त समय बेटा न माँ के तपते माथे पर अपना हाथ रखकर उसे कोई स्नेह-स्पर्श दे पाया और न मुँह में दो बूँद जल देकर उसकी उम्र भर की कामना पूरी कर पाया।

बेटियों को बी.ए. पास कराने की ख़्वाहिश के बावजूद बाबू जी ने दोनों बेटियों को दसवीं पास कर विदा कर दिया। अर्चू को अधेड़ दुहाजू मिला, तो क्या? ख़ूब सारे ज़ेवर, ज़री की बनारसी साड़ियाँ भी तो मिलीं। उम्र भर की हौस पूरी तो हो गई। कुछ देर के लिए ही सही, उनकी चौंध से उसके सपनों पर जमा कुहासा तो छँट गया। छोटी वीणा को एम्पोरियम में सेल्समैन गबरू जवान मिला। मोती भैया एक-दो लग्गे देकर, राम-राम कर, बी.ए. पास कर गए और बाबू जी के रसूख़ से उन्हीं के दफ़्तर में क्लर्क हो गए।

लेकिन विनय तो इंजीनियर बनना चाहता था।

बेटे के इरादे पर पिता ने गहरी नज़र डाली, ठनठनाते घर पर ग़ौर करने की लगभग इल्तजा भी की, पर बेटे की ज़िद देखकर समझ गए कि बेटा वही करेगा, जो करना चाहता है।

बाबू जी ने लगभग ख़ाली पासबुक देखी, माँ ने बेटियों की शादी के बाद बची हुई गले में पहनी एकमात्र घिसी हुई चेन!

और दोनों ने एक हताश साँस भरी।

पर बाबू जी ने हार न मानी। राजा तुंजिन और सुय्या की कहानियाँ जो उनके ज़ेहन में खुदी थीं!

विनय को इंजीनियरिंग के लिए सीट तो उसका रिकॉर्ड, मार्कशीट और कॉलेज में परफ़ॉर्मेंस देखकर मिल जाती, पर ख़र्चा कहाँ से आता?

बाबू जी ने ख़ूब दौड़-धूप की, सरकारी लोन के लिए ख़ूब चप्पलें घिसाईं। पता नहीं, किस-किसके आगे हाथ जोड़े, तब कहीं मालिकों की मेहरबानी और दफ़्तर के रसूख़ की वजह से विनय को पढ़ाई के लिए लोन मिला। परीक्षा में मिले डिसटिंक्शन मार्क्स ने तो इंजीनियरिंग के लिए सीट दिला ही दी थी।

बाबू जी की उन दिनों की हालत याद कर विनय आज अपराधी-सा महसूस करता है। क़र्ज़ की भरपाई तो उसने की, पर बाबू जी का ऋण तो पैसों से चुकाया नहीं जा सकता था।

विनय इंजीनियरिंग के लिए कुरुक्षेत्र चला गया।

चारेक साल बाद इंजीनियर बन गया।

चंडीगढ़ में नौकरी भी मिली।

कुलभूषण जी ने महागणपति को हाथ जोड़े—तुम्हारी कृपा भगवन! तुमने मेरे बच्चों के सपनों में झोल नहीं आने दिया।

माँ ने बधाई देने आए रिश्तेदारों-पड़ोसियों को ख़ुशबूदार कहवा और तारख नानबाई के खस्ता कतलम्मे खिलाए। उसकी हौस पूरी हो गई थी।

इस बीच अर्चना अधेड़ पति और उसके बच्चों की सेवा करती मुटियाती गई। हाई ब्लड प्रेशर और शूगर की बीमारी उस पर मेहरबान हो गई। छोटी वीणा, जो इस-उस बहाने हफ़्ते में चार दिन माँ के पास बिताने आती थी, विनय के लौटने पर सिसकियाँ भर रोने लगी, "भैया, मैं ससुराल नहीं जाऊँगी।"

इस अचानक विस्फोट से विनय ही नहीं, पूरा घर हतप्रभ रह गया।

'क्यों, क्या हुआ' पूछने से पहले ही वीणा फफक पड़ी, "वह मुझे अपने दोस्तों के पास छोड़ देता है। न मानूँ तो मारता है, गाँजा पीता है..."

दहशत-भरी दास्तानें!

विनय का ख़ून खौल गया, "वीणा ख़ानदानी बिगड़ैल के लिए चरस-गाँजा मुहय्या करने का ज़रिया नहीं बनेगी। वीणा ससुराल नहीं जाएगी।" उसने आख़िरी बात कही।

कमाऊ बेटे की फ़ैसलाकुन आवाज़ में दम आ गया था।

माँ-बाबू-भैया हयबुंग! वीणा ने उनसे इतनी बड़ी बात छिपाई क्यों? क्या माँ-बाबू पर भी भरोसा नहीं था?

वीणा चुप्प। बार-बार पूछने पर सिर्फ़ शादी के दिन विदा करते वक़्त कही बात दुहराई, "माँ, तुमने कहा था, ससुराल की बात मायके में और मायके की बात ससुराल में कभी मत कहना। तत्ता-तीखा सहना। मैंने बड़ी कोशिश की, लड़कियों को सदियों से दिया जाता यह गुरु-मंत्र याद रखूँ। तुमसे अपनी पीड़ा नहीं कही। कहती तो तुम टूट जातीं, पर जग-हँसाई के डर से कुछ नहीं कर पातीं। सहना मुश्किल हो रहा था। भागकर तेरे पास आती थी, पर भरोसा विनू भैया पर ही था कि वह मुझे उस नरक से मुक्ति दिलाएगा।"

माँ ने गीली आँखें पोंछ दीं, हरि इच्छा! और बेटी को देर तक सीने से लगाए रखा।

मोती भैया ने सिर झुकाया—वीणा का मुरझाया चेहरा, उसका ससुराल में मन न लगना वह देख रहा था, पर उसके पीछे छिपा दु:ख वह समझ क्यों नहीं पाया?

वीणा लौट आई।

विनय ने बहन का दु:ख सुना, तसल्ली दी और पढ़ाई जारी रखने के लिए कॉलेज ज्वाइन कराया। समझाया कि मुक्ति का रास्ता यहीं से शुरू होता है।

वीणा के ससुराल वालों ने बेटे की करतूत सुनी और सिर झुका लिया। चरसी बेटा तो साले साहब के सम्भावित आक्रमण को सूँघ पहले ही रफ़ूचक्कर हो गया था।

इस बीच प्रदेश सरकार ने फ्री एज्यूकेशन का नारा दिया था। मोती भैया पर भी बहन की पढ़ाई का कोई बोझ नहीं पड़ा।

चारेक वर्षों में विनय ने सरकारी लोन चुका दिया। वीणा बी.ए. का कोर्स पूरा कर बी.एड. कर चुकी तो स्थानीय स्कूल में नौकरी लग गई।

वीणा-विनय, दोनों की शादी की बातें माँ-बाबू ने शुरू कर दीं। लेकिन वीणा-विनय, दोनों ने साफ़ इनकार कर दिया।

वीणा की अन्तरात्मा पर पड़े ज़ख़्म शादी के नाम से ही रिसने लगते थे। विनय फ़िलहाल सेटल नहीं हो पा रहा था।

फैक्टरी में नाइट शिफ़्ट थी, मशीनों के तेल-ग्रीज़ से सने मोज़े-बूटों की उबकाई लाती दुर्गन्ध थी। वह सुबह आँखों में रात्रि-जागरण की करक और माथे पर हथौड़ों

की बेआवाज़ ठक-ठक के साथ कमरे पर लौटता, तो एक बोझिल उदासी उसके तन-मन पर हावी होने लगती।

क्या यही था उसका भविष्य? यहीं, इसी चहारदीवारी में सिमटकर रह जाएगी उसकी ज़िन्दगी?

विनय की आकांक्षाओं का आसमान तो इतना छोटा न था।

बाबू जी सन्तुष्ट थे, सब ठीक हो गया हरि कृपा से!

उसे सन्तुष्टि क्यों नहीं हो रही थी?

बाहर से हालात ज़रूर बेहतर लग रहे थे। मोती भैया और वीणा की नौकरियाँ उनकी ज़रूरतें भर पूरी करने को काफी थीं। बाबू जी पर घर की ज़िम्मेदारियों का बोझ भले कुछ कम हुआ हो, पर कितना कुछ बदल पा रहा था?

घर वही था, दिन-ब-दिन बूढ़ा और जर्जर होता। माँ धुआँ देती लकड़ियों की जगह बुरादे वाले चूल्हे और जनता स्टोव पर खाना बनाने लगी थी। धुआँ फिर भी उसकी आँखें कड़ुवाता रहता था।

नहीं, विनय बेहतरी की ख़ुशफ़हमी वाली इस बँधी-बँधाई रूटीन लीक पर चल नहीं पाएगा, जहाँ एक गोल दायरे में कोल्हू के बैल की ज़िन्दगी जीना उसकी नियति बन जाएगी।

वह कुछ बदलना चाहता था, जो लोन चुकाने और कुछ रक़म इकट्ठा करने के बावजूद मुमकिन नहीं हो पा रहा था। माँ-बाबू की ज़िन्दगी में वह कोई बदलाव देख नहीं पा रहा था। यहाँ रहकर वह माँ-बाबू को जीवन की साँझ में कोई सुकून दे पाएगा? उसके स्वप्नों की मंज़िल कहीं और थी। ज़िद थी कि उसे पाना है—अपने लिए भी और घर वालों के लिए भी।

दृश्य से अदृश्य की ओर

यह ज़िद एक दिन रंग लाई। वजह बना उसका कॉलेज का दोस्त प्रभु अग्रवाल।

प्रभु कई साल पहले एम.एस. करने के लिए न्यूयॉर्क चला गया था। अब उसके पास अच्छी-ख़ासी तनख़्वाह वाली नौकरी थी। विनय ने उसके साथ सम्पर्क बनाए रखा था। उसके ख़तों में एक स्वप्ननगरी की चकाचौंध वाली झलकें थीं, जो विनय के इरादों को पक्का करने में मददगार साबित हो रही थीं।

अन्ततः विनय ने भी विदेश जाने का मन बना लिया।

कब परीक्षाएँ दीं, कब काग़ज़ात तैयार किए, कब एम.एस. के लिए सीट मिली और प्रभु अग्रवाल का रास्ता क्यों पकड़ लिया, यह तो घरवालों को तब पता चला जब उन्हें इत्तला दी गई कि उसे आगे की पढ़ाई के लिए अमेरिका जाना है।

तब तक वहाँ से एडमिशन लेटर भी आ गया था और आगे असिस्टेंटशिप का आश्वासन भी।

कुलभूषण जी हर हाल में दैव इच्छा के आगे शीश झुकाने के आदी थे। बेटे के विदेश जाने की ख़बर से पहले चकित कि बेटा इतना लायक निकलेगा कि अमेरिका की यूनिवर्सिटी में दाख़िले के साथ असिस्टेंटशिप का आश्वासन भी मिला है। जानकर बेटे पर कुछ नाज़ भी हो आया कि यह असम्भव सम्भव कैसे हो गया? फिर कई कोणों से विचार-विमर्श कर विचलित ज़रूर हुए, लेकिन विनू की माँ की तरह बेहाल नहीं हुए।

लक्ष्मी ने तो कई दिन खाना-पीना भी छोड़ दिया।

"अच्छी-भली इंजीनियरिंग की नौकरी छोड़कर दूर देश क्यों जा रहा है विनू? हमसे दूर कैसे रह पाएगा अनजाने देश में? कौन उसका ख़याल रखेगा गोरों की बेगानी दुनिया में?"

जब सुना, रास्ते में ख़ूब गहरे बड़े-बड़े समन्दरों के ऊपर से हवाई जहाज़ उड़ेगा, तो डर के मारे उसकी रूह तक काँपने लगी। एक ओर बेटे की सलामती की चिन्ता, दूसरी तरफ़ अपनी कि अन्तिम समय बेटे के हाथ से दो बूँद जल भी क्या उसके भाग्य में नहीं है? ख़बर मिलने पर भी हज़ारों मील पार कर आने में कितने दिन लगेंगे घर पहुँचने में? विश्वनाथ की तरह वह भी क्या विदेश जाकर माँ-बाबू को भूल जाएगा?

आगत की आशंकाएँ लक्ष्मी के मन में कुंडली मारकर बैठ गईं।

बाबू जी को चिन्ता हुई कि ख़र्चा कहाँ से आएगा?

विनय के पास जवाब हाज़िर था, "अमेरिका जाने, वहाँ रहने के लिए कुछ महीने का ख़र्चा तो नौकरी के दौरान जमा कर लिया है बाबू जी। यूनिवर्सिटी वालों ने असिस्टेंटशिप का आश्वासन भी दिया है। फिर वहाँ प्रभु भी तो है। उसने साथ रहने की दावत ही नहीं दी, अपने शॉपकीपर अंकल से पढ़ाई पूरी करने तक वीक एंड्स पर छोटा-मोटा काम दिलाने का वादा भी किया है..."

बाबू जी का फ़िक्रमन्द चेहरा देख जोड़ दिया, "बाबू जी, इंजीनियर हूँ। कोई-न-कोई काम तो मिलेगा। मेरे बारे में पूरी जानकारी के बाद ही तो उन्होंने असिस्टेंटशिप का आश्वासन दिया है। आप निश्चिन्त रहें।"

कुलभूषण को विनय पर भरोसा था, उसके जुझारूपन पर भी। लेकिन उनकी चिन्ताएँ और भी थीं, जो वे विनय को बताना नहीं चाहते थे। अपने पुरखों की धरती, शिव-शक्ति की पुण्य भूमि से उन्हें अभिमान की हद तक प्यार था। यहाँ बर्फ़ ढके क़द्दावर पहाड़ों से फूट आते दूधिया झरने और छतनार चिनार ही नहीं थे, जिन पर दीन-जहान क़ुर्बान रहा है। कुलभूषण को तो अपना छोटा-सा घर-आँगन, गलियाँ, नदी-नाले, पास-पड़ोस भी कम सुन्दर नहीं लगते। यहाँ अपनों और अपनेपन की ख़ुशबू थी, परदेस उनके लिए अजनबी मुल्क था—एक भूलभुलैया, एक मायाजाल, जिसमें उनका पड़ोसी विश्वनाथ जैसा संस्कारी व्यक्ति फँसकर रह गया था। हूर परी जैसी नई-नवेली पत्नी को, 'जल्दी लौटकर आऊँगा' कहकर जो एक बार घर से निकल पड़ा, सो वापस घर की देहरी पर पैर नहीं रखा। इन्तज़ार करते पत्नी के बाल सफ़ेद हो गए, पर वह नहीं लौटा। सालों बाद सुना, वहाँ किसी मेम से शादी रचाकर घर बसा लिया है। ऐसी जगह बेटा जा रहा है, सोचकर ही संस्कारी पिता का मन घबराने लगा।

दैव इच्छा समझ मन की शंकाओं को मन में ही दबाकर कुलभूषण जी ने घर के मुखिया और पिता का रोल ठीक से निभाया। रुपयों के एक्सचेंज में कुछ डॉलर लेने के लिए बेटे के साथ वे भी बैंक तक साथ हो लिये। परदेस में सुरक्षा के लिए कुछ ज़रूरी एहतियातों और परहेज़ों की मौखिक सूची के साथ बेटे को ढेर सारे आशीर्वाद थमा दिये।

विनय अटैची में पासपोर्ट, वीज़ा, यूनिवर्सिटी के काग़ज़ात, दो-चार नये कपड़े, कुछ डॉलर वग़ैरह डाल अनिश्चित भविष्य और अनजान राहों पर निकल पड़ा।

एयरपोर्ट तक पूरा परिवार उसे भीगी आँखों विदा करने चला आया। लक्ष्मी बेटे को सीने से लगाकर धार-धार बहते आँसुओं को रोकने की कोशिश में हलकान हुई जा रही थी और बहनों की रोते-रोते हिचकियाँ बँध गई थीं।

विनय बहादुर आज भी उस उदास, आँसू-भरी विदाई को भूल नहीं पाता। पहली बार घर का बेटा सात समन्दर पार जा रहा था। घरवालों के आँसुओं में बिछुड़ने के दु:ख के साथ कई डर और कई आशंकाएँ भी शामिल थीं, जो उन्हें फ़िक्रमन्द कर रही थीं।

विनय भी पहली बार घर के सुरक्षित माहौल से दूर अजानी-अजनबी दुनिया की तरफ़ चल पड़ा था। कितना भी कोसा हो उसने 'सेसपूल' कहकर

वहाँ के माहौल को, उसका आत्मीय-अन्तरंग संसार तो वही था। एयरपोर्ट पर विदा लेते वह भी उदास और अकेला हो गया था। धुकधुकाती धड़कनों और उमड़ आती आँखों को छिपाने की कोशिश करते वह हड़बड़ी में माँ-बाबू, मोती भैया और बहनों से गले मिलकर तेज़ क़दमों से प्लेन की तरफ़ बढ़ा था। उसने पीछे मुड़कर नहीं देखा था, इस डर से कि कहीं वह भी बहनों की तरह हूकें भरकर रो न पड़े। मुड़कर तो बाबू जी की कही लोककथा कें उस दृढ़ निश्चयी लड़के ने भी नहीं देखा था, जो सुदूर देश, सोने का पानी, बोलनेवाला दरख़्त और गानेवाली चिड़िया लाने चला गया था। वह जानता था, वहाँ जाना है तो न पीछे मुड़कर देखना है और न पीछे से आती कोई कातर पुकार ही सुननी है। 'मुड़कर देखोगे, तो पत्थर बन जाओगे।' जिन्होंने पीछे मुड़कर देखा, वे कहाँ अपना मिशन पूरा कर पाए?

विनय लोककथा का पात्र नहीं था, लेकिन मक़सद तो उसका भी कमोबेश वही था।

लौटने की बात तो बहुत दूर थी, अभी पास था लम्बा तवील रास्ता। जाने कौन, कैसे-कैसे खाई-खंदक, पठार मिलें रास्तों में, जिन्हें पार करने के लिए मन के अटूट हौसले और हाथ-पैरों की ताक़त की आज़माइश होनेवाली थी।

हमने देखा, लोककथा का नायक न होने के बावजूद विनय सोने के पानी की तलाश में दूर देश चला गया। तवील रास्ता पार कर सोने के पानी और गानेवाली चिड़ियों के देश पहुँच भी गया। वक़्त-वक़्त पर उस सोने के पानी की छींटें पीछे छूटे घर की तरफ़ भी फेंकता रहा ताकि घर वालों को तसल्ली रहे कि बेटा मंज़िल तक पहुँच गया है।

चल तो सब ठीक-ठाक ही रहा था, पर एक दिन ऐसी उल्टी हवा बही कि गानेवाली चिड़ियाँ दूर दिशा की तरफ़ उड़ गईं। बोलनेवाला दरख़्त सदमे से पहले तो ख़ामोश हो गया, बाद में आँधी-पानी ऐसा बरसा कि समूचा पेड़ भरभराकर ढह गया।

परी महल में अब न किसी गीत की धुन सुनाई पड़ती है, न किसी चिड़िया की चहक। कथा-नायक के पास बचा है कुछ, तो वह है उदास यादें—डैने फड़फड़ाती आँख-ओझल हो गई चहचहाती चिड़ियों की। कभी छतनार छाँह देते, गानेवाले, मुट्ठी भर राख में तब्दील हुए दरख़्त की!

क्या नायक स्मृतियों में ही खोया बैठा रहेगा? सफ़र की शुरुआत तो उसने पूरे जोश और जज़्बे के साथ की थी! रास्ते के ढोक-पत्थर, नागफनियों के जंगल पार करके ही तो वह अपनी महत्त्वाकांक्षी मंज़िल पर पहुँचा है। रास्ते हमेशा आसान रहेंगे, ऐसा सोचकर तो उसने सफ़र शुरू नहीं किया था? थककर हार माननेवाला भी तो वह कभी नहीं रहा। फिर वह अपने दुःख के काँच-घर में क़ैद होकर दूसरों के क्रन्दन को अनसुना कैसे और कब तक करेगा?

फिर वैताल उसी डाल

कितने दिन, मास, वर्ष बीत गए, प्रभा ने गिनना छोड़ दिया है—नई जगहों में अपनापन तलाशते भी बाहरी जन होने के त्रास और अनिश्चय भरे आगत के दिन। हक़ की गुहार करते जुलूसों और आकाओं के थोथे आश्वासनों बीच टूटती उम्मीदों के हताश दिन।

"कुछ नरम धूप से गुनगुने दिन भी!" सुरेन्द्रनाथ जोड़ देते हैं।

प्रभा उदास हुंकारा भरती है, "कैसे भी थे, बीत गए।"

"आज तुम्हारे सिर पर छत है। बच्चे अपनी-अपनी जगहों पर ख़ुश हैं।"

'ख़ुश' तंज़ है कि हालात का ख़ामोश स्वीकार, मालूम नहीं पड़ता।

"अस्मि को आस्तिक जैसा होनहार पति मिला है। तुम्हारे नाती-पोते भी बड़े हो गए हैं...।"

जानती है प्रभा वह सब, जो सुरेन्द्रनाथ जी जानते हैं। वह भी, जो वे नहीं जानते या जानकर भी मानना नहीं चाहते कि बड़े आदर्श की गृहस्थी में सुलगता ज्वालामुखी किसी दिन फट सकता है। उसके बच्चों की भटकन उन्हें ग़लत रास्तों पर धकेल सकती है।

प्रभा कुछ कहेगी तो बोलेंगे, "हमने मज़बूत जड़ों वाले वृक्ष रोपे हैं प्रभा, हवा के झोंकों से उखड़नेवाली नाज़ुक बेलें नहीं!"

क्या यह उनका अपने बच्चों को दी गई परवरिश और उनके विवेक पर अकूत भरोसा है या वीतराग?

समझना प्रभा के बस की बात नहीं।

वे पत्नी के उदास संवादों में अक्सर उम्मीदों की कतरनें जोड़ते रहते हैं, आदतन, "कुछ अच्छा भी याद किया करो प्रभा!"

और टीवी ऑन कर न्यूज़ देखने लगते हैं। उनका पसन्दीदा पासटाइम!

"ओह, आपके ये मनपसन्द न्यूज़ चैनल!" प्रभा पति के टीवी के साथ अतिरिक्त लगाव से कुढ़ती है, "ये भी तो ख़ुशफ़हमियों में रहने नहीं देते।"

एबीपी चैनल पर ख़ासी हलचलें हैं :

उन्नीस जनवरी कश्मीरी पंडितों का विस्थापन दिवस! भुक्तभोगियों के घावों के खुरंड उचेलता दिवस!

"याद नहीं आता, पहले टीवी या अख़बार वालों ने कभी हम विस्थापितों की समस्याओं को कोई मसला समझा। अब जब से नई सरकार आई है, अचानक हम पर नज़रे इनायत होने लगी है..."

प्रभा इन वक़्ती उबालों से उखड़ जाती है।

"मोदी सरकार समस्याओं को सुलझाने की कोशिश कर रही है।" सुरेन्द्रनाथ को मोदी जी से काफी उम्मीदें हैं।

दिल्ली में विस्थापित कश्मीरी रैलियाँ निकाल रहे हैं। टीवी उनके हताश आक्रोश को कैमरे में क़ैद कर रहा है। एक शॉट यहाँ, दूसरा जम्मू के कैम्पों और डेढ़ कमरों वाली ख़स्ताहाल रिहाइशों पर। उदास धूसर आँखों वाले निरीह अधेड़ अपनी जन्मभूमि से विस्थापित होने की भयावह से करुण होती दास्तानें सुना रहे हैं। युवाओं में आक्रोश है—विवश आक्रोश।

एक शॉट दिल्ली की किसी विचार-गोष्ठी के बैनर पर : 'भारत सहिष्णु, कश्मीरी पंडित विस्थापित!'

प्रभा के चेहरे पर तनाव की सलवटें हैं। कानों में सृष्टि के सवाल गूँजते हैं, "हम इतने सहिष्णु क्यों हैं नानू?"

"इसके कारण हमारे इतिहास में हैं बिटिया। हालात ने हमें सहिष्णु होना सिखाया। कुछ हमारी सामाजिक संस्कृति, रिषि-सूफ़ी कल्चर का भी असर समझो। तुमने ललध्यद और नुन्दरिषि को तो पढ़ा है न?"

"पढ़ा है नानू! उनके वाक्-श्रुख अच्छे भी लगते हैं। लेकिन जब एक क़ौम पर साम्प्रदायिक उन्माद हावी हो रहा हो, उस वक़्त आपसी भाईचारा कहाँ रहता है? कश्मीर का इतिहास भी पढ़ा है मैंने नानू!"

युवा वर्ग समझौतावादी दलीलें सुनने से इनकार करता है।

"तौसफी हमलावर तातार, डुलचू, अफ़ग़ान-पठान, उन्होंने हम पर काफी ज़ुल्म ढाए हैं। वादी में कभी हमारे कुल जमा ग्यारह घर ही बचे थे। भट्ट गजिन का क़िस्सा आपसे भी सुना है, जब सदियों पहले डुलचू हज़ारों भट्टों को दास

बनाकर अपने साथ ले गया था, पर बानिहाल पार की पहाड़ियों में बर्फ़ानी तूफ़ान में फँस गया और भट्टों के साथ उसकी भी कब्र वहीं बन गई।

"कोई कैसे भूल सकता है नानू, बुतशिकन सिकन्दर के राज में डल झील लाशों से पट गई थी और हज़ारों मन जनेऊ पानी पर तैर रहे थे? ...बाक़ी बचे हुए धर्म बदलने पर मजबूर कर लिये गए थे। कुछ भागकर मैदानों की तरफ़ भी निकल गए थे, जिनके वंशज आज भी महाराष्ट्र, कर्नाटक आदि प्रदेशों में रह रहे हैं।"

"इतिहास की किताब में जहाँ काले पन्ने हैं बिटिया, वहीं कुछ सुनहरे वर्क भी हैं, उन्हें नज़रअन्दाज़ करना ग़लत है। वहाँ अगर औरंगज़ेब है तो दारा शिकोह भी है। सुल्तान सिकन्दर है तो उसका बेटा सुल्तान ज़ैनुलाब्दीन भी है, जिन्हें हम बडशाह कहते हैं। दूर क्यों जाना, अपने यहाँ शाह गफ़ूर ने 'ब्रह्मा वेषीन महीश्वर गारुन, धारनायि दारुन सू हम सू' कहकर हिन्दू देवताओं की स्तुति की है और मोहन लाल ऐम्मा ने सुरीले गले से नाते शरीफ़ सुनाया है।"

"ठीक है नानू, मैं कहाँ इनकार कर रही हूँ! लेकिन क्या यह सच नहीं है कि हमने इतिहास से कोई सबक़ नहीं सीखा? हम बार-बार प्रताड़ित हुए, बार-बार विस्थापित हुए, पर न हमने विरोध करना सीखा, न अपने अधिकारों के लिए लड़ना। हम सहिष्णुता के प्रतीक, अहिंसा के पुजारी बने रहे। इसे मेरी बेअदबी न मानें नानू। मैं कहूँगी, कायरता की हद तक नियतिवादी, जो शासकों के अत्याचारों से मुक्ति के लिए फ़रियाद लेकर कृपाराम की अगुवाई में गुरु तेग़ बहादुर के पास मदद माँगने तो जा सकते थे, पर गुरु गोविन्द सिंह की वाणी 'चूंकार अज़ हमां हीलते दर गुज़श्त, हलाल अस्त बुर्दन ब शमशीर दस्त' का अर्थ न बूझ सके। इतने अज्ञानी तो न थे हम नानू!"

"हो सकता है, ज्ञान-दान देनेवाला अहिंसक ब्राह्मणत्व इस तरह की समझ के आड़े आ गया हो! कायर कहना तो ठीक नहीं। ठाले-निठल्ले हम कभी नहीं रहे। पूरे राष्ट्र की संस्कृति को हमने समय-समय पर समृद्ध किया है।"

प्रोफेसर सुरेन्द्रनाथ, अभिनव गुप्त, कल्हण, बिल्हण, मम्मट से लेकर दीनानाथ नादिम और रहमान राही तक, कितने ही शैवाचार्यों, संस्कृताचार्यों, इतिहासकारों और साहित्यकारों के भारतीय संस्कृति को दिये विलक्षण योगदान से गर्वित हैं।

"सबसे ऊपर उन्होंने सार्वभौमवाद और मानवीयता को तरजीह दी। सृष्टि बिटिया, हम हिंसा के पक्ष में कभी नहीं रहे, वरना ज़ुल्म की इन्तहा देख शमशीर उठाने से गुरेज़ नहीं करते।"

"नानू, भारतीय संस्कृति में कश्मीरियों के विलक्षण योगदान से मैं भी अभिभूत हूँ, लेकिन मैं वर्तमान की बात कर रही हूँ। पिछले अट्ठाइस-तीस वर्षों से उन्हीं कश्मीरियों की सन्तानें, जो अपमानजनक दुखद निर्वासन भोग रही हैं, उसके लिए हम क्या कुछ ठोस क़दम उठा रहे हैं?"

"हमारी कुछ संस्थाएँ, कुछ संघर्ष-समितियाँ तो कश्मीरी बिरादरी को न्याय दिलाने के लिए हर सम्भव कोशिशें कर रही हैं बिटिया!"

"उन कोशिशों में दम होता तो आज तीसेक वर्ष पहले हुए वंदहोमा नरसंहार में तेईस जनों को ज़िन्दा जलाने के आरोपी मुजरिमों को कोई तो सज़ा मिल चुकी होती! एक नहीं, अनेक भयंकर संहार हुए वहाँ—चाहे वह चिट्टीसिंह पुरा में सरदारों के साथ हुआ हो या..."

"यह दुखद है कि संस्थाओं ने जो भी एफ.आई.आर. दर्ज किए, पिटिशन दिये, वे आज भी सरकारी ठंडे बक्से में पड़े हैं, लेकिन कोशिशें रुकी नहीं हैं, यही ज़रूरी है।"

प्रभा के ज़ेहन में नाना-नातिनी की बातें घुमड़ रही हैं, पर आँखें टीवी स्क्रीन पर आवाजाही कर रही हैं।

कैमरा कुछ उदास चेहरों पर रुकता है। एंकर सवाल पूछता है, "कैसा लगता है इधर अब? अब तो हालात काफी सुधर गए हैं। आप लोगों के लिए सरकार ने घर भी बनाकर दिये हैं।"

रुखड़ी सूरतों वाली उजली औरतें सीलन से नम कमरों के झड़ते पलस्तर और ढरका लगी आँखों-सी टपकती छत के नीचे सोए मासूम बच्चों की तरफ़ इशारा करती दिखाई देती हैं।

"हमें अपनी फ़िक्र नहीं है, गुज़र गई जैसी गुज़रनी थी, पर इनका भविष्य क्या होगा?"

"अब तो नये वादों के साथ नई सरकार आ गई है, अब क्यों हमारी घर-वापसी नहीं हो रही है?"

तीस साल बीत गए विस्थापन भोगते, पर उनके ज़ख़्म पुरे नहीं हैं। कितना कुछ खोया है उन्होंने! किसी ने पिंडदान कर्ता, किसी ने मासूम बेटियाँ! उनकी पथराई आँखों में ठिठका ख़ौफ़ आज भी मनों में हौल जगाता है।

आख़िर कब होगा इंसाफ़?

तीस साल से ज़ेहन में अटका सवाल छूने भर से भरभराने लगता है।

कैमरा अब सरसब्ज़ वादी के जले-अधजले घरों के इर्द-गिर्द घूमता है। पंडितों के अधिकांश घर या तो क़ब्ज़ियाए गए हैं या आधे-पौने दामों बेच दिये गए हैं। इधर-उधर इक्का-दुक्का ख़स्ताहाल घर बचे हैं।

उधर झिर्री भर खुली खिड़की, इधर बन्द दरवाज़ों के पीछे मटियाले चेहरे! ठकठकाने पर क़ब्रों के ढक्कन खुल जाते हैं। वहाँ गले में घुटी हुई बेबसी की दास्तानें हैं, "हमने घर नहीं छोड़ा, तत्ता-तीखा सहा, कुछ मुसलमान भाइयों ने साथ देने का वादा किया। बच गए, पर संगी-साथी, नाते-रिश्तेदार छूट गए। सोचा था, हालात बदलेंगे।" बात गले से अटक-अटककर निकलती है, "नहीं बदले हालात। जो गया, वह लौटा नहीं। मुट्ठी भर पंडित बचे हैं यहाँ। न बच्चों की ढंग की पढ़ाई, न कोई मदद। कोई नहीं पूछता। सरकार के लिए तो जैसे हम हैं ही नहीं।"

कहीं कोई दरियादिल स्त्री, तो कहीं पुराने वक़्तों का मुरीद कोई बुज़ुर्ग, गिरे हुए शहसवारों के ज़ख़्म सहलाने, घड़ी भर पास बैठकर ज़िन्दा होने का अहसास दिलाता है।

पड़ोसन नज़्मा कभी-कभार आकर घड़ी पल बैठती है पास। क्या कहे, क्या पूछे? आतंकवादियों ने उनकी जान भी कम साँसत में नहीं डाली है। बातों के छितरे टुकड़े उछलते हैं कमरे में :

"खाना खाया? बिट्टू का बुख़ार उतर गया?"

"हाँ..., नहीं...। अभी सौ से नीचे नहीं उतरता।"

"डॉक्टर को दिखातीं एक बार!"

"दो बार गई थी डिस्पेंसरी, मिला नहीं।"

"मुफ़्त की तन्ख़ा खाते हैं, मर्ज़ी के मालिक। कोई पूछनेवाला है क्या? दो-चार चक्कर लगा आई मैं भी, इन मुए घुटनों की ख़ातिर। सुना है, आतंकियों के निशाने पर हैं। शायद यही वजह हो, कौन जाने!

"तू फ़िक्र मत कर। अल्लाह ताला सबका मालिक।

"आह, माथा तप रहा है बच्चे का। ठंडे पानी में भिगोकर माथे पर पट्टी रखती जा।

"चलती हूँ, भात बनाकर आई हूँ, सब्ज़ी ख़त्म हो गई थी। इस कर्फ़्यू के मारे बाज़ार जाना नहीं हुआ। आज खुला तो एहसान को भेज दिया—ले आए कोई साग-शाग, जो भी मिले!"

कहीं कोई सलाह का टुकड़ा, कहीं बेबसी, कुल मिलाकर हताशा!

लाल चौक में फिर गोलियाँ चल रही हैं।

दो आतंकवादी मारे गए, चार पुलिसकर्मी शहीद हो गए।

आतंकियों से एनकाउंटर में एहसान पुलिस की गोली का शिकार।

"हाय-हाय, नज़्मा का बेटा तो नहीं? हे शम्भो, कैसा सितम! मर जाएगी वह बेमौत!"

प्रभा टीवी देखती है, रोती है। किनके लिए, वह ख़ुद नहीं जानती। मातृपिंड से कट-छिटककर अपने ज़ख़्मों से रिसते मवाद पोंछते, उम्मीदों में जीते अपने जैसों के लिए या अपने ही स्वर्ग में नरक भोगते उन बचे-खुचे इतिहास के ग्यारह घरों के लिए, जिन्हें सीलन-भरे अँधेरे बन्द कमरों की घुटन से मुक्ति के लिए आज भी किसी मसीहा का इन्तज़ार है? शायद नज़्मा के बेटे एहसान के लिए भी, जो बाज़ार सौदा-सुलफ़ ख़रीदने गया था और लौटकर नहीं आया।

कल्हण की स्वर्ग से सुन्दर नगरी में यह नरक का हिंसाचार कब तक?

सुरेन्द्रनाथ टीवी बन्द कर देते हैं। ख़ामोश हिचकियों से रह-रहकर सिहर उठती पत्नी की दुबली देह को बाँहों से घेर लेते हैं। कहते कुछ नहीं। तसल्ली देते उनके शब्द चुक गए हैं। तीनेक साल पहले उन्होंने अपने दोस्त कैप्टन सूद को घर का हाल देखने का अनुरोध किया था, जब कश्मीर में उसकी पोस्टिंग हुई थी। उसने बताया था, "आपके घर में सालों से धुर गाँव से आए कुछ मुस्लिम परिवार रह रहे हैं।"

प्रभा को बताया नहीं, सोचकर कि इस सदमे को वह शायद ही सह पाए। घर वहाँ सही-सलामत है; कभी लौटना हुआ तो। इस, पोली ही सही, उम्मीद की कोई कतरन बची तो रहे!

अधर में लटके त्रिशंकु

कॉलोनी को वज़नी नींद का काला कम्बल ओढ़ाकर रात सो जाती है।

प्रभा की करकती आँखों में चुभने लगते हैं भीतर के तहख़ाने में धकेल दिये गए दिन। रात के स्याह पर्दे पर खुलने लगती हैं सालों पुरानी रीलें—कभी नींदों में, कभी जागते में। सपनों में गूँजते हैं शादियों-उत्सवों के नग़्मे, गवैयों के शरारती बोल, 'सुन्दरियाँ आगे आएँ, बुड्ढियाँ ज़रा पीछे।' सामूहिक हँसी की खनक, बड़ी-बेड़ेरियों की झूठमूठ की लानत-मलामत। तुम्बक नारियों पर बजतीं, हब्बा ख़ातून और अरनिमाल की जंगल-जंगल गूँजती कातर पुकारें : 'आलव दीतोसी', 'कोई मेरे रूठे प्यार को लौटा कर तो ले आए...!'

काश, दोस्तियों की गलबहियाँ देती वे मीठी सदाएँ बारूदी शोर में दब न गई होतीं!

सूनी रातों में बन्द आँखों के पीछे उभर आता है एक गहरा विवर, जिसमें उतरकर धीरे-धीरे गुम होता जाता है एक मातृपिंड, और चौतरफ़ गूँजने लगता है गहरा विषाद राग।

पड़ोसी मलिक कहता है, "भाभी, बहुत हो गया। अब घर लौटने की उम्मीद-वुम्मीद छोड़कर यहीं सेटल होने का जुगाड़ करो, जैसे बँटवारे में लुट-पिटकर आए हम पंजाबियों ने किया। मैंने ख़ुद अपने बाऊ जी के साथ कपड़ों के गट्ठर सिर पर लाद बेचने के लिए घर-द्वारों पर दस्तकें दी हैं। कभी हमारी कपड़ा-मिलें रहा करती थीं वहाँ।"

सुरेन्द्रनाथ जी बेघर हुए लोगों की मुसीबतों का रोना नहीं रोते। क्या-क्या खोया, यह भी नहीं कहते। कहते हैं तो इतना भर कि "सैंतालीस में वर्षों संघर्ष करने के बाद मिली आज़ादी के साथ विभाजन के पीछे अंग्रेज़ों की कूटनीतियाँ थीं, जिन्ना-नेहरू की महत्त्वाकांक्षाएँ भी किसी हद तक। वहाँ गाज गिरी तो सभी पर, किसी धर्म विशेष को निशाना नहीं बनाया गया। नब्बे के इस अघोषित विस्थापन में एक वर्ग विशेष को टारगेट किया गया, अकारण। वह भी अपने स्वतंत्र गणतंत्र में। पहले विस्थापन में घर लौटने की उम्मीद नहीं थी, इसमें थोथे आश्वासन और उम्मीदें, जो न कहीं बसने दें और न मरने। त्रिशंकु बनकर जीने की सज़ा मिली है हमें।"

और हर आहट पर कान दिये सुनते हैं, नेताओं के भाषण। एक कहता—लौट आएँ घर पंडित, दूसरा कहता—अभी नहीं। हम उनकी सुरक्षा की गारंटी नहीं दे सकते।

क़द्दावर फ़ारुख़ साहब फ़रमाते हैं—पंडित अपनी हालत के लिए ख़ुद ज़िम्मेदार हैं। उन्हें हालात बदलने का इन्तज़ार न कर अपने घरों को लौटना चाहिए। कोई उन्हें घर लौटने के लिए मिन्नतें नहीं करेगा। सुरक्षा की गारंटी नहीं देगा।

कहते हैं—लौट आओ। आतंकियों के फ़रमान को जानते हुए कि जो एक बार वादी छोड़कर गया, उसका लौटना उन्हें मंज़ूर नहीं।

मान लो, गए भी, तो रहेंगे कहाँ? मौक़ापरस्तों के कब्ज़ियाए, बेतरतीब मंज़िल-दर-मंज़िल चढ़ाए, हरे-नीले रंग पोत अजायबघर बना दिये गए अपने मकानों में, जिन्हें अपना कहने की अब हिम्मत भी नहीं कर सकते। जो मुट्ठी भर पंडित लौट भी गए, उनकी ख़स्ता हालत टीवी पर देख-सुनकर लौटने का उत्साह मर जाता है।

फ़ारुख़ साहब भले जन हैं। साधु-संतों के बीच तन्मय होकर राम-भजन गाते हैं, 'मेरे राम! मेरे राऽऽम!' माहौल भक्ति रस से रच जाता है।

और ललध्यद का वाक् शिव सर्वत्र व्याप्त है। हिन्दू-मुसलमान में भेद मत करो, उसमें गोते खाने लगता है।

वादी के नेतागण अब हिन्दू भाइयों को घर लौटने को नहीं कहेंगे, सुरक्षा की कोई बात नहीं करेंगे बल्कि सेना की स्थायी रिहाइशों के प्रश्न पर हंगामा करते रहेंगे। आतंकियों को शहीदों का दर्जा देकर जुलूस निकाले जाएँगे।

लाख रैलियाँ हों, आवाज़ें उठें, टीवी पर बहसें हों, भजनों का समाँ बँधे, बेघर हुए कश्मीरी पंडितों को सरकार घर नहीं लौटा पा रही। उनकी सहनशक्ति और इन्तज़ार की हदें ख़त्म नहीं होतीं।

सुरेन्द्रनाथ जी सिरहाने रखी वेन डायर की पुस्तक 'ए कोर्स इन मिरेकल्ज़' में लिखे गए वाक्य 'ओनली इनफिनेट पेशंस प्रोड्यूसिस इमिडिएट रिज़ल्ट्स' का अधखुला पन्ना बन्द कर देते हैं।

फ़िलहाल उनका विस्थापन हक़ीक़त हो गई है, जिस हक़ीक़त को आइसिस के ग्लोबल आतंक और विस्थापन के साथ जोड़कर दानिशमन्द सुरेन्द्रनाथ जी ने स्वीकार कर लिया है।

स्वीकार कर ली है नई जगहों की अजनबियत बीच बसने की मुहिम!

भूलने में ही ख़ैरियत है

बेगानों में अपनापन तलाशते भी बाहरी जन होने के अहसास से मुक्त नहीं हो पाई है प्रभा।

"आप कहाँ से?"

"हिन्दुस्तानी हूँ।"

"वह तो हम सभी हैं। आपका घर?"

"एन.सी.आर. में रहती हूँ।"

"आपकी जन्मभूमि?"

"श्रीनगर कश्मीर!"

"ओ, तो आप कश्मीरी पंडित हैं? कश्मीर से विस्थापित? यानी शरणार्थी?"

वे कहते नहीं पर एक दयनीय नज़र से उसे देखकर 'हूँ' कहकर चुप हो जाते हैं।

बच्चे पास थे तो तमाम उखड़ाव के बावजूद अपनी एक दुनिया थी। अपनों के साथ हर तूफ़ान का मुक़ाबला किया जा सकता था।

लेकिन कहाँ साथ दे पाए अपने भी? भुलाने पर भी भूलता नहीं वह दिन, जब आयुष विदेश जाने का इरादा कर माँ-पापा को सूचना भर दे गया और प्रभा के आँसुओं से भीगकर, आश्वस्ति का आभास दिलाते शब्द थमा गया, "मैं लौट आऊँगा, माँ। वहाँ मेरा कौन है?"

अब काफी पुराने दिन हो गए वे भी, लगभग फ़ेड आउट।

आयुष नहीं लौटा। वहीं घर बसाया। आता-जाता ज़रूर रहा। उसका भविष्य वहीं था। उसकी महत्त्वाकांक्षाएँ उन्हीं हवाओं में उड़ान भर सकती थीं। उसने तर्क दिये, "माँ, दुनिया ग्लोबल हो गई है। वीडियो-इंटरनेट की तकनीक दुनिया को कितना तो क़रीब ले आई है, अब दूरियाँ कहाँ रहीं? जब जी चाहे, आमने-सामने बात कर लो। आई फ़ोन से लेकर फ़ेस टाइम, फ़ेस बुक, व्हाट्सएप्प अँगुली की छुअन भर से मुझे तुमसे जोड़ देंगे।"

प्रभा-सुरेन्द्रनाथ दोनों वक़्त के बदले मिज़ाज की तासीर महसूस करते हैं, हर बार शिद्दत के साथ। तकनीक के करिश्मे हैरान करनेवाले हैं। वे भी व्हाट्सएप्प पर बच्चों से चैट करना सीख गए हैं, "गुड मॉर्निंग, कैसे हो? तबीयत ठीक है न? हम भी अच्छे हैं। तुम हमारी चिन्ता न करो, अपना ख़याल रखना। बच्चों को हमारा प्यार देना, ख़ूब सारा आशीर्वाद!"

मोबाइल पर उँगलियों की नौसिखिया टटोल के बावजूद कहीं अच्छा भी लगता है यह मशीनी जुड़ाव।

पर वह ह्यूमन टच? तपते माथे पर प्यार-भरी छुअन की चाह? क्या मशीनें अन्तर में छलकते स्नेह के गुनगुने झरनों को सोख लेंगी एक दिन?

आह, यह भावुकता!

जुड़नी नहीं चाहिए प्रोफेसर सुरेन्द्रनाथ के साथ। जानते हैं, हज़ारों युवा बेहतर भविष्य की खोज में दौड़ पड़ते हैं अमेरिका, और हरे कार्ड लेकर वहीं के होकर रह जाते हैं। परदेस में रहकर भी घर-परिवार से जुड़ाव रखा जाता है।

विदेश में बच्चे जन्म लेते हैं तो नये मम्मी-डैडी, देशज माता-पिता को याद करते हैं। एक पंथ कई काज सध जाते हैं। नैनियों के महँगे ख़र्चों से राहत और बच्चों को नानी-दादी का दुलार! देसी माता-पिता भी अपनी छोटी (बच्चों के कहे कूपमंडूकी) दुनिया से बाहर निकलने का नायाब मौक़ा पाते हैं। बड़ी दुनिया की

अचरज-भरी उपलब्धियों, न देखे-सोचे, चकित-मुदित करते ऐश्वर्य के जादू को रोम-रोम में सहेजकर, नये-नये तजरबाओं से सम्पन्न महसूस करते हैं।

प्रभा की बहन ललिता वर्षों बच्चों की परवरिश के लिए हर साल छह महीने बेटे के पास कैनेडा जाती रही। लौटकर, "आह, वहाँ का शफ़्फ़ाफ़ सुथरापन, वे लिश्कती सड़कें, वह डिज़्नीलैंड की सैर, वह योसिमिटी बिलकुल अपने कश्मीर जैसी!" बातें करती थकती नहीं थी। नन्हे-मुन्नों के डायपर-शायपर बदलते, उनकी अलसाई जमुहाइयों, निक्के-तुतले बोलों को देख-सुनकर उसने दादी होने का सुख भी बटोर लिया। उधर नौकरीपेशा बहू-बेटे भी बच्चों की तरफ़ से निष्फ़िक्र होते रहे। अपना रक्त-मांस है, ख़याल तो रखेंगे ही। यह दीगर बात है कि आख़िरी साँस लेते उसकी आँखें अपने उन लाड़ से पाले जायों को नज़र भर देखने की लालसा में खुली की खुली रह गईं।

दोष भी किसका?

बच्चों के बड़े होने के साथ मौसम बदलने लगते हैं। वसन्ती रंगों से महमह करता मौसम गरमी से तपता, पतझड़ से पीलियाता, हाड़ कँपाती बर्फ़ से ठिठुर जाता है। बच्चे, बेबी बियोन बेबी कैरियर से निकल क़दम-क़दम बढ़ाते नर्सरी से किंडरगार्डन, स्कूल-वुकूल से होते हुए नये दोस्तों की नई दुनिया में मशगूल हो जाते हैं। आगे आई पैड, लैपटॉप पर इंटरनेट की अचरज-भरी दुनिया खुलती है तो दादी-नानी की कहानियाँ बोसीदा लगने के साथ दद्दू-नन्नू की अहमियत भी घटने लगती है।

और देस-विदेस के बीच बड़ों की आवाजाही ज़रूरत के हिसाब से कम होते-होते एक दिन 'द् एंड' पर आ जाती है।

ज़ाहिर है, यही ललिता शंकर के साथ भी हुआ। गोकि ललिता पूछने पर कहती, "अब बीस-बाईस घंटों का लम्बा सफ़र हाड़-गोड़ दुखाता है, उम्र हो गई न? बच्चों से कहती हूँ, बहुत देख चुके हम अमेरिका-कैनेडा। अब तुम्हीं आया करो मिलने जल्दी-जल्दी। नाते-रिश्तेदारों से भी मिलना होता रहेगा।"

समय का वैताल डाल से उतर दोनों पीढ़ियों से कई-कई कठिन प्रश्न करता है और तसल्लीबख़्श उत्तर न पाकर फिर उसी डाल पर बैठ जाता है, जिस पर बच्चों के जन्म से पहले बैठा करता था।

लेकिन रिश्ते तो बदले मौसम में भी निभाए जाते हैं। आयुष बेहद संवेदनशील है। फादर्स डे, मदर्स डे, जन्मदिन, होली-दीवाली पर कार्ड-फूल भेजता रहता

है, भेंट-उपहार भी। अगली पीढ़ी तक पहुँचते रिश्तों का यह निभाव औपचारिक बनकर बोझ लगने लगेगा, तो जुड़ाव के ये सूत्र भी झीने होते-होते छीज जाएँगे।

सुरेन्द्रनाथ जी रिश्तों की इस करुण नियति को जानते हैं।

विनय बहादुर की अमेरिकी बॉर्न युवा बेटी पापा को कभी-कभार बाई द वे अन्दाज़ में चेता भी देती है, "डैड, क्या आपको नहीं लगता कि यह हर साल इंडिया की ट्रिप और वहाँ से आकर यहाँ बीमार पड़ना, ये ही दो चीज़ें हमें यहाँ सबसे ज़्यादा परेशान करती हैं? यानी डैड, विगत से कब तक चिपके रहेंगे?"

सुरेन्द्रनाथ विनय की दुखती रग पहचानते हैं।

"अमेरिका में जन्मी पीढ़ी के लिए इंडिया ताजमहल, क़ुतुबमीनार, कोणार्क, खजुराहो, कश्मीर, केरल वग़ैरह हिस्टॉरिकल जगहें विज़िट करने की जगह हैं, जो वह कर चुकी है। इतनी बड़ी दुनिया में और भी तो बहुत कुछ है देखने को। तुम्हारी बार-बार इंडिया जाने की ज़िद वह समझ नहीं पाती। तुम्हारे अतीत से वाक़िफ़ भी नहीं है। उसके लिए वह पोथी में बन्द इतिहास से ज़्यादा कुछ भी नहीं।"

यों भी अतीत राग गाने की आदत बूढ़ों की होती है। ग्लोबल होते इस समय में युवाओं के सामने तो लगातार नये आश्चर्यों में खुलता वर्तमान है। वे नये ग्रहों की तलाश में छोड़े जाते यानों की बात करते हैं, इसरो चन्द्रयान-दो को चाँद पर उतारने की तैयारियाँ कर रहा है। हो सकता है, अगले साल भारत साउथ पोल पर अपना स्पेस क्राफ्ट भेज दे। मार्स पर बसने की सम्भावनाओं पर रिसर्च और एक्सपेरिमेंट्स हो रहे हैं...। और बड़े-बूढ़े इतिहास हुए अतीत को भूलकर आगे बढ़ना नहीं चाहते।

"डैड, आप इंडिया जाकर पता नहीं किन-किन रिश्तेदारों से मिलने जाते हैं! आधी छुट्टियाँ तो मिलने और ऑयली दावतें खाने में ही बरबाद हो जाती हैं।"

"वहाँ मेरे पुराने दोस्त और रिश्तेदार हैं। उनसे मिलना मुझे अच्छा लगता है," विनय का एक ही जवाब होता है।

"दे लुक वेरी पुअर, आई कैन सी। दे डिज़र्व हेल्प, वह तो आप करते ही हैं डैड।"

"उनसे बचपन की यादें जुड़ी हैं, बेटा..."

कहता नहीं कि अपनी जड़ों से जुड़े रहने का मोह उसकी पीढ़ी छोड़ नहीं पाएगी। लौटेगी बार-बार उसी धरती पर, जहाँ उसने पहला क़दम रखा, कितनी भी तवील रही हो ज़िन्दगी वहाँ! उन बोली-बानियों, विरासतों के आलोक में जिनकी अमानत है उसकी ज़िन्दगी।

दो पीढ़ियाँ—दो ध्रुवों पर बैठा सोच!

आयुष का तर्क भी कमज़ोर नहीं, "अपने देश में जब हम बेघर शरणार्थी बनकर जी रहे हैं तो विदेश में रहना क्या बुरा है?"

सुरेन्द्रनाथ उसके सोच पर सवाल नहीं उठाते।

लेकिन भीतर जो भँवर उठ रहे हैं, उनको कैसे रोकें उसके भीतर बैठे पापा?

अपनी ज़मीन, अपनी विरासतों से कटता जा रहा है बेटा। परदेस में अजनबी बनकर जिएगा, नितान्त अकेला, बेगाना या वहाँ के कुकी कटर कल्चर का एक हिस्सा बनकर रह जाएगा। क्या यह बेघर होने का क्षोभ है या विनय की तरह महत्त्वाकांक्षाओं की दौड़, जो उसे अपनों और अपनी संस्कृति से दूर करती जा रही है?

चाहते हैं, बेटा टॉमस एल फ्रीडमन की किताब 'लैक्सेस एंड द ऑलिव ट्री' पढ़े।

"सेव योअर ऑलिव ट्री। तुम्हारे पुरखों ने जो ऑलिव ट्री तुम्हारे घर के आँगन में बोया है तुम्हारी विरासत के रूप में, जो संस्कृति तुम्हें मिली है, इसे बचाओ। यह तुम्हारी निजता है, जो इस भौतिक सुविधाओं के आकांक्षी, सर्वग्राही समय की बाढ़ में बह जाने से तुम्हें बचाएगी।"

आयुष का अपना तर्क है, "पापा, हम इंडियन यहाँ हर साल दशहरा, दीवाली मनाते हैं। फ़ंक्शन्स करते हैं। इंडियन डांस, इंडियन कुज़ीन और हिन्दी फ़िल्में एंज्वाय करते हैं। क्या इस तरह हम अपनी संस्कृति को ज़िन्दा नहीं रखते?"

कठिन प्रश्न।

क्या विदेश में कभी-कभार वीक एंड्स पर किए इन देसी आयोजनों का नाम ही भारतीय संस्कृति है?

हमारी जीवन-शैली, सोच, व्यवहार उसमें शामिल नहीं हैं?

उलझता है पापा का मन, ज़ेहन में उठते इन सवालों से।

नींदों में उन्हें हरे-भरे चीड़-देवदारों, नहीं—पाइन, ओक और डॉगवुड के विस्तार बीच एक उदास आदमी भटकता नज़र आता है—अपनों की विकल खोज में आहटें टोहता। कभी वह विनय होता है, कभी आयुष। आसपास दौड़ते-भागते लोगों का हुजूम है। सबके अपने-अपने ट्रैक हैं। कोई दूसरे के ट्रैक में क़दम नहीं रखता। दूर से हाय-हलो कहकर आगे बढ़ जाते हैं।

अचानक कहीं से एक छोटे बच्चे की कातर पुकार हवा में घुमेर लगाती माहौल को चीर देती है। सुरेन्द्रनाथ आवाज़ की दिशा में क़दम बढ़ाते

हैं। पेड़ों के बीच कच्ची पगडंडी पर एक घबराया हुआ अकेला बच्चा पीठ पर बस्ता लटकाए, खोजती आँखें चौतरफ़ घुमा-घुमाकर पुकार रहा है, "पापा...! पापा...!"

सुरेन्द्रनाथ लपककर बच्चे को गोद में भर लेते हैं।

चौंककर आँखें खोल कमरे के अँधेरे को टटोलने लगते हैं।

कौन था वह बच्चा? झलक भर दिखाकर कहाँ चला गया?

आँखें भीग गई हैं। छाती के भीतर गुनगुना स्रोत-सा उमड़ आया है। यहीं तो उन्होंने घबराहट में सुबकते बच्चे को बाँहों में भरकर चिपका लिया था। बिलकुल छोटा आयुष-सा दिखता था वह।

आयुष ने स्कूल बस मिस कर दी है। पैदल पाँव चलते घर की तरफ़ जाने का रास्ता ढूँढ़ते भटक गया है। घबराहट में पापा को मदद के लिए पुकार रहा है।

पापा भी तो आयुष की आहटें टोहते रास्ते पर भटक रहे थे।

प्रभा पानी का गिलास थमा देती है, "आयुष को मिस कर रहे हो न? ऐसे सपने तो आएँगे ही।"

"अपनों से दूरियाँ उसे भी तो सालती होंगी प्रभा! कभी-कभार ही सही।"

"आपका रसूल हमज़ातोव, जिसे आप डूबकर पढ़ते हैं, अपने गाँव-घर की मिट्टी पर गर्व करता, अपने दाग़िस्तान को कहाँ भूल पाया? वह क्या अपने जन्मदाताओं, अपनी सरज़मीन को मिस नहीं करता होगा? । कई दिनों से कह रहा है, 'आ जाओ, महीना भर रहो हमारे पास, बच्चों के संग-साथ से मन बहलता रहेगा।' "

"ऐसी चिन्ता की कोई बात नहीं प्रभा! कई बार तो हो आए हैं वहाँ। आधे से ज़्यादा अमेरिका तो घुमा लाया है हमें। पर रहना तो हमें अपने ही वतन में है न?"

"अपने वतन में? बेवतनों की तरह! बच्चे क्यों सहें अपने घर में बेघर होने की जिल्लत?"

कहाँ से कहाँ पहुँच जाती है प्रभा!

"कौन कहता है उन्हें, अपने वतन लौट आओ? जहाँ जी चाहे, रहें, बसें। उनकी ज़िन्दगी है।"

प्रभा बात करते कभी-कभी अचानक तल्ख़ हो उठती है। सुरेन्द्रनाथ जानते हैं, घर छूटना और बेटे का विदेश में बसना, दोनों स्थितियाँ वह मन से स्वीकार नहीं कर पाई है।

सो दानिशमन्द सुरेन्द्रनाथ इस तकलीफ़देह मुद्दे पर प्रभा से बहस नहीं करते।

और एक दिन आस्तिक-अस्मी भी मुम्बई चले गए।

आस्तिक ने कहा, "कम्पनी में सैचुरेशन पॉइंट आ गया है। अब इधर प्रमोशन के चांसेज़ नहीं हैं। मुम्बई मल्टीनेशनल कम्पनियों का हब है। वहाँ से एक अच्छा ऑफ़र आया है, आगे बढ़ने की ऑपरचुनिटीज़ भी हैं...।"

गुड़िया अभी छोटी है। और सृष्टि की पढ़ाई? प्रभा को चिन्ताओं से मुक्ति नहीं।

"माँ, आप चिन्ता न करें। मुम्बई में भी बच्चे पलते हैं।"

अस्मी ने माँ-पापा को यह कहकर गुड़िया की तरफ़ से निश्चिन्त तो कर दिया कि फ़िलहाल वह नौकरी न कर, गुड़िया की ही देखभाल करेगी। आगे आस्तिक किसी अच्छी नैनी का इन्तज़ाम कर लेंगे। उनके कई दोस्त हैं वहाँ। सृष्टि को बढ़िया स्कूल में एडमिशन दिलाने में उन्होंने बड़ी मदद की है।

लेकिन नानी-नानू, जो गुड़िया की तोतली बातों, नन्ही शैतानियों-शरारतों से अपने अकेलेपन को भरते रहे हैं, चार दिन भी उन्हें देखे बिना रह नहीं पाते। उसके दूर जाने से उस जगह का ख़ालीपन कैसे भर पाएँगे?

यह नहीं पूछा प्रभा ने। जानती है, ममता की नेह-भीगी अन्तर की हूकें बाहर आकर भावुकता भर कहलाकर फ़ालतू के खाते में धकेल दी जाती हैं।

न चाहते भी उसका चेहरा उतर गया।

"उदास मत हो, प्रभा!" सुरेन्द्रनाथ जी ने पत्नी को दुलारा, "बच्चों को अपने सुख के लिए अपने साथ बाँधना, उनके मोह में इतना बँधना कि हमारा प्रेम उनके पैरों की बेड़ी बन जाए, यह ग़लत है। उनके अपने सपने हैं, आकाश में उड़ान भरने की ख़्वाहिशें हैं। वे जानते हैं, उनके लिए क्या सही है। हमें तो उनके फ़ैसलों का समर्थन करना चाहिए।"

पत्नी के साथ ख़ुद को भी समझा-बहलाकर, मन बदलने के लिए सुरेन्द्रनाथ जी किताबों के रैक से कोई मास्टर पीस निकालकर पढ़ना चाहते हैं—चेख़व की कोई कहानी, मारखेज़, ख़ालिद हुसैनी। नहीं, यह ली क्लीजियो का 'वॉन्डरिंग स्टार', तन्वी की बर्थडे गिफ़्ट। वह उनकी पसन्द जानती है।

लेकिन हाथ आती है रसूल हमज़ातोव की किताब 'मेरा दाग़िस्तान'। उलट-पलटकर वापस रैक में रख देते हैं। प्रभा की नज़र पड़ेगी तो छूटे घर की यादें कुरेदेगी। रसूल हमज़ातोव जब कहता है, 'और देश-दुनिया के अच्छे, सभी देश हैं सुन्दर / प्यारा दाग़िस्तान मुझे है, वह ही अंकित दिल पर', तो वह पति की तरफ़ प्रश्नाकुल नज़रों से देखती है—बिना बोले भी बहुत कुछ कहती हुई।

रसूल हमज़ातोव तीस साल घर से दूर रहा। लन्दन, पेरिस, मॉस्को घूमा पर अपने छोटे-से गाँव के चूल्हे की आग, बच्चों के पालने और माँओं की मीठी लोरियाँ भूल नहीं पाया। भूल नहीं पाया घोंसलों से पाखियों को निकालता बचपन, युवा पहाड़िनों का निश्छल प्यार, मेहमाननवाज़ी और बुज़ुर्गों की हिदायतें। उसे दाग़िस्तान का अपना छोटा-सा गाँव वेनिस मॉस्को और काहिरा से बढ़कर लगता है। वहाँ के चश्मे, वहाँ के जलप्रपात आँखों के आगे से हटते ही नहीं।

हमज़ातोव को पढ़ते अचानक शब्द ग़ायब हो जाते हैं। आकार लेने लगता है हरमुख की पहाड़ियों से घिरा बचपन का आँगन। दोस्तों के साथ शेयर किए गए नई उम्र के लुका-छिपी प्रसंग और गर्म काँगड़ी की गुनगुनी आँच सेंकते, बर्फ़ के नन्हे फाहों का पूरी क़ायनात को सफ़ेद लिहाफ़ से ढकते देखना।

कितना कुछ भूल सकता है आदमी! यहाँ आसपास कंक्रीट के जंगल हैं और परिचय के बावजूद अजनबी लगते हमसाये।

तमाम व्यस्तताओं का लबादा ओढ़ने के बावजूद सुरेन्द्रनाथ कहाँ भुला पाए हैं अपने दोस्त, अहबाबों और ओहदेदार बने उस्मान जैसे शिष्यों के बीच जिया गया शानदार समय? काशनी केसर की महकती बहारों, सेब-नाशपाती के बरजस्त सुगन्ध लुटाते पेड़ों तले ख़ुशबूदार कहवा पीते दोस्तों के साथ मनाई पिकनिकें? वे मुहम्मद तिब्बतबकाल के सोज़-भरे सूफ़ियाना क़लाम, जिन्हें सुनने मछलियाँ झील की सतह पर आतीं और हवाएँ मद्धम-मद्धम राग गातीं...?

कहाँ-कहाँ न छितर गए अपने दोस्त-अहबाब!

काश, वे बुद्ध हो पाते!

इधर कई दिनों से उन्हें देर रात तक नींद नहीं आती। अख़बारों के समाचार, टीवी चैनलों पर दिखाए जाते दुनिया भर के दहशत-भरे दृश्य उन्हें परेशान करते रहते हैं। कैसे विस्थापन समय का सच बनता जा रहा है! कहीं सीरिया, कहीं लीबिया, कहीं फ़िलिस्तीन की मारामारी, हिंसा-हत्या, तो कहीं बाढ़, भूस्खलन और आधी दुनिया में फैलता आतंकवाद। यह किस भयावह समय में जी रहे हैं वे?

सुरेन्द्रनाथ जी कई-कई न्यूज़ चैनल बदलते रहते हैं, कोई सुकूनदेह ख़बर तो सुनने-देखने को मिले! कहीं सामयिक राजनीति-समाजनीति पर बहसें होती हैं, जो जनता की जिज्ञासाओं का कुछ तो समाधान कर सकतीं, पर वहाँ अक्सर संवाद उत्तेजक बहस में तब्दील हो जाता।

ज़ेहन में खलबली मचाते इस-उस पार्टी के स्कैम, आरोप-प्रत्यारोप से लेकर

चारा घोटाले आदि-इत्यादि पर उत्तेजक बहसें चलतीं, जिसका कोई सिरा देखने-सुननेवाले के हाथ नहीं आता।

रातों में भी कोई उम्मीद-भरा सपना नहीं आता। नींद में आतंकवाद की बलि चढ़ी कमला-बिमला ही नहीं, इन्सानी वहशीपने की शिकार कभी कोई आरुषि, कभी कोई निर्भया सामने आकर खड़ी हो जाती है। अपराधियों की एक लम्बी लिस्ट काली दीवार पर इश्तिहार की तरह चिपक जाती है और सुरेन्द्रनाथ का ख़ून अवश आक्रोश से खौलने लगता है।

पहाड़ों से पठारों तक

सालों पहले नई बनती कॉलोनी के नाम पर एक वीरान-सी जगह सस्ते में घर बनाकर रहने आए थे सुरेन्द्रनाथ, मानकर कि अब जीना-मरना, जो भी होगा, यहीं होगा।

गृह-प्रवेश की पूजा पर वसन्त कुंज वाली रिश्ते की बहन ललिता बधाई देने आई। अधबनी कॉलोनी में बने घर की छत से चौतरफ़ नज़रों से मुआयना कर, पेड़ों-झाड़ियों बीच इधर-उधर छितरे गिनती भर इकमंजिले-दुमंज़िले घर देखे। पास में घास-फूस, टीन के पत्तरों और पॉलिथीन शीट से ढकी झुग्गियों के पास मिट्टी के उठाऊ चूल्हों पर रोटियों के टिक्कड़ सेंकती मज़दूरिनें देखीं और देखा आधे दर्जन बच्चों को रोटियों के लिए छीना-झपटी करते।

ललिता के मुँह से बेसाख़्ता निकल पड़ा, "ओह, कैसे माहौल में रहने आई हो दीदी?"

कैसी दबी-दबी अनुगूँज थी ललिता के जुमले में कि मन के कैनवास पर, पर्वतों पर नज़रें टिकाए, गुलाबों की बाड़ के घेरे में ठसके से बैठे गेबलों, बुखारचों वाला घर उझक आया और पलक झपकते बारूदी विस्फोट में गुम हो गया।

तब से अब तक कितना कुछ बदल गया!

वसन्त कुंज वाली बहन-जीजा, दोनों नहीं रहे। दिन-दहाड़े कुछ बदमाश लूट के इरादे से घर में घुस आए और पति-पत्नी, दोनों की हत्या कर दी।

सुबह कामवाली बाई ने बिना कुंडी उढ़के दरवाज़े पर दस्तक दी तो ख़ून सनी लाशें देख घबराकर पड़ोसियों को बुला लाई।

पुलिस आकर तहक़ीक़ात कर गई। आसपास के फ़्लैटों के नौकरों, चौकीदारों, पड़ोसियों से पूछताछ की गई।

हत्यारों को किसी ने नहीं देखा था।

साथ के फ़्लैट वाले दहशत में थे, "किसी जानकार की करतूत लगती है।"

"किसी से कोई रंजिश, कोई झगड़ा-टंटा तो नहीं था?"

"अरे नहीं, बहुत सीधे-सच्चे बन्दे थे। पूजा-पाठ, भजन-कीर्तन में मन रमता था।"

"कोई करोड़पति भी तो न थे।"

"कोई चीख़-पुकार जैसी आवाज़ भी सुनाई न दी?"

गर्मियों के दिन, बन्द कमरों में एसी, कूलर ऑन कर सोए थे लोग। ऐसे में आवाज़ भी कैसे सुनाई देती? यों भी महानगरों में दूसरों के मामलों में दख़लअन्दाज़ी करना कस्बाई होना माना जाता है।

पूछताछ का न कोई नतीजा निकला, न ही हत्यारे पकड़े गए। ललिता-शंकर महानगर के आए-दिन होते हादसों की कड़ी में एक और नाम जोड़कर ख़त्म हो गए।

प्रभा-सुरेन्द्रनाथ जी ने रिश्तेदारी निभाई, विदेशी बच्चों को ख़बर कर दी। तीन दिन तक लाशें बर्फ़ के ठंडे बक्से में पड़ी रहीं—अपने जायों के हाथ लगने का इन्तज़ार करती। अन्तिम यात्रा के कर्मकांड पूरे करने के साथ, पुलिस की तहकीकातों, टीवी पत्रकारों के कुरेदते सवालों का सामना करने में बेटों का साथ देने तक प्रभा-सुरेन्द्रनाथ जी उनके साथ रहे। बहुएँ और लाड़ से पाले पोते व्यस्तताओं के कारण आ नहीं पाए। तेरहवीं के बाद ललिता-शंकर का हरिद्वार में अस्थि विसर्जन कर श्राद्ध-वाद निपटाकर दोनों विदेशी बेटे फ़्लैट में ताला लगाकर अमेरिका-कैनेडा लौट गए, तो प्रभा-सुरेन्द्रनाथ जी भी अपने ठिकाने पर वापस आ गए।

घर पर भी ललिता और शंकर की ख़ून सनी लाशें उन्हें हांट करती रही।

वे भी तो ललिता की तरह घर में अकेले ही रहते हैं। क्या पता, उनके साथ कब क्या हो?

कई रातें जागते बीत गईं। इधर खटका हुआ, उधर धप्प की आवाज़ आई, ये कुत्ते अचानक क्यों भौंकने लगे?

प्रभा रात में उठकर काँच की खिड़की से मुँह-कान सटाकर बाहर के अँधेरों में चोर-लुटेरों की आहटें टोहने लगी। सुरेन्द्रनाथ जी सड़क पर निकल चौकीदार को जागने और सीटी बजाते रहने की हिदायतें देते रहे।

दो-चार बार तो चौकीदार ने 'ठीक है, बाबू जी' कहकर उनकी हिदायतों का मान रखा, एक रात नींद में ख़लल पड़ने से चिढ़कर बोल ही पड़ा, "आप चिन्ता

क्यों करते हैं बाबू जी? पूरा मुहल्ला चैन की नींद सो रहा है, आप भी निश्चिन्त होकर सो जाइए। हम अपनी ड्यूटी तो निभा ही रहे हैं न!"

चैन की नींद? आए-दिन अकेले रहते बुजुर्गों की लूटपाट, हत्या-हिंसा की वारदातें सुन-देखकर क्या बुज़ुर्ग लोग चैन की नींद सो सकते हैं? प्रभा-सुरेन्द्रनाथ जी का मन-ज़ेहन इस दलील से सहमत नहीं हो पाया।

एक-दो दिन टीवी चैनलों, समाचार-पत्रों में ललिता-शंकर की हत्या की ख़बर छाई रही—मिस मट्टू की दहशतनाक ख़बर की तरह, फिर कहीं कोई दूसरा हादसा हुआ, लोगों का ध्यान उस तरफ़ चला गया।

सिनेमाई रील की तरह रिबांउड होता समय

पिछले कुछ सालों में काफी कुछ तेज़ी से बदलता जा रहा है।

सुरेन्द्रनाथ जी ने नई बनती कॉलोनी में मकान बनाया तो नज़रों को दूर-दूर तक आवाजाही करने में कोई रोक नहीं थी। इधर-उधर ऊँट की पीठ-सी उठी रेत-मिट्टी की ढेरियों के बावजूद यहाँ-वहाँ आकाश से बतियाते अमलतास, गुलमोहर, कीकर और सुगन्ध लुटाते हरसिंगार आँखों को सहलाते थे। दूर तक पाँव पसारे खेतों पर फैली हरी-पीली ओढ़नी पुरवा के झोंकों से हिलोर लेती, तो मन उमग उठता। बाज़ार कहाँ था? कुछ एक दुकानें थीं। दाल-चावल, आटा, आलू भर मिलते थे—रोज़मर्रा की ज़रूरतें। बाक़ी सामान के लिए मीलों दूर शहर जाना पड़ता था।

थोड़ी असुविधाएँ थीं, पर शिकायतें न थीं। छिटके हुए कुछ घरों की बस्ती में मुट्ठी भर लोग थे—जुनून की हद तक उत्साही कि इस बस्ती को आइडियल कॉलोनी बनाना है।

सुरेन्द्रनाथ भला पीछे क्यों रहते? घर-घर घूमकर लोगों को इकट्ठा करने, कभी घरों, कभी पार्कों में मीटिंगें बुलाकर कॉलोनी की समस्याओं के समाधान खोजनेवालों में वे भी शामिल हो गए। मुद्दे कई थे—ट्रांसपोर्ट, अच्छी सड़कें, सुरक्षा, बच्चों के लिए स्कूल, पास में कोई डिस्पेंसरी...। इस सबके लिए नगर निगम के दफ्तरों तक दौड़।

बस्ती में अधेड़ ज़्यादा और युवा कम तादाद में थे। कइयों के बाल-बच्चे नौकरी-शौकरी के कारण दूर रहते थे, पर पड़ोसी भाई-बन्दों जैसे। सुरेन्द्रनाथ जी ने गृह-प्रवेश पर घर के सामने टेंट लगाकर पास-पड़ोस के लिए छोटा-सा गेट

टुगेदर रखा। बारिश की कुछ छींटें पड़ीं तो तीन प्लॉट दूर रहते कुमार साहब ने अपना घर हाज़िर कर दिया। कुर्सियाँ निकालीं, खेस बिछा दिये। हम हैं न आपके साथ, फ़िक्र कैसी?

अब बीस साल बाद!

घर की दीवार से सटे पड़ोसी के घर में मौत हो गई, तो दूसरे दिन मालूम पड़ा। न रोने, शोक मनाने की कोई आवाज़, न जानेवाले को विदा देती किसी पूजा-आरती की आहट। पास-पड़ोस को भी कोई इत्तला नहीं। भला मौत भी कोई छिपाने की चीज़ है?

महानगर घुस आया है अब एन.सी.आर. में।

देखते-देखते कैसे कुकुरमुत्तों-से फूट आए हैं छोटे-बड़े घर! दुमंजिले-तिमंज़िले! कुछ तो बेहद शानदार! खुली बारादरियों, पत्थरों की जाली वाले बरामदों, मार्बल के फ़र्शों वाले! लक्ष्मी की अचानक कृपा या अर्थ-केन्द्रित समय की करामातें?

प्रॉपर्टी डीलर्स, बिचौलिए और छोटे-मोटे बिल्डर्स ख़ाली ज़मीन के टुकड़ों पर काक दृष्टि गड़ाए प्रॉपर्टी की ख़रीद-फ़रोख़्त में लगे रहते हैं।

सुरेन्द्रनाथ जी के मकान के ठीक सामने कैप्टन यादव रहने आए, खुशबाश और मस्त तबीयत। थोड़ा मचककर चलते। सेना से रिटायरमेंट लेकर आर्मी कोटे से ज़मीन ख़रीद ली। मार्केट में एक दुकान किराए पर लेकर उसे ज़रूरत के सामान से सजाया और रीयल एस्टेट का काम करने लगे।

साल भर में तिमंज़िली कोठी खड़ी कर दी।

सुरेन्द्रनाथ से दोस्ती हो गई, पूछा, "यह तो बताइए, एक फ़ौजी ने रीयल एस्टेट का धन्धा क्यों अपनाया?"

भूतपूर्व कप्तान अचानक संजीदा हो गए।

"ऊपर वाले की मर्ज़ी समझो बिरादर! फ़ौजी तो मैं कई साल रहा। आपके कश्मीर में एक आर्मी ऑपरेशन के दौरान मिलिटेंट की गोली टाँग को छेद न गई होती, तो आज कर्नल नहीं तो मेजर ज़रूर बन गया होता।"

कैप्टन ने आपबीती सुनाई—टाँग की हड्डी में ज़ख़्म होने, ऑपरेशन करके टाँग में रॉड डलने से लेकर फ़ौज की ज़िन्दगी को अलविदा कहकर रिटायरमेंट लेने तक।

"अब कब तक घर में बैठा-ठाला रहता? कोई काम तो करना ही था। सोचा, यही सही।"

कप्तान मूड में होता तो फ़ौज के ख़ूब सारे क़िस्से सुनाता, "आर्मी तो मैंने जनाब, ज्वाइन की थी एक जज़्बे के साथ कि अपने देश की सेवा करनी है। संयोग देखिए कि ट्रेनिंग के बाद पोस्टिंग हुई आपके कश्मीर में, पिचासी के आसपास। वादी में छुटपुट वारदातें होती रहतीं। आर्मी को सतर्क रहने के आदेश मिलते रहते।

"कभी चिल्लयकलान की बर्फ़बारी में कुपवाड़ा के जंगलों में सीमा पार से घुसपैठ करते आतंकियों की टोह में ठिठुरते रहते, कभी राजौरी-पुँछ सेक्टर में रात-दिन पलकें उघाड़े चौकसी करते। जानते तो होंगे आप, छियासी में अन्नतनाग में ख़ुराफ़ातियों ने मन्दिरों को अपवित्र कर दिया, तो हिन्दुओं ने विरोध की आवाज़ उठाई?"

"जवाब में आतंकवादियों ने खुला खेल फ़र्रुख़ाबादी शुरू कर दिया।" सुरेन्द्रनाथ जी ने अगला जुमला जोड़ दिया।

कप्तान नाराज़ था सरकार के रवैये पर। 1989 के अपहरण-कांड में अपहरण-कर्ताओं की, बंधक लड़की को छोड़ देने के एवज़ में पाँच ख़ूँख़ार मिलिटेंटों के रिहा करने की बेहूदा शर्त मानने पर।

"क्या यहीं से शह नहीं मिली आतंकवादियों को, कि वे कुछ भी करेंगे और कमज़ोर सरकार उनका कुछ भी बिगाड़ न सकेगी?"

सुरेन्द्रनाथ हालात के द्रष्टा भी थे और भोक्ता भी।

"दरअसल ग़लतियाँ हुईं बार-बार। शासक फ़ेल हो गए कश्मीर का मसला हल करने में। जब-जब कड़े फ़ैसले लेने की दरकार थी, तब-तब सरकार ने अपीज़मेंट पॉलिसी अपनाई वरना बांग्लादेश वॉर में पाकिस्तान की शर्मनाक हार के वक़्त कश्मीर का मसला हल हो सकता था..."

सुरेन्द्रनाथ का जुड़ाव-सा हो गया था कप्तान के साथ। वे वादी में कुछ गुटों की 'आर्मी हटाओ' की ख़ुराफ़ाती माँग पर बात करते। कुछ लोग उन्हें शक की नज़रों से देखते, कुछ उम्मीद से।

सेना को आतंकवादियों से सख़्ती से पेश आने की हिदायतों पर चर्चा होती।

कुपवाड़ा में आतंकी हमले में घटी एक घटना का कप्तान ने एकाधिक बार ज़िक्र किया :

"हुआ यों कि ऑपरेशन के दौरान कुछ लोकल लड़के ज़ख़्मी हो गए। उन्हें एमर्जेंसी में ट्रीटमेंट के लिए कैम्प के अस्पताल ले जाना पड़ा। एक लड़के की हालत बहुत ख़राब थी। काफी ख़ून बह गया था। मैंने अपना ब्लड दे दिया। यूनिवर्सल

डोनर हूँ। लड़का थोड़ा सँभल गया, तो उसे घर छोड़ आए। लड़के ने अपनी बहन से मेरे ब्लड डोनेट करने की बात कही तो वह बड़ी भावुक हो गई। बेहद ख़ूबसूरत थी वह लड़की बिरादर! फ़रमारोज़ की लालारुख़ रही होगी, कुछ वैसी या शायद बाज़बहादुर की रूपमती। 'शुक्रिया' कहते उसकी आँखों से जो आँसुओं का सैलाब उमड़ आया, उसे देख मेरा दिल पसीज गया। हालात नॉर्मल होते तो शायद मैं एकाध क़दम आगे बढ़ाकर उसके आँसू पोंछ देता, पर हमें तो बिरादर, बस ड्यूटी करनी होती है। भावुकता वहाँ के माहौल में ग़लतफ़हमियाँ पैदा करती है।"

इस घटना को बयान करते कप्तान का चेहरा कुछ संजीदा हो जाता, कुछ रंग आते-जाते, पर अगले पल ही वह मूड बदल देता, "लोग कुछ भी कहें, हमारे लिए तो नेशन फर्स्ट है बिरादर। यों इंसान हैं हम भी। बाल-बच्चों से दूर, कब कहाँ से गोली आए, बम फूटे, इसका कोई भरोसा नहीं होता।"

सुरेन्द्रनाथ जी की आँखों में उभरते सवाल भाँपकर कप्तान ने कोई शहीदी मुद्रा नहीं बनाई।

"सैनिक का जीना-मरना देश-रक्षा के लिए होता है, यह वह नहीं भूलता बिरादर। कभी-कभार किसी से ग़लती हो भी सकती है, पर यह भी सच है कि आर्मी में छोटी ग़लतियों की सज़ा भी जानलेवा होती है।

"वैसे मेरे साथ एक्सीडेंट न हुआ होता, तो आज यहाँ प्रॉपर्टी डीलिंग का काम न कर, किसी महाज़ पर तैनात दुश्मन का सफ़ाया कर रहा होता।"

कप्तान में सुरेन्द्रनाथ जी को मन मुताबिक़ दोस्त तो मिला, पर इस दोस्ती में थोड़ी दूरी की दरार उस दिन आ गई, जिस दिन कप्तान ने सुरेन्द्रनाथ जी को दस लाख का प्लॉट ख़रीदने का सुझाव देकर हैरान कर दिया।

"कहाँ से लाऊँगा दस लाख दोस्त? उम्र भर की जमा-पूँजी, घर-द्वार तो आतंकवाद की बलि चढ़ गया। सिर पर छत के जुगाड़ में बचा-खुचा पैसा लगा दिया। अब तो दाल-रोटी का इन्तज़ाम हो जाए, वही ग़नीमत है।"

"आपकी बात नहीं कर रहा हूँ। आपके बच्चे शायद चाहें, इस तरफ़ कोई प्लॉट-श्लॉट, आई मीन इंवेस्टमेंट की ख़ातिर। सभी करते हैं आजकल।"

"बच्चों के अपने प्लान होते हैं भाई साहब। मैं उनके व्यक्तिगत मामलों में दख़ल नहीं देता।"

कप्तान का चेहरा उतर गया, "ओके प्रोफेसर, जैसी आपकी इच्छा।"

इस संवाद के बाद दोनों की दोस्ती हाय-हलो तक महदूद रह गई।

राजधानी की बेपनाह बढ़ती आबादी और बसों-गाड़ियों के धूल-धुएँ से घबराकर जेब के धनी लोग एन.सी.आर. में ज़मीनें ख़रीदकर पॉल्यूशन फ्री माहौल में बसने क्या आने लगे कि बिल्डरों की तिजोरियाँ भरने लगीं।

प्रॉपटी डीलर्स के बिज़नेस में भी उछाल आ गया। कप्तान भी पैसा बटोरने में व्यस्त हो गया।

देखते-देखते एन.सी.आर. में बहुमंज़िली इमारतों-फ़्लैटों की क़तारें खड़ी हो गईं। ग्लोबल होती दुनिया ने जहाँ गुंजाइश देखी, मल्टीनेशनल कम्पनियों का जाल बिछा दिया। शहरों की सीमा से लगे खेत-खलिहान बिल्डरों को बेचकर कुछ गाँववाले रातोंरात करोड़पति बन गए, और आस-पास का हरियल विस्तार कंक्रीट के विराट उदर में समाता गया।

पड़ोस बस गया, पर अकेलापन बढ़ता गया।

नये पड़ोस को अपनाने की तमाम कोशिशों के बावजूद एक उदास बेगानापन साथ लगा रहा। ज्यों-ज्यों वक़्त बीतता गया, अपनी बोली-बानी, रस्में-रिवायतें साझा करनेवालों की कमी सुरेन्द्रनाथ से ज़्यादा प्रभा को बेचैन करने लगी। वह दूर तक फैले 'एनसीआर' में अपने बिछड़े सगे-सम्बन्धी, दोस्त-हमराज़, हमज़बानों को गलियों-बाज़ारों में ढूँढ़ती रहती। वादी से कोई शॉल बेचनेवाला, कोई कार्पेट बेचनेवाला रहमाना, सुल्ताना गुज़रता, वह उससे अपनी ज़बान में दो बातें करने का मोह छोड़ न पाती। एक बार एक शॉल वाला 'अपनी बेनी हो, तुमसे मुनाफ़ा नहीं लूँगा' कहकर एक शॉल ख़रीदवाकर ही माना। प्रभा का अपनापा देख कहवे की फ़रमाइश भी कर दी। सुरेन्द्रनाथ जी उस वक़्त घर में नहीं थे, वाक़या सुनकर प्रभा से नाराज़ हो गए।

"ऐरे-गैरे से अपनी ज़बान में दो बातें करने का मोह पता नहीं किस दिन तुम्हें परेशानी में डाल देगा, वक़्त की नज़ाकत को समझो प्रभा! ललिता और शंकर भाई का क्या हश्र हुआ, भूल गईं?"

कहाँ भूल पाई थी प्रभा?

बहन की भयावह मौत के बाद उसे दिन धुआँ-से लगते, रातें डरावनी।

लगता, घर खोने के साथ अपना लोक बोली-बानी ही नहीं, अपना वजूद भी खोने लगा है।

लेकिन न मोह जल्दी छूटता है, न आदतें।

और अजेय जीवन हर हाल में जीने का हौसला माँगता है।

नई जगह पर नये सिरे से ज़िन्दगी की शुरुआत करने के इरादे से प्रोफेसर सुरेन्द्रनाथ ने इधर आते ही बच्चों की कोचिंग क्लास शुरू कर दी थी। कॉलोनी बसती गई तो सुरेन्द्रनाथ के छात्रों की संख्या भी बढ़ती गई।

पढ़ाई के साथ-साथ मास्टर जी बच्चों को महापुरुषों की शौर्य-गाथाएँ सुनाना न भूले। उम्र भर की आदत!

प्रभा के शब्दों में, "इनका बस चले तो इन बच्चों को पारम्परिक मूल्यों से संस्कारित करके ही छोड़ेंगे। यह नहीं कि इंग्लिश, मैथ्स, साइंस, जो भी विषय पढ़ाना-सिखाना हो, समझाकर उन्हें छोड़ दो। अब आप ही बताओ, पचास-साठ का दौर तो आज रहा नहीं कि मन मारकर ही सही, बच्चे मास्टर जी के डर या लिहाज़ के मारे विवेकानन्द, गांधी, सुभाष आदि महापुरुषों की अनुकरणीय जीवनियाँ चुपचाप बैठकर सुन लें!"

"तो?"

"तो क्या, नवधनिकों के बच्चे आते हैं आपसे ट्यूशन लेने। उनमें इतना धैर्य कहाँ कि सुनते रहें महापुरुषों की गाथाएँ! किशोर होने से पहले ही इनके हाथ में आई फ़ोन आ जाता है। सो जब ज़रूरत पड़े, गूगल से कोई भी जानकारी हासिल कर सकते हैं। घर में कम्प्यूटर न हो तो बाज़ार में जो साइबर कैफ़े खुले हैं, वहाँ जाने से कौन रोकता है उन्हें?"

पर मास्टर जी को तो बच्चों के भविष्य की फ़िक्र है। कहते हैं, "इस ग्लोबल होती दुनिया में विकसित देश अपना माल ही हमारे देश में नहीं भर रहे हैं, अपनी पित्ज़ा-बर्गर, हाय-हेल्लो वाली संस्कृति भी हम पर थोप रहे हैं। हमारे बच्चे अपनी संस्कृति से विमुख हो रहे हैं। यह एक नये ढंग का विस्थापन है प्रभा, अपनी निजता से विस्थापन! बदक़िस्मती से इसे हम अभी समझ नहीं पा रहे हैं।"

तकनीकी के करिश्मों से मास्टर जी प्रभावित ज़रूर हैं, पर मोबाइल-कम्प्यूटरों के ग़लत इस्तेमाल के ख़तरों से वे चिन्तित भी रहते हैं। बच्चों के साथ उनके माता-पिता को भी लगे हाथ समझाते हैं, "भाई साहब, ये कम्प्यूटर, इंटरनेट हमें पूरी दुनिया की जानकारी मुहय्या कराने के चमत्कारी साधन ज़रूर हैं, लेकिन ये न आपको रिश्तों-नातों की अहमियत सिखा सकते हैं, न ही अच्छे मनुष्य बना सकते हैं। बच्चों को जीवन-मूल्यों की समझ और संस्कार देना तो माता-पिता और अध्यापकों की ही ज़िम्मेदारी बनती है...।"

स्कूली बच्चों के हाथ में आई फ़ोन देनेवाले माता-पिताओं से वे बेहद ख़फ़ा हैं। "कभी चेक करते हैं ये नये धनकुबेर कि उनके नौनिहाल आई फ़ोन को डिक्शनरी की तरह मुश्किल प्रश्नों के उत्तर ढूँढ़ने के लिए, नई जानकारियाँ हासिल करने के लिए इस्तेमाल कर रहे हैं या इंटरनेट, यूट्यूब पर मनोरंजन की सामग्री ढूँढ़ अपने मन-ज़ेहन को विकृतियों से भर देते हैं?"

"बच्चों के माता-पिता अगर यह बात नहीं समझते तो आप क्यों नाहक परेशान हो रहे हैं?" प्रभा मास्टर जी की अतिरिक्त चिन्ता समझ नहीं पाती।

"अगर वे अपनी व्यस्तताओं के कारण बच्चों को संस्कार नहीं दे पाते तो यह ज़िम्मेदारी शिक्षक की ही बनती है, प्रभा!" मास्टर जी का जवाब हाज़िर।

सो निभा रहे हैं मास्टर जी शिक्षक और माता-पिता की संयुक्त ज़िम्मेदारी—भले कुछ अभिभावक उन्हें फुरसती या खिसका हुआ समझते हों!

मास्टर जी बच्चों के मन-ज़ेहन में बिठा देना चाहते हैं कि उन्हें कुछ बनना है—अपने लिए भी और देश के लिए भी कर्मशील और चरित्रवान!

"स्वामी विवेकानन्द का एक वाक्य हमेशा याद रखो बच्चो, 'उठो, जागो और तब तक मत रुको, जब तक लक्ष्य को प्राप्त न करो!' "

उन्हें यक़ीन था कि सही दिशा में जा रहे हैं बच्चे। यह यक़ीन बरक़रार रहता, अगर एक दिन अनायास ही उन्होंने एस्टेट एजेंट गुप्ता जी के बेटे आरव का आई फ़ोन चेक न किया होता। दो जुड़े हुए सिरों की खुसुर-पुसुर और दबी-दबी ही-ही, खी-खी से चौकन्ने होकर मास्टर जी ने लड़कों को खड़े होने का इशारा किया तो हड़बड़ी में खड़े होते आरव के हाथ से आई फ़ोन नीचे गिर गया। मास्टर जी ने फ़ोन उठाया, अनलॉक कर व्हाट्सएप्प पर आया मैसेज पढ़ा, 'मास्टर कितना बोर करता है! उपदेशों का काढ़ा पिलाता है। सुनो दोस्तो, ये स्वामी विवेकानन्द के अवतार हैं।' साथ में, क्लास में ही ली गई मास्टर जी की फोटो।

सुरेन्द्रनाथ हतप्रभ। कुछ कहते न बना। न डाँट, न डपट, न ही कोई प्रश्न।

"तुम्हारा फ़ोन घर पहुँचा दिया जाएगा," कहकर पढ़ाई जारी रखी।

उस दिन बड़ी तकलीफ़ से उन्हें देश के भविष्य इन नौनिहालों पर अपनी संस्कारित करती शिक्षा का प्रत्यक्ष प्रमाण मिल गया। दुखी भी हुए कि इक्कीसवीं सदी के नवधनिकों की औलादों को वे ठीक से समझ नहीं पाए हैं।

प्रभा ने उन्हें इस निराश मन:स्थिति से उबारना चाहा, "जिन बच्चों के पिता रात-दिन तिजोरियाँ भरने की तिकड़मों में व्यस्त और त्रस्त रहते हैं, माँएँ सास-

बहू सीरियलों, किटी पार्टियों, न हो तो आसारामों-निर्मल बाबाओं के चरणों में ख़ुशियाँ ढूँढ़ती हैं, उन्हें बच्चों को सीख-संस्कार देने का समय ही कहाँ मिलता है?

"ये तो यहाँ परीक्षा में पास होने के लिए भेजे जाते हैं ताकि आगे चलकर तकनीकी संस्थानों में प्रवेश पा सकें। नौकरी-पेशा माँएँ भी बच्चों को समझाने-सिखाने के लिए वक़्त न निकाल पाने की मजबूरियों में उन्हें महँगे ट्यूशन दिलाकर निश्चिन्त हो जाती हैं कि वे अपनी ज़िम्मेदारियाँ सही ढंग से निभा रही हैं।"

मास्टर जी सहमत नहीं होते, "इस विषय पर गम्भीरता से विचार-विमर्श करने की ज़रूरत है, प्रभा!"

ज़ाहिर है, रात-भर उन्हें नींद नहीं आई।

अहसास के मोड़ पर

सुरेन्द्रनाथ भले नई कॉलोनी में बसने आकर प्रोफेसर से मास्टर जी बन गए, पर इस डिमोशन ने न उनकी दानिशमन्दी में और न उनके स्वाभिमान में कोई झोल डाला। फिर किन अहसासों ने उनकी ज़िन्दगी को सोच बना दिया?

क्या इसलिए कि वक़्त की रफ़्तार में उन्हें भटकाव नज़र आने लगा है— एक दिशाहीन अन्धी दौड़? आख़िर कहाँ जा रहे हैं हम? साहित्य-इतिहास के कई पोथे तो वे खंगाल चुके हैं, अब वक़्त के बदलते चेहरे को पहचानने में नई तकनीकी का सहारा ले रहे हैं। आजकल अक्सर फ़ेसबुक, व्हाट्सएप्प को टटोलते रहते हैं, जान तो लें कि आख़िर क्या कहना चाहते हैं फ़ेसबुकिए?

काफी कुछ आत्मप्रचार लगता है। अपनी ढपली, अपना राग! कई वीडियो अश्लील, जिन्हें वे फ़ौरन से पेशतर डिलीट कर देते हैं। बहुत कम मानीख़ेज़।

कहीं अमर शहीदों की दास्तानें, कहीं दिवंगत प्रज्ञा पुरुषों के वीडियो! चलो, कुछ लोग हैं, जो उन्हें आज भी याद करते हैं। मोबाइल पर उँगली फिराते वादी से विस्थापित पंडितों का भी एक ग्रुप नज़र में आया। उत्सुक हुए, क्या कहते हैं भला?

शासकों की ढुलमुल नीतियों से वे ग़ुस्से में हैं। व्हाट्सएप्प पर उनकी बहसें चलती हैं। कोई धारा तीन सौ सत्तर हटाने की माँग करता है, कोई पनुन कश्मीर की फ़रमाइश। कोई इन्हें असम्भव मानकर अपने पुरखों की धरती पर आतंकियों से सुरक्षित कोई एक कोना चाहता है।

कहीं एक-दूसरे से असहमति, तो कहीं 'मैं सही, तू ग़लत' वाली शाब्दिक नूरा कुश्ती।

सुरेन्द्रनाथ जी को ललध्यद का वाख याद आता है : 'सारी समिहिव, अकिसी रज़ि लमिहिव, त्यलि क्याज़ि राविहेव काहन गाव।'

काश, सभी एकजुट होकर घर लौटने के मसले पर सबकी सहमति से कोई निर्णय ले लेते, तो अपनी जायज़ माँग मनवाने पर सरकार को मजबूर भी कर सकते थे!

"पिछले तीसेक सालों से जो न हुआ, वह अब हमारे जीते जी क्या होगा? हमने क्या आवाज़ें नहीं उठाईं?"

प्रभा अरण्य रोदन हो गए प्रयासों से मायूस है।

"हालात हमारे लिए दुखद हैं, प्रभा, पर हार मानकर हम अपनी ही क़ौम के प्रति बेईमानी तो नहीं कर सकते।"

"आप एक किताब क्यों नहीं लिखते, उपन्यास जैसा कुछ? हमारे साथ कितना कुछ घटा, इतिहास तो उसे दर्ज नहीं करेगा, हम उसे साहित्य में सँजोकर तो रख ही सकते हैं।"

"कई दिनों से इसी पसोपेश में हूँ। सोच रहा हूँ, कुछ लिखूँ। निर्वासन में जन्मी नई पीढ़ी अनजान है हमारी सांस्कृतिक विरासतों से। ललध्यद और नादिम से। उसने तो मारामारी और ख़ून-खराबा ही देखा है। इधर कुछ पूर्वग्रही लिक्खाड़ नया इतिहास रचने के गुमान में जाने-अनजाने नई पीढ़ी को गुमराह करने का काम करने लगे हैं। उन्हें हमारे इतिहास में विकृतियों के सिवा कुछ नज़र नहीं आता। कुछ सँजोने लायक तो दे गए हैं हमारे दानिशमन्द बुज़ुर्ग, लेकिन उपन्यास? वह तो तुम्हारी एक बहन ने पहले ही दो हज़ार एक में लिख दिया है न?"

"आपको याद है, एक बार आपने मृत्यु-शैया पर पड़े रूस के महान लेखक तुर्गनेव के एक पत्र का ज़िक्र मुझसे किया था...?"

"टॉल्स्टॉय को लिखे पत्र की बात कर रही हो?"

"जी, जिसमें उसने अपने समकालीन लेखक से मिन्नत की थी कि उपन्यास लिखना बन्द नहीं होना चाहिए।"

"बिलकुल!"

"तो आप एक और उपन्यास लिखिए न, पिछले तीसेक वर्षों से विस्थापन में जिए-भोगे समय का साक्ष्य!"

प्रभा जानती है, सुरेन्द्रनाथ जी लिखेंगे। देश-विदेश के बदलते दौरों का उन्होंने गहन अध्ययन ही नहीं किया, मनुष्य-विरोधी रीति-नीतियों का खुलकर विरोध भी किया है।

लिखेंगे वे भूलने और भुलाए जाने की साज़िशों के विरुद्ध। अपने देश में शरणार्थी बनकर जीने की नियति के विरुद्ध।

"हाँ, प्रभा, स्मृतियों को नष्ट होने से बचाना ज़रूरी है, जिनकी जड़ों में मट्ठा डाल हमारी राजनीति एक पूरी क़ौम को नेस्तनाबूद करने पर तुली है।

"कई सवाल अधर में लटके हैं, विगत-वर्तमान से होते हुए आगत के सम्भावित प्रश्न। उनके जवाब तो तलाशने होंगे। अपने लिए न सही, अगली पीढ़ियों के लिए।"

अगले दिन नया इलहाम, कुछ नये इरादे!

रोज़ की तरह सुबह की सैर को निकले सुरेन्द्रनाथ जी ने फेफड़ों में ताज़ा हवा भरते आदतन चौतरफ़ का जायज़ा लिया। ओस धुली हवाओं में लहराती नीम की टहनियों पर बैठे नन्हे पाँखियों की 'टीवी टुट, टीवी टुट' की मीठी सदाओं ने मन में चहक-सी भर दी। सोचा, कुछ देर बेंच पर बैठकर चुपचाप प्रकृति का धुला-निखरा रूप निहारते रहें, लेकिन पार्क में रोज़ की तरह अधेड़-वृद्धों के ग्रुप ने देश की राजनीति पर तप्सरा करना शुरू कर दिया था।

मोदी सरकार बरअक्स केजरीवाल सरकार पर बहस किए बिना लखानी जी की सुबह की सैर पूरी नहीं होती। सुरेन्द्रनाथ जी पर नज़र पड़ी तो लपककर पास आए। बिना दुआ-सलाम शुरू हो गए, "मास्टर जी, मोदी जी कहते हैं, 'अच्छे दिन आनेवाले हैं', कब आएँगे वे अच्छे दिन?"

ताज़ा जानकारी दोस्तों तक पहुँचाने के लिए उतावले शर्मा जी अगले को सुनने की ताब कहाँ से लाते? फट से शुरू हो गए, "आप लोगों ने सुना, केजरीवाल ने दो वरिष्ठ सदस्यों को पार्टी से बाहर कर दिया?

"यह तो तानाशाही है भाई साहब! केजरीवाल से तो ऐसी उम्मीद नहीं थी।"

"लोकतंत्र को चलाना आसान काम नहीं है। भैया!" गुप्ता जी ने टिप्पणी की।

मास्टर जी को जाने क्यों लोकतंत्र शब्द से यूनानी दार्शनिक डायोजिनीज़ याद आ गए। याद आया उनका दिन-दहाड़े एथेंस की सड़कों पर हाथ में लालटेन लेकर घूमना। उन्हें तलाश थी एक ईमानदार आदमी की, जो लोकतंत्र को चला

सके, लेकिन उन्हें एक भी वैसा आदमी नहीं मिला। नतीजतन, एथीनियनों ने अपनी आज़ादी खो दी।

मास्टर जी क़िस्सा सुनाकर अपने-आपसे ही मुस्कराए। कल से वे काफी अच्छे मूड में हैं।

गुप्ता जी मोदी फ़ैन हैं, फ़ौरन से पेशतर अपनी राय ज़ाहिर कर दी, "देश में नई सरकार बनी है—बहुमत से बनी सरकार। लोगों ने हाथों में लालटेन नहीं, कमल लिये एक बेदाग़ ईमानदार आदमी को खोजा है मास्टर साहब, इस उम्मीद में कि नई सरकार लोकतंत्र को मज़बूत करेगी।"

"नरेन्द्र मोदी के हर जुमले, हर क़दम, हर कार्य-कलाप पर लोग बहस करने लगे हैं। उनके पहनावे, उनके झाड़ू उठा कचरा साफ़ करने, उनके वक्तव्यों, उनकी विदेश-यात्राओं पर भी। देखें, इस अलादीन के पास 'मेक इन इंडिया' का प्लान पूरा करने के लिए कोई जादुई चिराग़ है भी या नहीं?"

फ़ुरसतियों का आज़मूदा शग़ल!

सुरेन्द्रनाथ ने कोई टिप्पणी नहीं की लेकिन दिमाग़ पर अचानक वाशिंगटन में कैनेडी की क़ब्र पर खुदे वाक्य दस्तक देने लगे : 'यह मत सोचो, देश तुम्हारे लिए क्या कर सकता है? यह सोचो कि तुम देश के लिए क्या कर सकते हो?'

कुछ युवा लड़के-लड़कियाँ दीन-जहान से बेख़बर, कान में ईयर फ़ोन खोंसे शोरगुल वाले गाने-वाने सुनते हुए फ़ास्ट वॉक कर रहे थे। सुरेन्द्रनाथ जी को यहाँ भी कुछ गड़बड़ लगा वरना ये लड़के सुबह-सुबह शफ़्फ़ाफ़ हवाओं में चहकते पाँखियों की मीठी बोलियाँ न सुन कानफाड़ू फिल्मी गाने क्योंकर सुनते?

मास्टर जी आजकल सुबह की सैर से जल्दी घर लौटते हैं, फालतू की गप्पबाज़ी में वक़्त नहीं गँवाते। वक़्त जैसे भागा जा रहा है।

घर में क़दम रखते ही गरम-गरम नाश्ते की सोंधी ख़ुशबू भूख जगाती है। प्रभा नाश्ता परोसकर साथ बैठती है। पास-पड़ोस की ख़बरों के साथ।

"जानते हैं, कल बाज़ार जाते मुझे कौन मिला?"

"क्या फिर कोई शॉल-क़ालीन बेचनेवाला गले पड़ गया?"

"नहीं मास्टर जी, जो मिला, उसे तो मैं पहली नज़र में पहचान भी न पाई। आपको याद है, एक बार घर बनाते समय कम्प्लीशन सर्टिफ़िकेट के लिए मैं आयुष के साथ हुड्डा ऑफ़िस गई थी?"

"हाँ, याद आया। रास्ते में तुम्हारे रिक्शे का टायर पंक्चर हो गया था। तुम माँ-बेटे, दोनों का मूड बिगड़ा हुआ था...।"

"बिलकुल! रिक्शे वाले ने जिस आठ एक साल के लड़के से टायर ठीक करवाया था, वही लड़का आज सालों बाद मुझे मिला और पहचान भी गया।"

"कमाल है! उसने तुम्हें पहचाना, बीसेक साल तो हो गए तब से?"

"ज़हीन तो लगा था वह, मेहनती भी, बल्कि आयुष उस बच्चे को टायर-ट्यूब की दुकान पर काम करते देख दुखी हो गया था। कड़ी धूप में, तेल-ग्रीज़ सने लड़के की फुर्ती से पिघलकर उसे गन्ने का रस पीने के लिए दस का नोट भी दिया था। आयुष को लगा था, वह उम्र भर वहीं रहकर बँधुआ मज़दूर की ज़िन्दगी जिएगा।"

"क्या कर रहा है आजकल?"

"टैक्सी चला रहा है। मेरे हाथ में सामान था, रिक्शा ढूँढ़ रही थी। उसने देखा होगा तो गाड़ी रोककर पास आया। मुझसे नज़र मिली तो नमस्ते की। मैंने पूछा, 'कौन हो?' तो टायर ठीक करने से लेकर टैक्सी ख़रीदने तक की पूरी दास्तान सुनाई :

" 'माँजी! बहुत लम्बी दास्तान है। टायर रिपेयर की दुकान का मालिक ड्रग बेचने के जुर्म में पकड़ा गया तो मैं वहाँ से भाग निकला। ठोकरें भी खाईं, पर हाथ में हुनर था तो काम मिलता रहा। साल भर पहले सरकारी लोन से एक सेकेंड हैंड गाड़ी ख़रीदी। तब से अच्छा काम चल रहा है। दो टैक्सियाँ हैं। कभी ज़रूरत हो तो मुझे याद करना।'—मुझे अपनी टैक्सी में बिठाकर घर तक छोड़ा। अपना मोबाइल-नम्बर देकर बोला, 'भैया को मेरी याद दिलाना। उसने मुझे ट्यूब की मरम्मत करते देखकर कहा था—तुम्हें तो इस उम्र में स्कूल में होना चाहिए राजा'।

" 'पढ़ाई बहुत कम की मैंने, पर ग़ुलामी से छुटकारे की सोच भैया की बात ने ही दिलाई।'

"तो ऐसे लोग भी रहते हैं हमारे आसपास। एक्सेप्शनल।"

"सो तो है।"

"अच्छा, नीता सूरी की बात बताई मैंने आपको?"

"कौन-सी बात?"

"उसने स्कूल की जमी-जमाई नौकरी छोड़कर अपने घर के बेसमेंट में अच्छा-ख़ासा कोचिंग सेंटर खोल दिया है। एक घंटे की ट्यूशन फ़ीस पाँच सौ लेकर हज़ार तक। कहती है, 'क्या मिलता है स्कूल की फटीचरी मास्टरी में? इस महँगाई के ज़माने में दो जून रोटी का जुगाड़ भी मुश्किल से ही हो पाता है

न? बेटा रणजीत आई.टी.एम. से इंजीनियरिंग कर चुका है। उसे भी इसी धन्धे में लगा दिया है।' "

मास्टर जी को प्रभा का अध्यापन के साथ 'धन्धा' शब्द जोड़ना बेहद नागवार गुज़रा। ज़ेहन में खलबली मच गई, "तो अब विद्या-दान भी अच्छा-ख़ासा व्यापार बन गया?"

"कोई काम बिना मुनाफ़े के करता है क्या कोई आजकल?"

"करनेवाले कर लेते हैं, प्रभा! थोड़ा-बहुत तो हम भी कर सकते हैं।"

"मतलब?"

कुछ तो चल रहा है प्रोफेसर साहब के ज़ेहन में!

"मतलब, अब कमा लिया जितना कमाना था। जो बीत गया सो लौटकर आनेवाला नहीं। अपनी पेंशन है। गुज़ारा हो ही जाता है।"

"क्या करना चाहते हैं? किताब तो पूरी कर लीजिए पहले।"

"वह तो कर ही लूँगा। सोच रहा हूँ, कॉलोनी में विद्वानों की कमी नहीं। रिटायर्ड आर्मी ऑफ़िसर जुनेजा जी, प्रोफ़ेसर कौल, लायंज़ क्लब से जुड़े डॉक्टर जैन—क्यों न आपस में सलाह-मशविरा कर एक छोटी-सी समाज-सेवी संस्था बनाई जाए? सीनियर सिटिज़ंस नॉलेज फ़ोरम जैसा कुछ, स्थानीय स्तर पर। स्कूलों, कॉलेजों में वर्कशॉप, सेमिनार करा कर बच्चों के साथ अपने अनुभव और अर्जित ज्ञान शेयर करें। घर पर दिये ट्यूशनों से बात नहीं बनती। कथा-कहानियों, पिकनिकों के बहाने उन्हें सामाजिक और राष्ट्रीय मुद्दों के प्रति जागरूक करना ज़्यादा कारगर होगा।"

रात भर सोचते रहे सुरेन्द्रनाथ। ख़ामोश रात की बोझिल साँसें चेतना पर हावी होती रहीं। छह महाद्वीपों में बँटी पृथ्वी। कहाँ-कहाँ से निर्वासित, बेघर-बार लोग बसे हैं यहाँ। किसका घर? किसके पुरखों की धरती? ढहते हुए घरों और खोई हुई दिशाओं का ग़म कब तक? कोई उम्मीद बरक़रार रखो। जो कुछ पाया है, उसका कोई अंश तो जीते-जी लौटा दो। प्रकृति लौटाती है वसन्त, शिशिर की ठिठुरन के बाद। मिट्टी में दबे बीज अँखुवाते हैं, धरती में नमी चाहिए।

उसे बंजर होने से बचाने के प्रयासों में जिएँगे सुरेन्द्रनाथ जी बचे हुए दिन।

दो हिस्सों में बँट गई है प्रभा। एक हिस्सा काट दिये गए अतीत में घूम-फिर रहा है; दूसरा, वर्तमान के संजाल में जमने की कोशिशों में हाथ-पैर मार रहा है।

डर लगता है, कहीं वह भी बौरा न जाए सोपोर के किशन कौल की तरह, जो धूप-बरखा में सड़कों पर घूमता बड़बड़ाता रहता है। लम्बे-ऊँचे पेड़ों से बतियाता कभी रोता, कभी हँसता राहगीरों से अपने खोये घर का पता पूछता रहता है।

कैसे मन में गहरे धँसे विलाप से मुक्त हो प्रभा?

बेटे-बेटी अपने परिवारों की ज़रूरतें जुटाने में व्यस्त हैं। नये ज़माने की नई हवा में पलते बच्चे! उनकी अपनी दुनिया है, अपनी समस्याएँ। वहाँ न उनका दख़ल है, न दख़ल की गुंजाइश।

ग़नीमत है, व्हाट्सएप्प पर कुशल-मंगल के समाचार मिलते हैं। शुक्रिया तकनीकी का, ज़ूम पर कभी-कभार बच्चों की शक्लें दिखती हैं, जैसे रू-ब-रू बातचीत हो रही हो!

इतना भी क्या कम है उम्र की इस साँझ में?

सुरेन्द्रनाथ जी सुबह नाश्ता-पानी कर घर से निकले तो प्रभा तैयार होकर साथ हो ली।

"कहाँ जा रही हो सुबह-सुबह?"

"कल मन्दिर जाते मिसेज़ राव मिली थी।"

"वह, जिसने झुग्गी-झोंपड़ी में रहनेवाले बच्चों के लिए स्कूल खोला है? तुम उसे जानती हो?"

"मन्दिर जाते कई बार दुआ-सलाम हुई है। कल बुलाकर हाल-चाल पूछने लगी। बोली, 'झुग्गियों में रहते मज़दूरों के बच्चों को दिन-भर आवारागर्दी करते देख मैंने मन्दिर के प्रबन्धकों से उनके लिए एक अस्थायी स्कूल खोलने की इजाज़त ली है। परिसर में पिछवाड़े का एक कमरा ले लिया और बच्चों को पढ़ाने लगी हूँ।'

"मुझसे पूछा, 'कुछ वक़्त निकाल सको तो तुम भी बच्चों को घंटा-दो घंटा पढ़ाने आया करो।'"

"तुमने क्या कहा?"

"सोचा, कुछ वक़्त तो निकाल ही सकती हूँ। घर में काम ही कितना है!"

सुरेन्द्रनाथ मन-ही-मन ख़ुश हुए।

धरती को आकाश चाहिए

हवा में पनियल गन्ध है। बारिश की हल्की फुहारों में सी फेस्ड अपार्टमेंट के चौथे माले की बालकनी भीग रही है।

नन्ही फुहारें उमस से बेहाल तन-मन को सुकून दे रही हैं। ईज़ी चेयर पर अधलेटी अस्मी फुहारों से बेख़बर पानी के झीने परदे के पार देख रही है—सागर की छाती से उठती-गिरती साँसों का बेचैन उफान।

सुन रही है लहरों के आलोड़न-विलोड़न की झागीली हुंकार। अच्छा लगता है देखना—विशालकाय लहरों का बार-बार आसमान छूने लपकना, हुंकार भरे आवेग के साथ तटबन्धों पर झुक आना और धूप में तपती रेतियों को लपककर अपने साथ बहा लेना; बार-बार न थकना, न हारना।

सृष्टि कहती है, "मम्मा, बार-बार उठती-गिरती, उफनती और शान्त होती लहरों को देखकर क्या सागर की ज़िद का अहसास नहीं होता? आई मीन, सीसीफस की तरह हार न मानने की ज़िद?"

नीले विस्तार का अनवरत चलता यह खेल अस्मी के इरादों की ज़मीन को आसमान का विस्तार देता है।

लहरों का नाद मन में संगीत की धुन-सा बजता है।

लेकिन आज अस्मी बेचैन है। क्या सागर का अन्धड़ उसके भीतर उतर आया है? अकारण या कारण है?

गोद में पड़ी अन्वी भाभी की अधखुली चिट्ठी?

मोबाइल, व्हाट्सएप्प, ई-मेल, शी-मेल की आदी भाभी की चिट्ठी? ऐसा क्या कहना चाहती है, जो यंत्रों की रास की पकड़ से बाहर है?

सुघड़, आकर्षक, स्वावलम्बी लड़की अन्वी, यह तो घरवालों ने देखा। मध्यवर्गीय आभिजात्य की हवाई पड़ताल करते माँ पहली मुलाक़ात में ही मानकर

चली थी कि तमीज़-तहज़ीब तो होगी ही होगी लड़की में। आख़िर ख़ानदानी इंजीनियर दर साहब की बेटी है अन्वी। पापा तो आँखों-सवालों से बहू-बेटियों का एक्सरे करने के सख़्त ख़िलाफ़। सिर पर हाथ रख 'गॉड ब्लेस यू' का आशीष थमा दृश्य से अदृश्य हो गए। चुनाव तो आदर्श का ही था।

आदर्श ने क्या देखा? लवंगलता देह, गोरे चेहरे पर आबदार आँखों की कशिश, कमर तक ढुलक आए बालों का सम्मोहन या युवा चाहनाओं के रंगों से बनाई कोई बेदाग़ कलाकृति?

अन्वी को पहली नज़र में ही पसन्द क्यों किया, यह शायद वह ख़ुद भी नहीं जानता। देह के सच के साथ मन-ज़ेहन का एक भीतरी सच भी होता है, उसे जानने की मशक़्क़त कौन करता है?

आदर्श ने अन्वी की सन्दली जिल्द के भीतर अन्तर के अदृश्य कोने में दबी-लुकी आकांक्षाओं की थाह पाने की कोशिश की होती तो वह शायद ऐसी चिट्ठी न लिखती, जिसे पढ़कर अस्मी के भीतर तूफ़ानी आँधियाँ हुंकारने लगी हैं :

"अस्मी बहन, मैं कुछ वक़्त के लिए घर से दूर जा रही हूँ। कब लौटूँगी, लौटूँगी भी या नहीं, पूछना मत। मेरे पास अभी कोई जवाब नहीं है। मुश्किल से अपने बनाए मायाजाल से बाहर निकल आई हूँ। जानती हूँ, सुनकर तुम्हें शॉक लगेगा, लेकिन निर्णय लेते वक़्त तुम ही मेरे ज़ेहन में आ गई थीं।"

अस्मी भाभी अन्वी के साथ खुलकर हँसी है, लिपटकर रोई है। युवा मन की उलझनें, आसमान छूती चाहें, देह-मन का मिज़ाज बदलनेवाली तब्दीलियाँ अन्वी के साथ शेयर की हैं। अन्वी में बड़ी भाभी नहीं, राज़दार सखी पाई है।

वादी के बद से बदतर होते हालात ने घर-परिवार की चूलें हिला दीं। उम्रों के घरौंदे ही नहीं छूटे, आपसी रिश्तों में भी दूरियाँ आ गईं। वक़्त ने करवटें बदलीं। मेल-मुलाक़ातें कभी-कभार फ़ोन और व्हाट्सएप्प मैसेजेज़ तक महदूद रह गईं।

अस्मी की शादी हुई। आदर्श अकेले ही विवाह में शामिल हुआ। बच्चों के इम्तिहानों के कारण अन्वी नहीं आ पाई। अस्मी के लिए सखी-भाभी की कमी न भूलनेवाला मलाल रहा। कुछ नाराज़गी रही, कुछ तर्कहीन ग़ुस्सा। हनीमून से लौट आस्तिक ने आग्रह कर हैदराबाद के लिए टिकट बुक कराया।

"आख़िर तुम्हारी भाभी है, प्यार भी कम नहीं है आपस में। उसके न आने की वजह थी, तुम तो मिलने जा सकती हो।"

अस्मी भी कब तक नाराज़ रहती?

अन्वी ने बाँहों में भर लिया, "तुम्हें दुलहन देखने-सजाने का बड़ा चाव था, पर तेरे पास पहुँच न सकी। मेरे मन में भी कसक रही। सॉरी!"

"अरे, सॉरी की क्या बात है? जानती हूँ, बच्चों के एग्ज़ाम थे।"

अन्वी ने सफ़ाई नहीं दी, डबडबाई आँखों देख भर लिया।

सखियों में मलाल कब तक?

अस्मी भाभी की आदतें जानती है। वह सफ़ाई देने और शिकायतों का अम्बार लगाने की आदी नहीं है। घर-दफ़्तर के खटरागों, सास-ससुर, नाते-रिश्तेदारों के सही-ग़लत में ख़ुद को ख़र्च करते उसने न त्यौरियाँ चढ़ाई हैं, न ज़बानदराज़ी की है।

'कितनी ताक़त है इस औरत में!' अस्मी हैरान है।

क्या यह वही नई बहू बनकर आई अस्मी की चंचल सखी है, जो हँसी-ठिठोली से माहौल को ख़ुशगवार बनाती थी, जिसकी ख़्वाहिशें परों से आसमान तौलना चाहती थीं?

अन्वी ने बात बदल दी, "तुमसे ढेर सारी बातें करनी हैं—नई-पुरानी यादों की, आस्तिक और तुम्हारे हनीमून की।"

देर तक वे यादों के गलियारों में घूमती रहीं। वहाँ साझी स्मृतियाँ थीं। नई उम्र की ख़ुशबुएँ, नये रंग, ऊलजलूल क़िस्से, लैला-हीर बनने के अरमान और दुनिया भर की गुस्ताख़ियाँ!

उन्होंने चार पसली रेणु के पहले-पहले असफल प्रेम में 'हू-हू' कर रोने के ज़िक्र पर ठहाके लगाए, कॉलेज जाते सरे बाज़ार अस्मी को प्रेम-पत्र थमानेवाले लम्बू रोमियो की गुस्ताख़ी पर वे दोबारा कुपित हुईं। अन्वी ने सुना तो कैसे आयुष से कहकर लम्बू से बीच सड़क कान पकड़ माफ़ी मँगवाई थी...!

"लम्बू की बदतमीज़ी पर हम दोनों ग़ुस्सा हुई थीं, पर भैया से कहकर उससे माफ़ी मँगवाने के लिए तो मैंने तुमसे नहीं कहा था। तुम्हारे दिमाग़ में यह माफ़ी मँगवाने की बात कैसे आई?"

"तुमसे कोई बदतमीज़ी करे, यह मैं कैसे सह सकती थी? तुम्हारी सखी-भाभी जो थी!"

"अच्छा, यह तो बताओ, तुमने यह बहादुरी का काम आयुष को सौंपा, आदर्श भैया को क्यों नहीं?"

"तौबा, अस्मी! अपने भाई साहब का ग़ुस्सा तो जानती हो। उनसे कहती तो रोमियो को मार ही डालते, ऊपर से हमें भी कठघरे में खड़ा कर देते—'तुम्हें नहीं मालूम? तुम उस तरफ़ की खिड़कियाँ खुली क्यों रखती हो? उधर ताक-झाँक करने की क्या ज़रूरत थी?' वग़ैरह-वग़ैरह।"

"अपने घर की पहरेदारी में अन्वी किसी रोमियो से नहीं टकराई? कोई प्यारी ग़ुस्ताख़ी जो आज भी याद आती है?"

जवाब में अन्वी मुस्कराई, "तेरी जैसी आज़ाद पंछी तो मैं जन्मी ही नहीं, अस्मी! बाई चांस कभी कोई रोमियो सपने में भी आया हो तो उसके क़दमों की आहट हमारी धाकड़ दादी के कानों में युद्ध के नगाड़ों-सी बज उठती। लड़कियों के लिए उनके पास सवाल ही सवाल थे—'आज कॉलेज से लौटने में देर क्यों हुई? पिकनिक? लड़कों के साथ पिकनिक जाएँगी जवान-जहान लड़कियाँ? यह एन.सी.सी. क्या बला होती है? और यह वायलिन सीखने का जुनून सिर पर कैसे सवार हो गया? पढ़ाई में मन नहीं लगता क्या?'

"घर में माँ-पापा जी का नहीं, हमारी धाकड़ दादी जी का क़ायदा-क़ानून चलता था। उनका बस चलता तो वे मुझे मख़मल की डिबिया में बन्द करके अपनी जेब के हवाले कर देतीं। पापा की ज़िद पर कॉलेज जाने की इजाज़त दी, यही ग़नीमत समझो। गुस्ताख़ियाँ करने का मौक़ा ही कहाँ था?"

"सो आउट डेटिड! आख़िर वे चाहती क्या थीं?"

"कहती थीं, जो करना चाहती हो, शादी के बाद कर लेना।"

"भई, हमारे पापा ने हमसे हमारा स्पेस कभी नहीं छीना। घर के कुछ क़ायदे-क़ानून ज़रूर थे, पर मैं थोड़ी बाग़ी रही हूँ। बुज़ुर्गों के बनाए कई क़ानून मैंने ज़रूर तोड़े, जाने-अनजाने ग़लतियाँ भी कीं। तुम गवाह हो, बल्कि कई बार मेरी भूलें तुमने अपने सिर लेकर मुझे डांट से बचाया भी।"

"नये घर में आते ही ननद से प्यारी सखी जो बन गईं तुम!

"पहले गर्भ के दिनों खट्टा खाने की हुड़क उठती तो मेरे बिना बोले, सबसे छिपाकर किचन से इमली और खट्टे आलूचे चुराकर कौन मुझे लाकर देता था?"

दीवार पर टँगा हनीमून

अन्वी के इसरार पर अस्मी ने गोवा में मनाए हनीमून के अनुभव भी सुनाए।

सागर किनारे के मस्ती-भरे बचकाने खेल, उफन आती लहरों बीच एक-दूसरे को देने-पाने की हसरतों का उतावलापन!

अन्वी की आँखों में जैसे कोई अदृश्य कैमरा फ़िट हो गया हो! अस्मी बोलती गई और वह देखती रही।

कॉटेज की बालकनी की सीध में बेचैन करवटें लेता सागर और दो प्रेमियों का मदिर एकान्त में प्यार करते ज्वार-भाटों का सच अपनी रगों-रेशों में महसूस करना—कैसा रहा होगा वह चरम तृप्ति का क्षण, जब समुद्र का उफान धड़कनों में भँवर उठाता शान्त निर्वेद में तब्दील हो गया होगा?

"अन्वी, पहली बार वहीं हमने सुख के चरम में भीतर की गाँठें खुलती देखीं, तन-मन के बीच कोई फाँक ही नहीं रही। वह दो जिस्मों का नहीं, दो आत्माओं का मिलन था।

"वैसा सुख हनीमून में ही पाया, बाद में तो सब रूटीन ही हो जाता है।"

अन्वी मुग्ध होकर सुनती रही : दो प्रेमियों का सुख से छलकता हनीमून! दो आत्माओं का मिलन!

तब क्या उसे याद नहीं आया होगा अपना हनीमून? यों सुनाने लायक उसमें क्या था?

लेकिन अस्मी सुनना चाहती थी वह सब, जो पहले पूछ न सकी थी।

"हम तो बाग़ों की सैर कर अच्छाबल से नागडंडी तक हो आए थे। मैं तो मुग्ध होकर घंटों सीने तक चीड़ों के जंगल से ढकी नागडंडी के आकाश छूते पहाड़ों के बदलते रंग देखती रही। कैसा तो विराट अनुभव था वह! पहाड़ों के ऊपर से छलछल बहते झागीले आबशारों को देखकर मुझे कवि नादिम याद आए थे, जिन्होंने पहाड़ों पर कुछ ऐसे ही ख़ूबसूरत मंज़र देखकर संगरमाल की छातियों से उफनते दूध की सरसराहट महसूस की थी, जिसे आबशारों में बहते देख बन्द कलियों ने अपने मासूम दहाने खोल दिये थे।

"और गुलालों का रात भर दीये जलाकर गुलों को अपने ज़ख़्मों के निशान दिखाना भी वे नज़रअन्दाज़ नहीं कर पाए।" अन्वी ने जाने क्या सोचकर अगला मिसरा जोड़ दिया, "कितना मार्मिक!"

अन्वी के उत्साह में आदर्श कहीं नहीं था।

"तुम अपनी कहो, तुमने क्या महसूस किया?"

"मैं तो घंटा भर पहाड़ों पर घुमड़ते बेचैन बादलों को शक्लें बदलते देखती रही।"

"और आदर्श भैया ऊबे नहीं? तुम जैसी घनघोर प्रकृति-प्रेमी तो वे कभी नहीं रहे।"

अन्वी हँस पड़ी "अरे, वे तो अग-जग की माया-वाया छोड़ साधु बने, किसी ज़माने के घनघोर दार्शनिक सहपाठी को ढूँढ़ते—पता लगाते उसकी गुफ़ा में घुस गए थे।"

"कौन, ढोंगी गोपाल तो नहीं, जिसने अपनी प्रेमिका को यह कहकर ठुकराया कि वह सांसारिक बंधन तोड़कर संन्यासी जीवन जीना चाहता है, और बाद में किसी अंग्रेज़ भक्तिन से शादी रचा कर अमेरिका भाग गया? तुम मिलीं उससे?"

"न भई, मैं तो साधुओं-बाबाओं से दूर ही रहती हूँ। प्रकृति के उस विराट वैभव में सूरज से लुकाछिपी खेल खेलते मृगछौनों को देखते लगा था, कालिदास ने यहीं रहकर 'मेघदूत' की रचना की होगी!"

"अन्वी, यहाँ तो 'मेघदूत' पहाड़ों के ऊपर ही मँडराता रहा, प्रिया तक उसका सन्देश पहुँचाया ही नहीं।"

तो यही था अन्वी का हनीमून?

"तुम लौटते वक़्त पहलगाम भी हो आए थे न?"

अस्मी को अन्वी-आदर्श की लिद्दर नदी में पाँव डाले खींची फोटो याद आई।

"बस, वही कुछ सुखद पल मेरे मधुचन्द्र का सबूत बनकर आज भी ड्राइंग रूम की दीवार पर लटके धुँधला गए हैं।"

अन्वी अपनी उदासी बयान नहीं करती, पल भर में मूड बदल उम्मीद की कतरनें जोड़ देती है।

"शायद कुछ और पल मिलते याद रखने को, पर आसमान को अचानक घनघोर ओले बरसाने की सूझी, सो हम प्यार-मनुहार का प्रोग्राम कैंसल कर, भीगते-भागते होटल पहुँचे। आदर्श ने ड्रिंक ऑर्डर किया, मैंने कहवे के साथ सैरिडॉन की टैबलेट।"

"ऐसा बेस्वाद हनीमून?"

"रात-भर बारिश होती रही, सुबह कुछ थम गई तो हम वापस घर लौट आए।"

बारिश की भीगी सोंधी ख़ुशबुओं की रात युवा तन-मन को भिगोकर एकतान-एकलय कर सकती थी, पर बारिश के शोर में धड़कनों का संगीत अनसुना रह गया। पास होकर भी वे एक-दूसरे से कोसों दूर रह गए।

"तुम्हें नहीं लगा, कुछ ग़लत हुआ उस सपनों और ख़्वाहिशों की मदहोश करनेवाली रात में? संवाद की पहल तो तुम भी कर सकती थीं अन्वी!"

"शायद। लेकिन बीच में अपरिचय का संकोच तना रहा। हम एक-दूसरे को जानते ही कितना थे? अरेंज्ड मैरेज! शादी से पहले एकाध बार मिले, खुलकर बात भी नहीं हुई कभी। अपनापे का कोई अहसास तक नहीं हुआ था। ऐसे में मैं कौन-सी पहल कर सकती थी अस्मी?"

अन्वी की आवाज़ में कोई अनकहा गिला था क्या?

"ड्रिंक लेकर आदर्श सिर तक कम्बल तान सो गए, मैं सिरदर्द से आजिज़ काँच की दीवार के पार बारिश का धाराप्रवाह वेग देखती रही और टीन की छत पर गिरते ओलों की टपटपाहट सुनती जागती रही। ऐसा कोई रिश्ता न बना जो आगे ज़िन्दगी को भराव देता।"

"कोई शिकायत?"

"उस दिन थोड़ी मायूसी ज़रूर हुई। फ़िल्मों में देखी हनीमूनी इश्क़िया रातों का असर समझो, लेकिन शिकायत करने की गुंजाइश वहाँ नहीं थी। दरअसल वे काफी भीग गए थे, शायद बुख़ार भी रहा हो! मैंने अटैची से फ्रेश तौलिया-कपड़े निकालकर थमा दिये, वे 'थैंक्स' कहकर वॉशरूम में घुस गए।

"अस्मी, माँ-पापा ने मुझे जो कुछ सिखाया, उसमें एक बात मैंने हमेशा याद रखी है कि जल्दबाज़ी में किसी के बारे में कोई राय न बनाना, हालात को समझने की कोशिश करना।"

"जहाँ तक मैंने भाई को समझा है, स्वभाव से संकोची ज़रूर है, 'आई लव यू' कहकर प्यार का इज़हार करना वह नहीं जानता, पर जान-बूझकर किसी का दिल भी नहीं दुखाता।"

"तुम ही नहीं, मेरे माँ-पापा भी यही कहते हैं—आदर्श बहुत अच्छा लड़का है," अन्वी नटखटपने से मुस्कराई, "दरअसल, उस भीगी शाम उन्होंने ड्रिंक का ओवरडोज़ ले लिया। ठंड थी, कहा न, काफ़ी भीग भी गए थे। सुबह तक होश ही नहीं रहा।"

अन्वी ने कब किससे कितनी चोटें खाईं, इसका आभास किसी को नहीं दिया, अपनी राज़दार सखी अस्मी को भी नहीं।

"तुम भी तो अच्छी हो अन्वी। माँ-पापा को तुमने कभी शिकायत का मौक़ा नहीं दिया।"

अस्मी, अन्वी के भीतरख़ाने के ख़ालीपन को समझ न पाती हो, ऐसा तो मुमकिन

नहीं था, गोकि वह हताशाओं, नाउम्मीदियों की अदृश्य चोटों पर ख़ामोशी के बैंडेज लगाकर 'सब सही-सलामत' वाली मुद्रा अपनाने में माहिर है।

दो अच्छों के बीच के टकराव

यह तो ननद-भाभी, दोनों जानती हैं कि एक-दूसरे को समझ न पाना अक्सर टकराव की वजह बन जाता है।

इस टकराव का अहसास अस्मी को हाल में ही भाई-भाभी से मिलने पर हुआ था।

एक ख़ामोश टकराव—ठस्स और बेहिस्स!

आदर्श अस्मी को एयरपोर्ट पर रिसीव करने आया था, बहुत जल्दी में था। उसे अकेली देख आस्तिक के बारे में पूछा। अस्मी कोई वजह बताती, उससे पहले ही निष्कर्ष निकाला, "काम का प्रेशर, है न? समझ सकता हूँ। इधर भी यही हाल है। एकाध छुट्टी लेना भी मुहाल। तुम आईं, अच्छा लगा। अभी ऑफ़िस जल्दी पहुँचना ज़रूरी है, बाहर से कुछ वी. आई. पीज़ आए हैं, एग्ज़िक्यूटिव्ज़ की मीटिंग है, उनके साथ दो-तीन दिन बिज़ी रहूँगा। शाम को डिनर पर मिलूँगा, तब ख़ूब बातें करेंगे...।"

अस्मी ने भाई की इस अप्रत्याशित हड़बड़ी को परे ठेलकर कहा, "आप हो आइए, भाभी-बच्चे तो घर में ही होंगे, शाम को तो आप मिलेंगे ही?"

"श्योर!"

जल्दी घर आने का वादा करने के बावजूद आदर्श देर रात तक लौटा नहीं। युग-काव्या, दोनों खाना खाकर सोने चले गए। अन्वी सड़क से गुज़रती हर गाड़ी की आवाज़ सुन बार-बार गेट की तरफ़ झाँकती रही।

"अस्मी, कुछ खा लो और सो जाओ। सफ़र से थकी हो। आदर्श को डिनर के लिए रुकना पड़ा होगा वरना जल्दी आ जाते, तुम्हारे लिए तो ज़रूर।"

"तुम्हारे लिए नहीं?"

अस्मी ने अन्वी के अनकहे शब्दों के अर्थ समझने की कोशिश की।

"मुझे तो अब आदत ही हो गई है। उनका देर से घर लौटना, बाहर डिनर करना लगभग रोज़ की बात हो गई है। इधर काम भी बहुत बढ़ गया है।"

"आदत?"

"तुमने कहा न, बाद में सब रूटीन हो जाता है। रूटीन की भी तो आदत हो

जाती है न? इस रूटीन में सब कुछ बिला जाता है। निजी ख़्वाहिशों के लिए स्पेस ही कहाँ बचता है?"

"फिर भी कुछ बचा रहता है अन्वी—प्रेम, दुर्निवार आकांक्षाएँ, सपने। वह जो तुम कभी कहा करती थीं, आसमान को परों से तौलने की ख़्वाहिश?"

"वह भी रूटीन बनकर अपनी आब खो देते हैं।"

"नहीं अन्वी, मैं नहीं मानती। किसी को देने-पाने की चाहना, अगले में ख़ुद को खोकर पूरा होने की तमन्नाएँ तो रगों में ख़ून बनकर बहती है। उनके बिना तो आदमी बंजर हो जाता है। हम सभी के कुछ सपने तो होते ही हैं।"

"वे तो हम अपने बच्चों के खाते में डाल देते हैं। बच्चों में ही उन्हें पूरा होते देखना चाहते हैं।"

"हमारी पीढ़ी ने भी तो अपनी चाहतों को जीना सीख लिया है अन्वी! क्या तुमने अपने मन मुताबिक़ जीने की चाहत को भी रूटीन के खाते में डाल घर, बच्चे और नौकरी के दायरे ने जो माहौल दिया, उसे ही नियति मानकर जीना बेहतर समझा?"

अस्मी पूछना चाहती थी, पर चाहकर भी नहीं पूछा कि इस नियति के विरुद्ध तुम्हारे भीतर विद्रोह की चिंगारी भी नहीं सुलगी?

"तुमने नौकरी से वक़्त निकाल बच्चों-पति के लिए इंटरनेट से रेसिपीज़ सीखकर उनकी पसन्द की डिशेज़ बनाईं, एप्पल पई, वॉलनट केक, मशरूम पित्ज़ा वग़ैरह। जिस किसी नई डिश की उन्होंने फ़रमाइश की, उनकी वक़्त-बेवक़्त की माँगें पूरी करने की कोशिश की, कभी-कभार थोड़ी तारीफ़ पाई और ख़ुश हुईं। क्या यही तुम्हारे होने-जीने का मक़सद है?"

"मक़सद के नाम पर तो हमें देना ही सिखाया गया है अस्मी। पाने को तो संयोग नाम देकर ख़ुश हुआ जा सकता है।"

"अन्वी, प्लीज़, अब दादी जी का फ़लसफ़ा मुझे मत सुनाओ। थोड़ा-बहुत तो मैं भी तुम्हें जानती हूँ। प्रेम की चाहना तो साँस की तरह हमारे साथ रहती है, भैया भी इसका एक्सेप्शन नहीं हो सकता। स्वभाव से थोड़ा अन्तर्मुखी ज़रूर है, फीलिंग्स को ज़ाहिर करने में संकोच करता है।"

"मैं कब इनकार करती हूँ? भावनाओं का इज़हार वे नहीं करते, ठीक है, लेकिन बुरा न मानो तो कहूँ, पति-पत्नी के रिश्तों के बारे में उनका सोच दक़ियानूसी न भी कहूँ, तो थोड़ा सामन्ती ज़रूर है।"

"बहुत धौंस जमाते हैं क्या? या हर फ़ैसले में 'मेरी मर्ज़ी'?" अस्मी ने मज़ाक़िया लहजे में पूछा।

"छोड़ो, जाने दो। 'मैं साम, तू रिक' मंत्र की तरह रटने के बावजूद अहम फ़ैसलों में पत्नी की भागीदारी कितनी है, जानती तो होगी। धौंस न सही, वर्चस्व तो पति का ही रहता है।"

"प्रेम में भी?" अस्मी वज़नी होते संवाद को सहज होते देखना चाहती थी।

सदियों के सामन्ती सोच ने तो ऊँचे-नीचे पायदान बनाकर पति को मनमौजी, मूडी, ज़िद्दी होने का पैदाइशी हक़ दिया है। पत्नी के इर्द-गिर्द तमाम बदलाव के बावजूद आज भी लक्ष्मण रेखाएँ! दरअसल, पुरुष हर रिश्ते में विजेता ही रहना चाहता है।

"मैंने प्रेम-सम्बन्धों की बात की थी अन्वी!"

"प्रेम तो मैंने जाना ही नहीं, क्या कह सकती हूँ? हाँ, दोस्ती की उम्मीद ज़रूर की है। बहरहाल, देह-सुख के बारे में भी मेरा यही ख़याल है।"

"यह सोच तो पति-पत्नी के रिश्तों का अदृश्य कोढ़ है, जिसका इलाज दोस्ती और आपसी समझ से ही हो सकता है।"

शायद अपने ज़िद्दी अहं के कारण आदर्श अन्वी के मन का साथी नहीं बन पाया था। अन्वी ने आदर्श का नाम नहीं लिया, पर अस्मी तक बात पहुँच ही गई। मन धुआँ-सा हो गया। उसने तो उस अदृश्य ताले को खोलने की कोशिश की थी, जो अन्वी ने अपने चाहतों भरे मन के तलघर पर जड़ दिया था। अस्मी ने हँसकर बात बदल दी। क्या पता, उस तलघर में और क्या-क्या छुपा कर रखा है अन्वी ने!

नये रिक्रूट्स के इंटरव्यूज़, एपॉयंटमेंट्स, एग्ज़िक्यूटिव मीटिंग्स वग़ैरह के साथ शेयरों की ख़रीद-फ़रोख़्त, इनकम टैक्स की उलझनों वग़ैरह में व्यस्त और त्रस्त रहे आदर्श से छिटपुट बातें ही हुईं। मिस्टर एग्ज़िक्यूटिव के पास घुमक्कड़ी के लिए फ़ालतू वक़्त ही नहीं था। बच्चों का अपने दोस्तों के साथ पिकनिक का प्रोग्राम पहले से ही तय था, लेकिन अन्वी ने ऑफ़िस से चार दिन की छुट्टी लेकर आदर्श की कमी पूरी कर दी।

माहौल को ख़ुशगवार बनाने की कोशिश

अन्वी ने अस्मी को ख़ूब घुमाया। सालारजंग म्यूज़ियम, चार मीनार, नागार्जुन सागर डैम।

दोनों घर-गृहस्थी के खटराग पीछे छोड़ बेफ़िक्र उम्र में लौट आईं। कितनी ख़ुश लगी थी अन्वी उस दिन! घूमते-घूमते थक गईं तो हाथ में आइसक्रीम लेकर टैंक बंड की बेंच पर बैठ हुसैन सागर में बुद्ध की प्रतिमा का वैभव देखती रहीं। पालदार नावों का झील की सुनहरी लहरों पर थिरकना देख बच्चों की तरह चहक उठीं। गाइड बनकर अन्वी भाग्यनगर-हैदराबाद का इतिहास-पुराण सुनाती रही।

"यह सालारजंग म्यूज़ियम की दोमंज़िला इमारत देख रही हो न, सालारजंग तृतीय?"

"मीर यूसुफ़ अली खान नाम था न?"

"हाँ, उसी के शौक़ और लगन का करिश्मा है यह म्यूज़ियम। चीन-जापान और न जाने कहाँ-कहाँ से नायाब क्यूरोज़ लाकर यहाँ सजा दिये हैं। यह औरंगज़ेब की तलवार देखो, यह सोने-हीरों से जड़ा टिफ़िन बॉक्स!

"इधर देखो, यह ग़ज़ब की ख़ूबसूरत मूर्ति, पर्दानशीन रेबेका!

"यह राजा रवि वर्मा की पेंटिंग कितनी कलात्मक है, अद्‌भुत, है न?"

घूमते-घूमते भूख लगी तो दोनों पास वाले रेस्तराँ में घुस गईं और छककर हैदराबादी बिरियानी उड़ाई। उड्डिपी रेस्तराँ में स्पेशल पनीर दोसा-उत्तपम ऑर्डर किया। फ़ुरसत से ख़रीदारी की। आदर्श की जल्दबाज़ी, 'जल्दी पसन्द करो, क्या लेना है, पचासों साड़ियाँ तो खुलवा चुकी हो' के दबाव से मुक्त। सृष्टि के लिए चूड़ी बाज़ार से नगदार कड़े व हैदराबादी पर्ल्स ख़रीदे गए। मीना बाज़ार से वैरीयूर, पोच्चमपल्ली की कुछ साड़ियाँ अन्वी-अस्मी ने एक-दूसरे के लिए पसन्द कीं। दो दिन निकाल, ननद-भाभी तिरुपति जाकर बालाजी के स्पेशल दर्शन भी कर आईं। अन्वी इसरार कर अस्मी को पद्मावती के मन्दिर भी ले गई, कहकर कि उनके दर्शन किये और आशीर्वाद लिये बिना लौटना अच्छा नहीं माना जाता। वे भगवान व्यंकटेश्वर की पत्नी हैं, अर्द्धांगिनी। उनकी अपनी ख़ास जगह है।

"तुम्हारी जगह?" अस्मी ने टहोका।

"मैं देवी होती तो तुम यह सवाल पूछतीं नहीं। मानवी हूँ तो उत्तर जानती हो। जानती हो, सब कुछ मेरे पास है—अच्छी सुविधाओं वाला घर, रुआबदार पति की सुरक्षा, ठीक-ठीक नौकरी और तुम्हारी जैसी सखी ननद।

"अब तुम भी मेरे एक सवाल का जवाब दो अस्मी। क्या इस धरती की स्त्री की अपनी कोई जगह होती है? उसका तो अपना घर भी कोई नहीं होता। ताउम्र भ्रमों में जीती है—यह मेरा, वह मेरा सोचकर।"

अस्मी को इलहाम-सा हुआ कि अन्वी ने सवाल नहीं पूछा, अनजाने ही आन्तरिकता में पनपते अदृश्य ज्वालामुखी से उठते धुएँ की झलक भर दिखाई है।

अस्मी ने कोई जवाब नहीं दिया। वह सखी के साथ बिताए दो-चार नायाब, बेफिक्र दिनों में किसी तरह की बदमज़गी का दख़ल नहीं चाहती थी। सवाल-जवाब का सिलसिला चल निकलता तो शायद अन्वी भीतर के उस तहख़ाने पर लगाए सोने के ढक्कन को उठाने पर विवश हो जाती, जहाँ औरत अपने अँधेरों, अधूरे ख़्वाबों, ख़्वाहिशों की हताश दास्तानें छिपाकर रखती है।

हमने तो बरगद बोया था, यह कँटियल बेल कहाँ से उग आई?

हैदराबाद से लौटकर अस्मी माँ-पापा से भी मिली थी। माँ आदर्श-अन्वी के लिए परेशान लगी। उसकी अनुभवी आँखों ने उस ठंड को महसूस किया था, जो घर के गुनगुने माहौल में घुसकर रिश्तों में बर्फ़ जमाती है।

"हम गर्मियों में दसेक दिन आदर्श के पास थे अस्मी, तुम्हें बताया था न? इस बार वहाँ कुछ ठीक नहीं लगा। अन्वी तो सुबह से शाम तक घर-बाहर खटती रहकर भी सबकी सुविधाओं का ख़याल रखती है, लेकिन घर में बच्चे ही नहीं, आदर्श भी मेहमानों की तरह रहने लगा है। एक-दूसरे से झिक-झिक भले करें—हँसना, गप्पें लड़ाना जैसे वे भूल गए हैं।"

माँ अन्वी की तारीफ़ करती है लेकिन उसकी चिन्ता के केन्द्र में आदर्श है, बचपन से ही ज़िद्दी और महत्त्वाकांक्षी! रिश्तों के निभाव में समझौते करना उसका स्वभाव कभी नहीं रहा, जानती है, पर जवान बच्चों के पिता, बेटे, से कुछ पूछने-कहने का जोखिम नहीं उठाती, कहीं उसे बुरा न लगे।

उसकी चिन्ताओं में बेटे की अति व्यस्तता के कारण चौपट होती सेहत है (रोज़ एक दारू की बोतल गटकने की वजह से नहीं)। बच्चों की बिगड़ी आदतों, दादा-दादी के पास न बैठने, उनसे गप्पें लड़ाने की जगह मोबाइल-कम्प्यूटर पर देर रात तक डिशुंग-डिशुंग ऊटपटाँग खेल खेलने और इंटरनेट पर जाने क्या-क्या देखने के कारण संस्कारविहीन होने का दुःख है। पहले दादी घर के बने डिब्बा भर लड्डू भी बच्चों के हाथ में देती तो झपटकर ले लेते थे, इस बार उनकी पसन्द, हल्दीराम के स्पेशल स्वीट्स, छेना, मुर्की दादा का लिहाज़ कर ले तो लिये, पर पैकेट खोलकर देखा नहीं।

काव्या बोली, "मीठा खाना छोड़ दिया है दादी। मोटापा बढ़ता है।"

"आज कॉलेज में क्रिकेट मैच है दादू," कहकर युग खेलने चला गया। वह बच्चों से दो बातें करने को तरस गई।

"वे बड़े हो गए हैं माँ, दूध-पीते बच्चे नहीं रहे। अब तुमसे क्या बातें करेंगे?"

कह तो गई अस्मी, पर बदलते हुए रिश्तों ने मन में पीर-सी जगा दी। साल भर पहले वह बढ़ते बच्चों की पसन्द के हिसाब से ही उनके लिए ब्रैंडिड कपड़े ले गई थी—युग की पसन्द लीवाइज़ की जीन्स, कैलविन क्लीन की टी-शर्ट और काव्या के लिए फैब इंडिया से कुछ शॉर्ट कुर्तियाँ और प्लाज़ो सेट। पैकेट तो ले लिये थे दोनों ने, पर 'थैंक्यू' कहकर बिना खोले अन्वी के कमरे में रख दिये थे।

"युग-काव्या को शायद मेरी गिफ़्ट पसन्द नहीं आई?" उसने अन्वी से पूछा भी था, दोनों का बर्ताव कुछ अजीब-सा लगा था।

"ऐसा नहीं है अस्मी, बुआ की पसन्द के तो वे क़ायल हैं।"

अन्वी अस्मी को किसी भी वजह से दु:ख नहीं पहुँचाना चाहती।

"दरअसल, आजकल दोनों अपनी पर्सनल प्रॉब्लम्ज़ की वजह से थोड़े टेंस रहते हैं।"

"समस्याएँ तो हर किसी की ज़िन्दगी में आती रहती हैं अन्वी। इनकी वजह से दुनिया भर से तो नाराज़ नहीं हुआ जाता। क्या घर में कुछ कहा-सुनी हो गई है या मुझसे कोई शिकायत है?"

"तुम तो उनको ख़ूब लाड़ करती हो, हर फ़रमाइश पूरी करती हो, भला तुमसे क्या शिकायत? सच तो यह है कि वे बड़े तो हो गए हैं, पर नादानी अभी नहीं गई है। तुमने ख़ुद देख लिया, कितने उखड़े-उखड़े रहते हैं मुझसे! आदर्श ने जाने-अनजाने बच्चों से ऐसी दूरी बना दी है कि वे अपनी कोई परेशानी उनसे शेयर करने की हिम्मत ही नहीं करते। मेरे पास शिकायतें लेकर आते हैं। पहले-पहले मैं समझाती थी—'तुम्हारे पापा बहुत बिज़ी रहते हैं, उन्हें फ़ुरसत ही कहाँ मिलती है? वरना क्या तुम्हें सुनना, तुम्हारी पढ़ाई के बारे में पूछना, तुमसे हँसना-खेलना उन्हें अच्छा नहीं लगता?' वे शायद समझ भी लेते थे तब, पर वक़्त बीतता गया, वे बड़े होते गए, पापा का रवैया वैसे का वैसा ही रहा। घर में या तो 'तू-तू, मैं-मैं' होती या मनहूस अबोला पसरा रहता। युग ने पापा से बोलना भी कम कर दिया। मैंने दोनों के बीच पुल बनने की कोशिश की, पर आदर्श ने 'पढ़ाई कैसी चल रही है?

इस बार मैथ्स में कम नम्बर क्यों आए हैं? ट्यूशन लेने रोज़ जाते हो या दोस्तों के साथ मटरगश्ती करते हो?' जैसे रूखे-सूखे सवाल ही पूछे, दुलार से सहलाया नहीं। सो बच्चे पापा के थानेदाराना रवैये के कारण उनके नज़दीक नहीं आ पाए। अक्सर घर से बाहर रहने लगे। मैं समझाती, पर मेरा समझाना भी अब उन्हें नाराज़ करने लगा। नाराज़गी इसलिए कि मैं उन्हें बिना माँगे सलाह देती रहती हूँ, गलतियों के लिए टोकती हूँ। वे इसे अपनी आज़ादी में दख़ल समझते हैं। वे बाग़ी होते गए। लेकिन मेरी वजह से वे मेरे ही सामने हमारे अपनों से बेरुखी से पेश आएँ, मुझ तक यह सन्देश पहुँचाने के लिए कि हम किसी की परवाह नहीं करते, यह तो मैं बर्दाश्त नहीं कर पाती। कभी-कभार डाँट भी देती हूँ।"

"बड़े बच्चों को डाँटने से तो बात और ज़्यादा बिगड़ सकती है अन्वी। तुम्हारे समझाने से न समझें तो आदर्श भैया को दख़ल देना चाहिए। बच्चे तो दोनों की ज़िम्मेदारी होते हैं अन्वी!"

"आदर्श ने तो शुरू से ही घर और बच्चों की ज़िम्मेदारी मुझ पर डाल दी है। मैंने भी अपनी भूमिका ख़ुशी से ही निभाने की कोशिश की। आख़िर मेरे बच्चे हैं वे। शुरू-शुरू में तो सब ठीक ही रहा, पर ज्यों-ज्यों बच्चे बड़े होते गए, उनके दोस्तों का दायरा बढ़ता गया। वे अपने दोस्तों के मम्मी-पापा और अपने मम्मी-पापा के रिश्तों के फ़र्क़ को महसूस करने लगे। काव्या ने कई बार मुझसे तल्ख़ सवाल किये, 'मम्मा, मेरी सखी विजया के घर में बच्चे-बड़े आपस में ख़ूब मज़ाक़-मसख़री करते हैं। पापा बच्चों से हँसते-खेलते हैं। अपने घर में तो आप और पापा न तो आपस में और न ही हमसे कभी हँसकर बातें करते हैं। विजया के घर को देखती हूँ तो अपना घर बड़ा मनहूस-सा लगता है। पापा से कोई सवाल पूछते हैं, तो वे हूँ-हाँ में जवाब देकर, 'मम्मा से पूछो, मम्मा बता देंगी' कहकर आपके पास भेज देते हैं। लगता है, पापा हमसे प्यार नहीं करते!'

"मैं आदर्श की व्यस्तता की बात कर उन्हें समझाने की कोशिश करती, 'ऐसा क्यों सोचते हो? तुम्हारे साथ ज़्यादा वक़्त नहीं बिता पाते, पर ख़याल तो तुम्हारा रखते हैं न? तुम्हारी पढ़ाई, स्कूल फ़ीस, तुम्हारी ज़रूरतों के लिए पैसे की कमी तो उनने कभी नहीं होने दी न? क्या यह प्यार नहीं?'

"मेरी बातें वे सुनते, पर उनके प्रश्नों का समाधान नहीं होता। मैं जानती थी, बच्चे बड़ों की बातों, उपदेशों से नहीं, घर के माहौल और माँ-बाप के आपसी व्यवहार से ज़्यादा सीखते हैं। बच्चों की छोटी-बड़ी ग़लतियों पर उनके सामने ही आदर्श मुझे

डाँटते, 'तुमने इन्हें बिगाड़ दिया है, तमीज़-तहज़ीब नहीं सिखाई। औरत को नौकरी से ज़्यादा ज़रूरी बाल-बच्चों की ज़िम्मेदारी निभानी होती है...।' "

बोलते-बोलते अन्वी का गला जबरन दबाए आवेग से रुँध गया था, लेकिन वह जो कुछ अनकहा रह गया था, कह डालना चाहती थी।

"इधर उनकी दुनिया कॉलेज और दोस्तों के दायरे में सिमटकर रह गई है। कभी इस, कभी उस पार्टी के बहाने, कभी ज्वांइट स्टडी के बहाने बाहर ही ज़्यादा वक़्त बिताते हैं, घर में टिकते ही नहीं हैं। 'रोज़-रोज़ कहाँ रहते हो रात गए तक?' मेरा यह पूछना भी उन्हें नागवार गुज़रता है। आदर्श बच्चों को कभी कॉन्फ़िडेंस में नहीं लेते, शायद उनकी सीख कुछ असर करती। वे तो उनकी हर बेअदबी के लिए मुझे ही दोष देते हैं, समझते नहीं कि मैं भी ऑफ़िस में आठ-दस घंटे सिर खपाने के बाद घर-बार भी सँभालती हूँ। क्या कहूँ, घर-परिवार में कोई भी ऊँच-नीच हो, कठघरे में तो घर की औरत ही खड़ी की जाती है न?"

"किशोर से युवा होते बच्चों की दुनिया भी बड़ी हो जाती है अन्वी। नई दोस्तियाँ, नये स्वप्न, नये तनाव उनकी अपनी चुनी हुई ज़िन्दगी की चुनौतियाँ उनके सोच और व्यवहार को भी बदल देती हैं, यह तो समझा जा सकता है, पर कहीं कुछ ऐसा ग़लत न हो, जो आगे चलकर उनकी ज़िन्दगी ख़राब कर दे! आजकल तो स्कूली छात्र भी नशे की चपेट में आ गए हैं। इंटरनेट यू ट्यूब पर अश्लील वीडियोज़ और हॉरर मूवीज़ किशोरों के आकर्षण-केन्द्र बने हुए हैं। वे आधी-आधी रात तक घर से बाहर रहकर क्या करते हैं, माँ-बाप होने के नाते इसकी जानकारी तो हमें होनी ही चाहिए।"

"मेरी चिन्ता भी यही है हर माँ की तरह, पर आज का युवा इसे बच्चों के लिए माँ का कंसर्न न समझ बच्चों के निजी मामलों में टाँग अड़ाना समझता है। ग़लत तो मैंने कभी किसी के साथ करना नहीं चाहा, पर इधर लगता है, मेरा सही भी अक्सर ग़लत हो रहा है। बहरहाल, अभी छोड़ो यह आए-दिन के रामायण-महाभारत के क़िस्से। अभी छोटी-मोटी घरेलू उलझनें सुलझाने की कोशिश मैं ख़ुद ही कर रही हूँ। न कर पाई, तो अपनी हार-जीत की दास्तान तुम्हें ही सुनाऊँगी। कोई दूसरा तो न सुनेगा और न ही समझेगा।"

अन्वी ने तब बात ख़त्म कर दी थी।

अस्मी को शिद्दत से महसूस हुआ था कि कहीं कोई ज़ख़्म है उसके भीतर, जो छूने भर से रिसने लगता है।

माँ-पापा बूढ़े हो गए। अस्मी की छोटी बेटी गुड़िया भी किशोरावस्था पार कर सजना-सँवरना सीख गई। सभी अपने-अपने जंजालों में व्यस्त हो गए। मिलना-मिलाना, सुख-दुःख में भागीदारी एक-दूसरे की ज़रूरत पड़नेवाले ख़ास मौक़ों तक सिमट गई। दो-तीन साल में कभी आदर्श-अन्वी मुम्बई आते। कभी साउथ की तरफ़ घूमने का प्रोग्राम बनता तो अस्मी-आस्तिक सपरिवार एक-दो दिन आदर्श के घर रुक जाते। तकनीकी के करिश्मों ने आइफोन-लैपटॉप का तोहफ़ा दे दिया तो फ़ेसबुक पर आम-ख़ास अवसरों, पार्टियों-शार्टियों के रंगीन वीडियो-तसवीरें अपलोड-डाउनलोड करने की सुविधा ने दूर बैठे भी पास होने का अहसास दिलाया। सृष्टि युग-काव्या से कभी-कभार वीडियो-चैट करती; अक्सर तन्वी मामी, आयुष मामू से फ़ेस टाइम पर ख़ूब सारी बातें होतीं—देश-विदेश की बातें, सैन फ्रांसिस्को के गोल्डन गेट से लेकर वाशिंगटन के प्रेज़िडेंट हाउस तक, जो उसे अपने राष्ट्रपति भवन के मुक़ाबले नन्हा मुन्ना-सा लगा।

"इस वीक एंड पर कहाँ जा रहे हैं मामू?...सिद्ध, तुमने हेयर स्टाइल कब चेंज कर लिया? हीरो लग रहे हो। आगे हार्डवेयर इंजीनियर बनने का इरादा है या सॉफ़्टवेयर में ही इंटरेस्ट है?...मामी—आज डिनर घर में कर रहे हो या लिटिल टोमैटो का प्रोग्राम है?" हँसी, मसखरी, बतकहियाँ!

दूरियों का गिला वह नहीं करती। दुनिया कितनी छोटी हो गई है! इधर छींको, उधर आवाज़ सुनाई पड़े।

बिना बसों-जहाज़ों का तवालत भरा सफ़र किए, सिर्फ़ अँगुलियाँ फिराकर माँ-पापा व्हाट्सएप्प पर नाते-रिश्तेदारों का हालचाल पूछकर तसल्ली कर लेते कि सब ख़ैरियत है और 'यहाँ भी भगवत कृपा से सब ठीक ठाक है' कहकर भूलने की कोशिश करते हैं कि बच्चों से मिले अरसा हो गया है।

अन्वी के संवाद भी व्हाट्सएप्प मैसेजिज़ तक आवाजाही करते रहते।

अस्मी ने मॉल में डिज़ाइनर बुटीक का नया शो-रूम क्या खोला, किशोरियों और युवतियों के लिए आकर्षणों का सेंटर प्लेस बन गया। आए-दिन नये-नये ऑर्डर्स आने लगे। उन्हीं को पूरा करने में वह काफी व्यस्त रहने लगी। व्यस्तता के बावजूद वीक एंड्स पर चिल्ड्रंस होम में अनाथ बच्चों के साथ थोड़ा वक़्त बिताना वह भूलती नहीं है। कपड़े, किताबें, स्वीट्स बाँट उनके उत्सुक चेहरों पर ख़ुशी की

चहक देखकर उसे आन्तरिकता को सहलाता अव्यक्त-सा सुकून मिलता है। इस काम में कभी-कभी आस्तिक भी उसका साथ देता है। 'गुड ह्यूमन बीइंग्स'—अन्वी अस्मी-आस्तिक के परोपकारी कामों को सराहती है। प्रभा कहती है, 'बेटी में जींस तो अपने पापा के ही हैं!'

ह्यूमन टच

अन्वी के पिता कार-एक्सीडेंट में गुज़र गए तो अस्मी माँ-पापा को लेकर अन्वी के दुःख में शामिल होने चली गई। पापा बोले, "ऐसे मौक़ों पर मिलने जाना ज़रूरी है, तकनीकी ह्यूमन टच नहीं दे सकती।"

अन्वी टूट चुकी थी।

"माता-पिता कहाँ मिलते हैं?" माँ ने पत्थर की मूर्ति बनी अन्वी को रुलाने की कोशिश की।

पापा ने 'भगवद्गीता' के श्लोक 'जातस्य हि ध्रुवो मृत्यु, मृत्यु जन्म ध्रुवस्य च...' की व्याख्या कर जीवन और मृत्यु की अनिवार्यता समझाकर तसल्ली देनी चाही।

अन्वी बेजान कठपुतली-सी सूनी आँखों देखती रही।

अस्मी ने शब्दहीन आवेग से गले लगा लिया तो अन्वी हूकें भरकर रो पड़ी। पापा के कहे 'ह्यूमन टच' जाने कैसे रोक रखा था भीतर दुःख का सुनामी, जो सखी के सीने से लगते ही धारासार आँसुओं में बह निकला।

"लगता है, किसी तूफ़ानी सागर में हिचकोले खाते जहाज़ पर बैठी हूँ, रोलिंग-पिचिंग के धक्के खाती। भीतर ही भीतर घुट रही हूँ। माँ तो पहले ही छोड़कर चली गई, अब पापा माँ का साथ लेकर बिलकुल अकेला कर गए।"

"हमारे रहते ऐसा क्यों सोचती हो बहू? जब मन हो, हमसे मिलने आना। हम हैं न तुम्हारे मम्मी-पापा की जगह! अब तो युग, काव्या भी बड़े हो गए हैं।" माँ ने दिलासा दिया और पापा ने सिर पर हाथ रखकर 'हम हैं न' का मूक आश्वासन।

बम्बई लौटते अस्मी ने मनुहार-सी की थी, "कुछ दिन मेरे पास आकर रह लो। तुम्हें भी चेंज की ज़रूरत है।"

"अस्मी, हम दोनों अब काफी मैच्योर हो गए हैं। अपनी समस्याएँ तो हमें ख़ुद ही सुलझानी हैं। चेंज कितना कुछ बदलेगा, मैं नहीं जानती। जब से पल्लू में गाँठ पड़ गई, दो जने एक साथ बँध गए। कुछ हिदायती मंत्रों के साथ बड़ों ने उम्रक़ैद

का तोहफ़ा दिया, 'अब निभाओ' की सीख भी साथ नत्थी कर दी।"

"यह सीख तो मुझे भी मिली थी अन्वी! तुम भूल गईं, पर मैंने याद रखा, विवाह-मंडप पर पढ़े गए वेद मंत्र हमें बराबरी का हक़ देते हैं। तुमने शायद अपनी परेशानी आदर्श से शेयर नहीं की। भीतर ही भीतर घुटती रहीं। अन्वी, बम्बई आकर मैं कई साल गुड़िया को बड़ा करने में व्यस्त रही। वह स्कूल गई, नये दोस्त बनाए, सृष्टि को आई.आई.टी. में सीट मिली। इंस्टिट्यूट घर से काफी दूर पड़ता था तो उसे कैम्पस के हॉस्टल में भेजना पड़ा। आस्तिक तो अक्सर दौरे पर ही रहते हैं। मैं घर में अकेली पड़ी ख़ालीपन महसूस करने लगी। समझ न आता, क्या करूँ? आस्तिक से बात की, उसने सलाह दी, कोई हॉबी अपना लो। मैं कोई इंडिपेंट काम करना चाहती थी। आस्तिक ने डिज़ाइनर बुटीक खोलने की राय दी। सुझाव अच्छा लगा, पर नया काम था, मन में हिचक थी कि कर पाऊँगी या नहीं? आस्तिक ने हौसला दिया, डिज़ाइनिंग की ट्रेनिंग करवाई। कहा, 'इसमें तुम्हें अपनी सृजनात्मक प्रतिभा निखारने का मौक़ा भी मिलेगा।' काम चल निकला। आज मैं ख़ुश हूँ। काम भी सराहा जा रहा है।"

अन्वी उदास आँखों से देखती रही। उस उदास ख़ामोशी में अस्मी ने एक चुभता हुआ जुमला पढ़ा, "तुम क्यों भूल रही हो अस्मी कि आदर्श आस्तिक नहीं हो सकता?"

यानी कि अस्मी-आस्तिक लैला-मजनू की जोड़ी, परफ़ेक्ट कप्पल?

अन्वी हाल-चाल पूछने के लिए फ़ोन करती है तो अक्सर, 'कैसी है हमारी लैला-मजनू की जोड़ी?' जुमले से शुरुआत करती है। अस्मी भी हँसकर लैला-मजनू का ख़िताब स्वीकारती है, कहती नहीं कि पति-पत्नी के रिश्ते को भी पोसना पड़ता है। तब उसके ज़ेहन में बीते दिनों की वे मनहूस तसवीरें कौंध जाती हैं, जिनमें कहीं पीकर उल्टियाँ करता आस्तिक है, उल्टियाँ साफ़ न करने का अल्टीमेटम देती अस्मी है, आस्तिक की ग़ुस्से में बर्तन पटकने की कनकटनी आवाज़ें हैं, सहमी हुई गुड़िया का हिचकियों भरा रोना है, अस्मी की भूख-हड़ताल और मौन व्रत है और सृष्टि की घर छोड़कर जाने की धमकी! लेकिन कुछ था अस्मी-आस्तिक के रिश्ते में कि घर के बिखरने से पहले उन्होंने एक-दूसरे की ख़ताएँ माफ़ कर दीं। दोनों दुहरे आवेग से एक-दूसरे से और मज़बूती से जुड़ गए। अन्वी के कहे, लैला-मजनू की जोड़ी बनी रहे। सृष्टि-गुड़िया तो उनके प्राण थे। उन्हें अस्मी-आस्तिक अपने तने अहं की अकड़ में दुखी कैसे कर सकते थे?

कुछेक महीनों बाद ही अन्वी ने फ़ोन पर ब्रेकिंग न्यूज़ की तरह अपने अर्ली रिटायरमेंट की ख़बर दी।

अस्मी को लगा, शायद उसने ठीक से नहीं सुना, "क्या गोल्डन हैंडशेक? अचानक, पर क्यों?"

"तुम्हारे भाई साहब को काफी समय से लगने लगा था कि मैं बच्चों को वक़्त नहीं दे पाई, उन्हें तहज़ीब नहीं सिखाई। इसी से वे बेक़ाबू हो गए हैं। शायद अब उनकी शिकायत दूर हो जाए।" अन्वी की आवाज़ बेहद ठंडी थी। किसी बर्फ़ीले ग्लेशियर को लाँघ आई आवाज़।

"अर्ली रिटायरमेंट का सुझाव भैया का था? पहले तो तुम्हारी नौकरी से उन्हें कोई एतराज़ नहीं था?"

"खुलकर तो उन्होंने कभी एतराज़ नहीं किया, पर जब से बच्चे अपने छोटे-बड़े फ़ैसले बिना उनकी सलाह लिये ख़ुद लेने लगे, उनके तानों-तिश्नों का सिलसिला ख़त्म ही नहीं होता।"

अन्वी-आदर्श के बीच प्यार और अपनापा रुख़सत ले चुका है और सम्बन्ध एक सामाजिक अनुबन्ध मात्र रह गया है, अस्मी पहले ही जान गई थी। पिछली मुलाक़ात में युग-काव्या के माँ के साथ तनाव-भरे रिश्ते देखकर फ़िक्रमन्द भी हो गई थी, पर अन्वी ने उसे भरोसा दिया था कि वह बच्चों को समझाकर रिश्तों को बेहतर शक्ल देने की कोशिश करेगी।

उसी दिन अस्मी को भाई-भाभी की गृहस्थी में आनेवाले किसी भयंकर हादसे की आशंका ने परेशान कर दिया था।

रात भर अस्मी सो नहीं पाई। अन्वी दूसरों की उलझनें सुलझाती रही, ख़ुद किस भँवर में फँस गई? आदर्श भैया पर ग़ुस्सा आ रहा था। अन्वी से उसका रिश्ता टूटने की हद तक पहुँच चुका था। कोई तीसरा बीच में आ गया क्या?

कई साल पहले काव्या ने बातों-बातों में आदर्श की किसी कुलीग का ज़िक्र किया, जिसे उसने 'जिम्मी छू शूज़ वाली लेडी' का ख़िताब देकर, उसकी ग़ज़ब की ख़ूबसूरती और स्मार्टनेस की सराहना की थी।

आदर्श के अन्वी के साथ ठंडे रिश्ते की वजह कहीं वही तो नहीं? उसके साथ कोई ख़ास लगाव? अस्मी ने अन्वी के सोच को टटोला था।

"अस्मी, तुम जानकर शायद मुझे नासमझ समझोगी कि पिछली मैरेज एनिवर्सरी पर मैंने एक छोटा-सा गेट टुगेदर रखा, जिसमें अपने और आदर्श के कुछ कुलीग्स को आमंत्रित किया। आदर्श को बिना बताए उसकी स्मार्ट कुलीग को भी न्योता देकर उसे सरप्राइज़ देने की कोशिश की। शायद अपने घर में दोनों को आमने-सामने रखकर रिएक्शन देखने की मंशा भी रही हो! आदर्श उसे देखकर थोड़ा चकित तो हो गया, पर उसने शिष्टाचार बनाए रखा। अस्मी, वह लड़की बिन्दास अन्दाज़ से मुझसे मिली, जैसे बरसों से मुझे जानती हो! ख़ूब ख़ुशमिज़ाज और ओपन माइंडेड! बातों-बातों में उसने आदर्श को आड़े हाथों लिया—'सर, आपने कभी हमें अन्वी मैडम से क्या इसलिए नहीं मिलाया, कहीं हमारी नज़र न लगे? कितनी ख़ूबसूरत हैं, सादगी में भी ग़ज़ब का अट्रैक्शन!' वह मेरी तारीफ़ करती गई और आदर्श उलझन में मुस्कराकर रह गए। बाद में मुझसे नाराज़ भी हुए—'क्यों बुलाया? मुझसे पूछने की ज़रूरत नहीं समझी? क्या मेरी जासूसी करती रहती हो?' वग़ैरह।

"अस्मी, सच कहूँ तो उस लड़की से मिलकर अच्छा लगा था। वह ताज़गी से भरपूर वासंती हवा के झोंके-सी लगी। स्मार्ट और आत्मविश्वास से भरपूर!

"यों भी आदर्श प्रेम करना जानता नहीं। तुम्हें बुरा न लगे तो कहूँ, प्रेम समझता भी नहीं। रिश्ते अपने-आप निभ जाते हैं जैसे-तैसे।"

माँ अक्सर कहती है, अन्वी समझदार है, रिश्तों को निभाना जानती है। फिर भी उनकी शादीशुदा ज़िन्दगी में कहीं कुछ ग़लत क्यों था? क्या विपरीत ध्रुवों पर बैठा उनका सोच? एक पद-पदवी की महत्त्वाकांक्षी लालसा में व्यस्त और त्रस्त दौड़ता रहा और घर-गृहस्थी में अजनबी की तरह जीता रहा जबकि दूसरे ने छोटी-छोटी ख़ुशियों और रिश्तों की नमी बनाए रखने के लिए हर मुमकिन कोशिशें कीं।

अस्मी जानती थी, अलग सोच या प्यार की कमी में भी गृहस्थी निभ जाती है, पर दोस्ती की कमी पति-पत्नी के रिश्तों में घुन लगा देती है।

अस्मी से न अन्वी-आदर्श का आपसी तनाव छिपा था और न उनके घर-परिवार का बिखराव। वह समझ नहीं पा रही थी कि अन्वी की तमाम कोशिशों के बावजूद आदर्श उसका दोस्त क्यों नहीं बन पाया? क्या इसलिए कि किसी के शयन-कक्ष के रहस्य जानना मुमकिन नहीं होता?

अस्मी चाहती थी कि माँ-पापा आदर्श से कहें, कुछ वक़्त बच्चों के साथ बिताया करे; थोड़ा क्वालिटी टाइम, तो बच्चे भी पापा से खुलकर बात करेंगे। अपनी छोटी-मोटी समस्याएँ उनसे शेयर करेंगे तो भटकेंगे नहीं।

लेकिन आदर्श का अहं अपने मामलों में किसी की भी दख़लअन्दाज़ी बर्दाश्त नहीं करेगा, यह तो माँ भी जानती है।

सुरेन्द्रनाथ जी हालात से भले ख़ुश न हों, पर नाउम्मीद भी नहीं होते। माँ-बेटी को समझाते हैं, "बच्चे बिगड़ गए, ऐसा क्यों सोचती हो? युग और काव्या, दोनों बड़े हो गए हैं। नये ज़माने की नई हवाओं में पले-बढ़े हैं। जानती हो, आज हर क्षेत्र में कम्पीटिशन है, बच्चों की अपनी महत्त्वाकांक्षाएँ होती हैं। उनके अपने तनाव होंगे। नई पीढ़ी की सोच को अपनी मान्यताओं की आँख से देखना और तौलना ठीक नहीं है।"

पापा से सहमत होते हुए भी आदर्श भैया के घर को बिखरते देख अस्मी परेशान रहती। काश, पापा भैया को समझा सकते! कम-से-कम बच्चों को कॉन्फिडेंस में ले लें, उनसे संवाद करें। आख़िर वे उनके पिता हैं। अन्वी भाभी तो अपनी तरफ़ से कोशिशें करती ही रही है।

पर पापा के अपने सोच कि वे दख़ल नहीं देंगे, उन्हें अपने बच्चों पर भरोसा है। उनका वेद-वाक्य।

"अन्वी-आदर्श काफी मैच्योर हैं बेटी, समझदार भी। मुझे उम्मीद है, वे अपने घरेलू हालात समझते हैं। उन्हें सुधारने की कोशिश भी करते होंगे। तुम चिन्ता करना छोड़ दो। वे ख़ुद ही उनका हल भी ढूँढ़ निकालेंगे। हमारी दख़लअन्दाज़ी से कुछ नहीं बदलेगा।"

और अब अन्वी का फ़ैसला

अन्वी ने आख़िर फ़ैसला ले ही लिया। सोच-समझकर ही लिया होगा। अस्मी से ज़्यादा अन्वी को कौन समझ सकता है? लेकिन उम्र की ढलान पर लिया गया यह फ़ैसला उसे किन खन्दक-खाइयों की तरफ़ धकेल देगा, कहाँ-कहाँ भटकाएगा, सोचते-सोचते अस्मी का मन भारी हो गया। यादों में ठहरा वक़्त रील-दर-रील आँखों के आगे खिंचता गया।

पानी की बौछार बालकनी से भीतर आकर भिगो न देती तो अस्मी यादों की गिरफ़्त से जल्दी बाहर न आती। बैठे-बैठे टाँगें अकड़ गई हैं। उठकर कमरे में चहलक़दमी की। अन्वी की चिट्ठी ने मन-ज़ेहन को अवसाद से जकड़ लिया है।

बाहर नज़र की सीध में कलौंछ खाए बादलों का घटाटोप आसमान पर मँडराने

लगा है। अँधेरा इतना घना कि लगे, लाखों चमगादड़ एक साथ उड़ान भरते सागर की सतह पर झुक आए हों! दूर तक रोशनी का कोई क़तरा तक नज़र नहीं आता।

भीतर-बाहर कैसा तो मायूसी का आलम है।

अन्वी ने चिट्ठी नहीं लिखी, तीस-साला शादीशुदा ज़िन्दगी का करुण सफ़रनामा बयान किया है। उसने कहा था, घर-गृहस्थी के खटरागों और दरकते रिश्तों का हल वह ख़ुद ढूँढ़ लेगी। न ढूँढ़ पाई तो अपनी हार-जीत की दास्तान वह अस्मी को सुनाएगी।

तो क्या उसने हार मान ली?

हालात इतने बेक़ाबू हुए कि सारे हथियार भोथरे हो गए, या भीतर-भीतर धुआँता ज्वालामुखी अचानक फट पड़ा?

तिरुपति में पद्मावती का मन्दिर देखने के दौरान बातों-बातों में उसने अचानक अस्मी से पूछा था कि 'क्या औरत का कोई घर होता है?' ताउम्र अपने घर के भ्रम में जीती 'यह मेरा, वह मेरा' सोचकर क्या उसने भी अपने होने को अर्थ देने की कोशिशें नहीं कीं? घर तो अन्वी ने बनाया था—चाहे वह उसे अपना बनाया मायाजाल ही कहे, रेत का घरौंदा तो नहीं था?

अन्वी का लिखा एक-एक शब्द अस्मी को आहत कर रहा है :

"मैं ख़ुद को भूलकर रिश्ते निभाने में शायद कुछ ज़्यादा ही इन्वॉल्व्ड रही। अपने स्वप्नों, उद्दाम आवेगों को अपनी आन्तरिकता में दफ़्न कर मैं अस्तित्वहीन प्रस्तर प्रतिमा बनी और यूज़ होती रही उन अपनों के लिए, जिन्होंने एक ही झटके में मेरे अस्तित्व को ही नकार दिया। यहाँ मेरा कोई भविष्य नहीं था, वर्तमान भी मेरा कहाँ था? कुछ था तो ओढ़े हुए आभिजात्य का टुच्चापन, रक्त-मांस के रिश्तों से घुटन और छीलन। एक तरह से अच्छा ही हुआ कि मेरे अपनों ने ही मेरे किए-धरे को व्यर्थता के खाते में डाल मुझे अपनी ज़िन्दगियों से बेदख़ल कर दिया वरना मैं इस पक्की उम्र में नई शुरुआत करने की कैसे सोचती? मेरा स्वाभिमान मेरे किसी भीतरी प्रकोष्ठ में दफ़्न ही रहता। आज मेरी आत्मा मुझे इस घर में बिताए तीस सालों का इतिहास-पुराण दिखाकर मुझे धिक्कार रही है। मेरे घर छोड़ने की वजह तुम समझ सकती हो, सखी! मेरी कोशिशों और मेरी पीड़ा को भी, पर मेरे लिए दुखी मत होना। हम सब आख़िर अकेले ही तो हैं। तुमने एक बार जीवनानन्द दास का हवाला देकर उनका कहा एक वाक्य मुझे सुनाया था, याद है न?—'कोई किसी के पास सदा नहीं रहता, यही व्यथा सहने के लिए मनुष्य संसार में आया

है।' अलग होना, अलग जीना, कारण जो भी हो, यह तो सनातन समय की सच्चाई है अस्मी, इसमें रंज कैसा?

"यह चिट्ठी किसी क्षमा-याचना के लिए नहीं लिख रही। मेरी यह चिट्ठी मेरा आत्म स्वीकार समझ लो। हर लड़की की तरह मैंने भी भविष्य की उम्मीदों से बुने घर का सपना देखा था—प्यार के आलोक में रौशन, दोस्ती से महकता घर। वह घर, जो क्षितिज के पार ही कहीं होता होगा, इस धरती पर मैंने नहीं देखा। मैं ईंट-सीमेंट के खाँचों से बने मकान में रही, उसे घर बनाने की तमाम कोशिशें कीं, नहीं बना पाई। नहीं, मैं किसी को दोष नहीं देती। शायद मुझे ही जीना नहीं आया। टुकड़ों में बँट गया घर और मैं तमाम कोशिशों के बावजूद उसे जोड़ नहीं पाई। अपनी-अपनी जगह सही होते हुए भी हम एक-दूसरे के लिए सही नहीं हो पाए। एक घर में रहते-जीते भी हम अलग-थलग पड़े रहे, कोई आत्मीय रिश्ता नहीं बन पाया। हमारी सोच, हमारी ज़रूरतें सब कुछ जुदा था, तो रिश्तों का जुड़ाव मुमकिन कहाँ हो पाता?

"अस्मी, बुरा न मानना, सच कहूँ तो मैंने जिसे घर माना, वह एक ठंडा ताबूत था, जिसमें वक़्त-वक़्त पर कीलें ठोंकी गईं। मुझे तकलीफ़ होती रही, पर मैं सहती रही। सहने का गुरु-मंत्र जो मिला था मुझे! पहली जानलेवा कील मेरे रक्त-मांस से बने मेरे बेटे युग ने ही ठोक दी।

"कुछ दिन पहले अपनी एक कुलीग से मुझे मालूम पड़ा कि युग किसी क्रिश्चियन लड़की मेरी के साथ लिव-इन-रिलेशन में रहने लगा है। मुझे कुछ ऐसी आशंका तो हो रही थी। कई बार वह रातों को भी घर नहीं लौटता था। मेरे वजह पूछने पर युग कोई-न-कोई बहाना गढ़कर सच मुझसे छिपाता रहा। किसी दूसरे से अपने घर की बात सुनना मुझे अच्छा नहीं लगा। मैंने युग से इतना ही कहा कि 'अपने घर की बातें परायों से सुनने से अच्छा था न, तुम अपनी बात मुझसे शेयर करते?'

"मेरी आहत ममता, उसके लिए मेरी चिन्ता उसे इतनी नाक़ाबिले बर्दाश्त लगी कि उसने बिना किसी हिचकिचाहट माँ के मर्म पर चोट कर दी—'बहुत हुआ माँ। हर निजी बात तुम्हें बताना, हर फ़ैसले पर तुमसे राय लेना मैं ज़रूरी नहीं समझता। हम इतने बड़े तो हो गए हैं कि अपने फ़ैसले आप ले सकें। पता नहीं, तुम लोग किस सदी में रहते हो? दूसरों के मामले में नाक घुसाने की आदत छोड़ नहीं पाते। कोई कुछ भी कहे, मैं किसी की परवाह नहीं करता, तुम भी मत करो, बल्कि मैं पहले भी तुमसे कह चुका हूँ, हमें अपने ढंग से जीने दो। तुम अब रिटायर हो चुकी

हो। अच्छा होगा, हमारी ज़िन्दगी से भी रिटायर हो जाओ।'

"'पर बेटे, हम तुम्हारे अपने हैं, हमें तो बताते। हम मना तो नहीं करते।' युग के तीरों से बिंधकर भी मैं पूछे बिना न रह सकी थी।

"'तुम्हारे सवाल का जवाब दे चुका हूँ। अब तो मुझे अकेला छोड़ दो, प्लीज़, और अपनी ज़िन्दगी जियो। हर बात में तुम्हारी दख़लअन्दाज़ी अब बर्दाश्त नहीं होती।'

"तीर की तरह घाव करते युग के इन जुमलों ने मेरे अस्तित्व को ही नकार दिया अस्मी। क्या कहूँ, कुछ सूझा नहीं। युग ने तो आदर्श से भी मेरी के साथ रहने की बात छिपाई होगी। मुझे आदर्श को युग का फ़ैसला सुनाना ज़रूरी लगा। आख़िर वह पिता हैं युग के। जानती थी, सुनकर वह बौखलाएँगे, यहाँ भी वह मुझे ही कसूरवार ठहराएँगे। बिना पापा से सलाह-मश्वरा किए बच्चों का अहम फ़ैसला लेना उनका आसमान छूता ईगो कैसे सह लेता?

"सुनकर वह ग़ुस्से से काँपने लगे—'तो तुम लोगों ने मिलकर फ़ैसला ले लिया? हिम्मत देखो, अब मुझे सूचना देने आई हो?

"'मेरी, कौन? कहाँ की मेरी? लिव इन रिलेशन! यह बीमारी कब से लग गई? मुझसे पूछने की ज़रूरत भी नहीं समझी? मैं क्या मर गया था? एक ग़लत फ़ैसले पर बेटे की तरफ़दारी करते तुम्हें मेरी कमाई इज़्ज़त-आबरू का थोड़ा भी ख़याल नहीं आया?'

"उन्होंने बहुत कुछ अनर्गल-अशिष्ट कहा, ग़ुस्से में विवेक काम कहाँ करता है!

"युग ने पल-भर रुककर पापा को सुना, फिर एक मारक जुमला थमा दिया—'मैंने और मेरी ने सोच-समझकर फ़ैसला लिया है। किसी तीसरे का इसमें दख़ल नहीं है। अब उसे बदलने का सवाल ही नहीं उठता पापा।' और कमरे से बाहर निकल गया।

"मैं अपमान और क्षोभ से भीतर-ही-भीतर दहक रही थी। कुछ देर मुँह पर ताला लगाए आदर्श को सुनती रही। ग़ुस्सा ठंडा हो जाए तो बात करूँ, पर वह शान्त नहीं हुआ। युग ने एक पिता की भावनाओं को ही ठेस नहीं पहुँचाई थी, घर के सर्वेसर्वा मालिक को बदले ज़माने का सच दिखाकर आसमान से ज़मीन पर उतार दिया था।

"मैं कुछ देर रुकी रही, इस उम्मीद में कि शायद आदर्श का ग़ुस्सा कम हो जाए, पर मुझे देखकर वह और भी भड़क उठा—'चली जाओ तुम भी! तुम न एक अच्छी माँ बन पाईं और न घर को ही सँभाल पाईं। अब यहाँ तुम्हारी कोई ज़रूरत नहीं है।'

"गुस्से को तो मैं बर्दाश्त कर भी लेती, पर जिस नफ़रत और हिक़ारत से उन्होंने मेरी शादी के तीस सालों का जमा-हासिल बताकर मेरे वजूद पर चोट कर दी, उसने मेरे अन्तर को लहूलुहान कर दिया।

"अस्मी, मैं उस दिन ज़िन्दगी में पहली बार अपने किए-धरे पर जी भरकर रोई। मेरी आत्मा मुझे धिक्कारने लगी। मेरे भीतर की औरत मुझसे तीखे सवाल करने लगी—'कौन हो तुम? आख़िर क्या चाहती हो तुम? सालों-साल अपने को भूलकर पिंजरे की मुनिया बनकर जी लीं। अच्छी माँ, अच्छी पत्नी बनने की कोशिशों में तुम समझ न पाईं, यहाँ तुम्हारा कोई स्पेस नहीं है? तुमने दूसरों की ख़ुशी के लिए ख़ुद से समझौते किए। अन्त में व्यर्थता का अहसास ही हाथ आया न?'

"आदर्श ने मेरे इस ठंडे ताबूत में आख़िरी कील ठोंक दी और मैं दम घुटने से पहले वहाँ से निकल आई। मुझे मेरे भीतर की औरत के सवालों के जवाब तलाशने थे।

"निकलने से पहले घर की चाबियाँ आदर्श के सामने रख दीं। वह आईने के सामने शेव बना रहे थे। उन्होंने मुड़कर देखा भी नहीं। रोकने की कोशिश तो क्या करते!

"जानती हूँ, मैं अनाम रास्ते पर चल पड़ी हूँ, पर सोच-समझकर ही फ़ैसला लिया है।

"चिन्ता न करना सखी—न मेरी, न उनकी जिन्हें पीछे छोड़ आई हूँ। युग को बंगलौर में जॉब मिला है। वह अपनी क्रिश्चियन गर्लफ्रेंड मेरी के साथ वहीं रहेगा। काव्या मीडिया जर्नलिज़्म का कोर्स कर चुकी है। एडहॉक बेसिस पर फ़िलहाल काम कर रही है। अभी उसकी मनःस्थिति ठीक नहीं है, पर वह सँभल जाएगी, मुझे विश्वास है। आदर्श के लिए मैं क्या कहूँ, घर में नौकर तो है ही। उन्हें कोई फ़र्क़ नहीं पड़ेगा। माँ-पापा को मेरा फ़ैसला शायद दुःख देगा। मेरी तरफ़ से उनसे माफ़ी माँगना। तुम समझ सकती हो, मेरे पास अब ख़ुद की तलाश के सिवा कोई दूसरा विकल्प नहीं है।

"तुम बहुत याद आओगी, सखी, पर मुझ पर भरोसा बनाए रखना, अपने होने को कोई अर्थ देने की कोशिश ज़रूर करूँगी। अस्मी, बड़ी देर बाद मेरा ख़ुद पर विश्वास लौट आया है। हो सकता है, कहीं कुछ ज़रूरतमन्द मेरा इन्तज़ार कर रहे हों! अभी उन्हें ढूँढ़ना और उन तक पहुँचना मेरा पहला क़दम होगा।

"अब विदा, सखी!"

"विदा, अन्वी!" अस्मी की आँखों में पनियल बादल का टुकड़ा उतर आया है। कैसे अलविदा कहे अन्तरंग दोस्त भाभी को?

क्या अन्वी के भीतर भी विदा कहते दु:ख का आबशार छलछलाया नहीं होगा?

अस्मी जानती थी, जिस दिन अन्वी की सोई औरत जाग जाएगी, तब मन के भीतरी प्रकोष्ठ में दबा स्वाभिमान उसे अपने लिए कोई फ़ैसला लेने को उकसाएगा। जिस दिन रक्त-सम्बन्धों का युद्ध उसके अस्तित्व पर प्रहार करेगा, वह घर नाम के मायाजाल से बाहर निकल किसी नई दिशा की तलाश करेगी।

"फ़िलहाल विदा, अन्वी! तुम्हारा नया जन्म हुआ है। प्रार्थना करूँगी तुम्हारे लिए कि तुम्हें तुम्हारी दिशा मिले।"

बाहर सागर गर्जन भरी हुंकार के साथ तट पर उम्मीद भरे हाथों बनाए रेत-महल ढहाकर बेचैन करवटें ले रहा है। कंस के हाथों से छूटकर बेटी बिजली बनकर स्याह पानियों पर रोशनी की लकीर खींच रही है। अस्मी भरी आँखों रोशनी की सीध में राह तलाशती एक आकृति देख रही है, अँधेरे में पहचानी नहीं जाती।

वह अन्वी के सिवा और कौन हो सकती है?

ख़ुश रहो अहले चमन

आधी रात काव्या ने दादी को फ़ोन पर लरज़ती आवाज़ में अन्वी के घर छोड़कर जाने की ख़बर दी। जिस अघट की आशंका प्रभा को पिछले कई महीनों से परेशान किए जा रही थी, आख़िर घट ही गया। प्रभा सुनकर सन्न रह गई।

सुरेन्द्रनाथ जी ने पत्नी के हाथ से फ़ोन ले लिया। उधर से काव्या की घबराई आवाज़ कानों से टकराई, "दादू, पापा कल से अपना कमरा बन्द करके बैठे हैं, बाहर नहीं आ रहे। न मेरी सुनते हैं, न लक्ष्मी की। भैया तो मम्मा के सामने ही घर से निकल पड़ा था। मैं समझ नहीं पा रही हूँ, क्या करूँ? बहुत अकेली हो गई हूँ दादू...।"

सुरेन्द्रनाथ जी ने काव्या की आवाज़ में दुःख का आबशार फूटता महसूस किया। मर्म में ज़ंग लगी कटार खुभने का दर्द उठा, "कुछ तो कहा होगा तुमसे बिटिया? आख़िर गई कहाँ?"

काव्या के रुँधे गले से आवाज़ टूट-टूटकर आने लगी, "मालूम नहीं दादू। कई दिनों से परेशान थी। मुझे गले लगाकर कहा—'तुम अब बड़ी हो गई हो, समझदार भी हो। समझ लो, मेरा जाना ज़रूरी है। तुम अपना और अपने पापा का ख़याल रखना। कहा—काम वाली बाई लक्ष्मी अब यहीं गैराज के ऊपर वाले कमरे में रहेगी। घर का काम सँभालेगी।' बस, और कुछ ख़ास नहीं।"

"फ़िक्र न करो मेरी बहादुर बेटी, सब ठीक हो जाएगा," दादू ने ख़ुद को ख़ुद ही सँभाला, "हम कल शाम तक तुम्हारे पास पहुँच जाएँगे।"

हैदराबाद पहुँचने तक प्रभा के आँसू-भीगे विदाख थम नहीं पा रहे थे, "उम्र के इस दौर में रचा-बसा घर उजाड़कर चली गई। इतनी कमअक़्ल तो मैं उसे नहीं समझी थी। कैसी कठकरेजी निकली, अपने जायों के बारे में भी नहीं सोचा?" वह अवश गुस्से से थरथरा रही थी।

अन्वी के घर छोड़कर जाने से भले सुरेन्द्रनाथ जी भीतर तक हिल गए हों, बाहर से विचलन का कोई आभास उन्होंने नहीं दिया।

"शान्त हो जाओ प्रभा! अन्वी ने घर छोड़कर जाने का फ़ैसला क्यों लिया, हम नहीं जानते। कुछ बर्दाश्त से बाहर की वजहें तो रही होंगी, वरना अपने रचे संसार का मोह छोड़कर रिश्तों को कच्चे धागे की तरह तोड़नेवाली वह नहीं, इतना तो तुम भी जानती हो।"

प्रभा ने तो उम्रभर समझौते किए हैं, मानकर कि कितना भी बदले ज़माना, रिश्ते निभाने की शर्त है समझौते।

"अन्वी नई पीढ़ी की लड़की है, क्यों भूलती हो? उसकी अस्मिता से जुड़ी सोच अलग हो सकती है।"

प्रभा बेटे का घर बिखरने से दुखी थी। उस दुःख में बेटे और बच्चों की एकतरफ़ा चिन्ता थी, अन्वी कठघरे में खड़ी अपराधी।

बेटे आदर्श के थानेदारी रवैये से वाक़िफ़ सुरेन्द्रनाथ जी बहू को इतना तो समझते थे कि वह अगले के इशारों पर नाचनेवाली बेजान कठपुतली नहीं है।

आदर्श के गुस्सैल स्वभाव और मनमर्ज़ी की आदत से वे चिन्तित तो रहते थे, पर अपने बच्चों को दी गई शिक्षा और संस्कारों पर उन्हें अटूट भरोसा था और उम्मीद भी कि वक़्त बीतने के साथ आदर्श के स्वभाव में बदलाव आएगा। अन्वी ने जिस आत्मीय कुशलता से रिश्तों को जोड़े रखा था, उसने इस भरोसे पर जाने-अनजाने मुहर लगा दी थी। अन्वी-आदर्श के आपसी रिश्तों में पड़ी दरारों को महसूस करने के बावजूद उनकी निजी समस्याओं में दख़ल न देने की एक वजह सुरेन्द्रनाथ जी का अन्वी पर यह तार्किक या अतार्किक भरोसा था कि वह आदर्श के साथ है तो उसका घर और पति, दोनों सुरक्षित हैं।

प्रभा के मर्म पर लगी चोट अभी ताज़ा थी। सुरेन्द्रनाथ जी ने इतना भर कहा, "किसी की निज़ी ज़िन्दगी से जुड़े अहम फ़ैसलों पर नुक़्ताचीनी करनेवाले हम कौन होते हैं प्रभा? वे चाहे हमारे बच्चे ही क्यों न हों, हम उन्हें जानते ही कितना हैं?"

कहने को तो सुरेन्द्रनाथ जी कह गए, पर जो हुआ, उनके पॉज़िटिव सोच की हदों से बाहर था और रंज का कारण भी कि आदर्श-अन्वी ने उनके भरोसे को ग़लत साबित कर दिया।

प्रभा-सुरेन्द्रनाथ जी से कुछ घंटे पहले ही अस्मी उनसे अन्वी की चिट्ठी का ज़िक्र किए बिना हैदराबाद पहुँच गई थी। अन्वी ने जो घर छोड़ने से कुछ दिन पहले ही अस्मी को चिट्ठी लिखकर अपना इरादा बता दिया था, उसके मन में भैया के व्यवहार पर नाराज़गी थी, अवश ग़ुस्सा भी। अन्वी के जाने से उसकी ज़िन्दगी में कोई फ़र्क़ पड़ा हो या नहीं, काव्या का मन तो माँ के लिए कलप रहा होगा।

काव्या का बुआ के साथ अँसुवाया वार्तालाप सुन आदर्श अपने हाथों बनाए कोप भवन से बाहर आ गया। अस्मी ने पहली नज़र में ही भाई की बढ़ी हुई दाढ़ी और थकी-थकी आँखों में रतजगे का उनींदापन देखा। कुछ तो घटा है उसके भीतर? पर आदर्श 'सब सही-सलामत' वाले अन्दाज़ से बहन से रू-ब-रू हुआ—वही भीतर बैठा अहं का फुँफकारता नाग, जो अगले को अपने भीतर के अँधेरों में झाँकने से बरज देता है।

"अभी आई हो? इत्तला भी नहीं दी!"

अन्वी का कोई ज़िक्र नहीं। इधर-उधर की छिटपुट बातें।

क्या वह एक अजनबी औरत थी, इस घर की आत्मा नहीं? अस्मी चकित।

क्या इस घर में कोई आँधी नहीं आई? अन्वी के जाने से आदर्श के भीतर कुछ भी तितर-बितर नहीं हुआ, उस औरत के लिए, जिसने उम्र के बेहतरीन साल उसके लिए ख़र्च कर दिये?

आदर्श कमरे से बाहर निकला, काव्या ने राहत महसूस की। थैंक्स गॉड, जमी हुई बर्फ़ तो पिघलने लगी!

घर के कोनों-अंतरों में अन्वी की मोहक गन्ध बसी हुई थी, पर अन्वी की गले लगाने को आतुर बाँहें वहाँ नहीं थीं। अस्मी के मन में टीस उठी। घर की धुरी औरत की ख़ाली जगह पर कैसा मनहूस बियाबान पसर गया है!

आदर्श मम्मी-पापा के सामने अपनी थकी-बुझी सूरत के साथ चुपचाप खड़ा रहा, शायद कुछ लानत-मलामत वाले कठिन प्रश्नों के इन्तज़ार में। सुरेन्द्रनाथ जी ने नई नज़र से बेटे की मुर्झाई सूरत देखी—क्या कहीं उसके मन में सहयात्री के घर से चले जाने का दुःख या पछतावा है या उसके भीतर बैठा अहं उसे अभी भी ख़ुद को दोषी स्वीकार करने से रोक रहा है?

प्रभा ने बिना लाग-लपेट बेटे से भीतर सालते सवाल का जवाब माँगा, "ऐसी क्या आफ़त आई थी अचानक कि बहू को घर छोड़कर जाना पड़ा?"

अन्वी के ज़िक्र भर से आदर्श का ध्वस्त अहं फुफकार उठा, "कोई आफ़त नहीं आई। तेवर दिखाकर गई है। घर का सुख रास नहीं आया। फ़िक्र न करो, बाहर दर-दर की ठोकरें खाएगी, तो दिमाग़ ठिकाने आ जाएगा।"

घर मालिक की डाँट खाकर सहम गया। किसी ने आदर्श के उबाल पर कोई सवाल नहीं किया। प्रभा हैरानी से बेटे को देखती रह गई।

लक्ष्मी चाय लेकर आ गई और खाने में क्या बनेगा, पूछकर किचन की तरफ़ मुड़ते बोली, "दीदी लौटेगी माँ, जल्दी लौटेगी, मैं जानती हूँ।"

एक और अखंड विश्वासी!

अस्मी ने सुना, सोचा, क्या यह विश्वासों पर खरा उतरने का समय है?

लक्ष्मी को किचन सँभालते देख अन्वी के चरित्र का एक और उजला वर्क़ खुल गया। जिन अपनों ने तमाम अपमान और ज़िल्लतें देकर उसकी अस्मिता को रौंद डाला, उन्हीं पराये हुए अपनों की सुविधा के लिए वह जाते-जाते सुविधाएँ जुटा गई। क्या वह आदर्श के कहे दर-ब-दर होकर फिर उसी क़ैद में लौटेगी, जिससे मुक्त होने में उसने आधी उम्र गँवा दी?

अपनी बिगड़ी दूसरा कब तक सँभाले?

लक्ष्मी आदर्श का घर सँभालने की ज़िम्मेदारी ठीक-ठीक निभा रही थी। प्रभा को थोड़ी तसल्ली हुई। सालों से घर में काम कर रही है, बेटे को घर का खाना नसीब होगा। काव्या टीवी के रिपोर्टिंग सेक्शन में काम करती है। अक्सर घटनास्थल पर, कभी-कभी बिना पूर्व सूचना, रिपोर्टिंग के लिए जाना पड़ता है। लक्ष्मी के सपरिवार घर में रहने से उसे भी थोड़ी राहत मिली।

अस्मी हफ़्ते भर बाद मुम्बई लौट गई। आदर्श से कुछ कहने-सुनने का कोई अर्थ नहीं था। आयुष अन्वी के घर छोड़ने की ख़बर सुनकर परेशान हुआ था। भाई के पास मिलने आना चाहता था, अस्मी ने रोक लिया। आदर्श अन्वी के बारे में बात करने पर बौखला जाता था। उसके कहे, अन्वी ने घर छोड़कर आदर्श के अहं को ही चैलेंज नहीं किया था, घर-बाहर बनाई उसकी इमेज को भी ध्वस्त कर दिया था। अन्वी अपराधी थी और वह निरपराध। गुस्सा ठंडा हो जाए तो शायद उसका विवेक जाग जाए। अपने किए-धरे पर तब शायद वह सही ढंग से सोच पाए।

"भीतर के द्वंद्व से मुक्त होने में अभी उसे कुछ समय देना होगा।"

सुरेन्द्रनाथ जी तो पॉज़िटिव सोच के धनी। प्रभा को समझाया और आदर्श-काव्या का बिखरा घर थोड़ा सँवारकर, दो महीने बाद, वापस एन.सी.आर. लौट गए।

युग घर नहीं आया। उसने काव्या की कॉल को भी रिसीव नहीं किया। माँ के घर छोड़कर जाने की ख़बर उसके किसी-न-किसी दोस्त ने उस तक ज़रूर पहुँचाई होगी पर उसका ग़ुस्सा अभी ठंडा नहीं हुआ था। वह दादू-दादी से मिलने भी नहीं आया। प्रभा के मन में कसक रही।

सुरेन्द्रनाथ जी रिश्तों की छीजन से पहले ही दुखी थे।

आदर्श के सोच में कितना फ़र्क़ आया, यह तो कोई नहीं जान पाया। हाँ, इधर महीने भर से वह दफ़्तर से सीधे घर लौटने लगा था और डिनर परिवार के साथ करने लगा था।

घर लौटकर सुरेन्द्रनाथ जी ने प्रभा के व्यवहार में बदलाव महसूस किया। अक्सर वह ख़ामोश रहती, सोचों में गुम। जाने-अनजाने अन्वी-आदर्श ने रचा-बसा घर तोड़कर उसे सदमा पहुँचाया था। अपना घर छूटने का दु:ख तो वह कोशिश करने के बावजूद आज तक भुला नहीं पाई थी, पर बच्चे अपने-अपने घर-परिवारों के साथ ख़ुश हैं, इस भरोसे ने विस्थापन में जीने की हिम्मत दी थी।

अन्वी के जाने से वह हिम्मत अब टूटने लगी थी।

उसने अन्वी-आदर्श के बारे में बात करना तो जैसे छोड़ ही दिया हो! एंजाइना की शिकायत तो थी ही, आगे कोई गम्भीर समस्या खड़ी न हो जाए, सुरेन्द्रनाथ जी पत्नी का मन बदलने की कोशिश करते।

"जो होना है, होकर रहता है प्रभा! हमारी चिन्ता से कुछ नहीं बदलता।"

कभी वे सद्गुरु को कोट करते, कभी ललध्यद के आध्यात्मिक वाखों और सूफ़ी संतों की वाणियाँ सुनाकर उसे सहज भाव से ज़िन्दगी जीने की प्रेरणा देते। वह सुनती, 'हूँ-हाँ' में सिर हिलाती। पहले की तरह संवाद में शामिल नहीं होती।

ऐसे ही एक उदास दिन अचानक आयुष ने मम्मी-पापा को सोचने की मोहलत दिये बिना ही दो एयर टिकट मेल कर फ़ोन किया, "पापा, तन्वी का भाई ऑफिशियल टूर पर दिल्ली गया है। फ़लाँ तारीख़ को आपके साथ ही यू.एस. लौट रहा है। मैंने उसको आपका फ़ोन नम्बर, एड्रेस दिया है। उसके साथ रहने से सफ़र में सुविधा रहेगी।"

"अचानक? इतनी जल्दी?" सुरेन्द्रनाथ जी के मन में कई सवाल कौंध उठे। वे आयुष से कहना चाहते थे कि बीसेक घंटों की हवाई-यात्रा अब उन्हें थकाने लगी है। प्रभा की तबीयत भी इधर कुछ ठीक नहीं रहती। आगे से वे ही फ़ुरसत मिलने

पर घर आ जाया करें, पर उनके मुँह खोलने से पहले ही आयुष ने पुरु के हार्वर्ड यूनिवर्सिटी में एडमिशन मिलने की सूचना दी, "पापा, वह बहुत ख़ुश है। दिन-रात की कड़ी मेहनत के बाद उसका सपना पूरा हो गया है। ज्वाइन करने से पहले दादू-दादी से मिलना चाहता है। आप आएँगे तो मिलकर उसकी ख़ुशी सेलिब्रेट करेंगे...।"

आयुष ने पुरु का नाम लिया तो सुरेन्द्रनाथ जी के न जाने के कारण अनकहे रह गए।

आयुष काम के दबाव के बीच भी कभी-कभार माँ-पापा से मिलने का मौक़ा निकाल लेता है, पर बच्चों के स्कूल, परीक्षाएँ, समर कैम्प, तन्वी की छुट्टी की समस्या आदि-इत्यादि कारण पहाड़ों पर अचानक फूट आए मशरूमों की तरह उझक आते हैं और बच्चों का जाना अक्सर मुल्तवी हो जाता है।

प्रभा ने स्पीकर पर रखे फ़ोन पर बेटे की आवाज़ सुनी तो बच्चों से मिलने के लिए मन उमड़ पड़ा।

"मैं जानती थी, ऐसे मौक़े पर पुरु हमें याद करेगा। कैसे भूलेगा दादू-दादी को?"

व्हाट्सएप्प, वीडियो से ख़ुद को बहलाने के बावजूद प्रभा बच्चों को सीने से लगाने को तरसती रहती है। वही, ह्यूमन टच!

"जा रहे हैं न, अब जी भरकर मिल लेना।"

सुरेन्द्रनाथ जी ने पत्नी को तसल्ली दी। आदर्श का घर टूटने के सदमे से वह अभी तक उबर नहीं पाई है। युग से न मिल पाने की कसक भी मन में है। शायद पुरु-पीयू से मिलकर बहल जाए और हालात को सही मायनों में समझने की कोशिश करे।

यात्रा

यात्रा में सुरेन्द्रनाथ जी ने प्रभा का ख़ूब ध्यान रखा। टेकऑफ़ की कनफोड़ू गड़गड़ाहट के साथ यात्रियों को झकझोरता प्लेन आसमान की ओर उड़ान भरने लगा तो सुरेन्द्रनाथ जी ने प्रभा का हाथ अपने हाथ में थाम उसे भयमुक्त करने की कोशिश की। कई विदेश-यात्राएँ करने के बावजूद प्लेन की टेकऑफ और लैंडिंग की भूचाली गड़गड़ाहट प्रभा की धड़कनें बढ़ाती है। कानफाड़ू शोर थमने तक, सीट की बैक से पीठ टिका, वह आँखें बन्द कर 'सर्वमंगल मांगल्ये' श्लोक रटना भूलती नहीं।

अगले के कान के कीड़े मारने की हद तक बतियाने की आदी प्रभा इधर ख़ामोश रहने लगी है—ख़ामोश और उदास।

सुरेन्द्रनाथ जी प्रभा को ख़ुश रखने की तमाम सम्भव कोशिशें करते रहते हैं।

तरन्नुम से बहते झरने-सी मीठी शहनाई की धुन, एयर होस्टेस की चुस्त आवाजाही और ब्रेकफ़ास्ट-लंच की ख़ुशबुओं के बीच सुरेन्द्रनाथ जी प्रभा को व्यस्त रखे रहे। विमान की पारदर्शी खिड़की से बाहर नीले वितान पर दौड़ते-टहलते काले-धौले बादलों के बदलते चेहरे दिखा प्रभा को पहली विमान-यात्रा की याद दिलाई, "क्या कहा था तुमने तब ऐसे रंग बदलते बादलों को देखकर?"

"क्या?" प्रभा अपने भीतर कहीं गुम थी।

"याद करो, वो काले बादल, धौले बादल...? मुझे तो वह कविता लगी थी।"

"मैं कविता करती हूँ? मज़ाक करते हो।"

प्रभा भीतर से बाहर आ गई।

"याद करो, जब सिओल से सैन फ्रांसिस्को के बीच तेज़ी से बदलते समय से चकित होकर तुमने क्या कहा था?"

"क्या? कोई ख़ास बात?"

" 'अरे, यह क्या हुआ, मैं तो अभी यहाँ जयशंकर प्रसाद की ऊषा नागरी के गुलाबी रंग देख रही थी, अभी निराला की यह संध्या सुन्दरी कैसे प्रकट हुई?' "

प्रभा हल्के-से हँस पड़ी, "कैसे याद रखते हैं आप सालों बीती बातें?"

"सच पूछो तो उस वक़्त मुझे लगा था कि तुम भी कविता लिख सकती हो। तुम्हारा ऑब्ज़र्वेशन तो कमाल का रहा है।"

प्रभा मज़ाक़िया मूड में आ गई, "अच्छा हुआ न, कवयित्री नहीं बनी, वरना सुबह-शाम आपको मेरी कविताएँ सुनकर बोर होना पड़ता।"

सुरेन्द्रनाथ जी को अच्छा लगा। संवाद का एक बन्द झरोखा तो खुल गया, "कोशिश करके मुझे आज़मा लेतीं तो तुम्हारी सोच ग़लत साबित हो जाती।"

"आज़मा तो उसी दिन चुकी थी प्रोफेसर साहब, मैं जब सुनहरी गोट लगे सीपी रंग के बादलों को अभी सुरमई, अभी गुलाबी रंगों में बदलते देख निसर्ग के अदृश्य चित्रकार की कलाकृति पर मुग्ध हो रही थी और आप मुझे ब्रह्मांड की भौतिकी समझा रहे थे।"

सुरेन्द्रनाथ जी थोड़ी खिसियाई हँसी हँस पड़े।

आगे वे अतीत के तहख़ाने में बन्द यादों के कपाट खोलते-खंगालते रहे।

उन्होंने आयुष-तन्वी, पुरु के साथ डिज़्नीलैंड के न्यू आरलींस स्क्वॉयर में 'पायरेट्स ऑफ द कैरिबियन' के रोमांचक अनुभव साझा किए। रोलर कोस्टर

में स्टील बेल्ट से कसे बँधे 'स्पेस माउंटेन' के साहसिक थ्रिल को याद कर वे उम्र के उस दौर में झाँक लिये, जब ख़तरे उठाना उनकी आदतों में शुमार था। सुरेन्द्रनाथ जी ख़ुश थे कि अतीत की ख़ुशनुमा यादों को जीते प्रभा ने लम्बे सफ़र की थकान महसूस नहीं की। आगे वे कभी पीयू की अल्हड़ शैतानियों के क़िस्से साझा कर, कभी स्क्रीन पर विमान की रफ़्तार, दूरियाँ जाँचते, फ़िल्में देखते गंतव्य तक पहुँच गए।

एयरपोर्ट पर कन्वेयर बेल्ट के पास खड़े सामान का इन्तज़ार करते सुरेन्द्रनाथ जी की खोजती आँखें बार-बार अराइवल लाउंज से बाहर आवाजाही करती रहीं। दूर से आयुष की झलक भर दिखी तो अतिरिक्त चुस्ती से कन्वेयर बेल्ट पर घूमती दोनों अटैचियाँ उठाकर ट्रॉली में जमा दीं।

बेटे को अपनी तन्दुरुस्ती से आश्वस्त कराती पति की इस हरकत से प्रभा मुस्कराई, "आराम से, इतनी हड़बड़ी क्यों?"

नीली टी-शर्ट और क्रीम कलर का बरमूडा पहने आयुष के साथ खड़े पुरु ने दादू-दादी का दूर से हाथ हिलाकर स्वागत किया और लगभग दौड़कर दोनों के गले मिला।

पुरु पिछले तीनेक सालों में ही ख़ासा गबरू जवान हो गया है। प्रभा का जी जुड़ा गया। पोते को थोड़ी देर तक सीने से लगाए रखा। बाहर का उल्लास और भीतर का पिघलाव आँखों में झाँक आया।

"अच्छा, अच्छा, अब मुझे भी पुरु बेटे को गले लगाने का मौक़ा तो दो।"

सुरेन्द्रनाथ जी ने भावुकता पर क़ाबू पाना भले सीखा हो, प्रभा तो अन्तस का छलछलाता आवेग थामने की कोशिश भी नहीं करती। खाँटी माँ और सुरेन्द्रनाथ जी के कहे, भावुक दादी!

हाई-वे पर पुरु गाड़ी दौड़ाता रहा। माँ-पापा परदेसी हुए बच्चों से कई साल बाद मिलने से छलक आए सुख को थामने की कोशिश करते, उत्साह से बेटे-पोते से बतियाते रहे।

"यात्रा कैसी रही? कस्टम काउंटर पर ज़्यादा पूछताछ तो नहीं की गई? कोई परेशानी तो नहीं हुई?" आदि-इत्यादि प्रश्नों के उत्तर सुरेन्द्रनाथ जी ने मज़ाक़िया मूड में दिये :

"व्हील चेयर के सिंहासन पर तो तुम्हारी माँ विराजमान थी, सो फ़ालतू पूछताछ करने की हिम्मत कौन करता?"

बच्चों के साथ ने प्रभा के मूड में भी चहक भर दी, "यह न कहेंगे कि व्हील चेयर में ले जानेवाली औरत काफी स्मार्ट थी? उसने हमें ग्रीन चैनल से बाहर निकाल चैकिंग, रिपोर्टिंग, कस्टम काउंटर की औपचारिकताएँ पूरी करने में ख़ासी मुस्तैदी दिखाई।"

"यों भी उम्र के चौथे पाटे वालों को इन्वेस्टिगेशन में थोड़ी छूट मिल ही जाती है।"

"न, दद्दू, छोटा-बड़ा कोई चेकिंग से नहीं बचता।" ड्राइविंग सीट पर बैठे पुरु ने फ्रंट मिरर से पीछे बैठे दादा जी को नज़र भर देखा, "मैं वेस्ट कोस्ट से ईस्ट कोस्ट तक भी जाता हूँ तो मुझे एयरपोर्ट चेकिंग में मोज़े तक उतारने को कहते हैं। एक्चुअली, नाइन इलेवन, दो हज़ार एक का भूत अमेरिका के सिर से अभी तक नहीं उतरा है। यू आर लकी दद्दू, आप झंझटों से बच गए।"

"हाँ, जब से वर्ल्ड ट्रेड सेंटर के ट्विन टॉवर्स पर अलक़ायदा का आत्मघाती हमला हुआ, सरकार सुरक्षा मामलों में काफी चौकस रहने लगी है।" आयुष ने बेटे के कथन का समर्थन किया।

"यूँ कहो पापा, आतंकवादियों ने उनकी रातों की नींदें और दिन का चैन हराम कर दिया है। हर विदेशी में उन्हें तालिबानी नज़र आते हैं।"

"पर तुम्हें क्यों? तुम्हारा बर्थ प्लेस तो यू.एस.ए. ही है?"

"दादी, मेरी कश्मीरी नाक!"

"मतलब?"

"अफ़ग़ानी-ईरानी नाक से मिलती है न?"

हँसते-बतियाते एयरपोर्ट से घर तक का रास्ता अमेरिकी पॉलिटिक्स से शुरू होकर वैश्विक आतंकवाद और मोदी-ट्रम्प की दोस्ती के बीच आवाजाही करता रहा।

कटे-छँटे मख़मली लॉन पर नज़रें टिकाए ढलवाँ छतों वाले ख़ूबसूरत क्रीपरों से सजे घर के सामने पुरु ने कार रोक ली। दरवाज़े पर इन्तज़ार में खड़ी तन्वी-पीयू कार के रुकते ही लपककर प्रभा-सुरेन्द्रनाथ जी से मिलने बाहर आईं। उमगकर गले मिलीं। पीयू का क़द काफी बढ़ गया है। खिलन्दड़ी बच्ची लम्बी छरहरी युवती नज़र आई। 'हाय दादी, हाय दद्दू' सम्बोधन के साथ दादा-दादी का झप्पी मार, स्वागत कर गुनगुनाती हुई कार से सामान निकालने में व्यस्त हो गई।

लड़कियाँ कितनी जल्दी बड़ी हो जाती हैं!—प्रभा को मीठा-सा आश्चर्य हुआ। एक बार आयुष से पीयू की पढ़ाई के बारे में पूछा था, उसकी किस विषय में रुचि

है? आयुष ने हँसकर कहा था, 'माँ, पीयू अब बड़ी तो हो रही है, पर तबीयत से बिन्दास समझो। भविष्य में क्या करेगी, कह नहीं सकता। फ़िलहाल उसकी रुचि संगीत में है। लेडी गागा और टोरी केली को पसन्द करती है। आवाज़ भी उसकी अच्छी है। तुम यहाँ आओगी तो उससे टोरी केली का गाया गीत 'डोंट यू वरी अबाउट ए थिंग' ज़रूर सुनवाएँगे, उसका पसन्दीदा गाना है।'

प्रभा ने कहना चाहा, 'हिन्दी गाने नहीं गाती?' पर कहा नहीं।

आयुष ने कहा था, 'किसी भारतीय महिला ने इवनिंग स्कूल खोला है, जहाँ वह अमेरिका में जन्मे बच्चों को हिन्दी सिखाती है। पीयू को वीक एंड्स पर वहाँ हिन्दी सीखने भेज रहे हैं। जल्दी सीख लेगी।'

बिटिया को बड़ी होते देख प्रभा की रूह से दुआ निकली।

"फ्रेश होकर कुछ खा-पी लीजिए माँ-पापा, आपके लिए सरप्राइज़ है।"

आयुष को सरप्राइज़ देने की आदत है।

"सरप्राइज़ कैसा?"

"देखते जाइए पापा।"

आयुष का सरप्राइज़

पहचानी सदाओं की टोह लेते सरप्राइज़ की शक्ल में विनय कुमार लॉबी में प्रकट हुए।

चेहरे पर उम्र की शिकन पोंछती स्निग्ध आत्मीयता और गले लिपटकर मिलने की पुरानी आदत में कोई फ़र्क़ नहीं।

"रियली अ सरप्राइज़! प्लेज़ेंट सरप्राइज़!" सुरेन्द्रनाथ जी कसकर गले मिले।

हमेशा की तरह स्लिम-ट्रिम विनय ख़ुश नज़र आए—सिर पर के गिने-चुने बालों को तरतीब से सँवार गंजेपन को ढके हुए।

यादों की पोटलियाँ खुलने लगीं, "कैसे हैं? फ़ाइन? कहाँ रहे इस बीच हमारे बोहीमियन दोस्त? सालों नहीं मिले!"

"हाँ, इधर ट्रैवेल्स कुछ कम हो गए हैं। सोचा था, कश्मीर के अस्पतालों में जाकर पीड़ितों के हालात का जायज़ा लूँ, उनकी कुछ मदद करूँ, पर वहाँ तो मारामारी, पत्थरबाज़ी बरक़रार है। पुलवामा में चालीस जवानों की क्रूर हत्या के बाद सर्जिकल स्ट्राइक्स ज़ोरों पर है। हालात सुधरते नज़र नहीं आते, भले कुछ फ़्लैट बनने और कुछ विस्थापित पंडितों के वादी में लौटने की ख़बरें सुनने में आ रही हों!"

"कुछ घरेलू हालात की वजह से भी...। बहरहाल आयुष से फ़ोन पर बात होती रहती है। उसी से सुना, तुम इस तरफ़ आ रहे हो तो चला आया मिलने।"

आयुष ने पापा को विनय अंकल की इटालियन बहू के बारे में पहले ही कई जानकारियाँ दी थीं, जो मानकर चलती है कि इंडियन पैरेंट्स बेटों-बहुओं की आज़ादी के दुश्मन हैं, क्योंकि वे उन्हें हमेशा अपने साथ रखना चाहते हैं। वह विदा देने के अन्दाज़ में हाथ हिलाकर कहती है कि 'मैं तो अट्ठारह साल पूरे करते ही बच्चों को अपनी ज़िन्दगी के फ़ैसले आप लेने के लिए आज़ाद छोड़ दूँगी। ताउम्र उन्हें अपने से चिपकाए नहीं रहूँगी।'

इधर वह ससुर जी के लिए कुछ नरम पड़ गई है और उन्हें पोते-पोती से मिलने का अभयदान दे गई है।

"यह तो अच्छी ख़बर है," प्रभा ख़ुश हुई, "सुना था, पहले विनय को बच्चों से मिलने नहीं देती थी? उसे वहम था, नैनी के अनुशासन में पले बच्चे दादा के साथ रहकर बिगड़ जाएँगे। अब यह करिश्मा कैसे हुआ?"

"माँ, इस देश में करिश्मे और रिश्ते ज़रूरत के हिसाब से ही होते और बनते हैं। दरअसल, बच्चों की नैनी को बुढ़ापे में शादी कर घर बसाने की सूझी, तो नई नैनी का इन्तज़ाम होने तक पार्ट टाइम के लिए किसी को डेली वेजिज़ पर रख लिया, जो बच्चों का ख़याल ठीक से रख नहीं पाती थी। बहू-बेटा, दोनों सुबह के निकले शाम छह बजे से पहले घर लौट नहीं पाते हैं। घर में जगह-जगह कैमरे लगा रखे हैं। अपने-अपने मोबाइल से कनेक्ट कर देखते, बच्चे अक्सर रोते-झींकते नज़र आते थे। सोचा होगा, पीछे से नैनी पर नज़र रखनेवाला कोई हो तो दादू से बेहतर च्वाइस क्या हो सकती थी?

"विनय अंकल बच्चों के साथ के लिए तरस रहे थे, सो चले आए।"

"यानी कि पिछले साल-डेढ़ साल से बेटे के घर में ही रहते हैं विनय?"

"आते-जाते हैं। ख़ूब ख़ुश। दोनों घर आमने-सामने हैं। बेटा पास ही रहे, बीमारी के दौरान रिया आंटी ने कुछ सोचकर ही दो घर पास-पास ख़रीदने का प्लान बनाया था, दूरअन्देशी थी। सिद्ध की शादी के बाद विनय अंकल ने रिया आंटी की बात रखी और एक घर बेटे को शादी में गिफ़्ट कर दिया।

"विनय अंकल अक्सर सुबह-शाम की सैर बच्चों के साथ ही करते हैं। काफ़ी वक़्त बच्चों के साथ बिताते हैं। कहते हैं—'बच्चों के भोले-बचकाने सवालों के जवाब देते, देसी कहानियों का अंग्रेज़ी अनुवाद कर सुनाते उनके उल्टे-सीधे खेलों में शामिल होता हूँ तो दीन-जहान का सुख पाता हूँ।'

"अब तो बच्चे किड्स स्कूल भी जाने लगे हैं। नई नैनी भी मिल गई है। विनय अंकल को भी थोड़ी फ़ुरसत मिल गई है।"

'सब कहीं ज़रूरत के सम्बन्ध!' प्रभा ने सोचा, कहा नहीं।

बच्चे ख़ूब बढ़िया मूड में हैं।

पार्टी में देसी पकवान और दास्ताने जहाँ

आयुष-तन्वी की पार्टी काफी ज़ोरदार रही। पार्क में नहीं, घर में।

अक्सर तन्वी-आयुष अमेरिकियों की तर्ज़ पर बच्चों के जन्मदिन की पार्टियाँ कभी 'लेक व्यू-पार्क', तो कभी 'मेरी मीड पार्क' में मनाते हैं। शहर में जगह-जगह हिन्दुस्तानियों ने अपने देसी कुज़ीनों के रेस्तराँ खोले हैं, जहाँ अमेरिकी बने देसी बेस्वाद बर्गर, बीन बरीटो, सब-वे चिपोटले, मेकडॉनल्ड्ज़, चाइनीज़ फ़ास्ट फ़ूड से ऊबे अपने वतन के पकवानों की मसालेदार ख़ुशबू से खिंचे चले आते हैं। सप्ताह में एक-दो बार खाना बनाकर आठेक दिनों के लिए फ्रिज में स्टोर कर रखनेवाली कामकाजी महिलाएँ यहाँ अपने एंज्वायमेंट के लिए कुछ फ्री टाइम का जुगाड़ कर लेती हैं। जब भी ज़रूरत पड़े, इन रेस्तराँओं से पका-पकाया ताज़ा खाना ख़रीद लेते हैं। पार्टियों के लिए मेन्यू बनाओ और ऑर्डर करो। पनीर, चिकन-पुलाव, दाल-मखनी, नान, छोले-भटूरे का मेन्यू हो या मक्की की रोटी, सरसों का साग खाने का मन हो, किसी भी पंजाबी रेस्तराँ से मँगा लो। साउथ इंडियन रेस्तराँ की भी कमी नहीं। पास ही श्रवण रेस्तराँ है, डोसा-इडली-उत्तपम-वड़ा-सांभर आदि-इत्यादि उपलब्ध है। गुजराती स्टोर तो वेराइटी से लबालब भरा डोखला, खांडवी पापड़ों की वेराइटी, जो भी जी चाहे, ऑर्डर देकर मँगा लो, लेकिन प्रभा के मन में कुछ और था। उसने मेन्यू बनाते वक़्त अपनी भागीदारी की इच्छा ज़ाहिर की :

"पुरु बेटे को पिछली बार मेरे हाथ की बनी कमल ककड़ी की यख़नी पसन्द आई थी?"

"हाँ, दादी, चाइनीज़ स्टोर से कमल ककड़ी लाकर मम्मी से बनवाता हूँ कभी-कभी, पर सॉरी टु से, तुम्हारी वाली यख़नी का स्वाद उसमें नहीं आता।"

सो, पुरु और दादी की पसन्द जोड़कर वेज-नॉनवेज मेन्यू बना। प्रभा ने तन्वी के साथ मिलकर कमल ककड़ी, दमालू, पनीर और कश्मीरी मछ (कीमा) बनाई। रोगनजोश तो तन्वी भी बढ़िया बनाती है।

अमेरिका आकर आयुष कुशल गृहिणी का रोल निभाना सीख गया है। उसने भी किचन में हाथ बँटाया। घर में हाईस्कूल की पढ़ाई पूरी होने तक प्रभा दूध-नाश्ता लेकर खड़ी रहती तो चार घूँट दूध हलक में डाल, टोस्ट हाथ में लेकर बस पकड़ने भाग लेता।

प्रभा पहली बार अमेरिका आई तो आयुष को जूठे बर्तन साफ़ करते देखना उसे अच्छा नहीं लगा था। उसने बेटे से कहा भी, "जब तक मैं यहाँ हूँ, तब तक यह काम मुझे ही करने दो।"

"माँ, यहाँ पति-पत्नी दोनों घर-बाहर के काम मिलकर करते हैं। यहाँ किसी भी काम को छोटा नहीं समझा जाता। आपको बुरा क्यों लग रहा है? छोटे बच्चों को भी यहाँ होश सँभालते ही अपने छोटे-छोटे काम ख़ुद करना सिखाया जाता है। पीयू अब बड़ी हो गई है, पर जानती हो, तीनेक साल की ही थी तो अपने ड्रॉवर से मनपसन्द कपड़े निकालकर पहनती थी, बल्कि दूसरे का दख़ल देना पसन्द नहीं करती थी। माँ, मैं चाहता हूँ, आप दोनों यहाँ रिलैक्स करें, थोड़ा घूमें-फिरें। घर में तो आपको काम करना ही होता है।"

रिलैक्स करने के बावजूद प्रभा जब भी अमेरिका आई, आयुष को बर्तन धोने नहीं दिये।

आयुष यहाँ आकर कई डिशेज़ भी बनाना सीख गया है। उसने बड़ी नफ़ासत से मिक्स्ड वेजिटेबल सलाद बनाकर उसे स्ट्रॉबेरी-काजू से सजाया।

पीयू भी पीछे नहीं रही। उसने अनार का रायता और एप्पल पाय बनाने की ज़िम्मेदारी ली यानी सभी के सहयोग से इस बार की पार्टी घर में।

सुरेन्द्रनाथ जी को अच्छा लगा। अमेरिका ने किचन के कामों को औरतों के खाते में डालनेवाले ठेठ हिन्दुस्तानी पुरुषों को 'घरेलू काम' करना सिखा दिया, वह भी 'डिग्निटी ऑफ़ वर्क' (लेबर?) जैसा शानदार लेबल लगाकर।

पार्टी ख़ूब ज़ोरदार रही। आयुष की तरह ही मातृपिंड से छिटककर इधर बसे कुछ रिश्तेदारों, कुछ दोस्तों और पुरु-पीयू के कुछ सहपाठियों को न्योता दिया गया।

[बेशक उनके लिए पुरु ने पित्ज़ा, लज़ानिया, चिकन नगेट, केक वग़ैरह भी मेन्यू में जोड़ दिये। इंडियन कुज़ीन अच्छी न लगे तो बेचारे भूखे ही न रहें, यह दीगर बात है कि मसालेदार कीमा उन्हें सबसे ज़्यादा पसन्द आया।]

मेहमानों ने प्रभा की बनाई डिशेज़ की ख़ूब तारीफ़ की और छककर खाना खाया। आधी उम्र अमेरिका में गुज़ारने के बावजूद हिन्दुस्तानी बोलचाल, पहनावे

और भाषा के लहज़े से अमेरिकी भले दिखना चाहें, मन के किसी अदृश्य कोने में कहीं अपना वतन अपनी ख़ुशबू और स्वाद के साथ दुबका बैठा रहता है। बाहर अमेरिकी, भीतर हिन्दुस्तानी!

संस्कार को नमस्कार!

पुरु हार्वर्ड में पढ़ाई करने के लिए जितना उत्साही था, उतना ही नई जगह, नये संस्थान के प्रति आशंकित भी। आयुष के दोस्त शेखर ने न्यूयॉर्क यूनिवर्सिटी के कुछ अनुभव सुनाकर पुरु को प्रोफ़ेसरों को इम्प्रैस करने के कुछ नुस्ख़े बताए।

डॉक्टर परिहार ने पुरु का कॉन्फ़िडेंस बढ़ाया :

"प्रोफ़ेसर्स को तो तुम अपनी परफ़ॉर्मेंस से इम्प्रैस करोगे पुरु बेटे, मुझे यक़ीन है।"

सुरेन्द्रनाथ जी ने डॉक्टर परिहार की बात आगे बढ़ाई, "आयुष के बेटे हो। मेहनत करना तुम्हारे जींस में है।"

विनय अंकल ने अपनी टीप जोड़ दी, "हार्वर्ड यूनिवर्सिटी में दाख़िला मिला है, स्कॉलरशिप के साथ, यह तुम्हारी क़ाबिलीयत का सबूत है। बस, मन लगाकर पढ़ाई करना और अच्छे ग्रेड्स लाना। फ़ालतू बातें सोचने की ज़रूरत ही नहीं है।"

शनिवार का दिन होने से पार्टी देर तक चली। शैंपेन के गिलास टकराकर पुरु को हार्वर्ड में एडमिशन की बधाई दी गई। उम्रों, अनुभवों के हिसाब से दोस्तों में अलग-अलग विषयों पर बातें हुईं, "जो पैसा छुपाना चाहता है, वह क्रिप्टो करेंसी का उपयोग कर सकता है।"

"अरे भई, इसका कोई मुद्रण नहीं। इसको हैक भी किया जा सकता है। और तो और, कई देशों में इस आभासी करेंसी को मान्यता भी नहीं मिली है। मैं तो ऐसी डिजिटल करेंसी के चक्कर में पड़नेवाला नहीं। मेरे पास फ़ालतू पैसा है भी नहीं।"

"इन्वेस्टमेंट में कहाँ रिस्क है, कहाँ फ़ायदा, इन्वेस्टमेंट बैंकर्स से सलाह लेनी चाहिए। मनोज गुप्ता से बात कर सकते हैं।"

"गूगल चाचा के रहते दूर जाने की क्या ज़रूरत है?" पुरु कभी-कभी अंकलों की बातों-बहसों में अपनी हाज़िरी दर्ज करता है।

लड़कियाँ तो ट्रेंडी कपड़ों, कॉस्मेटिक्स के ब्रैंडों पर चर्चा करने के अलावा नेटफ़्लिक्स पर देखी मनपसन्द फ़िल्मों पर तब्सिरा करती ख़ूब बहसा-बहसी करती रहीं।

दस सालों से विदेश में नौकरी करते शेखर को जॉब में टिकने के लिए देसियों

से कुछ ज़्यादा ही अपनी काबिलीयत को प्रूव करना पड़ता है। अमेरिकनों के काम करने के अनुशासन और वीक एंड्स एंज्वाय करने की बिन्दास जीवन-शैली को पसन्द करने के बावजूद वह जानता है कि समानता के दावों के बावजूद व्यवहार में भेदभाव की रीति-नीतियों से परे नहीं है यह देश, लेकिन रहने आए हो तो कुछ अनकही शर्तों को मानना ही पड़ता है।

अपने भाई लोगों की मेंटैलिटी पर भी बातें हुईं। अगले का स्टैंडर्ड उसकी कार के मॉडल और रिहायश से आँका जाता है। डॉ. परिहार ने अभी-अभी ऑडी कार ख़रीदी है और पॉलो ऑल्टो में शानदार घर ले लिया है, जबकि शेखर मिलपीट्स के एक फ़्लैट में रह रहा है। पाँचेक साल पुरानी निसान ड्राइव कर रहा है। अच्छी बात यह है कि आयुष के दोस्तों का ग्रुप इस स्टैंडर्ड के चक्कर में नहीं पड़ा है, तभी दोनों उनके अच्छे दोस्त हैं।

देश-विदेश के मुद्दों पर चर्चा करना उनका ख़ास शौक़ है, जिनमें प्रेज़िडेंट ट्रम्प की नीतियाँ और शिखर पर बैठे अमेरिकी सरकार की परेशानियाँ हैं। एक तरफ़ विकीलीक्स की भंडाफोड़ हरकतें, दूसरी तरफ़ वैश्विक आतंकवाद और तालिबानों की फैलाई दहशतें हैं।

वर्षों कश्मीर से दूर अमेरिका में बसे राज़दान, कौल और विनय बहादुर ने दिन-ब-दिन गुट्ठिल हो रही कश्मीर-समस्या पर बात की। अपनी जन्मभूमि से बेदख़ल कर दिये गए, शिविरों में रह रहे अपने भाई-बन्धुओं की शिक्षा और स्वास्थ्य सम्बन्धी सहायता के लिए उन्होंने मिलकर कुछ ट्रस्ट बनाए हैं।

चर्चा के दौरान सन् सैंतालीस की घटनाओं से लेकर वादी में दहशतग़र्दी के ताज़ा हालात पर तब्सिरा किया गया। इस तकलीफ़देह निष्कर्ष के साथ कि कश्मीर को समस्या बनाने में महाराजा हरीसिंह, नेहरू जी और शेख़ अब्दुला—तीनों प्रकारान्तर से ज़िम्मेदार रहे हैं और तीनों पर कश्मीरियों ने भरोसा किया था।

सुरेन्द्रनाथ जी को सरदार पटेल याद आए। याद आईं स्वतंत्रता-प्राप्ति के बाद उनकी राष्ट्र को संगठित करने की कोशिशें कि कैसे उनने त्रावनकोर, जूनागढ़, हैदराबाद और राजस्थान की रियासतों को एकता के सूत्र में बाँधने के सफल प्रयास किए। कश्मीर के बारे में भी वे कोई सही क़दम उठाते, पर नेहरू जी ने अपने पुरखों की जन्मभूमि कश्मीर के बारे में उस वक़्त के गृह मंत्री पटेल की राय न लेकर ख़ुद निर्णय लिये और जम्मू-कश्मीर स्टेट को अपनी नीतियों और अपीज़मेंट पॉलिसियों से सदियों के लिए न सुलझनेवाली समस्या बना दिया।

कुछ मुद्दे महिलाओं के मैदाने-जंग और 'टु ईच हिज़ ओन' में हिन्दुस्तानी दोस्ती का दख़ल

महिलाओं के कुछ टॉपिक अलग थे। इंश्योरेंस कम्पनी में काम करती तीसेक साल की माही के पति को एक्सीडेंट में गुज़रे ढाई साल हो गए हैं। नौकरी के साथ अकेले पाँच और तीन साल की दो बेटियों की परवरिश करने, उनकी हारी-बीमारी में डॉक्टरों तक दौड़-भाग के साथ उन्हें स्कूल छोड़ने-घर लाने की रोज़मर्रा की क़वायद में साथ देने माही की ज़िन्दगी में दोस्त फ़रिश्ते बनकर आए हैं। जानते हैं कि परदेस में अकेली औरत के लिए परिवार पालना कम दुश्वारियों भरा काम नहीं है। उम्रदराज़ सास-ससुर साल में तीनेक महीने से ज़्यादा साथ रह नहीं पाते, उनकी अपनी परेशानियाँ हैं।

'टु ईच हिज़ ओन' की नीति में विश्वास करनेवाले अमेरिकियों के देश को अपनानेवाले ए बी सी डीज़ भी इस 'अपनी समस्याएँ आप ही हल करनेवाली नीति' के क़ायल हो रहे हैं। तन्वी-आयुष माही की हर मुमकिन मदद करने के बावजूद चाहते हैं, वह कोई साथी ढूँढ़कर अपना घर फिर से बसाए। अभी उसकी उम्र ही क्या है!

फ़िलहाल माही को मन का साथी नहीं मिला है।

आयुष ने माँ-पापा को कई हमख़याल दोस्तों के परिवारों से मिलवाया। मुम्बई से आकर अमेरिका में बसी रुचि राघव से शादी कर ख़ुश नज़र आई। प्रभा को उनके घर की दीवारों पर सजाई गई ख़ुशनुमा रंगों की मॉडर्न आर्ट्स की पेंटिंग्स का रंग-संयोजन, कटग्लास के फ्लॉवर वास और इकेबाना की कलात्मक सज्जा काफी पसन्द आई। उसने राघव को विज़िट करने आई उसकी माँ से 'आपका घर तो बहुत सुन्दर है' कहकर घर के रख-रखाव की प्रशंसा की। राघव की मम्मी जी ने प्रभा को तत्काल सुधारा, "नहीं प्रभा जी, यह मेरा घर नहीं, मेरे बेटे का घर है। मेरा घर तो मुम्बई में है।"

राघव के घर को उसकी माँ का घर कहने की अपनी भावुक संस्कारिता पर प्रभा को मन-ही-मन कोफ़्त हुई। 'बेटे का घर माँ का घर' कहलाने का चलन तो अब अपने संस्कारशील देश में भी नहीं रहा। यहाँ तो 'तेरा तुम्हारा है और जो मेरा है, वह सिर्फ़ मेरा है' का गणित चलता है। उसने झट से 'सॉरी' कहकर अपनी ग़लती की माफ़ी माँगी।

यह 'तेरा-मेरा' वाला अमेरिकी चलन भारत से धन्ना सेठ बनने का ख़्वाब

लेकर, टाउटों-बिचौलियों के चक्कर में पड़कर, ग़ैर-कानूनी तरीकों से यहाँ आए कई असफल युवकों की फ्रस्ट्रेशन का कारण बन जाता है। डॉ. परिहार-आयुष-शेखर का सेवाभावी ग्रुप ऐसे मुसीबत में फँसे देसियों की मदद करने में कोताही नहीं करते। वेटरनरी डॉक्टर अमरेन्द्र और उसकी पत्नी जसमीत तो एक मिसाल हैं ऐसे मुरारीलालों की, जो गाँव में कुछ ज़मीन वग़ैरह बेचकर अमेरिका में एक ख़ुशहाल ज़िन्दगी जीने के ख़्वाब लेकर आए, पर इधर की ज़मीनी हक़ीक़त ने दिन में ही तारे दिखा दिये। अनजान रास्तों पर चप्पलें घिसाने के बाद भी कोई ढंग का काम न मिल पाया तो साँसें बरक़रार रखने के लिए दोनों कभी पित्ज़ा हट में, कभी चिपोटले सब-वे में ग्राहकों की सर्विस करने लगे। लेकिन बड़े काम करने की लालसा में विदेश आए हिन्दुस्तानी बन्दे रेस्तराँ में प्लेटें साफ करने और मेज़ें पोंछने जैसे छोटे काम करते हीन ग्रन्थि के शिकार हो गए। अपनी नाकामयाबी का ठीकरा एक-दूसरे के सिर फोड़ते अमरेन्द्र-जसमीत के आपसी झगड़े और मार-पीट की आवाज़ें पुलिस-पड़ोसियों तक पहुँच जातीं, इससे पहले एक दिन रेस्तराँ में लंच के लिए आते शेखर से अमरेन्द्र ने अपनी परेशानी बताकर मदद के लिए इल्तज़ा की। शेखर ने अपने देशी बन्धु की समस्या डॉ. परिहार और आयुष को बताई। कुछ रिस्क लेकर भी डॉक्टर ने वेटरनरी में पहचान के किसी वेट-क्लिनिक में असिस्टेंट का जॉब दिलाकर अमरेन्द्र की मदद की।

परदेस में ज़रूरत के वक़्त एक-दूसरे का साथ देनेवाले आयुष के दोस्तों की सुरेन्द्रनाथ जी ने मन से सराहना की।

प्रभा उलझे रिश्तों और बहुत कुछ बहुत जल्दी पाने की दौड़ में भागती इस दुनिया से दुखी थी। उसने सुरेन्द्रनाथ जी से कहा भी, "क्या सच में आज की पीढ़ी इतनी आत्मग्रस्त और स्वार्थी हो गई है कि धन-दौलत कमाना ही उसकी ज़िन्दगी का मक़सद हो गया है? एक-दूसरे को समझने-सहने का वक़्त नहीं रहा या रिश्तों-नातों के अर्थ ही बदल गए हैं?"

सुरेन्द्रनाथ जी समय की रफ़्तार के साथ रिश्तों के बदलाव को स्वाभाविक समझने के बावजूद मानते हैं कि समय, हमारे सोच और परिस्थितियाँ हमारे जीवन को दिशा देने में अहम रोल ज़रूर अदा करते हैं, लेकिन जीवन में इच्छा-आकांक्षाओं में सन्तुलन बनाए रखने के लिए मनुष्य का विवेक ही उसे सही-ग़लत में फ़र्क़ करने की समझ देता है।

क़रीब दस सालों से अकेली रहती नन्दिता का आत्मविश्वास उन्हें ज़रूर अच्छा

लगा। तन्वी ने उन्हें न सिर्फ़ उसकी करुण कहानी सुनाई, बल्कि उसके मज़बूत इरादों से भी वाक़िफ़ कराया।

अमन से शादी करके मन में हज़ारों ख्वाहिशें लिये नन्दिता सपनों की नगरी अमेरिका आई तो जीवन इन्द्रधनुषी रंगों का मोहक कोलाज़ लगा था। सब कुछ साफ़-सुथरा और ताज़गी से भरपूर। माँ-पापा ने अपनी समझ से विदेश में बसे वेंचर कैपिटलिस्ट अमन को निरख-परखकर अपनी इंजीनियर बेटी के लिए अमेरिका में समृद्ध भविष्य पर ठप्पा लगाया था। अमन की पर्सनैलिटी, रुतबे, बातचीत में उसके मोहक अन्दाज़ ने नन्दिता को भी मोह लिया था।

नन्दिता ने डूबकर अमन से प्यार किया। नई उमंगों-नये अरमानों से हरियाये उन दिनों अमन के साथ सड़क पर झड़े मेपल-चीड़ के सूखे-चरमराते पत्तों पर चलते नन्दिता को लगता, वह शोख़ रंगों के गुलमोहर-अमलतास के फूलों के ग़लीचों पर क़दम रख रही है। साल भर में ही अमन ने उसे प्यार का ख़ूबसूरत तोहफ़ा दिया। वह ख़ुश थी। अमन उन दिनों उसका ख़ूब ख़याल रखता था। अपने जिस्म में एक नन्हे जीव को अँकुराते-बढ़ते देखना, उसकी नन्ही हरकतों से चौंक-चौंक जाना आन्तरिकता को हिलोरता एक अभूतपूर्व अनुभव था। नर्स ने गुलाबी तौलिए में लिपटे अनछुए गुलाब-से बेटे को अमन की गोद में देकर नन्दिता के पहलू में लिटा दिया तो नई माँ की छाती से ममता का अजाना स्रोत उमड़ आया। "मैं माँ बन गई अमन और तुम पापा।" वह सुख से चहक उठी थी।

तब कौन जानता था, नन्दिता के सुख और प्यार की उम्र बस इतनी-सी ही थी?

पता ही नहीं चला, अमन का प्यार कब और क्यों उसकी ज़िन्दगी से रुख़्सत हुआ? इस ढक-मूँदकर रखे गए राज़ को अमन ने बेटे की पैदाइश के महीने भर बाद एक शाम ख़ुद ही बेनक़ाब कर दिया था, जिसे नन्दिता ने दोस्त तन्वी से साझा किया।

"तन्वी, उस शाम अमन कुछ खोया-खोया-सा लग रहा था। बाहर बरसती बारिश की बौछारों से मकानों की झुकी छतें और खिड़की की सीध में खड़े मेपल के पेड़ नहा रहे थे। मौसम में हल्की ठंड का ख़ुशनुमा अहसास था। मैं मुन्ने को फ़ीड दे रही थी और अमन काफी देर से ड्रिंक कर रहा था। अमन तब शायद भीतर दबाकर रखे सच से ढक्कन उठाने का साहस जुटा रहा था। तन्वी, अक्सर ख़ुशबाश और ज़िन्दादिल दिखनेवाला अमन उस शाम पहली बार मुझे थोड़ा नर्वस लगा। खुलकर बात करने का आदी वह कुछ अटक-अटककर बात कर रहा था—'नन्दिता...मैं...

मैं आज अपने बारे में...कुछ बेहद निजी बातें तुमसे शेयर करना चाहता हूँ। उम्मीद है, तुम मुझे समझने की कोशिश करोगी।'

"ऐसा क्या है जो वह मुझसे खुलकर कह नहीं पा रहा, मैं समझ नहीं पा रही थी। 'बेझिझक कहो अमन!' मैं उत्सुक हो रही थी।

"तन्वी, उस शाम अमन ने जो कुछ कहा, वह मेरे लिए अचानक आई सुनामी से कम नहीं था। मैं सुनती रही, पहले उत्सुकता से, फिर हतप्रभ होकर :

कि वह शादी करना ही नहीं चाहता था।

कि उसके माँ-पापा वारिस चाहते थे। उनके प्रेशर डालने पर उसने शादी की।

हे भगवान! यह क्या कह गया अमन? लगा, नशे में बोल रहा है।

शादी से इनकार करने पर पापा उसे डॉक्टरी सलाह लेने की राय दे रहे थे। उन्हें शक हो गया था, कहीं वह शरीर से अक्षम तो नहीं है?

वह माँ-पापा से कह न पाया कि उसे पुरुषों की कम्पनी पसन्द है, एंड ही नेवर लव्ड वीमेन! अपनी कुछ आदतों की वजह से वह अपने पर भरोसा खो चुका था। माँ-पापा के सामने अपने पुरुष्त्व को प्रमाणित करने के लिए शादी ज़रूरी हो गई थी। शायद वह भी पिता बनना चाहता था। अमन का एक-एक वाक्य हथौड़े की तरह मेरे दिल-दिमाग़ पर चोट कर रहा था और मैं लहूलुहान हो रही थी। एकतरफ़ा प्यार में बौराई मैं सोच भी न पाई थी कि अमन माँ-पापा के सामने ख़ुद को प्रूव करने के लिए, प्रेम का स्वाँग रचकर, इस बेदर्दी से मेरा इस्तेमाल कर सकता है। वह इतना मैच्योर तो था कि अपना पक्ष उनके सामने रख लेता, भले ही वे उससे सहमत न होते।

माँ-पापा वारिस चाहते थे।

शायद वह भी पिता बनना चाहता था...।

तब तो किसी को गिनिपिग बनना ही था तन्वी!

आगे जो होना था, हो गया—पहले से सोच-समझकर बनाए गए प्लान के मुताबिक।

मेरे एकतरफ़ा प्यार का स्वप्नघर एक ही धक्के से खँडहर हो गया।

उस रात मेरे भीतर भयंकर आग धधक उठी। दिल-दिमाग़ तपता रहा। मैंने ख़ुद को बेहद अपमानित महसूस किया। मैंने अमन पर भरोसा किया, कभी उसके प्यार पर शक नहीं किया और अमन ने मुझे गिनिपिग समझकर मुझ पर एक्सपेरिमेंट किया।

रात भर अमन के साथ बिताए दिन सिनेमा की रील की तरह आँखों के आगे

खिंचते रहे। अमन का प्यार, वे हनीमून के आवेगों और उमंगों भरे दिन!—'आज अमेरिकन रिवर में रिवर वॉटर राफ़्टिंग के लिए जाएँगे, आज सागर किनारे की लम्बी ड्राइव, कल नेपा वैली में स्टरलिंग विनियड्र्स चलें? वहाँ वाइन की वेरायटी बनते देखना। सैन फ्रांसिस्को का आर्ट म्यूज़ियम देखना चाहोगी? लियोनाडो द विंची, वैन गॉग, माने की पेंटिंग्स?'

दृश्य बदलते गए, सहज लगते दृश्य असहज लगने लगे। रितिक किचन से लेकर बेडरूम तक बेझिझक आवाजाही करता है। अक्सर अमन के मनपसन्द कारनेशंज़ लाकर उसके ऑफ़िस रूम में सजा देता है। एक बार मैंने अमन से कहा भी, 'लगता है, रितिक तुम्हारा ख़ास दोस्त है। तुम्हारी पसन्द का बहुत ख़याल रखता है। मुझे तो इससे ईर्ष्या होने लगी है।'

'खास दोस्त ही नहीं, मेरा बिज़िनेस पार्टनर है रितिक। ही इज़ अ वंडरफुल पर्सन। आइ मीन, मेरी हर मुश्किल में यह मेरा साथ देता रहा है।'

तब भी मैंने अमन के प्यार पर अपने भरोसे में दरार आने नहीं दी।

लेकिन अब कुछ भी कहने-सुनने को बाक़ी नहीं रहा था। अमन ने अपने चेहरे पर लगाए मुखौटे ख़ुद ही उतार दिये थे। रात भर मैं अपनी शाहरगों में अमन के धँसाए ज़हर-बुझे तीर निकालती रही। कितने शातिराना तरीक़े से मुझे बेवक़ूफ़ बनाया गया था? मुझे अपने सहज विश्वासी सोच पर भी कोफ़्त हो रही थी।

रात भर पैसेफिक के हहराते फेनिल भँवरों और उसमें चीथने को लपकते शार्कों बीच मैं ख़ुद को साबुत बचाने की जानलेवा कोशिशों में लहूलुहान होती रही।

सुबह आसमान में गुलाबी रंग बिखरने के साथ ही मैंने अपमान की तीखी कौंच से टूटे तन-मन को सँभाला, उगते सूर्य को उम्मीद से देखा और मस्त नींद में सोए अपने बाल सूर्य को उठाकर बेबी बियॉन में ढक-ओढ़कर सँभाला। बैग में मुन्ने का ज़रूरी सामान जमा कर, अटैची में अपने चार-छह जोड़े कपड़े डाल दिये और चुपचाप घर की दहलीज़ लाँघ गई।

नन्दिता की दोस्त तन्वी जानती थी, अमन ने शादी जैसे पवित्र रिश्ते में बाँध नन्दिता के साथ छल किया था। वह नन्दिता का अपराधी था—भले ही सैन फ्रांसिस्को शहर में इन विकृत सम्बन्धों की सहज स्वीकृति हो!

अपमान और क्षोभ से आहत नन्दिता ने अमन से न कोई सवाल किया, न रो-धोकर कोई हंगामा ही खड़ा किया। नहीं, वह एक नाटकबाज़ से हार नहीं मानेगी।

नन्दिता चुपचाप अलग हो गई, अमन से कोई एलीमनी भी नहीं माँगी।

अमन का सिर झुक गया। शायद नन्दिता को धोखे में रखने का अपराध-बोध ही था कि उसने आउट ऑफ़ कोर्ट सेटलमेंट में घर नन्दिता के नाम कर दिया और बिना अहसान जताए आगे माँ-बेटे के ख़र्चों की पूरी ज़िम्मेदारी उठाने का वादा किया।

नन्दिता ने अपने लिए ख़र्चा लेना नामंज़ूर कर लिया। सप्ताह में एक दिन बेटे से मिलना चाहे तो मिले।

अमन से अलग होकर नन्दिता मम्मी-पापा के पास नहीं लौटी। बेटी की शादी टूटने की ख़बर सुनकर वे ही यू.एस. चले आए। फ़ोन पर नन्दिता ने माँ से कहा कि वह एम.बी.ए. करना चाहती है और मुन्ने को देखभाल की ज़रूरत है।

आज नन्दिता मल्टीनेशनल कम्पनी में वर्क्स मैनेजर है। डबल स्टोरीज़ शानदार घर में अकेले बेटे के साथ रहती है। बैकयार्ड में मखमली लॉन के किनारे किस्म-किस्म के फलों से लदे पेड़ क़तार में खड़े हैं। एक तरफ़ नीले पानी से लबालब भरा आसमान ताकता नींद में ऊँघता तरणताल है, जिसे कभी-कभी नन्दिता के दोस्त आकर नींद से जगा देते हैं। हाथ पकड़कर उसे पूल में खींच लेते हैं तो नन्दिता को अमन उस पर छींटे उछालते दिख जाता है।

उसमें नहाने का मन नहीं होता है नन्दिता का और न शायद अब वक़्त ही मिलता है। मुन्ने को वह ज़रूर ताल में तैरना सिखाती है। विगत को भूलने का मंत्र सीख गई है नन्दिता। आज वह अपने काम, बेटे और कुछ ओपन मांइडेड दोस्तों के साथ ख़ुश नज़र आती है।

पार्टी के बाद

पार्टी के सप्ताह भर बाद पुरु हार्वर्ड यूनिवर्सिटी बोस्टन चला गया। दादी-दादू की ताक़ीद के मुताबिक़ बोस्टन पहुँचते ही सबसे पहले दादा-दादी को ख़ैरियत से पहुँच की सूचना दी, "अच्छे से पहुँच गया दादी। चिन्ता मत करना, तुम्हारी ब्लेसिंग्स हैं न मेरे साथ। आप और दद्दू भी अपना ख़याल रखना।"

"जीते रहो मेरे बच्चे!" प्रभा के मन से दुआ निकली।

आयुष-तन्वी ने परदेस में जन्मे बच्चों को अच्छे संस्कार दिये हैं, जबकि अपने देश में रहकर भी आदर्श-अन्वी युग को सही-ग़लत का फ़र्क़ सिखाकर अच्छा इन्सान न बना पाए।

दोनों उसके अपने, पर दोनों की सोच-समझ कितनी अलग!

कहीं कोई काँटा तो धँसा है प्रभा के मर्म में।

पुरु के बोस्टन जाने के बाद तन्वी-आयुष और पीयू का रूटीन चालू हुआ। वे हस्बेमामूल सुबह सात बजे घर से निकलते। पीयू को स्कूल छोड़कर आयुष अपने ऑफ़िस चला जाता और तन्वी अपने काम पर। पीछे घर एकदम चुप्प हो जाता। इधर बच्चों के आँख ओट होते ही प्रभा कुछ परेशान-सी हो जाती। उदास और बेचैन! डेक पर बैठ सुरेन्द्रनाथ जी पेपर पढ़ते, अपनी मनपसन्द किताबों के पन्ने पलटते। वह नज़र की हद तक मेपल-पाइन की क़तारों के पीछे सिर झुकाए खिड़कियाँ-दरवाज़े मूँदे ख़ामोश घरों को देखती रहती। विदेशी धरती, आसपास बोलने-बतियाने को न कोई हमज़ुबान, न हमसाया, न राज़दाँ। सड़क पार के घर की बालकनी पर कभी-कभी एक अकेली बूढ़ी औरत घंटों धूप में बैठी ऊँघती दिख जाती। प्रभा सोचती, 'हम तो कुछ दिनों बाद अपने देश लौट जाएँगे, वहाँ हमारे साथ काफ़ी कुछ ग़लत होने के बावजूद अपने वतन का अहसास है। अपनी बोली-बानी और देर-सवेर घर लौटने की उम्मीद है। आयुष तो उम्र भर इधर रहने के बाद भी सेकेंड सिटिज़न ही कहलाएगा! अपनों से हज़ारों कोस दूर तरसता रहेगा अपनों के अपनापे के लिए, अपनी मिट्टी की महक के लिए—भले अभी उसे वहाँ पॉल्यूशन ही नज़र आए। अमेरिकी कितने भी अच्छे हों, हिन्दुस्तानियों को अपनापन नहीं देंगे। वह बात उनके संस्कारों में ही नहीं है। दोस्त और बच्चे भी एक दिन इधर-उधर छितर जाएँगे, अपनी-अपनी मंज़िलों की तलाश में। तो आयुष कितना अकेला महसूस करेगा? अभी नौकरी है, बच्चों की ज़िम्मेदारियाँ हैं, बाद में? सुरेन्द्रनाथ जी से यही बात कहें तो वे उसके सोच पर फ़ुलस्टॉप लगाते हुए टेक्नोलॉजी से पास आई दुनिया की बात करेंगे, कहेंगे कि अब दूरियाँ कहाँ हैं? अब हम जहाँ भी रहेंगे, वहीं हमारा घर होगा। वहीं दोस्त भी बनाने होंगे यानी कि दुनिया ग्लोबल हो गई है, विस्थापन पूरी दुनिया का सच हो गया है।'

ऐसे में प्रभा पति को नज़र भर देखेगी, कहेगी कुछ नहीं। यह भी नहीं कि 'आप कुछ भी कहो प्रोफेसर साहब, इस सच को झुठला नहीं सकते कि हमें तो हालात ने घर-निकाला दे दिया, पर हमारे बच्चों ने ख़ुद ही बंजारों की नियति चुन ली।'

सुरेन्द्रनाथ जी रोज़ उसे साथ लेकर सुबह की सैर के लिए पास के पार्क तक चले जाते हैं। रूटीन के मुताबिक़, व्यायाम के बाद वे कुछ यौगिक एक्सरसाइज़िज़

करते हैं। प्रभा आजकल पार्क के एक-दो चक्कर लगाकर ही थक जाती है। कुछ देर विशाल ताल के किनारे की बेंच पर बैठ क़तार में खड़े वीपिंग विलोज़ को सुबह की सुहानी हवाओं में झूमते देखती है। झुककर पानी में पड़ती परछाइयों में अपने चेहरे ढूँढ़ते वीपिंग विलोज़ उसे दूर, बहुत दूर ले जाते हैं। अरे, यह क्या गड़बड़झाला? ताल सिन्ध-नाले में कैसे बदल गया?

वह परिवार के साथ डोंगे में बैठी माता राज्ञा के दर्शन करने सिन्ध-नाले से होकर खीर भवानी जा रही है। दूर से हवन के सुगन्धित झोंकों के साथ पवित्र मंत्रों की ध्वनियाँ सुनाई पड़ती हैं। वह जलकुंड में विराजती माँ राज्ञा के दर्शन के लिए उतावली हो रही है। डोंगा किनारे पर क़तार में खड़े, नदी पर झुक-झुक जाते ऐसे ही वीपिंग विलोज़ के नीचे से गुज़र रहा है। कुछ झुकी टहनियाँ डोंगे की छत बुहार रही हैं। आदर्श-आयुष उचक-उचक टहनियाँ खींचने की कोशिश में बड़ों की डाँट खा रहे हैं। पानियों को चीरकर आगे बढ़ते डोंगे में उछलना मना है न!

"इस बीच कितनी जेष्ठ अष्टमियाँ गुज़र गईं! क्या इस जन्म में अब हम माँ के दर्शन नहीं कर पाएँगे?" वह अचानक ही पति से पूछती है।

प्रभा जानती है, वे देश में रहें या-विदेश में, बेगाने ही कहलाएँगे। बाहरी जन! यह दुखद सच जानते हुए भी वह न उम्मीद छोड़ पाती है और न भूल पाती है अपनी जन्मस्थली का वैभव, रंग बदलते जलकुंड में विराजती माँ राज्ञा की चेतावनियाँ, बड़ों से सुनी गुणाढ्य पंडित की बृहत् कथाएँ, शीश पर सफ़ेद साफे धरे ऊँचे मस्तक वाले हरमुख पर्वत और बाबा अमरनाथ की दुर्लभ यात्राएँ।

अतीत की धूपीली यादों को जीते हुए भी कहाँ भूल पाती है प्रभा अपनी वादी के रिसते ज़ख़्म? वह वोन्दहोमा का नरसंहार? कैसे भरे-पूरे घर को आतंकवादियों ने नाज़ियों के कन्सेंट्रेशन कैम्प में तब्दील कर परिवार के तेईस सदस्यों को ज़िन्दा ही आग के हवाले कर दिया! वह चिट्टी सिंहपुरा की मार-काट, लोमहर्षक दास्तानें...?

क्या फिर से डूब जाएगी वुलर झील में सुन्दरसेन की शापित नगरी?

सुरेन्द्रनाथ जी परेशान। कब तक अतीत प्रभा की चेतना पर हावी रहेगा? उन्हें डर है, कहीं वह डिप्रेशन में न चली जाए!

सुरेन्द्रनाथ जी प्रभा से अक्सर कहते हैं, "व्यस्तता उदासियों को भगाने का असरदार इलाज है।"

चाहते हैं, वह तकलीफ़देह यादों में खोई न रहकर आयुष-तन्वी की लाइब्रेरी से चुनकर कुछ मनपसन्द किताबें पढ़ ले। मन-मस्तिष्क को अपने अतीत तक महदूद

न रखकर बड़े समाज के सुख-दुःख से जुड़ जाए, तब उसे कष्टकर स्थितियों से टकराने का हौसला भी मिल जाता। वे उसे जर्मनी के फासीवादी शिविरों में यहूदियों के साथ की गई क्रूरताओं की दहलानेवाली दास्तानें नहीं सुनाते, ऑशविट्ज़ के नारकीय शिविरों से बचकर निकले लोगों की संघर्ष-गाथाएँ सुनाते हैं।

प्रभा सुरेन्द्रनाथ जी की तरह पुस्तकों की घनघोर पाठिका भले न हो, पर साहित्यिक कृतियाँ पढ़ना उसे भी अच्छा लगता है।

हाल में ही उसने नोबेल पुरस्कार विजेता हर्था म्यूलर का उपन्यास 'द लैंड ऑफ़ ग्रीन प्लमज़' पढ़ा है। रोमानिया के क्रूर शासन-तंत्र में अपमान, आतंक और नृशंसताओं के बीच जीने को बाध्य लोगों की रोंगटे खड़े करनेवाली कथा! अपना अभावग्रस्त गाँव छोड़कर बेहतर भविष्य की तलाश में शहर चले आए कुछ लोगों के समूह की व्यथा-कथा, जिनकी उम्मीदें वहाँ भयंकर दुःस्वप्न में तब्दील हो गईं और वहाँ की सामन्तशाही शोषण-व्यवस्था में हरदम डर और दबावों के बीच जीना जिनकी नियति बन गई। जहाँ शोषण का विरोध करने का परिणाम यंत्रणाएँ भोगना और मौत को दावत देना था, वहाँ भय के माहौल में दोस्त भी पहचानने से इनकार करते थे। लेकिन मज़बूत इरादों वाली उपन्यास की नायिका स्वाभिमान से जीने के लिए अथाह संघर्ष करने के बाद वहाँ के त्रासद वातावरण से ज़िन्दा बचकर बाहर निकल आती है।

एसोसिएशन ऑफ़ आइडियाज़ कहें या साहित्य में रची जुड़ाव की अनिवार्य ख़ासियत, प्रभा ने कृति के नितान्त भिन्न सन्दर्भों के बावजूद ख़ुद को उपन्यास की नायिका के साथ डर और अपमानजनक स्थितियों को जीते हुए महसूस किया। हालात उनके भी कम भयावह नहीं थे। अनन्तनाग में दहशतगर्दों ने मन्दिरों में तोड़-फोड़ की थी और पुलिस उन्हें पकड़ने की कोशिश भी नहीं कर रही थी। अल्पसंख्यक सहमे हुए थे। डर के ऐसे माहौल में एक शाम तीन घबराए हुए लड़के उनके घर में पनाह माँगने आए, कहकर कि वे अपने रिश्तेदारों से मिलने पुलवामा जा रहे थे। आर्मीवालों ने डरा-धमकाकर 'कौन हो, क्या कर रहे हो?' कहकर उनसे पूछताछ करनी शुरू कर दी। बड़ी मुश्किल से उनसे पीछा छुड़ाकर आए हैं। घंटा भर रुककर चले जाएँगे।

सुरेन्द्रनाथ जी उन्हें देखकर चौकन्ने हो गए थे, पर बोले कुछ नहीं। अस्मी तो उन्हें घर में घुसते देखकर स्टोर रूम में छिपकर बैठ गई थी। प्रभा उस घटना को याद कर काँप गई। उन दिनों दहशतगर्दों के घरों में घुसकर वारदातें करने, लड़कियों को उठाकर ले जाने से अल्पसंख्यक भयभीत थे।

सुरेन्द्रनाथ जी का परिवार भाग्यशाली रहा, जो वे आतंकियों की क्रूरता का शिकार होने से कुछ दिन पहले ही वादी से निकल पड़े थे।

उन दिनों के आतंकी माहौल को बुरा स्वप्न समझकर भूलना चाहते थे सुरेन्द्रनाथ जी। बेटे के पास आकर सुबह-शाम उससे बातचीत करना और दीन-जहान के क़िस्से उससे शेयर करने के अलावा पुस्तकें पढ़ने में उनका मन रमता था। आयुष का बुकशेल्फ़ उनके दोस्तों की ख़ाली जगह की भरपाई कर रहा था। शब्दों के ख़ज़ाने से जो भी सार्थक लगता, प्रभा को ज़रूर सुनाकर उसे विगत से वर्तमान में लौटा लाते।

उन्हें इधर पढ़ीं एडवर्ड ल्यूस की किताब 'इन स्पाइट ऑफ़ गॉड्स', 'द् स्ट्रेंज राइज़ ऑफ़ मॉडर्न इंडिया' काफ़ी रोचक लगी। उसके कुछ अंश उन्होंने प्रभा को भी सुनाए, "प्रभा, ल्यूस कहता है, भारत ने मुझे मानवीयता सिखाई है। सुनती हो न?"

"सुनती भी हूँ और सोचती भी हूँ।"

"क्या सोचने लगी हो?"

"यही मानवीयता के बारे में। कितनी मानवीयता बची है हममें या यहाँ इनमें।"

"प्रभा, मानवीयता न बची होती तो हम रोबोट बन गए होते।"

"बाज़ू वाले घर में अकेली रहती कूबड़ निकली बूढ़ी मारग्रेट को देखा है न आपने?"

"हाँ, सुबह अपने पॉमरेनियन की लीश पकड़े सैर करती नज़र आती है। क्यों, क्या हुआ उसे?"

"हुआ नहीं, पर कभी भी, कुछ भी हो सकता है।

" आप मानवीयता की बात करते हो, क्या एक कमज़ोर बूढ़ी औरत को अकेले असहाय छोड़ देना मानवीयता है? मैंने उसे कई बार स्टोर से ग्रोसरी लाते देखा है। कई बार उसके काँपते-थरथराते हाथों से बैग गिरकर सामान सड़क पर बिखर जाता है। एक-दो बार मैंने बिखरा सामान समेटने में थोड़ी मदद की तो 'थैंक यू' कहकर बोली, 'दाईं बाँह कमज़ोर है, ज़्यादा वज़न नहीं उठा पाती। आर्थराइटिस, यू नो? ओल्ड एज प्राब्लम्ज़, अदरवाइज़ आय अम फ़ाइन!'

" ओल्ड होम में शिफ़्ट होने की सलाह देते हैं बच्चे, पर साथ नहीं रखते।

"कहा था आयुष ने मुझसे, वह घर छोड़कर कहीं जाना नहीं चाहती। मम्मी-डैडी को अपने साथ रखने का चलन तो यहाँ नहीं है। रोज़मर्रा की व्यस्तताओं में तीमारदारी के लिए किसके पास वक़्त है? आयुष के दोस्त शेखर की बीमार मौसी

रिकवरी सेंटर में रहती है। बेटा-बहू हफ़्ते में दो-चार बार बारी-बारी से मिलने जाते हैं। दोनों नौकरी करते हैं। अपने बच्चों की भी ज़िम्मेदारियाँ हैं। शेखर भी कभी-कभार मौसी से मिलने जाता है। वैसे सेंटर में उसका इलाज अच्छा चल रहा है, यह तसल्ली तो है।

"कह रही थी तन्वी, उनकी माँ घर जाने की ज़िद करती है। उसका मन वहाँ नहीं लगता। अंग्रेज़ी बोल नहीं पाती। किसी से बात करने को तरसती है। कैसे घुटकर रह जाती होगी बेचारी! दरअसल, प्रोफेसर साहब, यह देश क्या, यह समय ही बूढ़ों के लिए नहीं है। शेखर की मौसी के ज़ेहन में बसा पुरखों का घर है—बाल-बच्चों से चहकता, बेटों-बहुओं की खट्टी-मीठी शिकायतों-मनुहारों से रचा-बसा घर, जहाँ हँसी भी साझी थी और रोना भी साझा, जहाँ अकेलेपन के अहसास की गुंजाइश न के बराबर थी।"

"प्रभा, आज के दौर में वैसा घर न देश में और न विदेश में मिलेगा। अपने यहाँ भी अब ओल्ड होम में बुज़ुर्ग रहने लगे हैं। ज्वाइंट फैमिलीज़ तो अब रही नहीं, जहाँ बुज़ुर्ग माँ-बाप बेटों-बहुओं के साथ रहते हैं। अक्सर कामकाजी बहू-बेटों को बोझ ही लगते हैं। कारण जो भी हों, दो पीढ़ियों के सोच और जीवन-शैली में बहुत फ़र्क़ आ गया है। कोई समझौता नहीं करना चाहता। दरअसल हमें पारम्परिक मूल्यों और प्रगतिशील विचारों वाले वर्तमान के बीच बैलेंस बनाने की ज़रूरत है।

"अपने सोच में वक़्त के हिसाब से थोड़ा बदलाव लाना होगा और यह काम हम बड़ों को ही करना है प्रभा! वक़्त की दौड़ में शामिल बच्चों के पास अभी न रुककर सोचने का वक़्त है और न शायद इच्छा।"

"जानती हूँ, पर कभी-कभी मुझे डर-सा लगता है। दोनों तो साथ नहीं जाते, जो पीछे रहेगा, उसका क्या होगा? सभी तो दूर-दूर छितर गए हैं...!"

ऐसे नाज़ुक विषय पर सुरेन्द्रनाथ जी प्रभा से बहस नहीं करते। कहते नहीं कि परिवारों के बिखरने और नौकरियों या महत्त्वाकांक्षाओं के नाम पर बच्चों के दूर-दूर बसने के कारण अब अकेले पड़े बूढ़ों का आख़िरी शरण शायद ओल्ड होम ही है। पत्नी के दिल की धड़कन सम पर रहे, इसका ध्यान रखकर, 'काउंट युअर ब्लेसिंग्स' कहकर वे अपने दार्शनिक अन्दाज़ पर आ जाते हैं।

ज़िन्दगी के सफ़र के उस शाश्वत सच की याद दिलाते हैं, "जहाँ कई छोटे-बड़े स्टेशनों से गुज़रने के बाद यात्री अपनी-अपनी मंज़िलों पर पहुँच जाते हैं—इस यात्रा में कई स्टेशनों पर हमारे प्रियजन हमसे छूट जाते हैं, कुछ अपना मनचाहा मुक़ाम

मिलने पर अलविदा कहकर आगे बढ़ जाते हैं। यात्रा लम्बी हो जाए तो मुसाफ़िर को अपनी मंज़िल तक पहुँचने के लिए अकेले ही सफ़र करना पड़ता है। इस सच को हम स्वीकारें तो कैसे भी हालात हों, उनका सामना करने के लिए हम ख़ुद को तैयार कर ही लेंगे न?

"प्रभा, मनुष्य में वह अजेय शक्ति है जो उसे बदतर हालात में भी जीना सिखाती है।

"अच्छा सोचो प्रभा, सब अच्छा ही होगा—वी विल क्रॉस द् ब्रिजिज़ ह्वेन वी कम टु देम।"

प्रभा सुरेन्द्रनाथ जी के कहे शब्द, भीतर उठती हूक की तरह, दुहराती है, "हाँ, वी विल क्रॉस द् ब्रिजिज़ ह्वेन वी कम टु देम।"

सुरेन्द्रनाथ जी गहरी साँसों में उलझे प्रभा के दुहराए अपने ही शब्दों की तासीर देखने प्रभा का मन पढ़ने की कोशिश करते हैं।

काफ़ी कुछ रह जाता है अनसुलझा, सुलझाने की कोशिशों के बाद भी

इधर कई दिनों से बेटे के घर में प्रभा सेहत से थोड़ी कमज़ोर लगने के बावजूद काफी ख़ुश लगने लगी है। आयुष-तन्वी भी अक्सर शामें माँ-पापा के साथ बिताते हैं। शायद ख़ुशी की वजह यह भी हो!

लेकिन आयुष जानता है, माँ स्वस्थ नहीं है।

"इस वीक एंड पर डॉक्टर परिहार ने हम सबको लंच पर बुलाया है। माँ-पापा के लिए ख़ास इनविटेशन है। सोचता हूँ पापा, उनसे माँ के एंजाइना के बारे में बात करूँ। इधर कभी-कभी उनके सीने में दर्द उठने लगा है। वे 'कुछ नहीं' कहकर उसे इग्नोर करती हैं। उनसे हार्ट का चेकअप कराना ठीक रहेगा। जाने-माने हार्ट सर्जन हैं। हो सकता है, वे कुछ टेस्ट कराने की सलाह दें।"

"मैं ठीक हूँ बेटा। तुम्हारे पापा कुछ ज़्यादा ही चिन्ता करते हैं। तुमसे बातें करती हूँ तो बिलकुल स्वस्थ महसूस करती हूँ। वो कहते हो न तुम लोग—फ़िट एंड फ़ाइन, अभी ज़रूरत नहीं है टेस्ट-वेस्ट की। कुछ अपनी बात करते हैं। इधर बैठो मेरे पास। कितने-कितने दिनों बाद तो मिले हो, बहुत दूर हो गए हो न तुम!"

आयुष हल्का-सा हँस देता है। उस उजली हँसी को पहली बार विदेश जाते वक़्त माँ-पापा से किए घर लौटने का वादा साये की तरह ढक देता है। वादा, जो

सालोंसाल बीतने के बाद भी पूरा न हो सका। आयुष दूरियों के पीछे के कारण नहीं बताता। जानता है, वह जो भी कारण देगा, वे औसत की सतह से ऊपर नहीं होंगे। पापा उन्हें सुनना भी नहीं चाहेंगे। वे उसके सम्भावित निर्णय को शायद पहले ही जानते थे। माँ 'हरि इच्छा' कहकर बहुत पहले ही मन-बेमन से उसे स्वीकार भी कर चुकी है।

फिर भी!

इन 'फिर भी' के दो शब्दों की व्याख्या करना उम्र के चौथे पाटे में बच्चों से दूर जी रहे माँ-पापा के लिए असम्भव भले न हो, स्वीकारना कठिन ही है।

पापा संवाद का रुख़ बदल देते हैं। कुछ अनकही बातों की बन्द पोटलियाँ खोलते हैं : आदर्श-अस्मी से जुड़ी बातें, उनके बच्चों की बातें! हँसी-मज़ाक़ की बातें!

माँ की चिन्ताओं का केन्द्र आदर्श है, "फ़ोन भी नहीं करता हमें। तुमसे बात होती है? कैसा है?"

आयुष समाधान करने की कोशिश करता, "फ़िक्र मत करो माँ। सब ठीक है वहाँ।"

प्रभा को बहलाना आसान नहीं, यह जानते हुए भी आयुष कभी-कभी अप्रिय सच को छिपाकर हल्के-फुल्के तसल्लीबख़्श झूठ से माँ का मन रखने की कोशिश करता है।

"युग घर लौटा क्या? काव्या का काम कैसा चल रहा है? आदर्श कैसा है?" प्रभा की बेअन्त चिन्ताएँ। "फ़ोन करके पूछ लो न! काव्या फ़ोन करती है, 'सब ठीक है, दादी' कहकर फ़ोन रख देती है। तुमसे शायद खुलकर बात कर ले।"

आयुष भाई को जब भी फ़ोन करता, वह भी माँ से 'सब ठीक है' कहकर फ़ोन रख देता। युग ने अपना मोबाइल नम्बर बदल दिया है। वह शायद घरवालों से सम्पर्क रखना नहीं चाहता। काव्या से मालूम पड़ा, आदर्श अक्सर शाम को पीकर धुत्त रहता है। पूरा एडिक्ट हो गया है। मना-मनाकर उसे खाना खिलाना पड़ता है। लक्ष्मी बारह बजे तक खाना लिये बैठी रहती है।

"उधर सब ठीक है माँ। अगली बार आदर्श भैया से आपकी बात कराऊँगा," कहकर आयुष अगले दिन तक बात टाल देता।

पीयू ने दादा-दादी को बहलाने के लिए उन्हें क्लू गेम खेलना सिखाया है। सुरेन्द्रनाथ जी प्रोफ़ेसरी के दिनों कॉलेज के साथियों के साथ कभी-कभार वीक एंड्स पर ब्रिज खेला करते थे तो बच्चों के साथ कार्ड गेम खेलना रोचक लगा।

प्रभा भी सीखने को तैयार। उसे बच्चों का साथ चाहिए। खेल की बारीक़ियाँ तो सिखाने से समझ ही लेंगे। बच्चों के साथ प्रभा ख़ुश रही, ख़ूब मस्त, जैसे बचपन में लौट आई हो! आयुष ग्रेट अमेरिकन पार्क घुमा लाया। प्रभा ने ख़ूब एंज्वाय किया। बोट में बैठ पीयू का हाथ पकड़कर पानी की उठती-गिरती, उछाल मारती वॉटर राइड्स में भीगने का आनन्द भी उठाया। ओपन रेस्तराँ में सभी ने अपनी-अपनी पसन्द के बर्गर, पित्ज़ा, चिकन, नगेट्स फ्रेंच फ्राइज़ और जूसेज़ लिये। प्रभा ने भी एप्पल जूस के साथ एक चीज़ सैंडविच ले लिया। आयुष-तन्वी ख़ुश थे, माँ की तबीयत सुधर रही है। सुरेन्द्रनाथ जी कुछ चकित कि गिरती सेहत के बावजूद प्रभा में इतनी ऊर्जा कहाँ से आई कि राइड्स ली, ख़ूब घूमी, फिर भी थकान का नाम न लिया?

घर पहुँचकर सभी जल्दी सोने चले गए। आयुष ने गुड नाइट कहने से पहले याद दिलाया, "कल डॉक्टर परिहार के यहाँ लंच है। थोड़ा जल्दी जाना होगा। माँ, पहले आपका चेकअप कराना ज़रूरी है। मैं बात कर आया हूँ।"

"कल की कल देखेंगे बेटा, आज कितना अच्छा दिन रहा! मैं रात को सपने में इस दिन को एक बार फिर से जी लूँगी।"

"सपने में क्यों माँ? हम जल्दी ही एक और अच्छी पिकनिक का प्रोग्राम बनाएँगे। गुड नाइट!"

"गुड नाइट बेटे, गॉड ब्लेस यू!"

"शुभ रात्रि!"

बिस्तरे पर लेटते ही प्रभा को नींद आ गई, पर थोड़ी देर बाद ही आँख खुल गई। प्रभा को बार-बार करवटें बदलते देख सुरेन्द्रनाथ जी थोड़े फ़िक्रमन्द हुए।

"लगता है, थकान की वजह से नींद नहीं आ रही है। तबीयत तो ठीक है न?"

"ठीक हूँ, थोड़ी झपकी-सी आई थी। कुछ भूले-बिसरे चेहरे सामने खड़े नज़र आए। अजीब-सा सपना था। आप सुनकर हँसोगे। उनमें कुछ चेहरे तो मैंने घर की दीवार पर टँगे पीले पड़े आपके दादा-दादी के पारिवारिक फोटो में ही देखे हैं, मिली तो माँ-बाबू जी से ही हूँ। उनका भी तो अर्सा पहले स्वर्गवास हो चुका है, कैसे आए अचानक आज मेरे सपने में?"

"सुरेन्द्रनाथ जी ने प्रभा का माथा सहलाया, "कई चीजें हमारे अवचेतन में रहती हैं प्रभा। घर से जुड़ी यादें तुम्हारे मन-ज़ेहन से पल भर भी हटती नहीं हैं। घर की दीवार पर टँगी तसवीर के धुँधले चेहरे भी तुमने कभी याद किए होंगे, तो उनको

सपने में देखना सामान्य-सा मनोवैज्ञानिक सच है। ख़्वाब तो ख़याल ही होता है, इसमें आश्चर्य कैसा?"

प्रभा अनमना-सा 'हाँ, शायद' कहकर चुप हो गई।

"अब सो जाओ, रात बहुत हो गई है। कोई फ़ालतू वहम मन में मत पालो।"

सुरेन्द्रनाथ जी ने बाँहों से घेरकर प्रभा को तसल्ली दी।

प्रभा नन्ही बच्ची-सी पति की बाँहों में सिमटकर सो गई।

सुबह क़रीब पाँच बजे सुरेन्द्रनाथ जी वॉशरूम जाने के लिए उठे। प्रभा गाढ़ी नींद में चित लेटी थी।

कल की पिकनिक ने बहुत थका दिया है प्रभा को। आराम करे तो बेहतर महसूस करेगी। सुरेन्द्रनाथ जी ने धीमे-से दरवाज़ा उढ़का दिया।

दूर देश में विदाई

नहा-धोकर लौटे तो प्रभा वैसे ही बिस्तरे पर शवासन में लेटी थी। सुरेन्द्रनाथ जी को चिन्ता-सी हुई। पास आकर पुकारा। प्रभा की नींद नहीं खुली।

सुरेन्द्रनाथ जी ने हिलाया-ढुलाया। नींद नहीं खुली। बच्चों को आवाज़ दी, "जल्दी आओ आयुष-तन्वी, तुम्हारी माँ ठीक नहीं लग रही।"

"माँ, मम्मा, दादी...!" बच्चों ने पुकारा।

प्रभा ने किसी की आवाज़ नहीं सुनी।

घर में हलचल मची, मोबाइल बज उठे, एम्बुलेंस बुलाई गई। डॉ. परिहार, शेखर एमर्जेंसी में इकट्ठा हुए, प्रभा को अस्पताल पहुँचाया गया। डॉ. परिहार 'साइलेंट हार्ट अटैक' बुदबुदा कर आई.सी.यू. में प्रभा का हार्ट रिवाइव करने की कोशिश करने लगे। आयुष-तन्वी, सुरेन्द्रनाथ जी इमरजेंसी रूम के बाहर आई.सी.यू. में लेटी प्रभा के लिए किसी करिश्मे की उम्मीद में ईश्वर से दुआएँ माँगते रहे। पीयू एक हाथ से दादा जी का हाथ थामे, दूसरे से भर आती आँखें पोंछती रही।

पर प्रभा वहाँ थी ही कहाँ?

वह तो हवा के पंखों पर दूर, बहुत दूर पहुँच गई थी। चिनारों, देवदारों के जंगल लाँघती, बर्फ़ के ताज धरे पहाड़ों पर नज़रें जमाए, सालों से बन्द पड़े उस तन्हा घर में, जिसने उसे देखकर स्वागत की क्रीक-क्रीक की आवाज़ के साथ बन्द दरवाज़े खोल दिये हैं।

'पहचाना मुझे? मैं लौट आई हूँ अपने घर। अपने बुज़ुर्गों से कहा है न, हज़ार कोस दूर जाकर भी मैं तुम्हारे पास ही लौट आऊँगी। कैसे न लौटती?

यहाँ मेरे पुरखों के आशीषों से रचे अपनापे की ख़ुशबू है, बचपन की खिलन्दड़ी मासूमियत और यौवन की शोख़ियाँ हैं। आह, विगत वर्तमान और आगत को यहाँ किस अदृश्य कलाकार ने इन्द्रधनुषी रंगों का कोलाज बनाकर समय के विशाल कैनवास पर टाँक दिया है! मुझे बर्फ़ ढके हरमुख पर्वत के शिखर की तरफ़ ऊपर और ऊपर चढ़ना है। तीसेक साल तो हो गए, हारी पर्वत के बादाम-आड़ू की बौर गन्ध से महकते प्रांगण में परिजनों के साथ पिकनिक मनाई थी। अहा, अस्मी, आदर्श, आयुष कैसा तो हुड़दंग मचा रहे हैं! अरे, यह अन्वी कब लौटी, युग भी?

'यह डोंगे में हम कहाँ जा रहे हैं? सिन्ध का पानी कितना शीतल है! स्पर्श भर से रूह ताज़ा हो जाती है। दूर से आरती की सामूहिक ध्वनियाँ तो माँ खीरभवानी के प्रांगण से आ रही हैं। आज जेष्ठ अष्टमी का मेला है न, सृष्टि, गुड़िया, काव्या के चेहरे दीयों के आलोक में कैसे दिपदिपा रहे हैं! हवन की पवित्र गन्ध से मन्दिर परिसर महक रहा है। देखो तो, दूधिया जलकुंड में विराजती माँ राज्ञा दीयों की रोशनियों से जल में कैसे सौन्दर्य की अनुपम छटा बिखेर रही हैं! बाहर कड़ाहों में हलवे-लुच्चियों के प्रसाद बन रहे हैं। भक्तजन तन्मय होकर माँ राज्ञा का वन्दन कर रहे हैं। लयबद्ध स्वर धरती से आकाश तक गूँज रहे हैं। कितना आह्लाद है इस सामूहिक वंदना में :

लीलारब्ध-स्थापित-लुप्ताखिल-लोकां,
लोकातीतै-योगिभिर्-अन्तर् हृदि-मृग्याम्।
बालादित्य-श्रेणि-समान-ध्युति-पुंजां
गौरीम्-अम्बाम्-अम्बु-रुहा-क्षीम्-अहम्-ईड्ये...'

प्रभा अपने घर लौट रही है। माँ राज्ञा ने उसकी वर्षों की साध पूरी कर दी है।

और डॉक्टर परिहार कह रहे हैं, "प्रभा इज़ नो मोर!"

जडानन्दान पंगुन् प्रकृति वधिरा मुक्ति विकलान...

सुरेन्द्रनाथ जी गंगा घाट की सीढ़ियों से कुछ ऊपर बैठे भीगे मन से गंगा जी का अविरल प्रवाह देख रहे हैं। सुन रहे हैं विशाल जलराशि में हवा की थपकियों से लहरों के अन्तर में बजते संगीत का अनहद नाद। मर्म को छूता करुण राग।

सदानन्द पंडा आयुष और अस्मी को पृथ्वी पर गंगावतरण की कथा सुना रहे हैं कि कैसे महाराज भगीरथ अपने पूर्वज सगर के शापग्रस्त पुत्रों की मुक्ति के लिए ब्रह्मलोक में विराजती गंगा को पृथ्वी-लोक पर ले आए, कैसे कपिल मुनि के शाप से भस्म हुए सगर-पुत्रों को गंगा ने शाप-मुक्त कर जीवन दान दिया, कैसे अनन्त काल से हरिद्वार की इस धरती पर बहती पापनाशिनी माँ गंगा पितरों को मुक्ति प्रदान करती आई है...।

अनेक रूपा गंगा! इधर गंगा का जल कुछ मटमैला-सा दिख रहा है। गंगा-सफ़ाई-अभियान तो चल रहा है, शायद बारिश की वजह से तटबन्धों की मिट्टी नदी में रिसकर गंगा को मटियाला रंग दे गई हो!

सुरेन्द्रनाथ जी ने कई साल पहले गंगा का एक और अनूठा रूप-रंग देखा था। तब प्रभा उनके साथ थी—बर्फ ढके पर्वत शिखर, झर-झर बहता पानी और आकाश छूते वृक्ष देख ख़ुशी से बौरा जानेवाली प्रभा! तब वे गुलार डोगी, डिस्ट्रिक टेहरी गढ़वाल में गंगा किनारे घने सायेवाले क्रीपरों, नीबू, मौसमी और बेशुमार फलों से झुक-झुक जाते पेड़ों के बीच बैठी एक इकमंज़िली हट में रुके थे। आँखों की सीध में क़द्दावर पहाड़ों के बर्फ़ से सजे गर्वीले शिखर थे और शिखरों से बेरोक उतरती गंगा—दौड़ती, भागती, संगमरमरी झागीले प्रवाह में उछल-उछल तटों को पानी की बौछारों से भिगोती, किनारों के ढोक-चट्टानों से लड़ियाती मनचली गंगा! किनारे के उथले पानियों में घुटनों तक उतरी प्रभा गंगा की शफ़्फ़ाफ़ लहरों से देर तक भीगती रही थी। सुरेन्द्रनाथ जी की ताक़ीद कि 'सर्दी हो जाएगी, बचपना छोड़

पानी से बाहर आओ', प्रभा हँस पड़ी थी, "न-न, सर्दी-वर्दी कुछ नहीं। गंगा की यह शीतल फुहार कितनी पारदर्शी! तपते तन-मन को कैसा सुकून दे रही है! कितना रोमांचक है गंगा का स्पर्श! मेरे साथ भीगो तो महसूस करोगे इसका जादू। मेरा मन तो कर रहा है कि कुछ वक़्त यहीं गुज़ारूँ, मनचली गंगा का निर्बाध वेग देखती रहूँ। देखो तो, ऊपर आकाश पर घूमते ये भरे-भरे धौले-सुरमई बादल भी कैसे मनमाने खेल खेल रहे हैं! कभी अपनी आकाश ढाँप ओढ़नी से हिम शिखरों को ढक देते हैं, कभी ओढ़नी हटा श्वेत ताज धरे हिमालय के विराट सौन्दर्य से वातावरण को शीतल उजास से भर देते हैं। आपने देखा नहीं प्रोफेसर साहब, कैसे पर्वतों के बीच से आर-पार रास्ता बनाकर बादल वेग से बहती गंगा को छूने धीरे-धीरे नीचे उतर रहे हैं? पर गंगा किसी के रोके रुकी है? निराश होकर मुँह लटकाए वापस लौट जाते हैं बादल अपने घर। प्रकृति का यह विराट सौन्दर्य तो मंत्रमुग्ध कर देता है। मन के सारे ताप और द्वंद्व हर लेती है गंगा। कितने ख़ुशक़िस्मत हैं इधर रहनेवाले लोग!"

"पहले पास वाले मन्दिर में देवी के दर्शन तो कर लो। हो सकता है, वहीं तुम्हारे सवालों का जवाब मिल जाए!" सुरेन्द्रनाथ जी ने प्रभा के लम्बे खिंचते मुग्ध आलाप पर विराम देने की कोशिश की।

गंगा किनारे छोटा-सा मन्दिर, भीतर लाल साटन से सजाई चारेक फ़ीट की वेदी पर बैठी माँ गंगा की संगमरमरी कलाकृति। सामने थाली में कुछ फल-फूल, अक्षत-चन्दन के साथ ताम्र पात्र में चरणामृत और श्रद्धालुविहीन मन्दिर में पोथी पर झुका निरीह-सा दिखता अकेला पुरोहित। प्रभा-सुरेन्द्रनाथ जी ने झुककर पहले देवी माँ को, बाद में पंडित जी को प्रणाम किया। पंडित जी ने सोत्साह पूजा करवाई। दोनों ने पंडित जी के स्वर में स्वर मिलाकर गंगा जी की स्तुति की, चरणामृत लिया और दक्षिणा दी। जाते-जाते प्रभा ने गंगा जी के मोहक सौन्दर्य की प्रशंसा करते पूछा, "आप यहीं रहते हैं?"

"जी, पीढ़ियों से यहीं गंगा जी की सेवा कर रहे हैं।"

"भाग्यवान हैं आप, गंगा माँ के इस मनोहारी पवित्र स्थान में रह रहे हैं—पॉल्यूशन फ्री, स्वच्छ निर्द्वन्द्व वातावरण में।"

पंडित का चेहरा उतर गया, "हाँ, माता जी, सो तो है, पर हमारे बाल-बच्चे अब यहाँ नहीं रहते। गाँव छोड़कर शहर चले गए हैं, रोज़ी-रोटी कमाने।"

'भाग्यवान' शब्द ने पंडित जी की कोई दुखती रग छू दी थी, "पहाड़ियों का जीवन बड़ा कष्टकर होता है माता। इधर दो वक़्त की रोटी का जुगाड़ करना

भी अब मुश्किल होता जा रहा है। अब पहले वाली बात नहीं रही। अब तो यहाँ सैलानी आते हैं, श्रद्धालु नहीं। लोग आते हैं सैर-सपाटे के लिए। नज़ारे देखते हैं, फ़ोटो-शोटो खींचते हैं और लौट जाते हैं। पूजा-अर्चना कोई विरला ही करता है। मैं भी कब तक यहाँ रह पाऊँगा, कह नहीं सकता।"

"पापा!" कन्धे पर अस्मि का स्पर्श सुरेन्द्रनाथ जी को गुलार डोंगी के श्रद्धालु-विहीन मन्दिर से भीड़ भरे गंगा घाट पर ले आया।

"आइए यजमान, हवन की तैयारियाँ हो गई हैं।"

सदानन्द पंडा पिंड के लिए पके चावल, हवन-सामग्री, अक्षत-चन्दन, फल-फूल आदि के साथ दान के लिए वस्त्रादि क़रीने से सजा प्रभा का श्राद्ध सम्पन्न कराने के लिए तैयारी कर चुके हैं।

अभ्यास बनी रीति-नीतियाँ, नाम-कुल-गोत्र पूछने के साथ श्राद्ध विधिपूर्वक शुरू हो रहा है। घाट पर गहमागहमी है। कई लोग छोटी-छोटी टोलियों में बैठे पिंडदान करा रहे हैं।

सुरेन्द्रनाथ जी के साथ आयुष भी माँ का श्राद्ध कर रहा है। पुरोहित श्लोक पढ़ते निर्देश दे रहा है और बेटा उँगलियों में दूर्वादल की पवित्री पहने पिंड के छोटे-छोटे लोंदे बनाकर पिंडदान कर रहा है।

सुरेन्द्रनाथ जी का मन हवन-कुंड से उठते धुएँ से बेटे की लाल हुई आँखें देख करुणा से भीग जाता है। कर्म-कांडों और तर्क से परे आस्थाओं में विश्वास न रखने के बावजूद, वैज्ञानिक सोचवाला बेटा किसलिए इन अनुष्ठानों में भाग लेने की तवालत उठा रहा है? क्या मन की किसी ग्रन्थि से मुक्त होने के लिए कि माँ से घर लौटने का वादा वह पूरा न कर सका और विदेश में बसकर उसने माँ को कहीं निराश कर दिया? क्या इसलिए कि किसी करिश्मे से प्रभा के मन का अनकहा मलाल मिट जाए, या सगर-पुत्रों की तरह उसके श्राद्ध से माँ को भी मुक्ति मिले? सुरेन्द्रनाथ जी भी तो कर्म-कांडों में रुचि न रखते भी प्रभा का श्राद्ध कर रहे हैं। क्या अवचेतन में दुबककर बैठा कोई तर्कहीन विश्वास उनसे यह कर्म करा रहा है कि शायद प्रभा की आत्मा को कोई राहत मिले?

शरीर छोड़ने के बाद आत्मा कहाँ जाती है? उसकी अवस्था क्या होती है? कितने दिनों तक घर में रहती है? पुनर्जन्म कब लेती है?—इसके बारे में सहज जिज्ञासा के कारण उन्होंने शास्त्रों को खंगाला ज़रूर है, कुछ स्वनाम धन्य शास्त्र के जानकारों से इस विषय से सम्बन्धित प्रश्न भी पूछे हैं, पर अन्ततः

'श्रीमद्‌भगवदगीता' के सन्देश 'कर्मण्ये वाधिकारस्ते मा फलेषु कदाचन:' पर ही उनकी आस्था बनी रही है।

फिर भी, प्रभा की मृत्यु की ख़बर फ़ोन पर सुनकर अस्मी ने हूकें भर रोते हुए पापा से माँ की विदाई दो दिन रोकने की प्रार्थना की थी। माँ को अन्तिम बार देखने की बेटी की इच्छा को निरर्थक कहकर सुरेन्द्रनाथ जी मना नहीं कर पाए। प्रभा की निष्प्राण देह दो दिन आइस बॉक्स में रखी गई। इमर्जेंसी में टिकट बुक करके अस्मी के तीसरे दिन की सुबह अमेरिका पहुँचने के बाद ही प्रभा का अन्तिम संस्कार किया गया। अस्मी-आयुष-तन्वी के साथ पीयू को भी रो-रोकर हल्कान होते देख सुरेन्द्रनाथ जी ने बच्चों को आँसू बहाने से मना किया था, "आँसू मत बहाओ बच्चो, ये आँसू तुम्हारी माँ को कष्ट पहुँचाएँगे।"

'गीता' में श्रीकृष्ण का अर्जुन से कहा श्लोक 'जातस्य हि ध्रुवो मृत्यु, मृत्यु जन्म ध्रुवस्य च' सन्दर्भ समेत सुनाकर सुरेन्द्रनाथ जी ने उन्हें जीवन-मृत्यु का रहस्य समझाया था। बच्चों को दिलासा देने की कोशिश की थी।

"अंकल जी, हमने शास्त्र के जानकारों से सुना है कि दोबारा जन्म लेने से पहले मृतक की आत्मा तेरह दिन घर के आसपास ही रहती है?" शेखर जाने क्यों जानना चाहता था।

"इसी विश्वास से शायद तेरह दिन तक ब्राह्मण वर्ग घर में 'गीता' का पाठ कराते हैं, पर जानेवाला दोबारा कहीं जन्म लेगा या जन्म-मरण से मुक्त हो जाएगा, यह हमारे लिए क्या, किसी ज्ञानी-ध्यानी के लिए भी जानना मुमकिन नहीं।"

सुरेन्द्रनाथ जी स्वर्ग के मोह या नरक के भय से कोई अनुष्ठान नहीं करते। अपने माता-पिता की बरसी पर भी वे बड़े आयोजन नहीं करते। वंचितों-ज़रूरतमन्दों को यथाशक्ति दान ज़रूर देते हैं, लेकिन किसी की श्रद्धा या विश्वास पर आलोचना भी नहीं करते। जानते हैं, बड़े से बड़ा वैज्ञानिक भी ग्रह-नक्षत्रों की खोज में आकाशी स्पेस को खंगालने की कोशिशों के बावजूद मृत्यु से जुड़े रहस्यों को जान नहीं पाया है।

परिजनों और आयुष के दोस्तों ने पुष्प-गुच्छों से प्रभा को गरिमापूर्ण विदाई दी। डॉ. परिहार के पूछने पर कि विधि के अनुसार पूजा-आरती के लिए क्या पंडित जी को बुलाएँ, एक पूजा-पाठ के जानकार पंडित हैं यहाँ, तो सुरेन्द्रनाथ जी ने मना किया, "पूजा-पाठ की ज़रूरत नहीं है। प्रभा तो शिवत्व में लीन हो गई है। हम आप ही शिव शंकर की आरती कर इन्हें विदा करेंगे।"

इलेक्ट्रिक क्रेमेटोरियम ले जाने से पहले अस्मी, आयुष, तन्वी और आयुष के दोस्तों ने सुरेन्द्रनाथ जी के साथ स्वर मिलाकर शिव की आरती की। दिन-भर की थकान से सुस्त सूर्य ने हवाओं में गूँजते 'शिव शंकर, शिव शंकर, हरु में हरु द्ररितम' के अँसुआते स्वर सुने और उदास होकर क्षितिज के पार उतर गया।

क्रेमेटोरियम में पल-भर में राख हुई माँ की अस्थियों में से अस्मी ने मुट्ठी-भर राख उठाकर डिब्बे में सहेजकर रख ली। बाक़ी अस्थियाँ आयुष ने लेक के शीतल जल में प्रवाहित कर दीं। सुरेन्द्रनाथ जी ने आँसुओं में उफन आते दुःख को पलकों में रोककर बेटी को देखा। पापा का दुःख से विवर्ण चेहरा देख अस्मी की आँखें बरस पड़ीं, "पापा, हरिद्वार में गंगा का स्पर्श माँ को शान्ति देगा न?"

पापा ने आयुष-अस्मी को गले लगाया। कहा कुछ नहीं, सिर हिलाकर सहमति दी। बोलते भी कैसे? अव्यक्त दुःख से उनका गला जो रुँध गया था!

सुरेन्द्रनाथ जी मानव मनोविज्ञान को समझ सकते हैं, फिर भी मन में प्रश्न उठा कि आज के वैज्ञानिक सोच के युवा ने विधिवत् श्राद्ध करने की यह तवालत क्यों उठाई?

आयुष ने माँ की मुट्ठी भर अस्थियाँ भरी आँखों कलश में भरकर गंगा की गहरी धारा में विसर्जित कर दीं। अस्मी-आयुष, दोनों ने दीन-दुखी अपंगों को कम्बल बाँटे और भूखे-नंगे बच्चों-बूढ़ों को भरपेट भोजन कराया।

अनुभवी नज़र से दान-दक्षिणा के वज़न का अन्दाज़ा लगाकर प्रसन्नचित्त सदानन्द पुरोहित ने आयुष-अस्मी को 'जीवै त्वम शरदः शतम्' का आशीर्वाद दिया। सुरेन्द्रनाथ जी के पुरखों की बही निकाल उस पर हस्ताक्षर करवाए। मुक्त कंठ से उनकी प्रशंसा की कि उन्होंने बच्चों को अच्छे संस्कार दिये हैं, "आज आपकी धर्मपत्नी और बच्चों की माता को मुक्ति मिल गई यजमान!"

सुरेन्द्रनाथ जी ने उत्तर में हाथ जोड़कर प्रणाम किया, कहा कुछ नहीं। सोचा ज़रूर कि मुक्ति तो प्रभा को उसी दिन मिली थी विदेशी धरती पर, घर से सात समन्दर दूर रहते बेटे आयुष के घर में, जहाँ से वह पति और दूर बैठे बेटे के परिवार का मनचाहा स्पर्श पाकर अपनी अन्तिम यात्रा पर निकल पड़ी थी। तीसेक साल अपने घर लौटने का इन्तज़ार कर आख़िरकार उसने मन-बेमन से मान लिया था कि उसका घर वहीं है जहाँ उसके बाल-बच्चे हैं। जाने से पहले वह बच्चों के बीच ख़ूब ख़ुश थी। आयुष और बच्चों से मिलकर, अन्तिम समय उनके हाथ से मुँह में दो बूँद जल पाकर उसकी अन्तिम आस-अरदास पूरी हो गई थी।

लौटते वक़्त यात्रियों से खचाखच भरी बस अब उलटी, तब उलटी। धूल उड़ाती

बसों और काले धुएँ का ज़हर उगलते ट्रकों ने साँस लेना मुहाल कर दिया। आयुष खाँसते-छींकते बेहाल हो रहा था। अस्मी ने पर्स से दो मास्क निकाल पापा और भाई के हाथ में दे दिये और ख़ुद दुपट्टे से सिर और चेहरा ढक सिर्फ़ दो आँखें खुली रख लीं। मुँह-नाक ढके तीनों जन भीड़ में से रास्ता निकाल, सड़क पार कर टैक्सी तक पहुँच गए।

"पता नहीं, इस बाहर-भीतर के पॉल्यूशन से हमें कब छुटकारा मिलेगा!" अस्मी का प्रश्न था या हताशा?

"बाहर का पॉल्यूशन कम करने की कोशिशें तो हो रही हैं। सरकार भी इसके लिए गम्भीर है, लेकिन जनता को भी इसके लिए प्रयास करने होंगे।"

सुरेन्द्रनाथ जी ने भीतर के पॉल्यूशन की बात नहीं की। उन्होंने जो दाएँ-बाएँ बैठे पंडों-पुरोहितों को—श्राद्ध कराने आए यजमानों को पूर्वजों की बही दिखाकर—अधिक से अधिक दान-दक्षिणा देने के लिए विवश करते देखा था, क्या आयुष-अस्मी ने नहीं देखा होगा? एक तरफ़ आस्था और श्रद्धा के भावपूर्ण आयोजन, तो दूसरी ओर मृतकों के श्राद्ध-कर्म में भी ज़्यादा से ज़्यादा वसूलने की संवेदनहीन वास्तविकताएँ!

"यजमान, यह देखिए, आपके पिताजी के हस्ताक्षर! यहाँ देखिए, इधर आपके ताया जी के नीलकंठ राजदान, पहचान तो गए होंगे हस्ताक्षर? यह रक़म भी दर्ज है इधर। क्या महादानी सज्जन थे! आप उनके लिए हाथ तंग रखेंगे, तो क्या उनकी आत्मा को शान्ति मिलेगी—हँ? आप ही बताइए...?"

सुरेन्द्रनाथ जी को अपने बाबू जी याद आ गए। वे कहा करते थे, दादा जी के श्राद्ध-कर्म में उन्होंने यथाशक्ति जो भी दान-दक्षिणा पंडों-पुरोहितों को दी थी, उन्होंने उसे बिना देखे माथे से लगाकर आशीर्वाद दिया था।

तब की बात! और अब? इन धार्मिक समझे ज्ञानेवाले कृत्यों में भी मोल-भाव के बाज़ार ने घुसपैठ कर दी थी। गंगा घाट पर एक ओर दान- सामग्री बटोर पंडे चौकन्नी नज़रों से नये यजमानों की आहटें टोह अपनी ओर खींचने के प्रयासों में लगे थे, दूसरी तरफ़ अवश बूढ़े, अपंग, लूले-लंगड़े कटोरे लिये, पंक्तियों में बैठे, दाताओं से हलवा-पूड़ी पाने का बेताबी से इन्तज़ार कर रहे थे।

सुरेन्द्रनाथ जी इस समय की विसंगतियों में जीने के लिए, तमाम दन्द-फन्द करनेवालों के लिए मन-ही-मन माँ गंगा से प्रार्थना करने लगे : 'जडानन्दान पंगुन् प्रकृति वधिरा मुक्ति विकलान...!'

'हे अम्बे, जन्म से बहरे, लंगड़े, गूँगे, अन्धे और जिनके पापों के छुटकारे के हो गए हैं सारे मार्ग अवरुद्ध, उनका तुम उद्धार करो!'

प्रार्थना करते अजाने ही सुरेन्द्रनाथ जी के आगे आश्चर्य-सा घट गया। अचानक घाट अदृश्य हो गए और सामने कद्दावर पहाड़ों के शिखरों से वेग से धरती पर उतरती, ढोक चट्टानों से लड़ियाती साफ़-शफ़्फ़ाफ़ गंगा प्रकट हुई और तट के उथले पानियों में जी भर भीगती प्रभा के शब्द कानों में गूँजने लगे, 'आह, कितनी शीतल, कितनी पारदर्शी है गंगा! तन-मन के सारे ताप हर लेती है। मेरा मन करता है, कुछ वक़्त यहीं पर गुज़ारूँ...!'

सुरेन्द्रनाथ जी क्या स्वप्न देख रहे थे, दिवास्वप्न?

'तुम्हारे बच्चे तुम्हें गंगा के पास ले आए प्रभा!'

सुरेन्द्रनाथ जी ने गंगा के विशाल पाट को देखा। मन-ही-मन कहा, 'थोड़ा रूप बदला है। समय तो अपना रंग दिखाता है न, पर गंगा वही है—तन-मन के ताप हरनेवाली तुम्हारी गंगा!'

एक ख़सली जगह का अहसास

प्रभा को अन्तिम विदाई देकर सुरेन्द्रनाथ जी ने लौटने से पहले घर के किरायेदार को शाम तक पहुँचने की सूचना दी थी, इस आशंका से कि वे कहीं घर में ताला जड़कर बाहर न चले गए हों और वे आयुष-अस्मी के साथ बाहर खड़े परेशान हों। अवसाद और लम्बी यात्रा की थकान से आयुष-अस्मी के साथ सुरेन्द्रनाथ जी भी काफी पस्त महसूस कर रहे थे। थोड़ा फलादि रास्ते में खा लिया था। सोचा, घर पहुँचकर पैर फैलाने को जगह निकाल अकड़ी कमर सीधी करेंगे, तो कल की कल देखेंगे।

सुरेन्द्रनाथ जी ने बन्द घर का ताला खोल भीतर क़दम रखा तो उन्हें 'डेरा' और 'भूत का डेरा' शब्द एक साथ याद आए—एक शब्द प्रभा का, दूसरा, वर्षों पहले गुज़र चुकी अपनी माँ का। घर छूटने के बाद एन.सी.आर. में बनाए इस मकान को प्रभा 'डेरा' कहती थी, घर नहीं। घर तो वादी में छूटा था। माँ उस घर को 'भूत का डेरा' कहती थी, जिसमें घरनी न हो, वही पुराना मुहावरा—बिन घरनी घर भूत का डेरा।

सुरेन्द्रनाथ जी जानते थे कि प्रभा के बिना घर में अकेले रहना उनके लिए आसान नहीं होगा, भूत का डेरा भले वह न लगे। पर जब प्रभाविहीन, बेनूर से

दिखते बेडरूम में तकिये पर सिर रख वे सोने की कोशिश करने लगे, तो उन्हें अजीब-से दृश्य दिखाई पड़े—कहीं दूर से पास आती आवाज़ें कानों में गूँजने लगीं। लगा, कोई उनका तकिया सिर के नीचे ठीक से जमा रहा है, कोई पलंग से नीचे लटकी चद्दर झाड़कर क़रीने से ओढ़ा रहा है। कोई हाथ उनकी तरफ़ गरम चाय का कप बढ़ा रहा है। सुरेन्द्रनाथ जी को कमरे के अँधेरे में कुछ खटपट भी सुनाई पड़ी। घबराहट में उनके मुँह से आवाज़ निकली, "कौन है?"

"चाय लीजिए, थक गए हैं।"

"कौन? कौन हो तुम?" उन्होंने लाइट ऑन की।

यकायक आवाज़ें थम गईं और कप ग़ायब हो गया।

पापा की घबराई-सी आवाज़ सुन साथ के कमरे में सोई अस्मी चौंक गई।

"क्या बात है पापा, कोई सपना देखा?"

सुरेन्द्रनाथ जी घबराहट छिपाने की कोशिश में हल्के-से हँस पड़े, "अरे, कुछ नहीं, कोई सपना-सा देखा। शायद आँख लगी हो! आओ, मेरे पास बैठो।"

"माँ थी न? उसकी याद आ रही है न पापा?"

"आवाज़ उसी की लगी। ख़ैर, छोड़ो, यह सब मति-भ्रम है। कई दिनों से हम सब उसी की यादों के साथ रह रहे हैं न!"

"पापा, आप मेरे साथ मुम्बई चलिए, आपको अच्छा लगेगा। आयुष भी चाहता है कि आप यहाँ अकेले न रहकर उसके पास रहें। यहाँ आपको कोई देखनेवाला भी नहीं है पास में। हम सब दूर-दूर रह रहे हैं। माँ थी तो अलग बात थी।" अस्मी ने भरी आँखों पापा से इल्तिजा की।

"अस्मी बेटा, आँसू पोंछो। तुम्हारी माँ का हम सबको छोड़कर अचानक चले जाना हम सबको दुखी कर गया है, पर जाना तो आगे-पीछे सभी को है। मृत्यु का यह ध्रुव सच स्वीकार कर ही तो हम आगे बढ़ते हैं। समय बड़ा मायावी है बेटा, दुःख के गहरे से गहरा घाव भी धीरे-धीरे भर देता है।

"मेरी चिन्ता मत करो। अभी मेरी सेहत ठीक-ठाक है और कर्म की इति होने में मेरा विश्वास कभी नहीं रहा। अगर मुझे कुछ और समय मिला है तो उसे मैं ऊपर से बुलावा आने के इन्तज़ार में वेटिंग लॉउंज में निष्क्रिय बैठकर गुज़ारना नहीं चाहूँगा। मुझे बाँधो मत बेटी। मोह के बन्धन बहुत कमज़ोर कर देते हैं। मुझे फ़िलहाल अकेले रहने दो। किसी-न-किसी जगह पहुँचकर सभी को अकेला होना पड़ता है, उसका ग़म क्यों?"

"वह तो सही है पापा, पर हमारे रहते आप अकेले रहेंगे तो हमें आपकी चिन्ता तो रहेगी।"

"चिन्ता की कोई बात नहीं बेटी। यहाँ भी मेरे कुछ हमउम्र दोस्त हैं। वे मुझे अकेले कहाँ रहने देंगे। अपना ओल्ड सिटिजन्स फ़ोरम तो है न! कुछ न कुछ तो करते रहते हैं हम। इकोसिस्टम के बारे में हमेशा से मेरी रुचि रही है। बहुत कुछ न भी कर पाएँ हम, कुछ पेड़-पौधे तो लगा ही सकते हैं।" सुरेन्द्रनाथ जी मुस्कराकर बोले, "पर्यावरण-सुरक्षा, जल-संरक्षण, उसके लिए युवा होना ज़रूरी तो नहीं?" फिर कुछ संजीदा होकर बोले, "अस्मी बेटा, कुछ अधूरे काम भी पूरे करने हैं मुझे..."

"कौन-से काम पापा? मैं कुछ मदद कर सकती हूँ?"

"वह तो मुझे ही करना है बेटे। तुम्हारी माँ ने मुझे एक किताब लिखने की ज़िम्मेदारी सौंपी थी, वह अभी अधूरी है। सबसे पहले उसे पूरा करना चाहता हूँ। वादी के हालात पर नज़र रखे हुए हूँ। देखो, क्या होता है!"

"उसके बाद तो आएँगे न हमारे पास?"

"क्यों नहीं! कभी भी, जब तुम्हारी ज़रूरत पड़ेगी तो तुम्हें बुलाऊँगा या ख़ुद ही तुमसे मिलने चला जाऊँगा। अस्मी, घर-गृहस्थी की ज़िम्मेदारियों और जीवन की आपाधापी में ज़िन्दगी कैसे निकल गई, मालूम ही नहीं पड़ा। इस दायरे से बाहर कुछ सोचने का मौक़ा ही नहीं मिला। अब उम्र की ढलान पर सोचने लगा हूँ, मेरे जीने का मक़सद क्या है? सच तो यह है कि मेरी यह इच्छाशक्ति ही मुझे कर्म करने की ताक़त देती है। जीवन ने हमें जो स्पेस दिया है अस्मी, उसमें करने को बहुत कुछ है।

"फ़िलहाल मुझे आदर्श की चिन्ता है। उसकी सेहत ठीक नहीं रहती। हो सकता है, उसे मेरी ज़रूरत हो! थोड़ा वक़्त उसके साथ बिताना चाहूँगा। आगे कैसे हालात रहेंगे, देख लेंगे।"

"पापा, हम जब कभी 'ऐसा होगा, तो क्या करेंगे; वैसा होगा तो कैसे करेंगे' जैसे अटपटे सवाल आपसे पूछते थे, तो आप अक्सर एक अँग्रेज़ी मुहावरा सुनाया करते थे, याद है न पापा?"

"वी विल क्रॉस द् ब्रिजिज़, व्हेन वी कम टु देम, यही न? तुम्हारी माँ को भी ऐसे सवालों का यही जवाब देता था। जैसी स्थिति सामने हो, उससे निबटने के लिए तत्काल ही सही निर्णय लेना चाहिए। पहले से सोच-सोचकर अटकलें लगाने से कोई समस्या हल नहीं होती बिटिया!"

पापा ने निर्णय ले लिया है। उनके अकेले रहने से हो सकती तमाम असुविधाओं को सोचने भर से परेशान अस्मी जानती है, वे वही करेंगे, जो करना चाहेंगे।

अन्वी का सरप्राइज़

अगली सुबह कई घटनाएँ एक साथ घटीं। एक अनपहचाने नम्बर से अस्मी को अन्वी का कॉल आया। प्रभा के देहान्त की ख़बर उसे फ़ेसबुक से मिली थी। वह दुखी थी और पापा से मिलना चाहती थी। अस्मी ने अमेरिका में माँ की मृत्यु से लेकर हरिद्वार में श्राद्ध करने के बाद पापा के साथ एन.सी.आर. लौटने तक की जानकारी देकर मनुहार-सी की थी, "आ जाओ अन्वी। हम सब तुमसे मिलने को तरस रहे हैं।"

सुरेन्द्रनाथ जी से बात करते उसका गला रुँध गया था, "पापा जी, मैंने सबको दुःख दिया। माँजी के प्यार ने तो मुझे मेरा मायका भुला दिया था।"

"अन्वी बेटा, तुम्हारी माँ आख़िरी साँस तक तुम्हें याद करती रही, पापा भी तुम्हें भूले नहीं। इतने दिन कहाँ रहीं?"

और घर का पता, फ़ोन नम्बर वग़ैरह नोट करवा दिया।

आयुष दस दिन की छुट्टी लेकर आया था। लौटने से पहले भैया से मिलने हैदराबाद जाना चाहता था। जाने से पहले आदर्श को फ़ोन किया। फ़ोन काव्या ने उठाकर बताया कि वह अपने एक कुलीग के साथ पापा को अस्पताल लेकर आई है, डॉक्टर से कंसल्टेशन के लिए। किडनी काफी डैमेज हो गई है। डॉक्टर कहते हैं, डायलिसिस पर रखना होगा।

आयुष अगले दिन सुबह-सुबह ही एयरपोर्ट के लिए निकल पड़ा और शाम को अन्वी की टैक्सी घर के सामने रुकी।

घर छोड़ने के बाद अन्वी ने किसी से कोई सम्पर्क नहीं रखा था, अस्मी से भी नहीं। वह अपने विगत, घर-परिवार, मोह-माया, प्रताड़ना, अवसाद—सब कुछ पीछे छोड़, कभी न लौटने का मन बनाकर आगे बढ़ गई थी। प्रभा ने जिसे कठकरेजी समझा, वही अन्वी बीच में आई दूरियों की दरारें पाटती अब पापा के सामने रू-ब-रू थी। देह से थोड़ी दुबली, मन से थोड़ी वीतराग, पर थकी-टूटी नहीं, पहले जैसे ही आत्मविश्वास से लबालब भरी, अगले को आत्मीयता के वलय में लपेटनेवाली!

घरवालों ने सोचा, शायद वह लौट आई है। क्या सचमुच?

अपने जिए-भोगे को अपने मन के तलघर में छिपाकर रखनेवाली अन्वी सखी-ननद से लिपटकर रोई, डबडबाई आँखों पापा से न किए अपराध के लिए क्षमा माँगी कि उसने एक सही फ़ैसला लेकर अपने आत्मीयों को दुःख पहुँचाया।

सुरेन्द्रनाथ जी, जिन्होंने प्रभा के निधन पर न ख़ुद आँसू बहाए, न बच्चों को आँसू बहाने दिये, अन्वी के सामने भावुक हो उठे, "आदर्श बीमार है अन्वी!"

अन्वी सुनती रही—सुख-दुखे-समेकृत्वा भाव से।

आदर्श के शराब में डूबने, किडनी ख़राब होने से लेकर डॉक्टरों के डायलिसिस पर रखने की ताक़ीद करने तक की दुखद दास्तान। उसने कोई प्रतिक्रिया नहीं की। मुँह फेरकर अपनी आँखें पोंछ लीं।

पूछने पर 'कहाँ, कैसी रहीं?' के उत्तर में संक्षिप्त-सी जानकारी दी कि पुणे के एक चैरिटी हॉस्पिटल के एडमिनिस्ट्रेशन विंग में अकाउंट्स डिपार्टमेंट में काम कर रही है। बैंक की नौकरी ने काम ढूँढ़ने में मदद की। शाम के वक़्त बीमारों के साथ गपशप करती है, हॉस्पिटल परिसर में ही स्टाफ़ क्वार्टर्स में रहती है...।

"पुणे में रहीं, पर न मुझे फ़ोन किया, न मिलने आईं। हमसे तो कोई नाराज़गी नहीं थी अन्वी?"

"अपना विगत पीछे छोड़ आई थी मैं। सम्पर्क बनाए रखती तो बार-बार पीछे लौटती। अपने से किया वादा निभाने की कोशिश में मैंने मोह के नाते तोड़ने की तकलीफ़ सही है अस्मी!"

अन्वी को घर छोड़कर जाने के अपने फ़ैसले पर कोई पछतावा नहीं था। उसने घर छोड़ते वक़्त ही अस्मी से कहा था कि वहाँ उसका कोई स्पेस बचा नहीं था और बन्द ताबूत में घुटकर वह मरना नहीं चाहती थी। वह जीना चाहती थी उन जाने-अनजाने लोगों के साथ, जिन्हें उसकी ज़रूरत हो।

बाद में सहज होकर उसने पापा से अपने आस-पास रहते उन लोगों की दास्तान सुनाई थी जो दुःख-दर्द और अभावों को छाती पर झेलते जीने की कोशिशें करते हैं।

"पापा, मैंने देखा, दुःख उन्हें जोड़ता है। एक-दूसरे के लिए अपनी छोटी-छोटी सुविधाओं का त्याग करना सिखाता है। उनके साथ रहकर मुझे जीने का अर्थ समझ आया। पापा, तमाम सुविधाओं के होते भी हम ज़िन्दगी को शिद्दत से क्यों जी नहीं पाते?"

अन्वी के शब्द सुरेन्द्रनाथ जी के मर्म को छू रहे थे।

"हमारा अहंकार, हमारी बेअन्त लालसाएँ और हमारी ग्रंथियाँ अच्छी-भली

ज़िन्दगी को नरक बना देती हैं। आए-दिन की जिन छोटी-बड़ी शिकायतों-मसलों को मिल बैठकर आपसी समझ से सुलझा सकते थे, उन्हें उलझाकर सुरसा का मुँह बना देते हैं कि रचे-बसे घर ढहकर उसमें समा जाते हैं। ऐसे में बेटे, न संवेदनाएँ बची रहती हैं, न एक-दूसरे की अहमियत का अहसास।

"माँजी और आपके प्यार ने पापा, मुझे अपने माँ-पापा की कमी कभी महसूस नहीं होने दी, लेकिन एक सही फ़ैसला लेकर मैंने आपको दुःख पहुँचाया, यह बात मुझे आज भी सालती है। पापा, क्या मैं इसलिए दोषी हूँ कि मैं जीना चाहती थी और मेरे घर में मेरे जीने की तमाम सम्भावनाएँ ध्वस्त हो चुकी थीं?"

अन्वी के सवाल का सुरेन्द्रनाथ जी के पास कोई जवाब नहीं था। वे खिड़की से बाहर घिर आए अँधेरे को देखते जैसे अपने-आपसे रू-ब-रू हो रहे हों, "नहीं, तुम दोषी नहीं हो। मुझे किसी से कोई शिकायत नहीं। गिला है तो इस बात का कि हम अपना सोच बदल नहीं पाए। सो जो हुआ, उसे शायद वैसे ही होना था। ज़िन्दगी तो वक़्त-वक़्त पर हमारा इम्तिहान लेती ही रहती है।"

आगे भी घटनाएँ घटती रहीं। अन्वी हैदराबाद जाकर काव्या से मिली और आदर्श को अपने साथ लेकर पुणे चली गई। पापा को भरोसा दिलाया कि वहीं अस्पताल में उसका इलाज होगा। उधर सभी सुविधाएँ हैं, क़ाबिल डॉक्टर और संवेदनशील सहयोगी भी। अगर किडनी ट्रांसप्लानटेशन की ज़रूरत पड़ी तो उसके लिए भी कोशिश की जाएगी। आदर्श का मेडिकल इंश्योरेंस है, आर्थिक सुरक्षा भी। पापा चिन्ता न करें। अन्वी पर भरोसा रखें। वह उनके सम्पर्क में रहेगी। जब तक आदर्श स्वस्थ नहीं होता, अन्वी उसका पूरा ख़याल रखेगी।

काव्या भी जल्दी सेटल हो जाएगी। हो सकता है, युग अपना ट्रांसफर हैदराबाद करा ले या वहीं नया जॉब ढूँढ़ ले! पापा परेशान न हों, किसी के रहने या न रहने से क्या दुनिया के कारोबार बन्द हो जाते हैं?

पापा ने अन्वी से दो सवाल पूछे, "क्या तुमने आदर्श को माफ़ कर दिया, जब कि वह अपनी ग़लतियों की काफ़ी सज़ा भुगत चुका है? क्या उसके ठीक होने पर तुम वापस अपने घर लौट आओगी?"

"पापा, आदर्श अभी बीमार हैं। मैं एक नर्स की तरह उनकी देखभाल करूँगी, गोकि मैं नर्स नहीं हूँ, पर बीमारों की सेवा करना मुझे अच्छा लगता है। पापा, आपके दूसरे सवाल का जवाब तो आपके प्रिय मुहावरे में ही है—वी विल क्रॉस द ब्रिजिज़, वेन वी कम टु देम!"

सुरेन्द्रनाथ जी को इलहाम-सा हुआ कि आज की पीढ़ी पुरानी पीढ़ी को उन्हीं के कहे शब्दों से निरुत्तर करने में दक्ष हो गई है।

अमेरिका लौटने से पहले आयुष ने एक बार फिर पापा को साथ चलने का आग्रह किया। उसे चिन्ता थी कि इधर दिल्ली, एन.सी.आर. में दिन-दहाड़े क्राइम होने लगे हैं, वृद्ध तो ईज़ी टारगेट हैं, पर 'फिक्र न करो बेटे, यहाँ मेरे कई दोस्त हैं' कहकर सुरेन्द्रनाथ जी ने अपना इरादा नहीं बदला। आयुष ने पापा की ज़िद के आगे हथियार डाल दिये। घर के भीतर-बाहर सीसीटीवी कैमरा लगवाकर पापा की सुरक्षा का इन्तज़ाम कर लिया और 'दोबारा जल्दी आऊँगा, तब आप मेरे साथ चलेंगे' का वादा लेकर अमेरिका लौट गया।

आस्तिक बेटियों के साथ सुरेन्द्रनाथ जी से मिलने आया, सृष्टि नानू से लिपटकर रोई, नानू को साथ चलने का अनुरोध किया, पर सुरेन्द्रनाथ जी अकेले रहने का फ़ैसला कर चुके थे।

उन्होंने सृष्टि को गले लगाकर कहा कि उन्हें अकेले रहने में कोई परेशानी नहीं होगी। "कई अधूरे काम पड़े हैं बिटिया, उन्हें पूरा करना है। कई नई-पुरानी किताबें मेरी लिस्ट में हैं। उन्हें पढ़ूँगा, फिर फ़ोन पर तुमसे उन पर चर्चा करूँगा, तुम तो पैदाइशी क्रिटिक हो!"

"नानू, आपका ख़याल कौन रखेगा?" सृष्टि ने चिन्ता ज़ाहिर की।

"तुम्हारी माँ घर सेट कर गई है। अपना ख़याल तो मैं फ़िलहाल रख ही सकता हूँ। ऊपर हरदयाल दम्पती रहते हैं, उनका भी साथ है। तुम भी तो नानू से मिलने आओगी न कभी-कभी?"

"नानू, फ़ेस टाइम कर आपको थोड़ा-बहुत तंग तो मैं ज़रूर करूँगी।"

आस्तिक-सृष्टि-गुड़िया भी दो दिन बाद आते-जाते रहने का वादा कर मुम्बई लौट गए।

तनहाई में प्रिया की दस्तक

बच्चे चले गए, घर में सूईफेंक ख़ामोशी छा गई। एकदम उदास और बेरौनक़ साँझ। सुरेन्द्रनाथ जी भारी मन से बैठक से बेडरूम, बेडरूम से किचन में आवाजाही करते रहे। कहीं टिकता नहीं है मन।

मज़बूती से ख़ुद को थामे सुरेन्द्रनाथ जी क्यों भीतर के ख़ालीपन से बेचैन रहते हैं?

सोचते हैं, यह मन भी क्या शै है? हमेशा दिमाग़ का कहा मानकर जीना आसान नहीं करता।

बाई खाना बनाकर रख गई थी। खाने का मन नहीं हुआ। कुर्सी निकाल बरामदे में बैठ गए। मटमैली बदलियों से घिरे आसमान में यहाँ-वहाँ छिटके कुछेक तारों के बीच फीका चाँद बेहद उदास लगा। पत्तों को झकझोरती गरम हवा की साँय-साँय कैसी तो उमस भरी! सुरेन्द्रनाथ जी को घुटन-सी महसूस हुई। वे भीतर आकर बिस्तरे पर लेट गए। प्रभाविहीन घर के सन्नाटे में अजीब-सी आवाज़ें आने लगी : 'प्रोफेसर साहब, यह क्या हो रहा है? यह भय क्यों और किससे? आपने तो मेरे डरपोक मन को समझा-बुझाकर भयमुक्त कर दिया था, अब आप ही इसकी गिरफ़्त में कैसे आ गए? यह क्या अकेलेपन में मृत्यु का डर है? क्या होगा, कैसे होगा का डर, या कि मेरे बिना जीने का डर? ऐसा है तो बच्चों के साथ क्यों नहीं रहते?'

सुरेन्द्रनाथ जी का माथा दर्द करने लगा, 'मेरे भीतर बैठी प्रभा बार-बार क्यों मेरी चेतना को झकझोर रही है? क्यों मेरा इम्तिहान ले रही है? क्या मैं कहीं कमज़ोर पड़ गया हूँ?'

वे तकिये पर सिर रख सोने की कोशिश करने लगे। नींद नहीं आई। मन में कैसा तो कुहासा-सा छाया हुआ है, भीतर की रिक्तता आँखों में भरकर उमड़ आई। 'कमज़ोर नहीं हूँ मैं, मौत से नहीं डरता, पर कुछ ज़रूर सालता है भीतर ही भीतर। मैंने तुमसे कभी नहीं कहा, तुम मेरे लिए क्या हो। मैं तब शायद ख़ुद भी नहीं जानता था प्रभा, क्या तुम जानती थीं?'

सुरेन्द्रनाथ जी पहली बार प्रभा से अनकही बातें कह रहे थे, जानते हुए भी कि प्रभा पंचतत्त्वों में विलीन हो गई है। अब सिर्फ़ उसकी यादें हैं। जानते हैं, कितना भी तार्किक हो आदमी, मृत्यु उसे अतार्किक बना ही देती है—भावुक और अतार्किक, चाहे थोड़े वक़्त के लिए ही।

प्रभा की ख़ाली जगह सालती रहेगी। बुद्ध नहीं हो पाएँगे वे। क्या गौतम को पीछे छूटी प्रिया याद नहीं आई होगी?

निश्चय किया,अब जल्दी उन्हें अपने रूटीन पर आने की कोशिश करनी है।

एकला चलो रे!

पिछले कुछ महीनों में सुरेन्द्रनाथ जी के साथ ही नहीं, देश-समाज में भी काफी कुछ घट गया है।

डॉक्टर जैन तिमंज़िला कोठी बेच भिवाड़ी चले गए हैं। कोठी के पास से गुज़रते सुरेन्द्रनाथ जी को स्याह उदासियाँ घेरने लगती हैं। ख़ुशबुएँ लुटाती जूही-चमेली की लतरों से गुँथे, इग्ज़ोरा के क्रीपरों से ढके शानदार बँगले की तारीफ़ सुनकर डॉक्टर गर्व से कहते, "दोस्त, हाई क्वालिटी मार्बल से फर्श और सागवान के नक़्क़ाशीदार दरवाज़ों-खिड़कियों से बढ़िया मकान बनते हैं, घर नहीं। यह घर प्यार की मज़बूत नींव पर खड़ा, जुड़ाव के ख़ूबसूरत अहसासों का मेरा स्वप्न-घर है। शायद इसी वजह से दोस्तों को सुन्दर लगता हो!"

बेटे-बहू की तारीफ़ें करते ज़िन्दादिल ख़ुशबाश जैन की भीतरी दुनिया क्या सचमुच आपसी जुड़ाव से आबाद थी? अवचेतन के गहरे विवर में कौन-से जानलेवा भँवर उन्हें आक्रांत कर रहे थे, कभी उन्होंने अपने भीतर के तलघर के ताले नहीं खोले।

बेवजह ही तो उन्होंने आशियाना निर्मय में वन रूम अपार्टमेंट ख़रीदकर अकेले रहने का इरादा तो नहीं किया होगा?

गुप्ता जी से पता चला, बेटा गोवा में सेटल होना चाहता था। पापा को घर बेचकर साथ रहने की ज़िद कर रहा था। डॉक्टर को जाने क्या सूझी कि बिना बेटे को बताए महीने भर में ही घर बेच दिया। कुछ रक़म बेटे के हाथ में देकर भिवाड़ी चले गए।

"भिवाड़ी, ओल्ड होम अपार्टमेंट्स?"

"न, सीनियर सिटिज़न्स होम।"

"गए थे हम उनसे मिलने एक-दो बार। हमारे सामने भीतर छूटे या छोड़ दिये गए अपनों की यादों के ज़ख़्म लिये बाहर से ख़ुश दिखने की नाकाम कोशिश करते रहे डॉक्टर।

"नन्हे पोते को सुबह-शाम सैर कराते ख़ूब ख़ुश रहा करते थे। उसकी चहक क्या मिस नहीं करेंगे?"

"भीतर की बात कौन जानता है प्रोफेसर? दोनों बेटियाँ तो सिंगापुर में रहती हैं। बहू-बेटा सोचते होंगे, हम ही क्यों ज़िम्मेदारी लें? या क्या पता, जायदाद को लेकर कुछ बहसा-बहसी हुई हो! घर-घर के खटराग।"

सुरेन्द्रनाथ जी जल्दी ही डॉक्टर जैन से मिलने आशियाना निर्मय चले गए। एक साफ़-सुथरे वन रूम अपार्टमेंट में रह रहे डॉक्टर बिस्तरे पर आँखें बन्द किए लेटे थे। कमरे का दरवाज़ा अधखुला था। बाज़ू में एको डॉट पर एलेक्ज़ा रवींद्र संगीत सुना रही थी :

यदि तेरी पुकार सुन कोई न आए तब चल अकेला रे
चल अकेला, चल अकेला, चल अकेला रे
यदि कोई न करे बातें, ओ रे ओ अभागे
कोई न करे बातें
सभी रहें मुँह फेरे, सभी करें भय
तब प्राण खोल कर
ओ तू मुँह से अपने मन की बातें कह अकेला चल...।

कमरे के भीतर बजते गाने की आवाज़ सुन सुरेन्द्रनाथ जी अधखुले दरवाज़े पर रुक गए। जूतों की आहट से डॉक्टर जैन ने आँखें खोलीं। सुरेन्द्रनाथ जी को देखकर बेड से उठे और गर्मजोशी से दोस्त के गले मिले। उमग कर हाल-चाल पूछा। 'कब आए, हमें कैसे याद किया, इधर का पता किसने दिया?' आदि-इत्यादि कई सवाल एक साथ कर लिये। प्रभा के गुज़रने पर दु:ख जताया। वे बहुत कुछ कहना-सुनना चाहते थे। दोस्तों के साथ बिताया वक़्त, फ़ोरम में साथ किए उत्साही काम, सुबह-सुबह के ख़ुशनुमा मौसम में सैर, पार्क में मिली-जुली हा-हा-हू-हू, यौगिक एक्सरसाइज़िज़, अपने हमउम्र साथियों के साथ संवाद-विवाद...!

सुरेन्द्रनाथ जी को डॉक्टर के सवालों के जवाब देते उनके भीतर के अकेलेपन का शिद्दत से अहसास हुआ। डॉक्टर का हाथ अपने हाथ में लेकर पूछा, "अकेलापन तो महसूस नहीं होता यहाँ?"

डॉक्टर चेहरे पर उभर आए ओस भीगे रंग पोंछ मुस्कराए, "ख़ूब सारे दोस्त हैं यहाँ प्रोफ़ेसर। सभी सुविधाएँ हैं। दिन-भर व्यस्त रहने के लिए इंडोर गेम्ज़, व्यायाम के लिए जिम। मेडिकल फ़ैसिलिटी भी है परिसर में। और क्या चाहिए इस उम्र में?"

साँझ घिरने लगी थी। सुरेन्द्रनाथ जी ने विदा ली। डॉक्टर बाहर तक साथ आए। सुरेन्द्रनाथ जी ने नोट किया, डॉक्टर के सधे हुए कन्धे थोड़े झुक गए हैं।

"आया करो मिलने, कभी-कभार। तुम लोगों को बहुत मिस करता हूँ," कहकर डॉक्टर ने हाथ हिलाया और आसमान में क़तार बाँध अपने-अपने कोटरों की ओर जाते पंछियों को देखने लगे।

उन्हें किसी से शिकायत नहीं थी। अपने स्वप्न-घर के ढहने का दु:ख था, जो उनके उम्र भर पोसे भरोसों की नींव हिला गया था। अचानक उनका गर्वीला अस्तित्व उनके अपने ही जायों की सर्वग्राही आकांक्षाओं के आड़े आ गया था।

सुरेन्द्रनाथ जी आते रहने का वादा कर गले मिले। डॉक्टर की भीगी आवाज़ ने सुरेन्द्रनाथ जी को कई सवालों से घेर लिया। क्या मज्जा में धँसे मोहजाल से जीते-जीते छुटकारा मुमकिन नहीं? क्या अपने अस्तित्व की बलि देकर ही रिश्ते बने रहेंगे?

गेट पर पहुँचकर मुड़कर देखा, डॉ. जैन रेलिंग का सहारा लिये दूर तक उन्हें जाते देख रहे थे।

अपने आत्मसम्मान के साथ जीने का फ़ैसला कर डॉक्टर जैन ने अकेलापन चुना, पर अपनों को पराये होते देखने की पीर वे सह नहीं पा रहे थे। सुरेन्द्रनाथ जी ने दोस्त के दिल और दिमाग़ के बीच की इस कशमकश से उदास होकर सोचा, समय लगेगा मोहजाल की यातना से उबरने में। कुछ वक़्त लगेगा ज़रूर।

भूचालों से डोलती धरती की दरकन और आसमान को चीरती बिजली की कौंध से बेपरवाह समय की नदी अनवरत बहती रहती है, पर देर-सवेर सन्ताप से तपे तन-मन पर ठंडे स्पर्श देना भूलती नहीं। हाँ, वक़्त ज़रूर लगता है।

वक़्त किसके लिए रुका है बन्धु, किसी के लिए नहीं

मन की मायूसी कुछ कम हो, सुरेन्द्रनाथ जी सुबह-सुबह पार्क की तरफ़ निकल गए। पार्क पहले की तरह ही देश-समाज की गतिविधियों को चौकन्नी नज़रों से देखने और देखकर अपनी प्रतिक्रिया देने को आतुर बूढ़ों-अधबूढ़ों से गुलज़ार था। सुरेन्द्रनाथ जी ने अपने भीतर कुछ टीसता-सा महसूस किया। किसी के साथ छूटने, रहने, न रहने से दुनियावी कार्यकलापों में कोई फ़र्क़ नहीं पड़ता। वे पीपल की आड़ में बैठ डाल-डाल फुदकते पक्षियों की प्रसन्न चहचहाहट सुनने लगे। शायद मन कुछ शान्त हो! पत्तों के झुरमुट से आती टीवी टुट, कुहू-कुहू की मोहक ध्वनियाँ मन को अवसाद-मुक्त करने लगीं कि थोड़ी दूर बेंच पर पीठ मोड़े बैठे गोयल और गुप्ता का हालात पर तप्सरा कानाबाती कुर्र के अन्दाज़ में कानों को छेड़ गया, "भीषण गर्मी ने हालत ख़राब कर रखी है गुप्ता जी। बारिश के कोई आसार नज़र नहीं आते।"

"इधर यह हाल, उधर मुम्बई, आसाम, बिहार गले-गले पानी में डूब रहा है। हज़ारों लोग बेघर हो गए हैं। कल से मन बड़ा ख़राब है गोयल भाई। टीवी पर देखा, खुले मेनहोल में डेढ़ साल का बच्चा गिर गया, रो-रोकर माँ का हाल बुरा।"

सुरेन्द्रनाथ जी खुली हवाओं में मन की उधेड़बुन की घुटन से राहत पाने सुबह-सुबह घर से निकल आए थे, पर दोस्तों के हालात पर तप्सरा करने की

प्रक्रिया में कोई राहत नहीं थी। उनकी बातें टुकड़ों में बँटकर पास आती जा रही थीं, "पानी पर तैरती दो महीने के बच्चे की लाश नहीं देखी? कमल फूल-सा नन्हा बच्चा डायपर पहने देखकर मेरी तो अन्तरात्मा रो पड़ी...। पता नहीं, बाढ़ में बहते अबोध शिशु को टीवी पर देखकर किसी ने कुछ महसूस भी किया...या क्या पता, कब आए- दिन हत्या, बलात्कार, सेक्स स्कैंडल, अनाचार देखते-सुनते लोग इतने आदी हो जाएँ कि उनके ख़ून का रंग लाल से सफ़ेद हो जाए और वे पत्थर बन जाएँ ...!"

गुप्ता-गोयल के संवाद में देश-समाज में हो रहे अन्याय की चिन्ता थी, अपराधों की लम्बी सूची थी। अपराधियों के लिए दंड का प्रावधान होने के बावजूद प्रभावी वर्ग के चार दिन जेल में काटकर बेल का जुगाड़ कर बाहर आने पर गुस्सा था...।

गोयल देश में तकनीकी और विज्ञान के क्षेत्र में हो रही तरक़्क़ी से मुग्ध थे तो गुप्ता जाति-धर्म के नाम पर हो रही सिर फुटौवलों से दुखी। उनकी चिन्ता जेन्यूइन थी कि आज हम गांधी की एक सौ पचासवीं जन्मशती मना रहे हैं, पर उनके जीवन-दर्शन से कुछ सीख नहीं पाए हैं। भले 'वैष्णव जन ते तैंने कहिए' हम विभोर होकर गाते हैं, पर 'पीर परायी' जानने की ज़हमत नहीं उठाते।

दोनों ग्लोबल होते समय की भटकनों से आगामी पीढ़ी को बचाने के लिए फ़िक्रमन्द लग रहे थे। गोयल व्यवस्था में सुधार लाने की ज़िम्मेदारी प्रशासन के पाले में डाल रहा था, गुप्ता अपने बच्चों को अच्छे संस्कार देने और समाज में ख़ुशनुमा वातावरण पैदा करने की ज़िम्मेदारी जन्मदाताओं के सिर।

"जहाँ तक सरकार का सवाल है, हमारे प्रधानमंत्री किसी भी चुनौती का सामना करने के लिए वचनबद्ध हैं," गुप्ता जी प्रधानमंत्री के परम भक्त।

"कई छोटी-बड़ी जनहित की योजनाएँ तो उन्होंने शुरू कर ही दी हैं। देखना, जल्दी हालात सुधर जाएँगे।"

"यानी कि आप उन्हें जादूगर गोगिया पाशा समझते हैं? गिल्लि-गिल्लि छू करेंगे तो आनन-फ़ानन हालात बदल जाएँगे और अच्छे दिन आ जाएँगे?" गोयल जी थोड़े काइयाँ हैं।

अखंड विश्वासी गुप्ता जी का जवाब हाज़िर, "गोयल जी, जो देशहित के लिए समर्पित होते हैं, सही वक़्त पर सही फ़ैसले लेना जानते हैं। वे असम्भव को सम्भव करना जानते हैं, इसे आप भले जादू कहें। उनकी विकास-योजनाओं, कार्यशैली, नीयत और नीतियों को परखकर ही जनता ने उन्हें दूसरा चांस दे दिया है।"

गोयल जी के भीतर फुदकती बात बाहर आ रही है, "सुना है, तीन तलाक़ का विरोध करनेवाली खातूनों ने जमकर मोदी सरकार को वोट दिये, इस उम्मीद से कि सरकार उन्हें इंसाफ़ दिलाएगी। अब देखिए, तीन तलाक़ बिल पास हो गया, हो गई न उनकी मंशा पूरी?"

सुरेन्द्रनाथ जी बहस के मूड में नहीं थे। 'कल बात करेंगे', सोचकर चुपचाप वहाँ से खिसक लिए।

लॉन पर चद्दरें बिछा रोज़ की तरह कुछ महिलाएँ योगाभ्यास कर रही थीं।

कानों में इयरफोन लगाकर युवक-युवतियाँ फ़ास्ट वॉक करते सेहत बना रहे थे, पर पीपल के नीचे दरी बिछाकर नियम से शीर्षासन करनेवाले शर्मा जी की जगह ख़ाली थी।

घर पहुँचकर सुरेन्द्रनाथ जी ने नाश्ता किया, ताज़े अख़बार पर सरसरी नज़र डाली, टीवी ऑन कर देश-विदेश के समाचार सुने। देश की प्रगति के लिए नई-नई योजनाएँ बन रही हैं। किसानों को अनुदान और ग़रीब तबक़ों के लिए आवास, उज्ज्वला आदि योजनाएँ लागू हो चुकी हैं।

देश की सुरक्षा और आतंकवाद के मामलों के मद्देनज़र विदेशों से बेहतर सम्बन्ध बनाने के प्रयास किए जा रहे हैं।

चैनल बदला तो टीवी स्क्रीन पर प्रकट हुईं दिमाग़ी बुख़ार से पीड़ित नन्हे बच्चों को सीने से चिपकाए रो-रोकर हल्कान होती माँएँ।

दहशत में सिरों पर गठरी-मुठरी और गोद में नन्हे बच्चों को थामे अपने-अपने गाँवों की ओर पैदल-पाँव प्रस्थान करते हुजूम के हुजूम मज़दूरों, अस्थायी कामगारों के परिवार।

जैन साहब का कथन याद आया : 'अगर शान्ति से दिन की शुरुआत करना चाहते हो प्रोफेसर, तो सुबह-सुबह अख़बार पढ़ने और टीवी देखने से परहेज़ करो। दिखेगा तो वही, जो देश-समाज में हो रहा है—महाराष्ट्र में किसानों की आत्महत्याएँ, कश्मीर में पाकिस्तानी दहशतगर्दों की आर्मी वैन पर फ़ायरिंग...'

अनमना दिन गुज़र गया। गहराती रात उनींदी पलकें थोड़ी देर के लिए मुँद गईं, सपने में प्रभा हाज़िर हो गई, 'परेशान क्यों हो प्रोफेसर साहब? आए-दिन होती दुर्घटनाओं ने आपको अपसेट कर दिया न? दुर्घटनाओं के लिए क्या सिर्फ़ शासन ज़िम्मेदार है, हमारा तौर-तरीक़ा नहीं?'

'सोचो, म्युनिसिपैलिटी डिपार्टमेंट अपना काम ईमानदारी से करता तो कम-से-कम मेनहोल के ढक्कन तो खुले न छोड़ते, कुछ वारदातें कम होतीं। स्वास्थ्य

विभाग अस्पतालों की साफ़-सफ़ाई और मरीज़ों के सही इलाज की तरफ़ ध्यान देता तो सरकारी अस्पतालों के जनरल वार्डों में गन्दगी के ढेरों बीच कुत्ते न घूम रहे होते। और विकास के नाम पर प्रकृति का जो दोहन हमने किया, उसका ख़मियाज़ा तो हमें ही भुगतना पड़ेगा न?'

सूरज काँच की खड़की से कमरे के भीतर झाँकने लगा तो सुरेन्द्रनाथ जी कुछ चौंककर जाग गए।

'तो प्रभा कहीं गई नहीं। मुझे क़दम-क़दम पर टहोकने की आदत जो रही है। पगली!' होंठ मुस्कराए, 'जानती है, जो बात कहेगी, मेरे ज़ेहन में वह पहले से ही घुमड़ रही होगी।'

क्या खोजता है रे मन

सुबह-सुबह ही आयुष का फ़ोन आया, "पापा, विनय अंकल बंगलौर गए हैं, साँची और शंकर को विज़िट करने।"

"शंकर, कौन शंकर?"

"साँची का फियोंसी है पापा। वहाँ इन्फ़ोसिस कम्पनी में काम करता है। अंकल दिल्ली में भी रिश्तेदारों से मिलेंगे। आपसे भी मिलना चाहते हैं। मैंने आपका एड्रेस व्हाट्सएप्प कर दिया है।"

विनय मिलने आएगा, सुनकर सुरेन्द्रनाथ जी को दोस्त पर ख़ूब प्यार आया।

विनय सुरेन्द्रनाथ जी के पास हफ़्ता भर रुका ही नहीं, उन्हें अपने साथ धर्मशाला भी ले गया, जहाँ वह लगभग हर साल किसी अध्यात्म गुरु से मिलने उनके आश्रम जाता है।

अमेरिका में लगभग आधी सदी बितानेवाला टेक्नोलॉजी और प्रौद्योगिकी के क्षेत्र में सफलता पानेवाला व्यक्ति अचानक आध्यात्मिक कैसे हो गया, सुरेन्द्रनाथ जी जानना चाहते थे।

"विनय, जितना मैं तुम्हें जानता हूँ, आज के महात्माओं और तथाकथित धर्म-गुरुओं से तुम दूर ही रहते आए हो। अब अचानक?"

"तुम्हें ताज्जुब क्यों हो रहा है दोस्त? वक़्त और हालात की बाढ़ जब आदमी को अपनी गिरफ़्त में लेकर उसे बेबस करती है तब वह ख़ुद को साबुत बचाने के लिए तिनकों का सहारा ढूँढ़ने ही लगता है न!"

"यह तो हार मानेवाली बात हुई न! तुम्हारा वह जज़्बा कहाँ गया जो हर मुहिम का सामना करने का दमख़म रखता था?"

"जज़्बा अभी भी भीतर कहीं दबा-दुबका बैठा है। जानते हो, काफी कुछ हासिल भी किया मैंने। घर-परिवार और शायद समाज के लिए भी जितना कुछ कर सकता हूँ, आज भी करने की कोशिश कर रहा हूँ। फिर भी जाने क्यों, भीतर व्यर्थता का अहसास भरता जा रहा है। एक भटकन-सी है। मैं ख़ुद भी समझ नहीं पा रहा, मैं क्या खोज रहा हूँ।"

मुरादें पूरी होने के बाद भी भीतर भरता उदास ख़ालीपन? कोई समझे या न समझे, सुरेन्द्रनाथ जी महसूस कर रहे हैं। विनय ने कई बार दोस्त के सामने ख़ुद को उँडेला है।

धर्मशाला के सुकूनदेह माहौल में आश्रम की बालकनी में बैठ वह बीते दिनों को एक-एक कर खँगालने लगा, "रिया के गुज़र जाने के बाद मैं टूट-सा गया था, पर सिद्ध और साँची मेरे साथ थे, वे मेरे जीने का सम्बल थे, लेकिन होनी को कुछ और ही मंज़ूर था।

"उस अप्रत्याशित होनी में सिद्ध के उन्नीसवें जन्मदिन पर एक चालीस साला महिला का 'बेट्टी माय गर्ल फ्रेंड' कहकर परिचय कराना था न!

"महज़ परिचय कराना ही नहीं, भाई, उन्नीस-चालीस के बीच की दूरी के बावजूद, पढ़ाई और कैरियर की फ़िक्र छोड़, सिद्ध ने अचानक शादी का ऐलान कर मुझे स्तब्ध कर दिया था।

"मैंने अविश्वास से बेटे को देखा था। देखा था उसके मासूम-से चेहरे पर वय:सन्धि का 'प्यार हुआ तो डरना क्या?' वाला मुग्ध भाव, जबकि बेट्टी के मेकअप ढके चेहरे के पीछे झाँक रहा था पक्की उम्र की चुग़ली खाता सयानापन!

"सिद्ध के बेहूदे आइडिया पर गुस्सा तो बहुत आया था, पर मैंने शान्त रहने की कोशिश की। सिर्फ़ एक वाक्य कहा, 'सिद्ध, तुम अपनी ज़िन्दगी का क्या करना चाहते हो, इसका फ़ैसला लेने का पूरा हक़ है तुम्हें, पर अभी तुमने अपनी पढ़ाई भी पूरी नहीं की है। क्या यह अच्छा नहीं होगा, पहले अपने कैरियर की सोचो?'

" 'पापा, वी लव ईच अदर, ऐज एंड टाइम डज़ंट मैटर इन लव। सॉरी पापा, यू वोंट अंडरस्टैंड दिस! रेस्ट अशोर्ड पापा, वी नो वॉट वी आर डूइंग।' सिद्ध मुझे अपना अधकचरा ज्ञान और जल्दबाज़ फ़ैसला सुनाकर बेट्टी का हाथ थाम घर से बाहर निकल गया था।

"सिद्ध के भविष्य को लेकर मैंने उम्मीदों की जो आकाश छूती इमारत खड़ी कर दी थी, वह उसी वक़्त भरभराकर ढह गई।"

सुरेन्द्रनाथ जी को अपना पोता याद आया। कुछ ऐसे ही लफ़्ज़ उसने भी अपनी माँ से कहे थे। शायद यही है आज की ग्लोबल हुई पीढ़ी का अपनी बात माँ-पापा तक पहुँचाने का बिन्दास तरीक़ा।

"सिद्ध के बचकाने फ़ैसले पर मैंने अपनी राय ज़ाहिर की, क्या वह ग़लत थी?" विनय ने दोस्त के साथ अपनी हताशा शेयर की, "बच्चों के समृद्ध भविष्य के लिए कोई भी जोखिम उठाने को तैयार मैंने इतनी उम्मीद ज़रूर की थी कि पढ़-लिखकर वे बड़े मुक़ाम हासिल करें। और वे मेरे नाम से नहीं, मैं उनके नाम से जाना जाऊँ।"

जो बीत गई, वह बन्द रील बार-बार खुल जाती है विनय के आगे।

"सिद्ध-साँची, दोनों मुझे अकेला छोड़कर चले गए, पर मैं 'कहाँ गए, कैसे रहेंगे' की फ़िक्र करते परेशान उन्हें ढूँढ़ता रहा।"

"अमेरिका में तो अठारह साल के बच्चे छोटे-छोटे काम करके अपने बल पर जीना सीख लेते हैं, विनय..."

"मैं तो अमेरिका में रहकर भी भीतर से हिन्दुस्तानी ही रहा—बच्चों की पढ़ाई से लेकर उनके सेटल होने तक उनकी पूरी ज़िम्मेदारी उठानेवाला हिन्दुस्तानी पिता! जानता था, जेब-ख़र्च ख़त्म होने के बाद पैसे की तंगी महसूस कर परेशान रहेगा। पता चला, सिद्ध महिला मित्र के साथ न्यू जर्सी चला गया है और साँची अपने सिंगिंग ग्रुप की किसी दोस्त के साथ रह रही है। मेरा पैसा, शोहरत, ताम-झाम छोड़ मेरे बच्चों ने अपनी ज़िद रखने के लिए भटकना मंज़ूर किया। मैं निराश, अकेला दिन-भर डेक पर बैठ अपने किए-धरे का जमा-हासिल सिर्फ़ एक ज़ीरो भर पाकर डिप्रेस होता रहा।

"उन्हीं दिनों मुझे कॉलेज की पुरानी दोस्त क्रिस्टीन मिली। बड़े अपनापे के साथ घर आती रही। मुझे लगा, मेरे अकेलेपन की कुछ तो भरपाई हो जाएगी, लेकिन महीने भर बाद अचानक उसे अपने ग्रोनअप बच्चों की याद सताने लगी और वह भी मुझे छोड़कर उनके पास चली गई। उसके जाने की वजह, हो सकता है, अधेड़ होते विनय में वह पहले वाली ऊर्जा और उमंग-भरा विनय न पाने पर उसकी निराशा हो। मैंने बिना कोई सवाल किए उसके महीने भर के साथ का मुआवज़ा भरा और यायावरी अपना ली।"

विनय भरा हुआ था। धाराप्रवाह बोलता रहा, "हालात से परेशान मैं अपने अतीत में सोलेस पाने श्रीनगर के पुराने घर गया। घर में कोई मुस्लिम परिवार

रहता था। मैंने उन्हें पहचाना नहीं, पूछा—'यह घर हमारा है, आप लोग यहाँ कैसे रह रहे हैं?' उन्होंने बड़े शातिर भोलेपन से कहा—'हम आपको नहीं जानते। यह घर ख़ाली था, सो हम रहने चले आए।' मैं हतप्रभ! सदियों से रचे-बसे इस मुहल्ले के किसी पुराने गृहस्वामी को ढूँढ़ने लगा, जो मेरे घर का मालिक होने का गवाह बनता, पर वहाँ मेरी पहचान का कोई बन्दा नहीं था। आसपास कुछ अधजले, कुछ खिड़कियाँ-दरवाज़े मूँदे मातम मनाते सूने घर थे। कुछ पर हरे रंग पोत कई बेतरतीब मंज़िलें चढ़ाई गई थीं। सालों पहले आतंकी दहशत में इस पंडित मुहल्ले के सभी रहवासी बिना पीछे मुड़े जान बचाकर भाग गए थे। कौन पहचानता मुझे? मैंने माँ-बाबा का नाम लिया, शायद कोई उन्हें जानता हो, पर दहशतगर्दी में, 'हम क्या चाहते, आज़ादी' वाले माहौल में जन्मे तीस-पैंतीस साल के छोकरों ने जवाब में शक से मुझे घूरकर कन्धे उचका लिये। माँ-बाबूजी तो पहले ही गुज़र गए थे..."

"और भाई-बहनें?"

"सालों पहले घर से निकल जम्मू-ऊधमपुर में शरण लेने गए थे, गोकि उन्हें उम्मीद थी, कभी हालात सुधर गए तो लौटने पर रहने के लिए अपनी छत-छाजन होगी।

"वहाँ जाकर लगा, मैं यहाँ आउटसाइडर हूँ, एक घुसपैठिया। मेरे पुरखों का घर ही नहीं खो गया था, घर के साथ हमारी अस्मिता और हमारा हज़ारों सालों का सर्वधर्म समभावी समृद्ध इतिहास भी वक़्त के सैलाब में बह गया था, जिसमें विश्व प्रसिद्ध शैवाचार्यों, दार्शनिकों, साहित्यकारों से लेकर ललितादित्य मुक्तापीड जैसे महान शासक गोते खा रहे थे। वहाँ कोई ललध्यद, महमूद गामी, महजूर, नादिम को नहीं जानता था। मेरी औक़ात ही क्या थी, जो कोई मुझे या मेरे पुरखों को जानता? वहाँ से भी मैं क्षुब्ध मन लेकर लौट आया।"

"अपने घर में आउटसाइडर महसूस करना बहुत तकलीफ़ देता है विनय। तुम्हारी मनोदशा समझ सकता हूँ।"

"क्या कहूँ भाई, उन दिनों मेरा मन-ज़ेहन बहुत उलझा और डिस्टर्ब्ड था। अपने ही घर से निर्वासित और अकेला, बच्चों से निराश, माँ-बाबू जी और रिया की यादों में जीता लगभग बौरा गया था। कभी देर रात तक सुनसान सड़कों पर आवाजाही करता, कभी सूरज अस्त होने के बाद गहराते अँधेरे में डेक पर घंटों बैठा सुकून पाने की कोशिश में विह्स्की की बोतलें ख़ाली करता रहता। खाने-पीने का भी होश नहीं रहता। ढलती शाम जब पाइन, ओक के पेड़ों को गझिन सुरमई

चादर से ढक देती और इक्का-दुक्का पंछी बौराया-सा हवाओं को चीर, कुरलाकर अँधेरे में गुम हो जाता तो मेरे भीतर का अकेलापन मुझे डराने लगता। लिटवॉक के उपन्यास 'द इलेवन्थ एडिशन' का अकेलेपन से बौराया बूढ़ा वेल्स मेरे आगे खड़ा हो जाता। स्मृतियों में जी रहा, अपनी याददाश्त खो चुका बूढ़ा वेल्स, जो अपनी मृत पत्नी को खोजता भटक रहा था, अन्त में पागलख़ाने पहुँच गया। रीढ़ की हड्डी में भय सरसराता, क्या मेरा अन्त भी किसी पागलख़ाने में हो जाएगा? इस डर ने मुझे टहोका दिया दोस्त, और मैंने गूगल पर अपने मर्ज़ का इलाज ढूँढ़ने की कोशिश की। वहीं मैंने धर्मशाला के आध्यात्मिक गुरु का वक्तव्य सुना। उनकी यूनिवर्स, कॉसमॉस, वेदों, उपनिषदों और पुराणों के सारतत्त्व की व्याख्या ने मुझे नई जानकारियाँ दीं। पोंगा पंडित नहीं हैं वे। सोचा, उनसे मिलकर, उनसे बात कर मन शायद कुछ शान्त हो जाए, और मैं यहाँ चला आया।"

विनय के साथ सुरेन्द्रनाथ जी धर्मशाला के शान्त सुकूनदेह माहौल में सप्ताह भर रहे। स्वामी जी के प्रवचन सुने। वे जहाँ विज्ञान, तकनीकी के करिश्मों पर, कॉस्मिक यथार्थ और आउटर स्पेस के बारे में बात कर श्रोताओं को अपनी विद्वत्ता से प्रभावित करते थे, वहीं जीवन की सार्थकता के लिए आत्मज्ञान और तन-मन के स्वास्थ्य के लिए मेडिटेशन को आवश्यक मानते थे।

भारतीय आध्यात्मिकता में विश्व-बन्धुत्व की अवधारणा को वे पौराणिक कथाओं और पंचतंत्र की मनोरंजक कथाओं के हवाले से श्रोताओं को समझाते।

उनके प्रवचनों में ललध्यद के शैव-दर्शन और आत्मज्ञान का सार था और जीने का मूल मंत्र 'अपने आपको पहचानो'। वे कहते, "हम आउटर स्पेस के बारे में जानते हैं, पर अपने बारे में नहीं जानते, हम कौन हैं।"

सुरेन्द्रनाथ जी जानते हैं, सूफ़ी-संतों और ज्ञानी-ध्यानियों के अलावा, जीवन-जगत् की लीला में धँसे जिज्ञासु भी देर-सवेर ऐसे ही प्रश्नों के उत्तर तलाशते रहे हैं।

"हम कौन हैं? हमारे होने का मक़सद क्या है?" तुर्की रचनाकार ओरहान पामुक क्या इन्हीं सवालों के जवाब अपनी कृतियों में नहीं खोजता? अमोस ओज़ भी 'द सेम सी' में अपने ढंग से इन्हीं जिज्ञासाओं से जूझता है, जब वह कहता है, "स्वयं को जानना और खोए हुए को पाने की कोशिश ज़रूरी है।

"ज्ञानी होने का दंभ, हमें हमारी सीमाओं में क़ैद कर देता है। और, मैं कुछ नहीं जानता, हममें बहुत कुछ जानने की इच्छा जगाता है।"

स्वामी जी के मुख पर तेज था, व्यक्तित्व में ग़ज़ब की कशिश।

स्वामी जी को सुनने के बाद आश्रम की बालकनी में बैठकर दोनों दोस्त आँखों की सीध में बर्फ़ ढके क़द्दावर पर्वत शिखरों पर सूर्य-किरणों के क्लाडियस कोपिक रगों से चकित-मुदित प्रकृति के रहस्यों को समझने की कोशिश करते। हर मौसम में क्रियाशील प्रकृति की ख़ामोशी कितना कुछ सिखाती है हमें! जोड़ती है हमें विराट ब्रह्मांड से, जहाँ हम और हमारे दुःख नगण्य हैं।

धर्मशाला के स्वामी जी की विद्वत्ता से सुरेन्द्रनाथ जी भी प्रभावित हो गए थे, पर विनय को उनमें आध्यात्मिक गुरु मिल गया था, जिसने उसे ज़िन्दगी जीने का सलीका सिखा दिया था। उसने कहा भी कि स्वामी जी के वक़्तव्यों से उसने इतना तो सीख लिया कि हम अपने को अपने परिवार की समृद्धि तक सीमित रखकर अपने लिए हदें बाँधते हैं और एक दिन अपने बनाए जाल में ख़ुद फँसकर रह जाते हैं।

आश्रम में विनय पहली बार दोस्त के साथ भीतर उमग उठी बेचैनियाँ शेयर कर रहा था, "सच दोस्त, सोचो तो ब्रह्मांड में एक घास के तिनके के समान हम अहंकार के कारण ख़ुद को अपनी बनाई सृष्टि का निरंकुश मालिक समझने लगते हैं। हमें इस बात का अहसास नहीं होता कि ताउम्र हम जो कुछ जोड़ते हैं, इकट्ठा करते हैं, वह हमारा नहीं है। अपने बच्चों के भविष्य का ख़ाका भी हम अपने उसूलों के हिसाब से तय करते हैं, जबकि हमें जानना चाहिए कि बच्चे भी हमारी सम्पत्ति नहीं हैं।"

स्वामी जी के वक़्तव्यों से विनय को जीने का मंत्र मिला था। उन्होंने कहा था, "अपनी शक्ति को पहचानो। वही बनो, जो बनना चाहते हो। अपना स्वर्ग-नरक तुम ख़ुद बनाते हो। सोच लो, तुम क्या चाहते हो?"

वह हालात से बनाए नरक से बाहर निकलने लगा था। यहीं उसने तय किया कि वह समय और ऊर्जा का सही इस्तेमाल कर अपने सोच से जीवन को कोई अर्थ देगा।

घर लौटकर उसने अपनी जमा-पूँजी से एक फ़ंड बनाकर साधनहीन युवाओं की तकनीकी शिक्षा में मदद करने का फ़ैसला कर लिया, गोकि रिया की याद में वह गाहे-बगाहे कैंसर-पीड़ितों की थोड़ी-बहुत मदद पहले भी करता रहा है।

विनय अब सामाजिक कार्यों में ख़ूब व्यस्त रहता है। बच्चे पहले ही आकाशी उड़ानों से थककर ज़मीनी सच्चाइयों से वाक़िफ़ हो गए थे। बेट्टी चार-छह महीने में ही सिद्ध के बचकाने प्यार से ऊबकर उसे कुछ काम-धाम करने की सलाह देकर चली गई थी। पापा के वरदहस्त से पाई रक़म पर मौज करने का आदी

सिद्ध प्रेमिका को खोने का कष्ट तो दो-चार दिन आँसू बहाकर भूल भी जाता, पर ख़ाली पर्स को भरने के लिए छोटे-मोटे काम करना उसके बूते का नहीं था। सो मन मारकर आख़िरी उम्मीद, यानी पापा के पास लौट आया।

विनय ने बिना भावुक हुए पूछा, "क्या चाहते हो?"

बेटा सिर झुकाकर आँसू बहाने लगा।

आख़िर पिता थे। बेटे के आँसू पोंछे, कॉलेज में दाख़िला दिलाया। आगे पढ़ाई पूरी कर सिद्ध ने नौकरी और प्यार के दो-तीन एक्सपेरिमेंट कर इटैलियन लड़की से शादी की। पापा ने शादी पर घर गिफ़्ट में दे दिया और ख़ुद को मुक्त महसूस किया।

साँची म्यूज़िक ग्रुप में देश-विदेश घूमती रही। बैंगलोर में परफ़ॉर्मेंस देते शंकर से मिली, प्यार हुआ। पापा से कहा, "आप इंडिया आ रहे हैं, हो सके तो बैंगलोर आइए। मैं आजकल यहीं पर हूँ। अपने फियोंसी से आपको मिलवाना चाहती हूँ।"

विनय को स्वामी जी ज्ञान देते, 'भले कहा हो कि बच्चे तुम्हारी सम्पत्ति नहीं, उन्हें अपने ढंग से जीने दो', यह तो नहीं कहा कि उनकी ख़ुशी में शामिल मत होना! फिर कैसे न होता विनय बहादुर अपनी बिटिया की ख़ुशी में शामिल?

सुरेन्द्रनाथ जी विनय के लिए ख़ुश हुए। उनके मन का सन्ताप तो दूर हुआ। ख़ुश हुए कि सुबह का भूला, शाम को घर लौट आया अपने बच्चों के लिए।

फ़िलहाल, सुरेन्द्रनाथ जी की अन्तरात्मा पर क़ब्ज़ा करके बैठा शिक्षक रिटायरमेंट के सालों बाद भी बच्चों-बड़ों की ग़लतियाँ सुधारने से बाज़ नहीं आता। नई पीढ़ी के जवान होते बच्चे, जो अपने ख़ुशहाल भविष्य के लिए पश्चिम की तरफ़ देखते हैं, सुरेन्द्रनाथ जी चाहते हैं, वे अपनी संस्कृति, अपने इतिहास को जान लें। उन्हें उम्मीद है, अन्याय के विरुद्ध न्याय का जयघोष करनेवाले 'रामायण', 'महाभारत' जैसे विश्व- प्रसिद्ध ग्रंथ, जो आज के सत्ता-मोह और अर्थ-केन्द्रित समय में भी अप्रासंगिक नहीं हुए, उन्हें अगर आज के युवा आउट ऑफ़ डेट न मानकर सही अर्थों में समझेंगे, तो अतीत में हुई भूलों से सबक़ लेकर वर्तमान की कई त्रासद स्थितियों को घटने से रोकने की कोशिश ज़रूर करेंगे।

चरैवेति-चरैवेति

5 अगस्त, 2019

जम्मू-कश्मीर पर मोदी सरकार का ऐतिहासिक फ़ैसला! बहत्तर साल के बाद धारा 370 का ख़ात्मा, साथ ही अनुच्छेद 35-A का भी। सरकार ने संसद में सत्र समाप्त होने से पहले धमाका कर दिया है कि धारा 370 हटा दी गई है। अपोज़िशन पार्टियों के ख़ूब शोर-शराबे के बीच बहुमत से बिल पास हो गया। जम्मू-कश्मीर का पुनर्गठन विधेयक पारित। अब कश्मीर को स्पेशल स्टेटस नहीं।

जम्मू-कश्मीर का पुनर्गठन होगा।

जम्मू-कश्मीर आरक्षण बिल में संशोधन 2019 पारित।

जम्मू-कश्मीर के इतिहास में एक ख़ास दिन।

कहीं मिठाइयाँ बँट रही हैं कि कश्मीर अब सही मायनों में भारत का अभिन्न अंग बन गया है। ढोल बज रहे हैं, ख़ुशियाँ मन रही हैं, तो कहीं 'आगे क्या होगा' की आशंकाओं के मातम मन रहे हैं। बहत्तर सालों तक प्रदेश को राष्ट्र से अलग करनेवालों के मन्सूबों पर पानी फिरने से कई सियासतदान बिल्ले-बिल्लियाँ हैरान-परेशान खम्बे नोच रहे हैं।

कश्मीर को अपनी बपौती समझनेवाला पाकिस्तान ग़ुस्से से फनफना रहा है। कश्मीरियों का हितैषी बनकर विदेशों में भारत पर कश्मीरियों पर ज़्यादती करने का आरोप लगाकर बड़ी ताक़तों से इमदाद की गुहार लगा रहा है, लेकिन इंटरनेशनल कम्यूनिटी उसका साथ नहीं दे रही।

टीवी चैनलों, फ़ेसबुक, अख़बारों पर कश्मीर में अनुच्छेद 370 हटा दिये जाने की ख़बरें छाई हुई हैं और सुरेन्द्रनाथ जी के मोबाइल पर बधाइयों के मैसेजिज़। पहला फ़ोन अस्मी का, दूसरा आयुष का, लगभग साथ-साथ।

"पापा, धारा 370 हटा दी गई। बहत्तर साल सियासी शतरंज के दाँव-पेंचों में फँसा जम्मू-कश्मीर, लद्दाख सही मायनों में राष्ट्र से जुड़ गया।"

पापा कुछ कहें, इससे पहले ही सृष्टि ने चहककर नानू से सवाल किया, "अब तो हम भी कश्मीर में घर बना सकते हैं न नानू? वह 35-ए वाला अनुच्छेद भी हट गया न?"

जानती है सृष्टि कि मम्मा ने नॉन-कश्मीरी से शादी कर स्टेट सब्जेक्ट होने के कई अधिकार खो दिये हैं। वह अपनी जन्मभूमि में घर ख़रीदकर रह नहीं सकती।

"कितनी बेहूदा बात है पापा!"

पापा ने बेहूदेपन पर चर्चा नहीं की, कहा, "नहीं, अलग निशान, अलग विधान, अलग प्रधान भी तो बेहूदापन था, जिसे बहत्तर सालों से किसी ने हटाने की हिम्मत नहीं की।" सृष्टि को तसल्ली दी, "हाँ, बिटिया, ज़रूर, पर थोड़ा और इन्तज़ार करना पड़ेगा। टीवी, नेट पर देखती हो न? इधर मिठाइयाँ बँट रही हैं तो उधर पाकिस्तान में मातम छाया हुआ है। वह परमाणु युद्ध की धमकी देने लगा है।"

"पाकिस्तान कोई-न-कोई ख़ुराफ़ात तो करेगा पापा, उसके आक़ाओं के पैरों के नीचे की ज़मीन जो खिसक गई है। मैं तो आपको इसलिए बधाई देती हूँ कि आपको नई सरकार में कश्मीर-समस्या सुलझने की उम्मीद नज़र आई थी। आप पॉलिटिकल विल की बात करते रहे हैं। जे.के. स्टेट में तो समस्याओं के समाधान के लिए जब-जब कड़े फ़ैसले लेने की ज़रूरत थी, तब सरकारों ने तुष्टीकरण की नीति अपना ली। आज धारा 370 हटाकर सरकार ने तो 'पॉलिटिकल विल' की बेहतरीन मिसाल क़ायम की। ऐसे फ़ैसले लेने का दम तो सरदार पटेल में ही था।"

"वे बड़े दृढ़ निश्चयी, दबंग नेता थे, इसमें दो राय नहीं, पर आज समस्याएँ ज़्यादा गुट्ठिल हो गई हैं। कश्मीर-समस्या को यू.एन. में ले जाकर जो भूल अरसा पहले हमारे नेताओं ने की, उसका ख़मियाज़ा हम आज भी भुगत रहे हैं।"

"पापा, वह बात तो 1971 में शिमला-समझौते के साथ ही ख़त्म हो गई थी।"

आयुष और सृष्टि, दोनों को शिकायत है, नाराज़गी भी कि पाकिस्तान क्यों सही स्थिति को समझकर सच को स्वीकार नहीं करना चाहता?

दरअसल अनुच्छेद 370 हटा दिये जाने के बाद से कश्मीर नये सिरे से चर्चा का विषय बन गया है। टीवी, फ़ेसबुक, यू-ट्यूब पर 370 के पक्ष-विपक्ष में दलीलें दी जा रही हैं। पाकिस्तान तो कश्मीर को खोने के अहसास से बौराया देश-विदेश में कश्मीरियों पर ज़ुल्म होने का प्रचार कर रहा है। एक तरफ़ उनका हिमायती

बनकर यू.एन.ओ. को कश्मीर-समस्या सुलझाने में दख़ल देने की गुहार लगा रहा है, दूसरी तरफ़ जम्मू-कश्मीर बॉर्डर पर आतंकी हमले और गोलीबारी से निर्दोष कश्मीरियों पर ज़ुल्म ढा रहा है।

आयुष को ग़ुस्सा है, जब शिमला-समझौते में कश्मीर मुद्दे को हिन्दुस्तान-पाकिस्तान के बीच द्विपक्षीय बातचीत से सुलझाने की बात तय हो गई थी, तो पाकिस्तान अभी भी यू.एन.ओ. को दख़ल देने की रट क्यों लगा रहा है?

"आयुष, मेरे दोस्त दयाल जी इसे 'हारे को हरिनाम' का सियासी अन्दाज़ कहते हैं। क्या करें पाकिस्तान के हुक्मरान? उनके आक़ा ने सोचा था, कश्मीर एक सेब है—उनकी जेब में रखा हुआ, कभी भी निकाल कर खा लेंगे। अब न वह जेब रही, न जेब वाली शेरवानी। अमेरिका से मदद माँगने गया, उसने भी मना कर दिया। अब बौखलाया हुआ है, अटॉमिक वॉर की धमकी दे रहा है..."

"सिरफिरों की धमकियाँ पापा। अटॉमिक वॉर के नतीजे तो वे भी जानते हैं। हिरोशिमा-नागासाकी की दहशतनाक दास्तानें तो आज भी रोंगटे खड़े कर देती हैं..."

"चैलेंजिज़ तो बहुत हैं सरकार के सामने। बहुत बड़ा फ़ैसला कुछ सोच-समझकर ही लिया गया है।"

"देखिए, आगे क्या होता है पापा। हमारे घर लौटने की बात तो अभी दूर ही लगती है। पहली चुनौती तो मिलिटेंसी का ख़ात्मा करना है। वे हमारा लौटना बर्दाश्त नहीं कर पाएँगे।"

सुरेन्द्रनाथ जी जानते हैं, प्रदेश में अमन बहाल करना आसान काम नहीं है। उसके बाद विस्थापितों को फिर से बसाना, रोज़गार मुहय्या कराना आदि कई चुनौतियाँ हैं सरकार के सामने।

लेकिन बहत्तर साल के इन्तज़ार के बाद लोगों में कश्मीर-समस्या सुलझने की उम्मीद जगी है।

देश-विदेश से फ़ोन आ रहे हैं, "बधाई प्रोफेसर साहब! कब लौट रहे हैं अपने घर?"

जवाब में वे मुस्कराकर कहते हैं, "अभी लौटने का दिन तय नहीं किया।"

आयुष पापा से कहता है, "मेरे दोस्त भी मुझसे यही सवाल पूछते हैं, पर मैं कोई माक़ूल जवाब नहीं दे पाता।"

"क्यों बेटे? तीस साल से अपने ही राष्ट्र में शरणार्थी की ज़िल्लत भरी ज़िन्दगी जी रहे बेघर हुओं को अपने पुरखों की ज़मीन पर लौटने की आस जगने लगी है।

उन्हें अपनी खोई हुई पहचान मिल रही है। तुम्हें तो ख़ुश होना चाहिए।"

"समझ सकता हूँ पापा। विस्थापित कश्मीरियों को बडशाह के लौटने की आहट सुनाई दे रही है। तीसेक सालों से कश्मीरियों ने जो दहशतग़र्दी भोगी है, ख़ून-ख़राबे में हज़ारों ने अपनों को खोया है, विस्थापन की त्रासदी झेली है, मैं भी ख़ुश हूँ कि सरकार उन्हें इंसाफ़ दिलाने की कोशिश कर रही है, लेकिन क्या यह सच नहीं है कि 'जस्टिस डिलेड इज़ जस्टिस डिनाइड?' तीस साल से ऊपर हो गए हैं हमें घर से बेदख़ल हुए, अब हमारा वहाँ क्या बचा है पापा? हमारे घर या तो दहशतग़र्दों ने जला दिये हैं या ज़बरदस्ती क़ब्ज़ियाए हैं। कइयों ने हालात से नाउम्मीद होकर कौड़ियों के दाम लाखों-करोड़ों की जायदाद बेच दी है। अगर हम लौटें भी तो कहाँ रहेंगे?"

"सरकार इस मसले पर ज़रूर सोच रही होगी आयुष...।"

"मेरी सबसे बड़ी तकलीफ़ यही नहीं है पापा। हमारे होने के गवाह, हमारे आस्था-स्थल या तो नष्ट कर दिये गए हैं या खंडित। हमारे सभी नाते-रिश्तेदार वहाँ से निकाले गए। मुहल्ले के मुहल्ले ख़ाली कर गए हैं। आज वहाँ हमें कोई पहचानता भी नहीं। तीसेक साल में बड़े-बुज़ुर्ग तो रहे नहीं, जिनमें पापा, आपके कई दोस्त भी थे। सबसे दुआ-सलाम तो था ही। वहाँ की तीस-चालीस साल की जवान पीढ़ी तो हमें जानती भी नहीं, पहचानेगी क्या? विनय अंकल गए थे न अपनों को ढूँढ़ने हाल में ही वहाँ? अपने मुहल्ले में तो कोई उन्हें क्या पहचानता, उनके पिता का घर वहाँ था, यह मानने से भी गाँव-जवार से आकर वहाँ बस गए लोगों ने इनकार कर दिया। ऐसे माहौल में तो मैं या मेरी पीढ़ी वहाँ अजनबी ही है। पापा, अपने घर से बेदख़ल होकर अजनबी की तरह अपने घर लौटना बहुत तकलीफ़देह होता है, यह तो आप मानेंगे न?"

सुरेन्द्रनाथ बेटे से असहमत नहीं हो सके। उसकी दलील में घर खोने के साथ अपनी जड़ों से जुड़ी पहचान और अस्मिता का संकट भी शामिल था।

उन्हें अपनी साझी संस्कृति पर गर्व करनेवाले शायर मोतीलाल साक़ी याद आए। याद आईं विस्थापन में कही उनकी कुछ पंक्तियाँ :

घर खोना ज़िन्दा ही चिता पर जलना है
घर खोना ज़िन्दा ही क़ब्र में लेटना है
घर खोने का दर्द सिर्फ़ वही जानता है,
जिसने अपना घर खोया हो!

अपना घर खोने का दु:ख वे आख़िरी साँस तक भूल नहीं पाए। शरणार्थी बनकर जीना उन्होंने क़बूल नहीं किया और अपने पुरखों की ऋषिभूमि पर गर्व करनेवाले, अपने घर से अज़हद प्यार करनेवाले साक़ी को मृत्यु के बाद अपने घर की दो गज़ ज़मीन भी नसीब न हुई।

जानते हैं सुरेन्द्रनाथ जी कि कश्मीरी पंडितों ने सात बार विस्थापन की त्रासदी भोगी है। बार-बार वे बेघर हुए, जुल्मों के शिकार हुए। तेरहवीं सदी में तो वादी में पंडितों के कुल ग्यारह घर ही बचे थे, पर वे दोबारा बस गए। क्या आयुष जानता नहीं अपना इतिहास?

उसे तो सरकार के इस फ़ैसले का मन से स्वागत करना चाहिए, ख़ुश होना चाहिए। वह फ़िलहाल न भी लौट पाए, कई मुश्किलों को पार कर उसने अपने लिए सम्मान से जीने के लिए थोड़ा स्पेस बनाया है। विदेश में ही सही, लेकिन उनका क्या, जो सालों-साल गुज़रने के बाद आज भी शिविरों और दड़बों में दिन गुज़ारते घर वापसी की उम्मीद में जी रहे हैं?

उनकी इन्तज़ार में थकी रूह को उम्मीद की राहत मिलने लगी है।

सुरेन्द्रनाथ जी जानते हैं कि वे लौटेंगे। सालों से शरणार्थी बनकर जीने की ज़िल्लत से राहत पाकर अपनी अस्मिता के आलोक में फिर से जिएँगे। बार-बार विस्थापित होकर भी वे ख़त्म नहीं हुए, सिसीफस की तरह गिर-गिरकर उठने की हिम्मत तो उनके इतिहास में दर्ज है।

क्या तमाम मुश्किलात के बावजूद आयुष भी एक दिन अपने पुरखों की धरती पर लौटना नहीं चाहेगा?

सुरेन्द्रनाथ जी ने अपनी अधूरी किताब की धूल झाड़ी, इस इरादे के साथ कि अब इसे पूरा करने का वक़्त आ गया है।